DADOS DE CRISTAL

CIUDAD FORTUNA I:
DADOS DE CRISTAL

DAVID F. CAÑAVERAL

© 2015 David Fernández-Cañaveral Rodríguez
Primera edición: junio 2015
ISBN: 978-84-606-8282-0

Imágenes y diseño de la cubierta: Pilar Lahuerta

Impresión bajo demanda mediante Kindle Direct Publishing.
www.davidfcanaveral.es

Este es para Ángel,
que fue el primer habitante de Ciudad Fortuna.

Llámese naturaleza, destino, fortuna; son todos nombres de un único y mismo Dios.
Séneca (4 a. C. - 65 d. C.)
Filósofo y político romano

Dios no juega a los dados con el universo.
Albert Einstein (1879-1955)
Físico alemán

Dios no solo juega a los dados con el universo:
a veces los arroja donde no podemos verlos.
Stephen Hawking (1942)
Físico británico

CIUDAD FORTUNA I
Dados de cristal

PLANO DE LA CIUDAD: BARRIOS

Hornos

Saberes

Centro

Confiterías

Arco Clásico

Serenidad

Área industrial
y empresarial
(y minas)

CIUDAD FORTUNA I
Dados de cristal

PLANO DE LA CIUDAD: AVENIDAS, CALLES Y LUGARES

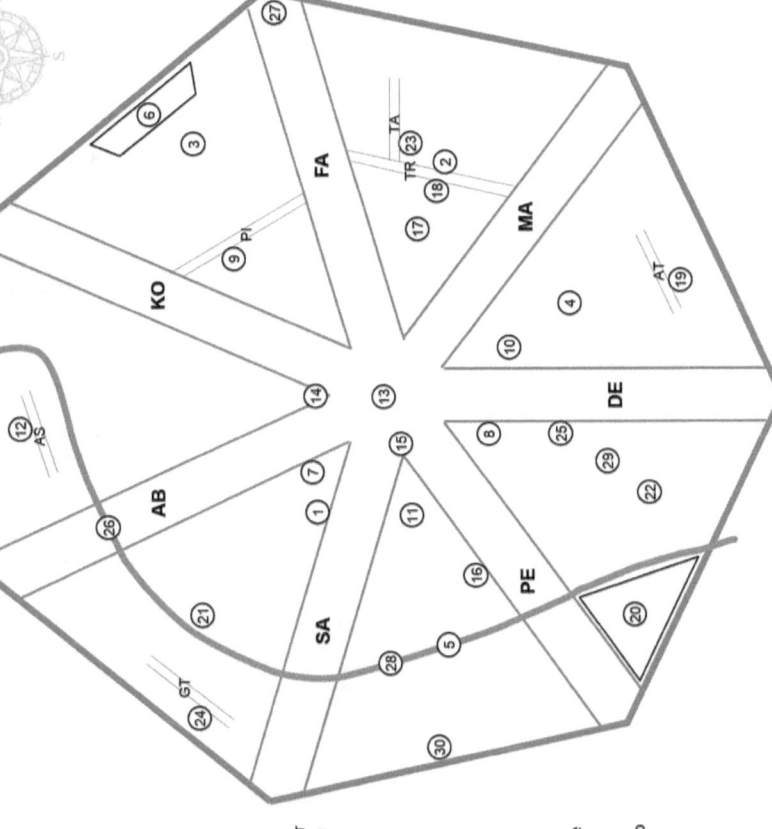

AVENIDAS

DE: Deziro
MA: Majstro
FA: Fabriko
KO: Komerci
AB: Abundo
SA: Sageco
PE: Persisto

CALLES

TR: Tragaluces
PI: Pizarras
AS: Alcalde Sidor
AT: Alan Turing
TA: Tahonas
GT: General Tauber

LUGARES

1. Org. Heptágono
2. Casa Alexander
3. El Séptimo Cielo
4. H. Santo Damián
5. P. del Pobre
6. Fábricas
7. Comisaría
8. Teatro Fortuna
9. Casa Luka
10. La Routa
11. Jack Noir
12. Mansión Wagner
13. Pza. Cornucopia
14. Ayuntamiento
15. Café Greco
16. Casa Selena
17. Pza. del Tilo
18. La herradura...
19. Casa Irene
20. Minas
21. Pza. Antigua
22. Lab. Librae
23. Casa Héctor
24. Casa Varone
25. Donna Sognante
26. P. del Concejo
27. Penitenciaria
28. P. del Barquillero
29. Oficina (I)
30. Cacera (L)

El primer dogma

1

Ciudad Fortuna es arcana, misteriosa, legendaria y atrayente. Es la urbe del contraste; utopía y *distopía*; discorde y dispar. Es el polo de un mundo gobernado por la suerte.

La arquitectura se eleva hacia un firmamento nebuloso y refulgente. Lo neoclásico se intercala con reminiscencias de otras épocas. Las avenidas son anchas y las calles son estrechas. La mitología es profusa e imponente. Los relojes son escasos, pero solemnes. La ciudad se extiende sin término. No existen horizontes. No hay límites.

El ocaso transforma días vivaces y auténticos en noches de neón, oníricas y sinuosas. Existen sombríos recodos, lugares para el enigma, moradas para los secretos. Los barrios se contraponen. En los ricos, un proverbial pergamino se oculta con recelo. En los pobres, un gato negro busca amo y sustento. En alguna parte, alguien muere.

En el otoño del año trece, manchas de un color rojo oscuro ensucian las yemas de los dedos de algunos infelices olvidados de Ciudad Fortuna.

2

Un lento, puntual y sempiterno goteo despertó a Alexander, que abrió los ojos sobresaltado. Aspiró una honda bocanada de aire. Acababa de recobrar la consciencia. Y se preguntó si ese goteo sería de agua, de sudor o de sangre.

Estaba sentado en una incómoda silla metálica. Le dolía todo, en especial la cabeza. Notaba el cuello agarrotado a causa de la mala postura en la que había permanecido. Intentó moverse, pero enseguida comprendió que se hallaba maniatado a la espalda de esa silla, sujeto con lo que le pareció palpar como algún tipo de atador de nailon, y que le habían inmovilizado los pies con cinta adhesiva. Estaba atrapado.

Echó una rápida ojeada al lugar donde se encontraba cautivo. Se trataba de una sala carente de ventanas, con las paredes de hormigón, los suelos sucios y los techos altos. Daba la impresión de ser un taller que hacía tiempo que ya no se utilizaba. Los muros, desnudos, mostraban humedad. Él se encontraba casi en el centro de la estancia. Contó dos puertas: una en la pared de en frente, otra en la de su derecha. Vio bidones y planchas de metal apoyadas en las paredes laterales. A su espalda, atisbó un grifo a baja altura, aunque se percató de que este no era aquel que goteaba. El goteo procedía de una larga encimera que había al fondo. De un panel colocado sobre ella colgaban viejas herramientas. La única luz provenía de una solitaria bombilla que pendía del techo, encima de Alexander, así como del haz de la bombilla colocada en un casco de minero que vio en la encimera.

En esa encimera, Alexander reparó en un objeto singular que reflejaba la luz del casco de minero. Era cúbico y pequeño, con una apariencia azulada y cristalina, y puntos blancos en sus seis caras. Intuyó que se trataría de un dado.

El descubrimiento de ese dado llamó su atención por lo impropio de su presencia en un sitio como aquel. También le hizo recordar algo importante. Miró hacia abajo, y se aseguró con sosiego de que no le habían quitado su amuleto. Este, un pequeño trébol de cuatro hojas, tallado en madera oscura, colgaba como siempre de su cuello y reposaba sobre el leve vello de su pecho.

Aparte de eso, no tenía la sensación de que le hubieran sustraído nada. En cualquier caso, comprobó su ropa. Calzaba sus gruesas botas negras. Vestía sus rígidos vaqueros oscuros, su cinturón con la enorme hebilla plateada, y su inseparable cazadora de cuero, abierta sobre una camisa blanca en la que ahora se veían unas manchas marrones, con seguridad de la sangre que se coagulaba en su cara, alrededor de la nariz y los labios. Notaba un amargo sabor metálico en la boca. Y, aparte de las contusiones en cabeza y cervicales, también le dolían las manos, las muñecas y las rodillas.

Entonces, el tipo de los pantalones rojos hizo su aparición. Entró por la puerta situada delante de Alexander. Se apoyó en la encimera. Exhibía una actitud que se intuía chulesca, pero en la cual se podía captar cierta incomodidad. Era un veinteañero, más joven que Alexander. Se le adivinaba guapo, un tanto engreído y poco corpulento. Su camiseta estaba hecha jirones.

El tipo miró a Alexander. Este le sostuvo la mirada. Y el tipo preguntó:

—¿Quién eres?

Alexander no se inmutó. No abrió la boca, sino que le miró con entereza.

—¿Por qué me vigilabas? —volvió a interrogar el de los pantalones rojos.

Alexander persistió en su imperturbable actitud. El tipo se le acercó.

—No sabes dónde te estás metiendo —anotó. Pretendía intimidarle.

—Tú sí que no lo sabes —le espetó, en ese momento, Alexander.

Esa inesperada contestación contrarió al joven, quien contempló a Alexander con un momentáneo asombro. Aunque, sin duda, lo que le turbó más fueron la media sonrisa que Alexander le dedicó y las palabras que pronunció con lentitud y frialdad:

—Estás tentando a tu suerte.

Con una nueva inquietud en su talante, el tipo caminó de regreso a la encimera. Sus movimientos evidenciaban su vacilación.

Alexander aún escuchaba aquel goteo. Se preguntó cómo había llegado hasta allí. Los recuerdos más inmediatos parecían bloqueados en su mente.

El tipo de los pantalones rojos giró el casco de minero hacia él. Y el duro haz de su bombilla le dio de lleno en los ojos. Le cegó igual que un Sol del que no se podía huir.

<u>3</u>

El día es muy luminoso. El Sol parece bañar el mundo entero con una luz radiante y cegadora que quema. Todo es rojo, naranja y amarillo. En algún lugar, se oye el discurrir de un riachuelo.

Alexander es un niño. Debe tener cuatro o cinco años, no más. No le importan ni el calor ni el sudor ni esa abrasadora luz matinal. A esa edad, muy pocas cosas pueden afligirle. Se dedica a correr y jugar.

Está en un campo de cereales. Trota por las interminables e idénticas hileras del maíz. La plantación es más alta que el crío. Este ríe y sonríe. Ya no percibe el riachuelo. Ahora canta un grillo. Y él se encamina al caserío.

De repente, se detiene. Cree haber escuchado algo. Mas, entonces, surge el silencio; un silencio que le incomoda. Súbitamente, una mano adulta le toma por el hombro y le gira hacía sí. El niño se asusta y ahoga un grito.

4

A pesar de todas las cosas que deseaba recordar, esas que quizá nunca lograra evocar, sabía que jamás olvidaría la primera vez que la vio. Pues ese fue el comienzo de todo.

Era lunes, el día de la Luna, y esta ya mostraba su cuarto creciente. Él estaba en la esquina de la calle de los Tragaluces con la avenida Fabriko. La tarde, aunque se encontrasen ya en las primeras semanas del otoño, todavía poseía el color y la temperatura del verano transcurrido. Los coches circulaban por los cuatro carriles de cada calzada. Los trabajadores volvían a sus hogares. Los caminantes iban ensimismados en sus pensamientos. Pisaban las hojas de los árboles que empezaban a poblar el suelo de adoquín grisáceo y cuadrado. De algún lugar llegaba el son de alguien que tocaba una melodía en el piano.

Alexander se había detenido al lado de un quiosco de prensa, situado delante de una panadería poco concurrida y del local de un negocio que no había prosperado. Al otro lado de la calle, reconoció los colores de una humilde tienda de ropa femenina, cuya decoración rosa nunca le había agradado. Había una papelera rota. La línea de tranvía de Fabriko acababa de pasar. Atado a una farola, un perro regordete y blanco aguardaba a su dueño.

Un coche lujoso y oscuro se había detenido en doble fila, frente a él. Le pareció advertir que el conductor le señalaba. La puerta trasera se abrió. Y ella apareció.

Lucía un vestido todavía veraniego, estrecho y delicado, que se abrazaba a su estilizada y chica figura, con fondo claro y estampado de flores de inspiración oriental. La claridad de su piel parecía irradiar la luz del Sol vespertino. La mínima brisa movía el flequillo de su lisa, larga y morena cabellera. Caminó hasta él. Y Alexander se vio encantado por el rosado de sus finos labios y el negro insondable de sus maravillosos ojos.

—¿Alexander Berkel? —preguntó ella, con voz suave y una sonrisa tímida.

Sin dejar de mirarla, él solo pudo asentir en silencio, cautivado por el encuentro.

Ella no dijo nada más. Solo extendió su mano. Portaba un sobre de tamaño cuartilla. Él lo tomó. Y, más tarde, muchas veces, pensaría en lo cerca que sus manos habían estado de poder rozar sus dedos. Mas aquello nunca sucedió.

La joven sonrió. Él creyó haber visto cómo sus ojos destellaban una luz sin igual. Fue un instante que bien podría haber durado para siempre, pero que pronto terminó. Ella se giró, volvió al coche, y se marchó. Él se quedó solo.

Después de ese trance, tras un minuto de embobamiento, Alexander prestó atención por primera vez al sobre que tenía en la mano. Le sorprendió descubrir su nombre escrito con esmerada caligrafía en el anverso. Le dio la vuelta, y encontró un sello gris y heptagonal que lacraba su reverso. Tocó los siete vértices de aquel polígono.

<u>5</u>

Tres días después de ese encuentro entre Tragaluces y Fabriko, otra tarde de primeros de octubre, Alexander encontró el heptágono al que conducía aquel sobre lacrado.

Era curioso que nunca antes hubiera reparado en él. Se hallaba en la avenida Sageco, cerca de la plaza de la Cornucopia, en el barrio del Centro. Este, igual que el de Confiterías, suponía la zona más próspera y reluciente de la ciudad. Allí, la arquitectura neoclásica caracterizaba sus grandes señas de identidad. Las vías, cuidadas e impolutas, con una vegetación esplendorosa, estaban repletas de detalles ideales para unas buenas fotografías. Sus *boutiques* eran las más preciadas. Albergaba empresas, comercios y las instituciones importantes. Los viandantes, elegantes y diligentes, caminaban a paso ligero. Al mismo tiempo, el bullicio del tráfico era un sonido de fondo tan habitual que llegaba a pasar desapercibido.

El edificio estaba revestido con un pulido granito gris. Era ancho, de formas sencillas y cuadriculadas, con siete hileras de ventanas discretas y regulares que surcaban su altura, la cual, a Alexander no le sorprendió comprobar que llegaba a las siete plantas, en una disposición muy uniforme. Su aspecto era sobrio y moderno. Bien podría haber sido la ubicación de un organismo oficial, pero no se observaban banderas o distintivos relacionados. Vio ese emblema, el mismo que hallara en el sobre que la chica de ojos negros le había entregado: a un lado de las robustas puertas dobles de cobre, abiertas en ese momento, el grueso muro reproducía en relieve un heptágono perfecto. Intrigado, tocó los siete vértices de aquel polígono.

Aun algo titubeante, pues le daba la impresión de ser la única persona en toda la avenida capaz de ver ese edificio, Alexander traspasó el umbral. Tras un pequeño arco, se encontró en un amplio y desierto vestíbulo de decoración clásica e inmaculada. Ante él, había una escalera que, en dos tramos laterales, uno a cada lado de la estancia, subía hasta llegar a un rellano, en el centro del cual halló la puerta de un ascensor. En ambos muros laterales, junto a las escalinatas, se habían practicado sendas hornacinas. Ahí, observó dos esculturas realizadas en mármol: una reproducción de la diosa griega *Palas Atenea* y otra del famoso *Discóbolo* de Mirón. El techo estaba adornado con escayolas.

Un objeto moderno, cuya tecnología rompía con la decoración del vestíbulo, reclamó su atención. Era una pequeña cámara de seguridad, colocada encima de la puerta del ascensor. Constaba de un piloto rojo que estaba encendido. Su objetivo le enfocaba. Alexander se sintió observado, algo que no le agradaba. En ese momento, la luz del piloto parpadeó un par de segundos y, acto seguido, la puerta del ascensor se abrió. A pesar de lo escamante de la situación, Alexander subió por uno de los tramos de la escalera y entró en él. La puerta se cerró y, sin necesidad de pulsar ningún botón, se inició la subida. Luego, el ascensor se detuvo en la cuarta planta.

Salió a la mitad de un largo pasillo que se extendía a derecha e izquierda. Delante de él, había una sencilla mesa, que podía ser algún tipo de control de seguridad desocupado en ese instante. Varias puertas, todas cerradas, se hallaban a ambos lados del corredor, el cual continuaba en ángulo recto al llegarse a cada extremo. Las paredes eran claras y neutras. El resultado, a pesar de la carencia de ventanas al exterior, no angustiaba. Todo, incluida la iluminación, era artificial, pero sofisticado y profesional. No había nadie.

La desquiciante situación estaba a punto de consumir su paciencia, cuando Alexander escuchó el creciente retumbar de unos tacones que se aproximaban a él. Segundos después, una mujer giró la esquina de la derecha del pasillo y se encaminó hacia él.

La mujer tendría treinta y pocos años. Su figura y fisonomía eran seductoras y llamativas, dada su piel mulata, su cabello azabache, sus rasgos felinos y sus curvas femeninas. El iris de sus ojos lucía un color miel. Poseía unos labios sobresalientes y sensuales. Iba vestida con un traje de chaqueta, el cual la favorecía y acentuaba una apariencia elegante y atractiva. Alexander reparó en su escote, que permitía apreciar dos pechos pétreos y exuberantes. Y recorrió sus estilizadas y jóvenes piernas, hasta divisar un firme trasero.

Al observar el atractivo de esa mujer, Alexander rememoró los finos labios y los ojos negros de la chica del vestido oriental. Pero pronto volvió a centrarse en los ojos color miel de la persona que ahora tenía delante. Sospechó que esta estudiaba su atuendo. Ya que iba a la zona financiera y profesional del centro, se había puesto unos serios pantalones oscuros, con una americana corriente y una camisa blanca. Procuraba aparentar sencillez y distinción. Incluso se había engominado un poco el pelo. El cordel de su amuleto asomaba un poco sobre el botón superior de la camisa, que iba desabrochado. No obstante, aquel no era su verdadero yo. Y aquella mujer quizá se percatara de su embuste.

—¿Alexander Berkel? —habló, al fin, la de los ojos color miel.

—Soy yo —contestó él—. ¿Quién es usted? ¿Y qué hago aquí?

Los interrogantes de Alexander, sin dejar de ser educados, no ocultaban su descontento ante tan inusual encuentro.

—Mi nombre es Selena Myers —se presentó ella, y le dirigió una templada sonrisa. Su pronunciación era pulcra. Su actitud carecía de apocamiento o dubitación. No se alteró ante el enfado de Alexander—. Soy la directora de investigación de la Organización Heptágono. Y usted está aquí para entrevistarse conmigo en relación a un posible trabajo. Me alegro de que recibiera correctamente nuestra misiva sobre la citación.

—Sí, recibí esa citación —dijo Alexander, todavía disconforme. Selena asintió y echó a andar en la misma dirección por la que había llegado. Contrariado por ese comportamiento, Alexander protestó sin moverse de su posición—: Un momento, antes exijo saber qué es la Organización Heptágono. No había oído hablar de ella en toda mi vida.

Selena se detuvo un instante y le dedicó una inexpresiva mirada fugaz. Luego, prosiguió la marcha. Hablaba mientras caminaba, y obligó a Alexander a seguirla.

—Eso se debe a la atención que la Organización presta a mantenerse en un prudente y vigilante segundo plano. La Organización Heptágono posee sedes en todo el mundo. Nuestra central está aquí, en Ciudad Fortuna. Somos un organismo perfectamente legal, por supuesto, pero ajeno a cualquier gobierno o institución, nacional o internacional. El fin de la Organización es conocer, vigilar y proteger la suerte en el mundo.

Ya habían torcido la esquina. Se hallaban en una continuación similar del mismo pasillo cuando Alexander escuchó esa última frase. Al hacerlo, se detuvo en seco.

—Yo no creo en la suerte —expuso, con manifiesta severidad.

Ante esa declaración, Selena se detuvo también. Con fingido asombro, clavó una penetrante mirada en Alexander. Y, en voz baja, comentó:

—¡Qué irónico! Qué irónico que alguien como usted diga renegar de la fuerza que gobierna el mundo.

Entonces, los ojos de Alexander mostraron un fulgor especial. Una alarma silenciosa acababa de activarse en su interior. Dedujo que Selena sabía cosas muy íntimas sobre él.

Esta sonrió confiada y, como si hubiera adivinado sus pensamientos, añadió:

—Somos profesionales, señor Berkel. Claro que le hemos investigado.

Selena dio un par de pasos hacia una puerta que había a su izquierda, giró el pomo, y volvió a indicarle con un gesto:

—Acompáñeme, por favor.

Ella cruzó la puerta. Alexander se quedó unos segundos más en el pasillo. Reflexionó acerca de Selena Myers, una mujer que le provocaba un indefinible rechazo, pero, al mismo tiempo, rebosaba una seducción ante la que no podía ser indiferente. Sus ojos color miel y sus curvas casi podrían hacerle olvidar la mirada callada de la joven del sobre.

Entró en una sencilla habitación cuadrada. Al fondo había una amplia ventana, protegida por un estor, por la que entraba luz natural, tal vez procedente de un patio interior. El mobiliario de la estancia consistía en un escritorio con una silla a cada lado, una hilera de armarios superiores e inferiores con una encimera, y una lámpara de pie.

Selena ya se había sentado tras el escritorio y, con la mano, invitó a Alexander a que tomara asiento frente a ella. Él lo hizo.

—La Organización tiene un encargo profesional que hacerle, del cual hablaremos más tarde —explicó la mujer—. Antes, necesito completar una serie de formularios acerca de usted. Asimismo, le informo de que, si usted da su consentimiento, además de las preguntas, desearía tomarle una muestra de sangre.

—¿Una muestra de mi sangre? ¿Para qué?

De nuevo, como si ni siquiera hubiera escuchado la pregunta de Alexander, Selena se puso en pie, caminó hacia la hilera de armarios y empezó a preparar una bandeja metálica con diversos utensilios: aguja, jeringuilla, torundas de algodón, un bote de agua oxigenada, etc. Mientras trabajaba, continuó:

—La suerte gobierna el mundo, señor Berkel. Usted, más que nadie, no debería tener duda de ello. Está entre nosotros. Enhebra y encauza nuestras vidas. Aunque pocas personas son realmente conscientes de su dominio. La existencia de la Organización Heptágono es, para la mayoría, tan desconocida como la propia influencia de la suerte sobre la humanidad. Nuestra labor debe ser precisa y discreta, casi extraoficial.

—Y si la Organización gira en torno a la suerte —interrumpió Alexander, desafiante; pretendía ahondar en lo que Selena sabía acerca de él—; ¿por qué se ponen en contacto con alguien como yo para, según parece, ofrecerme un trabajo?

Selena abandonó su concentración durante unos instantes, meditó, le miró, y dijo:

—Porque alguien como usted será la persona idónea para ese trabajo.

Selena concluyó la disposición de la bandeja, la cual colocó sobre el escritorio, junto a Alexander. Ella se quedó allí, de pie, cerca de él, mientras proseguía:

—En torno a la suerte existe una filosofía, una metafísica. Es el resultado de siglos de investigaciones y recopilaciones. Es el gran pilar de las funciones de la Organización: conocer la suerte. También existe una mitología, que algunos denominan religión. Pero la Organización solo tiene interés científico, no supersticioso, en ella. Y, por último, hay una genética de la suerte. ¿Sabe lo que es el grado de suerte?

—No —contestó Alexander, en un tono bastante seco.

—No creo que me diga la verdad —replicó Selena, con un hondo suspiro—, pero se lo explicaré. Todos poseemos un grado de suerte. Es una especie de nivel de la suerte de cada persona. Se nace con él y no cambia nunca. Se calcula en una escala del uno al siete en función de factores genéticos, bioquímicos, ambientales… La Organización estudia a conciencia a todos con quienes establece relaciones. Y con alguien como usted se deben considerar precauciones adicionales. ¿Entiende ahora lo de la muestra de sangre? Ha de darme su consentimiento para ello. De lo contrario, lo dejamos.

—¿Qué obtengo yo a cambio de todo esto?

—Dinero, entre otras recompensas.

Con cierta mueca de mala gana, Alexander se quitó la chaqueta, desabotonó la muñeca izquierda de su camisa, y extendió el brazo en la silla, dispuesto a que Selena le pinchara. A su lado, ella le remangó la camisa hasta superar la flexura del codo. Al hacerlo, sus dedos recorrieron el fornido y venoso brazo de Alexander durante unos instantes. Y, en un tono de voz que ahora parecía menos profesional y más íntimo, interrogó:

—¿Cuántos años tiene?

—Treinta y cuatro.

Selena palpaba con lentitud la piel de Alexander. Buscaba una buena vena. Él la miró a los ojos. Y ella agregó:

—No encontré su fecha de nacimiento en ningún registro. ¿Cuál es?

—No lo sé.

—¿No lo sabe? —interrogó Selena, sorprendida por su respuesta.

—No —reconoció Alexander—. Soy adoptado. No sé qué día nací.

Aquello pareció enojar a Selena, quien, malhumorada, arrojó la jeringuilla encima de la bandeja metálica, y declaró:

—En ese caso, el análisis de sangre es inútil —declaró Selena—. Sin fecha de nacimiento, apenas se puede precisar el grado de suerte. ¡Vaya! Sígame —ordenó.

Alexander se abotonó otra vez la camisa, cogió su chaqueta, y salió detrás de ella.

Subieron a la quinta planta en otro ascensor. Ahí se ubicaba el despacho de la propia Selena. La placa de su puerta la acreditaba, en efecto, como directora de investigación de la Organización Heptágono. El lugar era amplio. Las ventanas, que daban a la avenida Sageco, recorrían una pared entera. A un lado de la puerta, se hallaban varias librerías con archivadores y libros de distintas clases y grosores, junto a dos sillones dispuestos alrededor de una mesa de café circular. Al otro lado, se encontraba el escritorio, con un par de sillas frente a él, así como una butaca de aspecto muy confortable tras el mismo. Detrás del escritorio, en un par de librerías, se mostraban libros y variados objetos de adorno, además de los títulos enmarcados de Selena. En las demás paredes, se veían varios mapas enmarcados, razón por la que Alexander se preguntó si la Geografía sería una de las aficiones de la mujer.

Selena se sentó en su butaca. De nuevo, le invitó con un gesto a tomar asiento. En el escritorio, tenía dos carpetas, una granate y otra azul claro. Se puso a hojear el *dossier* de color azul claro, que contenía varios documentos. Mientras tanto, Alexander repasó con la mirada algunos de los libros que había en la estantería que tenía tras ella. Halló títulos como *Tratado de los Siete Dogmas* o *Historia y Leyenda del Libro de los Días*.

Selena levantó la vista de la lectura, tomó aire, y empezó la entrevista.

—¿Desconoce su fecha de nacimiento? —repitió.

—Así es.

—¿No recuerda a su familia de origen?

—Eso es.

Alexander volvió a malhumorarse. Había temas de los que no le gustaba nada hablar.

—Sí, concuerda con mis informaciones. —Entonces, Selena se puso a recitar los datos que poseía en su *dossier* azul claro, donde Alexander descubrió su propio nombre escrito en la portada—. Nació en 1979, en una fecha imposible de concretar, ya que le abandonaron en un orfanato en torno a los seis años. Durante su pubertad, fue adoptado por un hombre, uno como usted, Héctor Berkel. Héctor era padre de una hija biológica, llamada Irene. Él le dio su apellido. E imagino que le orientó, por decirlo de alguna manera. Él murió en 2008, según dice el atestado policial. La madre de Irene falleció en el parto. Usted prácticamente no tiene currículo académico. Y su vida laboral es tan irregular como variopinta. No posee una profesión u oficio claros. Supongo que para alguien con su tara será difícil lograr un buen empleo estable. Permanece soltero y no se le conocen hijos. —Selena alzó la mirada una vez más, y preguntó—: ¿Es todo correcto?

Alexander se quedó boquiabierto varios segundos. Observaba a Selena asombrado y ofendido a partes iguales. Cuando reaccionó, intentó contener su rabia.

—¿Cómo se atreven? —dijo.

Selena entrelazó sus manos y las apoyó con serenidad sobre el escritorio. Se mostraba impasible ante la ira de Alexander.

—¿A qué se refiere? —replicó.

—Me refiero a que me envían un críptico mensaje para que venga a la sede de una organización de la que no he oído hablar nunca y me investigan sin mi consentimiento.

Selena se reclinó un poco sobre su asiento. Mantuvo la calma y el control.

—Ya le he dicho, señor Berkel, que somos profesionales. En cualquier caso, aparte de que tengamos nuestros propios métodos de conocimiento, todo lo que acabo de decir puede hallarse fácilmente en muchos registros públicos. —Tomó aire, antes de admitir—: Lo que la Organización sí ha indagado por su cuenta es lo respectivo a su... condición; o su maldición, mejor dicho. Voy a ofrecerle un trabajo.

—¿De qué se trata?

—Queremos que investigue algo.

—Que investigue ¿qué? Explíquese.

Selena le extendió la otra carpeta, el *dossier* granate. En la portada de este se leía, con letras mayúsculas manuscritas, "caso azafrán".

—Están ocurriendo sucesos preocupantes en Ciudad Fortuna. Lo que pretendemos es que descubra la causa y autoría de los mismos. No habrá oído nada acerca de estos hechos. Ni la gente ni los medios han reparado en ellos. Las víctimas mueren inadvertidas.

—Un momento —intervino Alexander—, ¿muertes?

—Sí, muertes. En el último verano, varias personas, menos de una decena, han fallecido en circunstancias no esclarecidas. Circula por la ciudad una peligrosa sustancia que se vende a modo de droga. Esta sustancia, en forma de polvo, deja en las yemas de los dedos unas manchas rojizas, como las de la especia azafrán; de ahí el nombre del caso. Esas víctimas proceden de los barrios obreros y pobres. La mayoría eran drogadictos, gentes sin recursos; es decir, el tipo de persona cuya muerte no llama la atención.

—¿Lo que quieren es que encuentre al responsable de esas muertes?

—Exacto. Deseamos que actúe como detective privado para nosotros.

—No lo entiendo. ¿Por qué yo? ¿La Policía no hace nada en este asunto?

Selena se incorporó hacia delante. Miró con determinación a Alexander, como si fuera a explicarle algo crucial que, sin embargo, para ella resultaba obvio.

—Señor Berkel, lo que le encomendamos no es solo localizar al responsable y descubrir sus motivaciones, sino que use su indeseado don para mermar su suerte.

De inmediato, los gestos de Alexander expresaron su reticencia e incomodidad.

—Señor Berkel —insistió Selena—, comprenda que no podemos permitir que alguien se aproveche de un modo tan nocivo de su suerte, perpetre estos actos criminales y salga impune de ellos. La Organización vigila y protege el bien de la suerte en el mundo.

Alexander consideró la situación durante largos segundos. A continuación, preguntó:

—¿Por qué iba a aceptar yo el caso, señorita Myers?

Selena sonrió con cierta malicia, y respondió:

—Por la recompensa.

—¿Cuál es?

—Aparte de una suma de dinero suficientemente generosa para vivir tranquilo una buena temporada, también algo que usted anhela por encima de cualquier otra cosa.

—¿Qué?

—Su identidad.

6

Más tarde, Alexander abandonó aquel despacho, ubicado en la quinta planta de la sede central de la Organización Heptágono, aturdido por todo lo que acababa de acontecer y los descubrimientos que había realizado. Llevaba consigo el *dossier* del "caso azafrán".

Caminaba tan absorto por aquel pasillo que no se dio cuenta de que no iba en la dirección adecuada. Tardó en percibir la voz varonil que le llamaba a su espalda:

—Alexander Berkel.

Se dio la vuelta. A unos cuantos pasos, vio a un hombre de unos sesenta años. De estatura alta, su figura era ancha y fuerte, aunque no obesa. Su frondoso cabello lucía canas, y su rostro, bien afeitado, ya mostraba algunas arrugas que, sin embargo, resultaban elegantes. Llevaba unas gafas de montura discreta, tras las que había unos ojos de un iris grisáceo. Vestía un traje sencillo pero distinguido. Su gesto sonriente parecía amigable.

El hombre canoso caminó hacia él y extendió su mano, mientras saludaba:

—Mi nombre es Ismael Wagner. Soy el director general de la Organización.

Alexander miró la mano que Ismael le tendía. Este le había llamado por su nombre, por lo que sabía quién era, de modo que no entendía que le ofreciera ese saludo. La gente que sabía lo que era no solía arriesgarse. Dudó cómo responderle. No obstante, pensó que, si se trataba del director general de una organización cuya razón de ser era la suerte, debía saber lo que se hacía. Así que estrechó su mano.

—Encantado de conocerle —anotó, con cortesía.

Finalizado el apretón, Ismael señaló una puerta que quedaba a pocos metros de ellos. Se dirigió a ella, y comentó:

—Venga, sígame. Le indicaré el camino de vuelta. Este edificio puede resultar un laberinto si no se conoce, en muchos sentidos.

Por esa puerta, llegaron al descansillo de las escaleras que debían conectar las plantas del edificio. Empezaron a bajar.

—Estoy al tanto del trabajo que se le ha ofrecido —dijo Ismael—. Si ha aceptado la oferta —añadió, al fijarse en el *dossier* granate que Alexander portaba—, he de rogarle que actúe con suma cautela. Y que no olvide el primer dogma de la suerte.

—Yo no creo en esas supersticiones —rechazó Alexander, un tanto adusto, sin dejar de bajar las escaleras.

—¿No? —replicó Ismael. Habían llegado a otro descansillo, en torno a la tercera planta. Ismael se detuvo y observó a Alexander con serenidad—. Pero, aun así, sospecho que conoce su enunciado. —Y recitó—: "La suerte ni se crea ni se destruye". Pues esa es su naturaleza inviolable, no otra. Nunca lo olvide, Alexander.

Traspasaron una puerta y se encontraron en el rellano de otra escalera, en una esquina de lo que debía ser el patio interior que arrojaba luz a la sala en la que Selena había estado a punto de tomarle la muestra de sangre. Ocuparía la altura de cuatro o cinco plantas. El techo poseía varias claraboyas de cristal translúcido, por donde se filtraba la luz vespertina. Se observaban las ventanas con estores de las estancias interiores del edificio. La decoración recordaba al primer vestíbulo, con tonalidades blancas, marfiles y estilo clásico. Ellos estaban en lo alto de un tramo de escalera. Otros tramos iguales recorrían de manera irregular los muros de ese patio de planta cuadrada y lo comunicaban con las distintas plantas. La disposición de tantas escaleras, con longitudes y orígenes diferentes, hizo que Alexander se acordara del famoso cuadro de Escher.

Abajo, en el centro del patio, elevada sobre una peana, había una hermosa escultura. Realizada en mármol, de casi tres metros de altura, representaba a la diosa romana *Fortuna*. Junto a ella, Alexander vio a un grupo de personas que conversaba.

Ismael se detuvo allí, y habló a Alexander:

–Baje por aquí. No le resultará complicado localizar una salida. Y no lo olvide: no reniegue de su destino. La suerte gobierna el mundo –concluyó, reflexivo.

Al decir esas palabras, a Alexander le dio la impresión de que Ismael ojeaba el corro de personas que parlamentaba más abajo. Miró en esa dirección y creyó advertir cómo la mirada del director general se había cruzado por un instante con la de uno de los integrantes de ese grupo, un hombre de traje refinado y pelo repeinado que le resultaba familiar, si bien, en ese momento, no consiguió discernir quién era.

Ismael se marchó por donde habían llegado. Alexander descendió una escalera recta sin mesetas hasta la base del patio interior. Miró en rededor y logró vislumbrar una puerta blanca, tan disimulada con el ambiente que casi no se distinguía, en una esquina. Se dispuso a cruzar el patio. Pasaba junto a la representación de *Fortuna* cuando, para su asombro, el hombre que antes había llamado su atención se separó del grupo y se dirigió a él.

En ese momento, Alexander cayó en la cuenta de quién era ese hombre de traje caro y cuidado peinado. Se trataba de Ricardo Varone, alguien cuyo rostro reconocían todos los habitantes de Ciudad Fortuna: era el alcalde. Tendría cincuenta y tantos años. Era la imagen de un político carismático y fotogénico, aunque a Alexander tales cualidades le escamaban. No le convencían ni el artificial bronceado de su tez ni el reluciente blanco de sus dientes.

—Alexander Berkel —dijo el alcalde, que se acercó a él con un ademán severo.

—Sí, buenas tardes —titubeó él. No estaba acostumbrado a tratar con las altas personalidades de la ciudad, y menos aún a que estas conocieran su nombre completo. También le sorprendió saber que el alcalde estaba relacionado con la Organización.

—Selena Myers me informó de que iba a entrevistarle. Soy el responsable último de la investigación del "caso azafrán" —explicó Ricardo—. Le estaré vigilando —apuntó.

—De acuerdo, señor Varone.

—Ahora, si me disculpa, tengo que dejarle. Estas son unas fechas ajetreadas.

Alexander ofreció su mano al alcalde, pero pronto la retiró, casi cohibido. Ricardo no pareció fijarse en su inseguro movimiento, y siguió su camino. Aunque a él le quedó la impresión de que, en el fondo, sí había visto su mano tendida.

7

Caía la noche sobre la calle de los Tragaluces. Era una de las vías principales de la mitad meridional del barrio de Hornos, la zona obrera y más humilde de Ciudad Fortuna. Debía su nombre a su profusión en construcciones con techos abuhardillados y ventanas horizontales o inclinadas sobre ellos. Era una vía de bloques de viviendas: casas toscas, incluso anodinas, pero dotadas del encanto auténtico que procedía de la llaneza. Los edificios solían tener cuatro o cinco alturas. La mayoría de los locales se destinaban a cocheras o pequeños negocios familiares. En ambas aceras, los árboles veían caer sus hojas. El tráfico era escaso. Era una zona tranquila, poco transitada de noche.

El portal de Alexander estaba en el número 91, entre una relojería que había cerrado hacía tiempo y una moderna copistería regentada por dos veinteañeros. La edificación tenía casi los mismos años que el propio Alexander. Constaba de seis pisos además del bajo. La pintura de su revestimiento se había descascarillado. En cambio, por dentro, los espacios comunes se mantenían limpios y ordenados, gracias al afán de los vecinos. Era una buena comunidad, en la que no solía haber problemas, nadie se metía donde no le llamaban, y todos saludaban cuando se cruzaban por las escaleras.

Alexander vivía en la última planta. Ahí, su apartamento, su buhardilla, constituía la única vivienda de ese nivel. Aparte de su domicilio, había una azotea que algunos inquilinos empleaban como tendedero. Aunque el ascensor funcionaba sin problemas, él nunca lo utilizaba, por lo que subió a pie hasta el descansillo.

En cuanto llegó al último peldaño, atisbó un fino haz de luz que escapaba por debajo de la puerta de su casa. Por un instante, se puso alerta. Pero enseguida intuyó qué ocurría. Tranquilo, abrió la puerta, y entró en el piso. La luz estaba encendida. El informativo vespertino empezaba en la televisión. Y una joven de corto cabello castaño claro, complexión delgada, ropa oscura e informal, y un *piercing* en la ceja izquierda, se había acomodado en su sofá. Tecleaba con enorme soltura en la pantalla de su móvil de última generación. Junto a ella, vio ciertos objetos que siempre la acompañaban: la mochila, que solía contener su moderno ordenador portátil, y el casco de su moto.

—Sabes que no me gusta que vengas sin avisar —expresó Alexander.

—¿Por qué tienes que ser siempre tan gruñón? —contestó ella.

—Ya me conoces.

Alexander dejó el *dossier* granate en una repisa, situada junto a la puerta principal, al lado de una fotografía enmarcada en la que aparecía él, con unos cuantos años menos, junto a esa chica, que por aquel entonces era una adolescente y aún no llevaba el *piercing*, y un hombre de mediana edad. La chica sonreía sin reservas. Ellos se mostraban más sobrios.

El apartamento de Alexander poseía una estancia principal, la cual hacía las funciones de recibidor, comedor y salón; además de un dormitorio, una cocina, un baño y una terraza. El salón era amplio. Según se entraba, la zona del comedor, con una mesa cuadrada, cuatro sillas y una desvencijada vitrina, quedaba a la derecha. Por allí también se accedía a la cocina y al baño, cuyos techos eran el área abuhardillada de la construcción. Frente a la puerta, se encontraba la zona de descanso, con el sofá tresillo, un sillón, una mesa de café y un mueble para el televisor. A la izquierda, había espacio para un par de altas librerías y la puerta al dormitorio, cuyos techos también caían un poco, pero menos que al otro lado de la vivienda. Al fondo, estaba el acceso a la terraza, con una ancha ventana por la que la luz natural entraba con generosidad durante el día. La decoración era antigua, aunque el resultado fuese acogedor. Alexander había logrado hacerse un hogar. Él no era proclive a las posesiones materiales innecesarias, pero sí atesoraba algunos objetos. Las fotografías escaseaban.

Alexander se sentó en el sillón. Observó a la chica del *piercing* que se había aposentado en el sofá de su salón, miraba embobada su teléfono y casi ignoraba su presencia. Analizó su apariencia: el cabello rebelde, los pómulos marcados, los labios finos que dibujaban una perenne sonrisa pícara, el cuerpo menudo, la vestimenta alternativa y despreocupada... Negó con la cabeza, convencido de que había cosas que jamás cambiarían, y, aunque no lo reconociera, agradecido por ello. Su hermana le sacaba de quicio, pero él nunca se enfadaba con ella. Y ella nunca se doblegaría a su empeño de recluirse y ser un tipo solitario.

—Irene —suspiró—, ¿vas a presentarte aquí siempre que te dé la gana?

Irene Berkel dejó su móvil a un lado y miró a su hermano.

—No me aburras —protestó—. He venido a que me cuentes cómo ha ido tu entrevista misteriosa. Llevo tres días buscando a la Organización Heptágono en internet y no he dado con nada. Y, créeme, esto te lo dice alguien que consigue cualquier cosa con un ordenador. —En ese momento, un pitido procedente de la cocina les interrumpió—. Estupendo, justo a tiempo —anotó ella—. He preparado la cena. Así me lo podrás contar todo.

Alexander no pudo reprimir una sonrisa complacida. La hermana pequeña cuidaba al mayor. Quiso besarla en la frente. Pero, como de costumbre, se contuvo.

Irene había preparado un par de sándwiches tan grandes, colmados de un montón de ingredientes de toda clase, que fue difícil disfrutarlos sin desarmarlos y mancharse. Pero se los comieron con gusto. Alexander aprovechó para contar lo acontecido durante la tarde en la sede de la Organización Heptágono.

Más de una hora de diálogo después, Irene reflexionaba en silencio, mientras relamía un polo de limón que había hallado en el fondo del congelador. Al fin, miró a Alexander.

—Yo soy tu familia —manifestó, con una claridad y seriedad poco habituales en ella.

—Lo sé —respondió Alexander. Comprendía lo que ella quería decir. Se llevó la mano al pecho, hurgó por dentro de su camisa, y acarició su amuleto—. Héctor y tú siempre seréis mi familia, mi auténtica familia. Eso no cambiará. Pero no quita que yo necesite conocer la verdad sobre mis orígenes, sobre mi infancia. Es algo vital para mí.

—No recuerdas nada —dijo Irene. Aunque en pocas ocasiones, habían hablado de ello.

—No, ya lo sabes. Nada. Solo, algunas veces, instantes como… destellos; detalles que no me llevan a ninguna parte. Veo los contornos, no el centro de la imagen. Escucho cosas, un arroyo, arbustos en movimiento… Veo un cielo enorme, no hay nada más. Y ya está.

Irene escuchaba a su hermano. Después, se sentó en el otro extremo del sofá para estar más cerca de él, le acarició con cariño su velludo brazo, y le dijo con suavidad:

—¿Eres consciente de que tu familia seguramente te abandonó por tu condición?

Alexander alzó la mirada hacia su hermana y asintió con tristeza.

—Lo sé —añadió—. Pero, aun así, creo que tengo derecho a conocer la verdad.

—Sí. Y estoy de acuerdo, aunque no lo creas. Por eso mismo voy a ayudarte.

—¿Ayudarme?

—Sí, hermano. Tú y yo vamos a resolver el "caso azafrán".

—Te lo agradezco. Pero puedo hacerlo solo —decretó él.

—Alexander, ¡basta de protegerme! Pienso ayudarte. Ya deberías saber que no podrás convencerme de lo contrario. Además, tengo esto —apostilló. Se refería a algo que llevaba en su muñeca, un artilugio que aparentaba ser un reloj digital de pulsera, pero, en realidad, era un invento que ella esperaba que pudiera hacerla rica.

—Sí, sí, ya. Eres capaz de cuidar de ti misma. Pero ya sabes lo que puede pasarle a las personas con las que me implico. Mi maldición podría dañarlas.

—Soy tu hermana, Alexander; tu hermana adoptiva, sí, pero no podemos desligarnos. —Irene se puso en pie con aire resuelto. Su cerebro ya había empezado a procesar datos–. Si esa sustancia se vende como droga, el primer destino de nuestra investigación será *El séptimo cielo*. Allí, uno puede encontrar cualquier cosa.

–No me gusta que frecuentes antros como ese –desaprobó Alexander, entre dientes.

–No te preocupes. Sabes que ahora estoy limpia. Mañana será viernes. Más de uno buscará colocarse. Y nosotros vamos a salir de marcha.

8

La idea de desplazarse en la moto de su hermana, una deportiva que a Irene le gustaba acelerar a la mínima oportunidad, no acababa de convencer a Alexander. No obstante, era consciente de que el tranvía ya no circularía para cuando pudieran regresar a casa. Y la posibilidad de volver a pie por aquellas zonas, un viernes por la noche, tampoco le agradaba. De modo que se resignó a ponerse el casco del acompañante, situarse en la parte trasera del asiento, y desear que su mal agüero no se ensañara con ellos mientras durase el trayecto.

Resopló aliviado cuando aparcaron al inicio de la cuesta del Serrín, la angosta calle en gradual pendiente en la cual, en la parte más alta, se situaba *El séptimo cielo*, la discoteca más concurrida del barrio. Al bajarse de la moto, Alexander se fijó en un cartel. Este recordaba a los ciudadanos que, en unas semanas, se celebrarían las elecciones municipales.

La suciedad y el ruido eran normales en la cuesta del Serrín las noches de los fines de semana. Sin embargo, Alexander e Irene no tardaron en advertir que algo raro sucedía. La estrecha vía, cuya calzada solo daba para un carril, estaba tomada por una multitud de jóvenes, con sus vasos de plástico en mano y los ojos atontados por lo consumido. El sigilo de la escena era inusual. La gente formaba un círculo en torno a la entrada al local. El giratorio destello de unas luces naranjas y azules aclararon a Alexander lo que ocurría.

–Una ambulancia –adivinó. El vehículo debía estar en la parte alta de la cuesta, donde el acceso y la evacuación por la calle perpendicular eran más sencillos.

Irene echó una carrera para acercarse al gentío. Poco después, regresó con su hermano y le informó de las averiguaciones realizadas:

—Se llevan al hospital a alguien que se ha pillado un buen cuelgue con algo que no se debería haber tomado.

—Podría ser otra víctima —aventuró Alexander. Aprisa, decidió cómo actuar. Le dijo a su hermana—: Quédate aquí, a ver de qué te enteras. Yo voy al hospital por si descubro algo importante. Déjame las llaves de la moto.

Irene no puso objeción alguna a su improvisado plan, y le dio las llaves.

Se desplazó trazando una amplia curva por las calles orientales del barrio de Hornos, largas vías desocupadas a esas horas. Atravesó Fabriko y Majstro hasta enfilar la calle del Doctor Carrel y llegar a la plaza del Sanatorio. Allí, aparcó la moto.

El hospital público de Ciudad Fortuna se llamaba Santo Damián. Era la suma de tres pabellones de hasta diez plantas. El edificio era bastante antiguo. Se había reformado por partes varias veces, lo cual le confería un aspecto caótico e irregular. En sus alrededores, siempre había mucho movimiento de personas y vehículos. La entrada de urgencias se encontraba en el lado oeste, donde desembocaba el camino del Socorro.

La sala de espera estaba abarrotada. Varios niños lloraban. Había un mostrador, donde se amontonaba la gente. Las sillas y los bancos eran viejos. Los tablones de anuncios se hallaban repletos de papeles que nadie leía. Alexander vio una puerta doble con dos ventanas de ojo de buey. Recordaba que por allí se iba a los boxes de emergencias.

Traspasó la puerta doble. Llegó a un largo pasillo, con varias estancias a ambos lados, de los que diversas personas con uniformes sanitarios verdes y blancos iban y venían. Entre el barullo de sonidos, se podían oír los pitidos de varios monitores cardiovasculares. En ese momento, los miembros de un equipo de ambulancia salieron de una de las puertas, al final del pasillo. Empujaban una camilla con ruedas vacía.

Cuando los de la ambulancia se hubieron marchado, Alexander fue a esa puerta. Esta era ancha, con una abertura horizontal acristalada a la altura de los ojos. Así, presenció los últimos intentos de dos médicos y dos enfermeros, ataviados con batas, gorros y mascarillas, por reanimar a la paciente que había en la mesa.

Desde donde se hallaba, Alexander no pudo ver el rostro de la víctima. Sí vio su brazo derecho, que colgaba inerte por un lateral de la mesa. Vio sus uñas pintadas de fucsia, y su piel suave. Era una chica, joven. Tenía unas manchas rojizas en las yemas de los dedos.

Entonces, uno de los enfermeros se percató de la presencia de Alexander. Le miró un largo momento. El gorro y la mascarilla solo permitían vislumbrar sus ojos, que eran claros, e inspiraban pena y cansancio. Mientras su compañero limpiaba a la joven fallecida, él salió al pasillo. De repente, no había nadie más; solo ellos dos. Alexander se fijó en lo deprimentes que eran el sucio alicatado de las paredes y la fría y dura luz de los focos del techo.

El enfermero se quitó el gorro y la mascarilla. Era joven, delgado, de estatura media, cabello moreno y ojos azules. Tenía el uniforme manchado de sangre, y el flequillo sudado.

—Hola —saludó, después de volver a examinar a Alexander.

—Hola —correspondió él, y esbozó una menguada sonrisa.

—¿Conoce usted a la chica?

—No. Pero me gustaría saber a qué se ha debido su muerte.

—Ha muerto como todas las demás. Hasta ahora, nadie había venido a preguntarlo.

—Ya. El asunto es de mi interés.

—¿Es usted policía o algo parecido?

Alexander dudó un instante, y respondió:

—Dejémoslo en que soy "algo parecido".

La frase agradó al enfermero, quien, por primera vez, aun agotado, sonrió. Y añadió:

—He atendido a varias de estas personas. Todas mueren igual. Sufren el mismo proceso. Da la impresión de que hayan experimentado un tremendo bajón, después de vivir un fuerte subidón. Son las drogas. Las autoridades nunca se han preocupado por ellas. Supongo que, al final, solo son personas invisibles para la sociedad.

—Sí. Por eso me han encargado que descubra qué pasa.

—Me alegro. Espero que pueda conseguirlo. Me llamo Luka Miller.

Luka se deshizo de sus guantes de látex y extendió su mano hacia Alexander. Él consideró cómo corresponder a su gesto y, segundos después, se la estrechó.

—Yo soy Alexander Berkel. Prometo esforzarme por conseguirlo.

Por un instante, a Alexander le dio la impresión de que los cansados ojos de Luka se abrían con un interés especial al reparar en su amuleto, ese trébol de cuatro hojas tallado en madera, que asomaba por el cuello de su camisa desabotonada.

—Debo irme —anunció Alexander.

Luka asintió en silencio. Parecía abstraído en algo.

Cuando Alexander ya se había dado la vuelta, escuchó cómo Luka le llamaba:

—Alexander —decía. Y, cuando él se giró, Luka anotó—: Espero volver a verle.

Alexander le dedicó una frugal pero sincera sonrisa. Y reanudó su misión.

2

Deshizo el camino para regresar a la cuesta del Serrín. El escenario que encontró distaba mucho del que había dejado antes. Quizás, el suceso de la ambulancia hubiera desinflado las ganas de fiesta de los clientes de la discoteca, pues la zona se hallaba muy apagada.

Se encaminó hacia la entrada del local. Se preguntó si su hermana todavía andaría por allí o si se habría marchado a otra parte. No obstante, entonces, alguien llamó su atención.

Era un chico. No tendría más de dieciséis o diecisiete años. Era bastante alto, tan espigado que su delgadez se podría considerar enfermiza. Caminaba con la cabeza y los hombros gachos. Llevaba ropa deslucida. Y, hasta en los claroscuros y tinieblas de aquella cuesta, Alexander entrevió sus ojeras. Aunque lo que hizo que se fijara en él fue el modo en que se comportaba, muy inquieto y nervioso; vigilaba que nadie pudiera verle.

El yonqui adolescente no se dio cuenta de que, amparado en la penumbra, Alexander le observaba a pocos pasos. Torció una esquina. Entró en la oscuridad. Alexander le siguió y, agazapado detrás de la esquina, espió la llegada de un nuevo personaje.

El personaje era un tipo con pantalones rojos. Tendría veinte y pocos años. Se antojaba guapo, tal vez creído, aunque poco corpulento. El yonqui adolescente y él conversaban en susurros. Y el de los pantalones rojos se sacó una papelina de un bolsillo.

Al ver el contenido de ese minúsculo mas mortífero objeto, los ojos de Alexander se abrieron llenos de ira. Era la sustancia rojiza que la Organización Heptágono había bautizado "azafrán". Era lo que había manchado los dedos de la chica de las uñas fucsia.

Dispuesto a frustrar aquella transacción por el bien del yonqui adolescente, Alexander salió de su escondrijo, y vociferó:

—¡Eh, tú!

Igual que un animalillo espantado, el yonqui adolescente salió despavorido enseguida. Un instante después, el tipo de los pantalones rojos también reaccionó y emprendió la huida por la umbría calleja. Alexander se dispuso a darle caza.

Alcanzó al de los pantalones rojos en mitad de la nada. Le agarró con tanta determinación que le desgarró la camiseta y le retuvo. Alexander se dejó poseer por la rabia, y le arreó un puñetazo en la cara. El tipo se defendió y demostró que, aunque careciese de la musculatura de su adversario, no era tan incapaz como pudiera aparentar.

La oscura irrealidad de la calleja y la apabullante situación suscitarían que, más tarde, Alexander no recapitulase con coherencia la escena ni recordase quién pegó más a quién. Lo que sí recordaría sería que, en un momento dado, cuando le dolían tanto la cara como los nudillos, y notaba que la sangre mojaba su bigote, tropezó con un adoquín hundido y trastabilló, ocasión que su contrincante aprovechó para correr.

No se rindió. Desconocía la zona pero, aun así, se adentró en un laberinto de calles y callejones desiertos y lóbregos. Se detuvo de improviso. Creía haber escuchado algo, quizás una pisada. Cuando comprendió que su oponente se encontraba a su espalda, oculto en las sombras, fue demasiado tarde. Intentó darse la vuelta. Pero solo logró ver de soslayo cómo el de los pantalones rojos le pegaba en la nuca con un madero.

10

La gota era de agua. Salía del grifo que había en la encimera. Golpeaba rítmicamente la pila. Otra gota, esta de sudor, resbalaba por la frente de un magullado y dolorido Alexander. Y otra más, con total seguridad de sangre, se había coagulado debajo de su labio inferior, el cual le dolía y escocía, y sospechaba que se encontraba roto.

El tipo de los pantalones rojos estaba de pie, al lado de la encimera. Al ver su camiseta hecha trizas, Alexander se acordó de todo cuanto había acontecido. Estaba atrapado en una especie de taller o almacén abandonado. Pero aquello duraría poco tiempo, siempre que la suerte estuviera de su parte…, algo arriesgado en su caso.

Cuando estuvo preparado para desafiar al de los pantalones rojos, habló:

—No tienes ni idea de qué hacer, ¿verdad? —El joven calló. Su arrogancia se desvanecía por momentos. Alexander le miró con fijación. Amilanó aún más su endeble posición—. Has improvisado, no has pensado. Te has asustado cuando te he sorprendido en esa calle y me has traído aquí sin meditarlo. Seguro que esperas instrucciones de alguien. Tú no puedes tomar ninguna decisión. ¿Para quién trabajas? Créeme, no sabes quién soy yo.

—Cállate —espetó el joven—. Yo hago las preguntas aquí. ¿Por qué me espiabas?

—¿Por qué vendes esa sustancia? ¿Quién te lo ordena? Tus clientes mueren.

Entonces, en un gesto casi de vergüenza, el de los pantalones rojos se giró y le dio la espalda. Con total certeza, jamás lo habría hecho de saber que su prisionero se había dedicado a rasgar el atador de nailon de sus muñecas con un filo oxidado de su silla hasta romperlo, para después liberar también sus tobillos. Por lo que, cuando el joven se giró de nuevo, se topó cara a cara con Alexander. Ahogó un grito asustado, que este acalló sin miramientos con un empellón que le tumbó.

—Hasta los tipos como yo tenemos algo de suerte —ironizó Alexander.

Al escuchar aquello, en el suelo, toda la gallardía del tipo se convirtió en puro miedo.

—¿Quién eres? —interrogó, en lo que sonó como un alarido aterrado.

Las imágenes del brazo lánguido de la chica de las uñas fucsia y las ojeras del perdido yonqui adolescente retornaron a la mente de Alexander. La inquina empezó a crecer en él. Con un movimiento enérgico y presto, agarró al de los pantalones rojos de su ya maltratada camiseta, le puso en pie y le empotró contra la pared. El joven emitió un gemido.

—Dime tu nombre —ordenó Alexander—. Dime para quién vendes esa droga.

El tipo rehuía su mirada. Respiraba presa del pánico y la indefensión.

—¡Dime tu nombre! —exigió Alexander, cuya furia iba en aumento.

Casi en un sollozo, el de los pantalones rojos comenzó a hablar:

—Tío, puedo conseguirte lo que quieras, lo que sea, dinero… Lo que sea. Por favor… Solo soy un eslabón en la cadena. Solo me busco la vida. Soy el que hace el trabajo sucio.

—No es excusa —replicó Alexander—. Dime tu nombre.

—Travis… Me llamo Travis. Pero, por favor…

—¿Por qué vendes esa droga?

—Yo… Solo soy el camello. Solo proporciono una pizca de júbilo a quienes no tienen nada en la vida. Solo cumplo órdenes. Solo me busco la vida. Por favor…

Alexander mostró una mueca de asco ante las desesperadas justificaciones de Travis.

—No es excusa —repitió, pocos segundos después.

Alexander soltó a Travis. Se alejó un par de pasos de él, y extendió su mano izquierda. La abría y cerraba muy despacio, como si estrujase el aire frente al pecho del joven.

Al percatarse de esa extraña posición, un terror inusitado se apoderó de Travis, quien se puso en total tensión, y se pegó a la pared como si Alexander fuese una fiera que estaba a punto de arrojarse sobre él. Ahora debía comprender quién y qué era ese desconocido.

—No… —suplicó, casi en un suspiro—. Por favor, yo no lo sabía… No lo hagas…

Alexander le miró a los ojos. Estaba furioso. Quería hacerlo. Pero dudaba.

Recordó.

11

Era el verano del año 2007. Hacía muy poco de la llegada de los tres a Ciudad Fortuna. Nunca hubieran imaginado que, en menos de un año, Héctor estaría muerto.

Alexander no olvidaría aquella conversación. Irene no se encontraba con ellos. No se acordaba de dónde había ido, solo de que su padre adoptivo y él estaban a solas.

Acababan de pararse en mitad del puente del Pobre, uno de los varios que salvaban el cauce del río Tyche, el cual surcaba serpenteante el oeste de la ciudad y definía la disposición urbanística de la zona. Era un puente en arco, construido en sus inicios con piedra, y reforzado en parte con hormigón, sin menoscabo de su diseño y su belleza. Contaba con tres ojos de medio punto y gruesos pilares entre ellos. Su largo poseía unos setenta metros aproximados. Su ancho posibilitaba tanto el tráfico de vehículos como el tránsito de peatones. Se ubicaba en el sur del barrio de Serenidad, junto a una de las entradas al Parque de los Frutales. Dos hileras de farolas de forja antigua, con forma de farol cilíndrico, situadas a lo largo de su tramo, iluminaban el lugar y generaban claroscuros. Aquella noche, como solía ser habitual allí, el lugar se hallaba bastante tranquilo.

Faltaban unos meses para que Héctor Berkel cumpliera cincuenta y dos años. Era un hombre de aspecto duro, taciturno y reservado; unas cualidades en las que su hijo adoptivo y él se asimilaban cada vez más. Era un poco más alto que la mayoría. Su cuerpo, con la musculatura tersa y definida, se mantenía delgado, a pesar de la edad. Tenía la piel algo bronceada, y la faz marcada por unas viejas cicatrices que se habían transformado en mínimos surcos que delineaban su fisonomía. Sus ojos eran marrones, con un aire desconfiado. Su nariz puntiaguda se hallaba entre dos pómulos fuertes, por encima de unos labios finos y, a veces, irritados, cuya sonrisa era esquiva. Su cabello era castaño. Solía vestir ropa del mismo estilo sencillo y discreto que su hijo adoptivo: camisa, chaqueta, pantalón, botas; todo ello en blanco y colores oscuros. Él también poseía un amuleto: una pequeña herradura de latón que colgaba de su cuello. A veces, lo acariciaba con añoranza.

A su lado, igualmente apoyado en el pretil del puente, un Alexander más joven le observaba en silencio. Se preguntaba qué pensaría. Aguardaba sus palabras. Quería a su padre adoptivo. No le importaba la ausencia de lazos de sangre. Hacía meses que encontraba a Héctor más taciturno que de costumbre, como si acaso este pudiera presentir que ya quedaba poco para que su mal fario le diese alcance.

Embelesado por el sonido del discurrir de las aguas, Alexander contempló el perfecto dibujo de la Luna, que se reflejaba con belleza sobre la superficie de ese río que atravesaba las calles de la ciudad. Aunque por lo general fuese poco imaginativo, en ese momento, se le ocurrió la posibilidad de que solo el Tyche fuera capaz de entrar y salir de Ciudad Fortuna, un sitio que se le antojaba tan eterno como interminable.

Héctor tomó aire y, al fin, le habló con sosiego y confianza, seguro de sus palabras.

—Tú y yo compartimos una tara, hijo. Eso es algo de lo que nunca podremos escapar. Debes entenderlo. Porque la única alternativa para nosotros es asumirlo y seguir adelante. De lo contrario, solo nos quedaría la derrota, y la muerte. La gente te señalará, te repudiará, huirá de ti. Pero no importa. No debe importarte. Asumimos vivir en esa penumbra.

Alexander atendía a su padre adoptivo en un respetuoso y reflexivo mutismo.

—Nuestro poder es peligroso —continuó Héctor—. Debemos ser precavidos y cautelosos, siempre juiciosos. La capacidad que poseemos, sea don o maldición, puede acabar con una persona. Solo si aprendemos a dominarla podremos evitar ser carroñeros.

Pensativo, Alexander tanteó su propio amuleto, y preguntó:

—¿A cuántas personas se lo has hecho?

—A más de las que hubiera preferido —admitió Héctor—. Es fundamental que solo utilicemos nuestro poder cuando resulte necesario y merecido. Porque cada persona a la que se lo hagas te acompañará par siempre, como un recuerdo desapacible y desdibujado. Tú sabes lo que es eso. De modo que actúa siempre por un bien superior, una justicia certera. Justicia, Alexander. Tu justicia, cree en ella. Está lo correcto y lo incorrecto. Tú habrás de discernir. —Héctor posó su mano nervuda sobre el hombro de Alexander. Padre e hijo se miraron—. Somos gafes, hijo; ni asesinos ni inhumanos. Puede que carezcamos de suerte. Pero sí tenemos alma.

12

—No lo hagas... —repitió Travis, el tipo de los pantalones rojos. Jadeaba con innegable alteración. Observaba con terror la mano semiabierta que Alexander mantenía frente a su pecho—. No sabía que eras un gafe. Te lo ruego, ten compasión. No me hagas esto. Solo soy un eslabón sustituible en una cadena más grande que tú y que yo.

Alexander también respiraba con agitación. En su caso, se debía al cansancio originado por lo ocurrido y a la repulsa que le suscitaban los hechos que Travis había propiciado con sus trapicheos callejeros en el barrio de Hornos.

—Has provocado la muerte de varias personas, de gente inocente —reprochó, y clavó su iracunda mirada en los llorosos ojos de Travis. Al verbalizar aquella verdad, su cuerpo se relajó en apariencia. Había tomado una decisión—. Mereces esto —sentenció.

Fue entonces cuando ocurrió. Era algo espeluznante y sobrenatural que solo quienes lo hubieran presenciado alguna vez serían capaces de creer o relatar.

Con firmeza, Alexander posó su mano izquierda sobre el pecho de Travis. Este se estremeció al instante. Se puso en tensión, como si una corriente eléctrica hubiese recorrido todo su cuerpo de improviso. Le había atrapado. Ya no existía vuelta atrás. La piel del gafe helaba y quemaba a la vez. Una fuerza inexplicable la adhería a su torso. Se habían imantado. Comenzaba a faltarle el aire. Miró a Alexander con los ojos inyectados en sangre, en una callada súplica de compasión final.

Mas los ojos de Alexander ya no le veían, sino que le atravesaban. Veían más allá de él. Exploraban su interior, en busca de una esencia primordial, dispuesto a arrebatarle algo muy íntimo. Su musculatura también se hallaba en tensión. Pero era él quien dominaba sus actos. Había aprendido a hacerlo. Sus labios se movían lentos, como si articulasen sonidos inauditos, en idiomas que muy pocos conocieran. Sudaba, pues llevaba a cabo un ímprobo esfuerzo.

Aquella solitaria bombilla que lucía desnuda por encima de sus cabezas se puso a titilar. Cierto frío insospechado invadió aquel taller, cuyos muros eran, de pronto, infranqueables. El resto del mundo parecía remoto, inalcanzable.

Travis estiró su cuello en busca de aire respirable. Se ahogaba. No comprendía que lo mejor era ceder, dejarse. Porque ya no había remedio. Su tez palideció. El brillo de sus pupilas se mitigó. Y las fuerzas le abandonaron lánguida pero irremisiblemente.

Despacio, Alexander despegó su tensa mano del quieto pecho de Travis. Una inmaterial brizna de luz se fue con ella y, enseguida, se volatilizó. La bombilla dejó de titilar.

La parálisis de Travis remitió. Este se derrumbó en el suelo. Se retorcía en posición fetal, extenuado, a la vez que procuraba recuperar todo el aliento perdido.

—¿Por qué lo has hecho? —interrogó, empequeñecido, desde el suelo.

Alexander, que también aspiraba hondas bocanadas de aire, le contempló con mirada taciturna y, atormentado por lo que acababa de consumar, le contestó:

—Porque no me has dejado otra opción.

Le dio la espalda. Escudriñó la habitación como si fuese la primera vez que la veía. Travis ya no le importaba. Alexander sabía que el acto que acababa de perpetrar no tardaría en pasarle factura a su propio cuerpo y su propia suerte. Su tiempo era limitado, de modo que debía proceder con premura y salir de allí.

Antes, aun así, caminó renqueante hasta la encimera. Junto al casco de minero, localizó el objeto que tanto había llamado su atención. En efecto, se trataba de un dado, el cual mediría un centímetro y medio de lado. Su material cristalino estaba dotado de un tono azul que brillaba de un modo fascinante. Su interior translúcido parecía encerrar un núcleo más denso y opaco. Sus puntos eran blancos y relucientes. Mostraba el número dos.

Se lo guardó en un bolsillo del pantalón. Fue hasta la puerta que había a la derecha de la silla en la cual había estado maniatado, y abandonó aquel sitio. A partir de ahí, más tarde, una nebulosa de malestar y consunción afectarían al funcionamiento de su memoria.

13

Desconocía cómo, pero, a una hora indeterminada de la madrugada, Alexander logró volver a casa. El apartamento estaba en penumbra. No había nadie allí.

Cada vez que mermaba la suerte de una persona, experimentaba una especie de reacción, comparable a una infección, que abatía su cuerpo y, en cierto modo, también su ánimo. Durante unas horas, un padecimiento inconmovible le infligía debido al acto que había ejecutado, a la brizna de suerte que había restado. Así, una ineludible fatiga y languidez se apoderaban de él y sumían su organismo en una situación febril. Su conciencia se veía obligada a asimilar que otro peso más la habría de acompañar para siempre.

Con los años, gracias a los consejos de su padre adoptivo, quien le había instruido en todo lo que un gafe necesitaba conocer, había aprendido a prever y soportar ese período de castigo. No obstante, era inevitable verse abatido por la debilidad y el desánimo, lo cual le producía una vulnerabilidad de la que él, más que nadie, debía protegerse. Por eso, cuando cerró la puerta de su vivienda tras de sí, echó el cerrojo. Caminó a tientas hasta el cuarto de baño, guiado por la mortecina luz de la Luna, que entraba por la terraza.

El cuarto de baño del piso era rectangular, ajustado y estrecho. El techo se inclinaba, debido al estilo abuhardillado de la construcción. Había tres tragaluces cuadrados. Solo los vivos colores de la cortina de la bañera, la cual había sido un regalo de Irene, quebraban la monotonía del viejo alicatado blanco de desdibujada cenefa. Pero, aquella noche, en pleno período de castigo, cuando entró allí y encendió la luz, Alexander ni siquiera apreció tales colores. Se quitó toda la ropa. Según lo hacía, descubría más magulladuras de las que, al principio, había creído notar. Halló un bote casi vacío de desinfectante yodado. Con mucho escozor, se lo aplicó con ayuda de una toalla humedecida sobre las heridas que tenía en nariz, labios y nudillos. Después, se metió en la bañera y se dio una larga ducha. Al terminar, contempló su aporreado cuerpo desnudo en el espejo.

A sus treinta y cuatro años, Alexander estaba en forma. El tono de su musculatura se mantenía firme y definido, sin resultar desarrollado en exceso. Tras años de numerosos empleos cuya tónica era el esfuerzo físico, podía presumir de unos brazos y hombros poderosos, un pecho firme, un vientre plano, una espalda ensanchada, una cintura estilizada, y dos piernas fuertes, que acostumbraban a caminar aprisa. En su anatomía se hallaban bastantes señales de viejas lesiones, sufridas en el orfanato o en su juventud, que ya casi pasaban desapercibidas. Algunas las disimulaba su vello corporal, el cual era corto, oscuro y nada excesivo. Su piel estaba tenuemente bronceada. Su cabello era abundante, de un color castaño oscuro, y una textura fina y lisa. Lo llevaba corto y dispuesto de manera irregular y alborotada. Su rostro poseía sombra de barba. Sus ojos eran marrones, casi negros; sus cejas, pobladas y arqueadas. Su recta nariz separaba unos pómulos masculinos, que llegaban a unos labios carnosos, los cuales tendían a una línea recta. Un conato de hoyuelo aparecía en su barbilla. Tenía la nuez acentuada.

Se preguntó dónde estaría Irene. Pensó que debería telefonearla, pero se convenció a sí mismo de que la vida nocturna no supondría ninguna clase de amenaza para su hermana. Aunque pudiese ser egoísta o desconsiderado, necesitaba estar solo, más que de costumbre. Ya no sabía si ese deseo era otro efecto más del período de castigo o un rasgo interiorizado de su personalidad. Se miró a sí mismo en el espejo y vislumbró la melancolía y la desesperanza en lo más profundo de sus pupilas. Detestaba compadecerse de sí mismo, pero sí debía reconocer que se sentía triste. En los días previos, sus vacíos se habían revelado sin preaviso; unos vacíos de los que huía, dado que, aunque no lo reconociese, temía explorarlos. Era consciente de ser una persona incompleta, que procuraba ignorar las partes de su persona donde se localizaban dolorosas oquedades. Sin embargo, algo le decía que las cosas iban a cambiar, quisiese él o no. Por un momento, fantaseó con la posibilidad de que el incierto camino que acababa de abrirse ante él pudiera desembocar en un desenlace jubiloso. Y cedió a un inusual arrebato de ilusión. Se deleitó unos instantes con esa idea. Imaginó que la vida no fuese tan desapegada y que el futuro aún pudiera depararle la ilusión de gratas sorpresas.

Se vistió con una camiseta y un calzoncillo. A oscuras, cruzó el salón, cuyo mobiliario se silueteaba en la penumbra. Salió a la terraza, la estancia más envidiable de la casa. Era un confortable espacio de unos diez metros cuadrados. La altura de sus muros laterales caía de manera escalonada, de los dos metros y medio que alcanzaban los techos de la vivienda hasta un antepecho de un metro, desde donde se contemplaba buena parte de la ciudad. A un lado, había una pequeña mesa circular y un banco de gastado acolchado. Fue hacia la parte delantera de la terraza. Se estiró mientras bostezaba. La temperatura era fresca. No sabía qué hora sería, pero se fijó en que aún era de noche.

Un sonido insospechado le sobresaltó. Se trataba de un maullido. De un respingo, se giró hacia su izquierda. En la esquina del muro, sentado y ufano, se encontró con un gato. Era un minino común, probablemente callejero. Habría llegado allí a través de la azotea del edificio, procedente de las construcciones aledañas. Poseía un pelaje negro, con el cuerpo larguirucho, las facciones redondeadas y dos vistosos ojos dorados. Durante unos segundos, Alexander y él se observaron el uno al otro, ambos quietos y en silencio. El gato volvió a maullar. Le miró con la cabeza un poco ladeada. A Alexander, cuya personalidad era huraña por lo general, además de poco amigable con los animales, aquello le resultó un saludo muy simpático. Pensó que, tal vez, el gato tuviese hambre.

Así, al rato, en la calma de la aurora, en aquella terraza, aquel gato negro se bebía un buen cuenco de leche. Alexander, sentado en el linde del antepecho, admiraba la ciudad que se extendía ante él. El gato y él parecían ser los únicos habitantes de todo el universo.

Ciudad Fortuna amanecería pronto. Las estrellas se retirarían y las luces artificiales se apagarían. Los claroscuros desaparecerían en el furor de la mañana. La altura y ubicación de los edificios se confundían en la lejanía. Sus formas y materiales se agregaban. Los sonidos se amortiguaban. Los límites de la ciudad se desdibujaban en un horizonte irreal.

Alexander miró al gato. Este le devolvió la mirada un instante, para después volver a su leche. El gafe taciturno esbozó una sonrisa. Acariciaba entre sus dedos el brillante dado azul que había cogido prestado. Pensó en el niño que apenas lograba rememorar; en el tacto de Selena Myers por su brazo al remangar su camisa; en las palabras de Ismael Wagner y de Ricardo Varone; en la cariñosa caricia de su hermana Irene; en las uñas fucsia de la chica muerta, y las manchas de las yemas de sus dedos; en la mano tendida de Luka Miller; en las súplicas de Travis, el tipo de los pantalones rojos; en los labios de Selena…

Mas, pronto, todas aquellas sensaciones y pensamientos se diluyeron paulatinamente, eclipsados por el recuerdo de la joven de ojos negros y sonrisa tímida que había cambiado su vida, en la esquina de Tragaluces con Fabriko, al entregarle un sobre con un heptágono lacrado, sin ni siquiera haber rozado su mano.

CAPÍTULO II

El séptimo cielo

1

Alexander Berkel nunca había tenido un trabajo cualificado. Cuando, alrededor de los doce años, su padre adoptivo le sacó del orfanato, había recibido una educación que apenas cumplía los mínimos básicos. Consiguió finalizar los estudios de secundaria, aunque lo hizo en dos institutos distintos. Más tarde, ni siquiera llegó a cursar estudios superiores. Además de que él nunca mostró ningún interés en ello, la familia vivió en varios lugares diferentes a lo largo de casi una década. Para colmo, disponían de poco dinero.

El empleo más estable y mejor gratificado que Alexander había desempeñado en toda su vida laboral duró casi cinco años. Fue el último que tuvo antes de trasladarse, junto a su familia adoptiva, a Ciudad Fortuna. Era en el almacén central de una empresa fabricante de productos de limpieza. Lo obtuvo mediante los contactos de Héctor, quien, sin duda, sabía desenvolverse en la adversidad. Y, gracias a su propio esfuerzo y valía, lo mantuvo durante casi un lustro. Llegó a ser la mano derecha del gerente.

Aparte de ese puesto, el resto de sus ocupaciones, en especial las que había llevado a cabo en Ciudad Fortuna, habían sido claramente inferiores, inseguras y peor pagadas: desde ayudante de pocero hasta lector de los contadores de electricidad. Incluso, aunque por muy poco tiempo, había llegado a trabajar en una funeraria. Durante más de un año, fue portero de un bloque de viviendas acomodadas. En la actualidad, subsistía gracias a sustituciones en una empresa de mensajería y en otra de vigilancia.

Pero nunca le habían contratado como detective privado. Por ese motivo, debido a la inexperiencia en ese oficio, aunque sobre todo a los efectos del período de castigo, cometió un estúpido error de novato cuando, tras mermar la suerte de Travis, se marchó y permitió que el camello de pantalones rojos escapara. Y aunque, en ese momento, para Alexander la prioridad era sobrevivir; durante todo el fin de semana siguiente, mientras se recuperaba de las secuelas de haber usado sus poderes, se reprendió por desaprovechar la ventaja de haber pillado al joven.

Así que, el lunes, se levantó empeñado en ir en su búsqueda, a pesar de que no tenía claro cómo proceder. Temía que Selena Myers comenzase a telefonearle para pedir informes de sus pesquisas. No obstante, Irene le recordó que había reposado poco tiempo y le convenció para que esperase hasta el martes por la mañana.

Entonces, volvieron a la mitad septentrional del barrio de Hornos. Este, aunque fuese el de mayores dimensiones de la ciudad, era también el más pobre. Había surgido con la industrialización, carente de planificación urbanística o estilo arquitectónico. Las personas de clase obrera, por lo general, vivían y trabajaban allí. La avenida Fabriko, con su tranvía, era su columna vertebral. Ese martes, ellos fueron hacia el este, a las antiguas fábricas de la ciudad. Las calles, paralelas y perpendiculares, enmarcaban edificaciones de tosca y robusta construcción de ladrillos y cemento avejentados. Se trataba de un entorno decrépito, decadente y deprimente. Bastantes empresas habían tenido que cerrar en los años previos.

Acompañado de su hermana, Alexander rondaba por allí, bajo un manso Sol otoñal. Miraba en todas direcciones sin lograr ninguna conclusión. La zona era tan cuadriculada que resultaba difícil situarse. Después de una hora larga de caminata, chasqueó la lengua y, malhumorado, se vio obligado a admitir algo que hacía rato que era evidente:

—No me acuerdo. No reconozco nada. No sé dónde demonios estuve.

—Ya. Encima era de noche —anotó Irene, en un intento de confortarle.

La noche que Alexander se había topado con Travis, ella había merodeado por los alrededores de la cuesta del Serrín. Se mezcló y charló con los jóvenes que fumaban y se emborrachaban en la calle. No descubrió nada interesante. De vuelta a la discoteca, encontró su moto aparcada cerca de allí, pero sin rastro de Alexander.

—Preguntemos por aquí —le sugirió a su hermano.

—¿Preguntar qué?, ¿por un camello llamado Travis?

—No, imbécil —contestó Irene, a quien le exasperaba que él se ofuscase con tanta facilidad—. Pero sí podemos preguntar por algún taller o almacén que esté abandonado.

Alexander aceptó su propuesta. La idea de una nave abandonada, fuese un taller, un almacén u otra empresa, concordaba con los recuerdos que tenía de su cautiverio.

Merodearon por allí durante bastante rato, en busca de cualquier trabajador de las fábricas. Abordaron a unas cuantas personas. Les preguntaron si conocían alguna compañía de la zona que hubiese cerrado recientemente o algún sitio que hiciese tiempo que no estuviese regentado. Pero no obtuvieron ninguna información relevante.

Al final, su presencia despertó las suspicacias de un antipático vigilante de seguridad, un cincuentón de tez enrojecida y voz raspada, quien les conminó a dejar de molestar a los obreros. Alexander estuvo en un tris de discutir con él, pero Irene le contuvo. Resignados ante la certeza de que no iban a descubrir nada provechoso esa mañana, y para evitar meterse en más líos, los hermanos se marcharon.

Según se alejaban de allí, Alexander miró hacia atrás un momento, y vio cómo el vigilante de la voz de lija hablaba por un teléfono móvil. Se dijo a sí mismo que eran paranoias suyas, pero le dio la impresión de que el hombre les observaba de reojo.

2

Las calles se llenaban del tránsito habitual del mediodía. Se cruzaron con señoras que arrastraban consigo el traqueteo de los carros de la compra, con escolares que habían salido del colegio para comer en casa, con adolescentes que iban ensimismados en sus móviles, y con hombres que andaban con aspecto de no saber dónde dirigirse. El bullicio de las conversaciones llegaba desde los bares. Los coches buscaban aparcamiento.

Alexander caminaba en silencio. Miraba al suelo con aire ceñudo. Torcía la esquina de vez en cuando para acortar el desplazamiento. Le exacerbaba la impotencia de no saber cómo proseguir con la investigación. Le sorprendió lo mucho que le obcecaba el caso. Comprendió que, aunque fuese un tema en el cual procurase no pensar, la cuestión de descubrir su identidad le afectaba de modo especial.

A su lado, sin preguntar ni protestar, Irene se esforzaba por mantener su apremiado ritmo. Ella tampoco había dicho nada desde que iniciaran el camino de regreso, lo cual era extraño. Alexander se percató de ello. Sabía que su hermana le conocía lo suficiente como para adivinar su turbación. Y agradeció que respetara el mutismo que él solicitaba en esas situaciones.

Llegaron a la avenida Fabriko. Se detuvieron en un paso de peatones, cerca de donde comenzaba Tragaluces, cuando el semáforo se puso en rojo.

—Me muero de hambre —se lamentó Irene.

El semáforo se puso en verde. Los demás viandantes reanudaron la marcha. Irene iba a hacer lo mismo, pero Alexander la retuvo de improviso, y señaló hacia un tranvía que, en esos momentos, se aproximaba a la parada cercana a ese cruce.

—Deprisa, vamos —dijo él, entonces. Se apresuró para llegar a la plataforma, colocada en mitad de la calzada, antes de que lo hiciera el tranvía.

—Pero ¿dónde vamos ahora? —preguntó ella, en tono suplicante.

Alexander no le respondió, por lo que Irene tuvo que echar a correr tras él. Llegaron a la plataforma justo a tiempo para subirse al vehículo. Acercaron sus abonos magnéticos al lector, y ocuparon un par de asientos libres en la parte central. Los tranvías de Ciudad Fortuna constaban de cinco módulos por convoy, si bien, por dentro, no existía separación y el espacio estaba unido. Poseían capacidad para unos doscientos pasajeros. Se accedía por la parte delantera, y se bajaba por la trasera. La carrocería estaba pintada en verde claro, decorada con dos gruesas rayas en verde oscuro. La línea de Fabriko, la cual recorría la avenida homónima, era una de las que todavía dependían del sistema de catenaria para alimentarse.

—¿Me vas a decir ahora dónde vamos? —inquirió Irene. La media sonrisa en el rostro de Alexander indicaba que había tenido una idea para seguir las indagaciones del caso.

—Héctor decía que hay que tener amigos en todas partes —respondió él, sin más.

La Comisaría Central de Policía se situaba en pleno centro de la ciudad, en la avenida Abundo, muy cerca de la plaza de la Cornucopia. Ocupaba un viejo edificio de tres plantas. Sus muros estaban revestidos de ajados ladrillos, recorridos por filas de grandes ventanales. El tejado, cubierto por tejas, sobresalía y generaba una cornisa a lo largo de todo su perímetro. La ancha puerta principal, flanqueada por dos columnas, poseía un frontón que pedía un buen remozamiento. Era uno de los pocos recuerdos renacentistas que se conservaban. A ambos lados de la construcción, se hallaban sendos callejones, donde se situaban algunas entradas auxiliares, así como el acceso para los vehículos autorizados.

Irene, rendida a acompañar a su hermano allá donde fuese menester, traspasó aquel frontón junto a él. Recorrieron una corta galería inicial. Desembocaron en la recepción. Era una enorme habitación, bastante concurrida en ese momento, con varias puertas y accesos a pasillos y escaleras. A un lado, había un largo mostrador con forma de ele, tras el cual, los agentes uniformados atendían a los ciudadanos. Al otro lado, estos aguardaban a que llegase su turno. Sentados en unas escasas hileras de sillas, miraban de hito en hito la pantalla en la que salían los números de los tiques que habían sacado de unas máquinas. En un tablón, algunas personas consultaban el censo de los próximos comicios.

Puesto que los agentes del mostrador estaban atareados y no prestaban atención a quién entraba o salía, Alexander le indicó a su hermana que le siguiera a través de una puerta doble. Inadvertidos, recorrieron un par de pasillos, cuyas paredes estaban repletas de carteles relativos a diversas normativas y campañas informativas. Llegaron a una amplia sala diáfana donde, organizados en cubículos, trabajaban decenas de policías de paisano. La luz entraba a raudales por los altos ventanales. El ruido era notable.

Alexander se dirigió a una mesa situada en una esquina de la pared de los ventanales. Allí, se encontraba un hombre de treinta y algún años, complexión fuerte, facciones redondeadas, pelo rubio y perilla. Vestía de traje, con la camisa abotonada hasta arriba y la corbata sin ninguna arruga. Había dejado la chaqueta colgada en el respaldo de su silla. Llevaba el arma enfundada en su cinturón. Encima de su escritorio había un ordenador, un teléfono y un montón de papeles. Sus ojos reflejaron asombro cuando le reconoció.

—Hola, Eddie —saludó Alexander—. ¿Cómo va todo?

Eddie Baltz era un agente de policía a quien Alexander había conocido una noche de hacía seis años, cuando, sin pretenderlo, se metió en líos y terminó en el calabozo. Eddie simpatizó con su situación, y le ayudó a salir del apuro. Desde entonces, Alexander había acudido a él en alguna ocasión. Lamentaba que no hubiera más gente así en el cuerpo de Policía.

—Alexander, ¡cuánto tiempo! ¿Qué tal?

—Bien. ¿Conoces a mi hermana Irene?

Irene y Eddie intercambiaron dos educadas y comedidas inclinaciones de cabeza.

—¿Qué ocurre? ¿Tienes algún problema? —preguntó Eddie a Alexander.

—La verdad es que quería consultarte algo sobre un tipo del que he oído hablar.

—¿Quién?

—Solo sé que se llama Travis. Creo que trapichea con droga en el barrio de Hornos.

Eddie miró con gesto inquisitivo a Alexander:

—Espera, ¿es que estás metido en algún mal rollo? —interrogó.

—No, no, tranquilo. Oí hablar de él y me preocupa lo que pueda suceder por allí.

Eddie le observó con el ceño fruncido. Con toda seguridad, no le gustaba lo que escuchaba. No obstante, se volvió hacia el monitor de su ordenador, y tecleó varias órdenes. Pocos segundos de búsqueda después, giró la pantalla hacia Alexander. Este descubrió en ella la fotografía de la ficha policial del tipo de los pantalones rojos.

—¿Es este? —quiso saber Eddie.

—Sí, el mismo. ¿Quién es?

—Se llama Travis Dixon.

—¿Qué sabes de él?

—Yo diría que es un superviviente nato. Le han pillado por andar metido en asuntos de estafa y contrabando, cosas así; ningún delito de sangre. Pero siempre se salva porque la responsabilidad recae en otros. Me da la impresión de que solo es el mandado de los tipos peligrosos de verdad. Pero no significa que con él no haya que tener cuidado.

Alexander asentía meditabundo. Irene les escuchaba en silencio.

—A ver —añadió Eddie—, ¿qué me ocultas?

—Tranquilo, de verdad. No hay nada de lo que preocuparse —aseveró Alexander.

Eddie, pertinaz, estaba a punto de replicarle, pero algo, detrás de los dos hermanos, captó su atención e hizo que mudara su gesto al instante. Acuciante, les susurró:

—Deberíais iros.

Extrañado, Alexander miró hacia atrás. Enseguida, vio a un hombre que se acercaba a ellos con aire resuelto y expresión antipática. Contaría cerca de sesenta años. Tenía la cintura ancha, la zona frontal y parietal de la cabeza calvas, y un recto bigote negro, el cual le confería un aspecto bastante hosco. Llevaba la corbata aflojada, y sostenía en una mano unas deterioradas gafas. Alexander ya le conocía. Era el comisario Garmash.

—¿Hay algún problema? —interpeló Garmash, con voz ronca. Echó una ojeada al monitor del ordenador de Eddie, y espetó—: No se puede estar aquí sin autorización.

—Ya se iban, señor comisario —se apresuró a intervenir Eddie—. Querían formular una consulta, pero ya les he indicado dónde pueden enviarla.

—Sí —asintió Alexander—. Ya nos marchábamos. —Sin que Garmash le viese, dedicó una fugaz mueca de disculpa a Eddie. Esperaba no causarle problemas. Y, casi en un murmullo, dijo—: Muchas gracias.

Acompañado por Irene, abandonó la sala de trabajo. Mientras lo hacía, pudo percibir los ojos de Garmash clavados con desprecio en su espalda.

3

El comisario Garmash dio un portazo al entrar en su despacho, situado en la segunda planta del edificio. Fuera, había dejado a su sufrida secretaria con la palabra en la boca. No le apetecía saber qué mensajes había recibido. No tenía tiempo para sandeces.

La contraventana de la habitación estaba entornada, por lo que el lugar se encontraba en penumbra. Él lo prefería así. Últimamente, la luz intensa le provocaba migrañas, lo cual acentuaba su mal humor. Se acercó a la hilera de archivadores que había a un lado de la estancia. Abrió uno de ellos. Iba a buscar algo. Sin embargo, enseguida, cambió de opinión, y lo cerró con un golpetazo. Fue a la butaca de su escritorio, cuyo acolchado hacía tiempo que poseía la forma de su culo. Se arrojó en ella, cosa que provocó un quejicoso chirrido de sus muelles internos. Tiró las gafas sobre una pila de papeles que le esperaba sobre la mesa. Del primer cajón, extrajo un paquete de tabaco y un mechero. Se encendió un cigarrillo y aspiró una honda bocanada. Estaba nervioso y enfadado. Le ardía el estómago.

Con el cigarrillo en los labios y el móvil en la mano, se sentó en un tresillo que había en otra pared, donde tenía fotografías y condecoraciones enmarcadas. Marcó un número de su agenda rápida. Cuando obtuvo respuesta al otro lado, dijo:

—Aquí Garmash. Un tipo ha estado por aquí. Me da que preguntaba por uno de los chicos habituales de Yazpik.

4

Alexander nunca se hubiera imaginado capaz de acoger con tanta paciencia y facilidad a su insospechado nuevo compañero de piso. Por algún motivo ignoto, no quería desentenderse de él. El gato negro no había tardado en acostumbrarse al apartamento. Iba de un lado a otro como si hubiera vivido allí toda su vida. Todavía tenía que aprenderse en qué sitios no debía subirse ni husmear. Por lo menos, ya entendía para qué era la arena que su colega humano le había puesto en una esquina del cuarto de baño.

Sentada en el sillón, donde había trabajado toda la tarde, con su portátil frente a ella en la mesa de café, Irene no podía evitar despistarse con cada correteo del gato. Si bien lo que de verdad la asombraba era la actitud conforme de su hermano.

—Te felicito —le dijo—. Después de tanto tiempo, me has sorprendido.

—¿Y eso por qué? —preguntó Alexander.

—¡Pues porque te has relacionado con otro ser vivo! Con tiempo y tesón, puede que consigas hacer lo mismo con alguien de tu misma especie. Por cierto, ¿este cómo se llama?

Alexander dedicó una enigmática mirada a su hermana. La ironía era algo desacostumbrado en él, pero sentía mucha curiosidad por conocer la reacción de Irene.

—Trece —proclamó, y trató de no reírse de su propia ocurrencia.

Boquiabierta, Irene negó con la cabeza mientras comentaba:

—Definitivamente, hermano, algo está cambiando en ti.

Esa frase, a pesar de suponer más un cumplido que cualquier reproche, removió algo dentro de Alexander. No obstante, antes de que umbríos pensamientos pudiesen nublar su humor, descubrió a Trece haciendo algo que no aprobaba. El gato brincaba con alegría en un rincón del salón. Jugueteaba con el brillante dado azul que Alexander había encontrado la semana anterior, la misma noche que el felino se presentó en su terraza. Se lo quitó de entre las patas. El dado era una de las cosas que no le permitía coger.

Por su parte, Irene apagó su portátil, lo guardó en su mochila, suspiró, y concluyó:

—En fin, ojalá existiese una red social para malhechores para que buscásemos a Travis Dixon por su nombre completo y aficiones delictivas. Pero eso es algo que tendrán que inventar en el futuro. De momento, no he encontrado nada de nada. Lo siento.

—Tranquila. Después de lo que le hice, dudo mucho que vuelva a actuar. He echado a perder el único hilo del que podía tirar. ¡Vaya estupidez! Si, al menos, hubiese alguna manera de descubrir para quién trabajaba. O cómo contactaba con las víctimas. No sé.

Entonces, el timbre de la puerta les interrumpió. Aquello sorprendió a Alexander, ya que no solía recibir visitas. Pero Irene se apresuró a ponerse en pie y explicar:

—Disculpa. Le he pedido a mi socia que viniera a buscarme aquí.

Así, Irene abrió la puerta, y recibió a una mujer de unos veintitantos años. Esta era de estatura media y curvas saludables, con piel clara, cabello moreno cortado a media melena, ojos grandes y oscuros, y un lunar en su pómulo derecho. Vestía con feminidad y sencillez.

Irene le dio un prolongado beso en los labios, gesto que descolocó un instante a Alexander, quien se preguntó cuál era el concepto concreto de "socia" de su hermana.

—Te presento a Lena Cascio —le dijo Irene, tras tan efusivo recibimiento.

Alexander saludó a Lena con una sonrisa y un movimiento de la cabeza. No la había visto antes. Ya sabía que Irene y ella trabajaban juntas en el diseño del artilugio que, como prototipo en pruebas, Irene llevaba en su muñeca a modo de reloj. En cambio, desconocía que esa joven fuese también la nueva conquista de su hermana.

—Es un placer —agregó Lena. Su voz resultaba agradable. A Alexander le pareció que bien podría trabajar en la radio. Y su actitud daba la impresión de ser llana y sincera.

—Nosotras nos vamos ya —informó Irene—. Pero, si yo fuera tú, no me vendría abajo. Volvería sobre mis pasos, hasta justo antes del traspié con aquel chico. De hecho, al fin y al cabo, el otro día ni siquiera llegaste a entrar en *El séptimo cielo*. La cuestión quedó pendiente. Tal vez, podríamos ir mañana, a ver qué podemos descubrir.

—Vale, de acuerdo. Pero ¿mañana?, ¿un miércoles?

—Créeme, no será como un viernes o un sábado, pero ese sitio siempre tiene gente.

—Bueno. Déjame que lo piense.

—Como quieras. Mañana te llamo.

Irene se colgó su mochila con el portátil a la espalda, cogió su casco y, de camino a la puerta, entrelazó su mano con la de Lena. Alexander se despidió de la pareja con la mano.

—Encantada –repitió Lena, antes de marcharse junto a su "socia".

—Hasta pronto –correspondió él.

Una vez solo, pensativo, Alexander miró a Trece, que estaba parado en el umbral del dormitorio. El gato le contempló unos segundos y, acto seguido, maulló.

5

La llamada que Alexander temía se produjo el miércoles por la mañana. Selena Myers le telefoneó para que la informara de los progresos que había efectuado los días previos. Hacía casi una semana desde que Alexander aceptara investigar el "caso azafrán". En ese tiempo, no había dado señales de vida, por lo que resultaba comprensible que Selena exigiese algún tipo de reporte por su parte.

Alexander, a quien el teléfono nunca le había gustado y era un medio en el que no se comunicaba con facilidad, estuvo a punto de contarle a Selena todo lo que había acontecido el viernes anterior en relación a Travis Dixon. Sin embargo, la posibilidad de confesar que había comenzado el desempeño de su cargo atrapado por un maleante callejero, al que él, para más inri, había dejado escapar, no le pareció buena idea. De repente, le asaltó el temor a ser despedido. Y volvió a ser consciente de lo mucho que deseaba conocer cuáles eran sus orígenes. Así que se limitó a contarle que había consultado a amigos en la Policía y que exploraba posibles lugares de venta del "azafrán".

Selena pareció conformarse con eso por el momento, aunque le citó para un encuentro personal al día siguiente. De modo que Alexander se convenció de que, para no presentarse en dicha reunión con las manos vacías, debía seguir de nuevo el consejo de Irene e ir a *El séptimo cielo*. Su topetazo con Travis en las cercanías de la discoteca demostraba que era muy probable que descubriera algo en ese lugar.

Le mandó un mensaje a su hermana para contarle que el plan para salir un miércoles por la noche se confirmaba. Ella le comentó que a Lena le apetecía unirse a ellos. Acordaron encontrarse en el inicio de la cuesta del Serrín.

Así, una vez allí, mientras esperaba a las chicas, cerca de la entrada de la discoteca, Alexander se percató de que, a pesar de ser miércoles, sí entraba gente en el local. La vía era oscura y poco transitada por las noches. La puerta de la discoteca era discreta, iluminada por un solo foco. No se percibían sonidos del interior. Un vigilante controlaba el acceso.

Cuando Irene y Lena aparecieron en la moto de su hermana, él les comentó:

—Parece cierto que este sitio tiene clientela aunque sea un día de diario.

—Claro —afirmó Irene—. Existe una gran vida nocturna clandestina en esta ciudad.

Se dirigieron a la entrada. El vigilante, cuya musculatura casi hacía estallar la camiseta que vestía, inexpresivo y amparado tras sus gafas oscuras, les abrió la puerta sin mediar palabra.

El séptimo cielo era un local mucho mayor de lo que parecía desde el exterior. Una vez pasado el vestíbulo inicial, donde había un mostrador para las ocasiones en las que se cobraba entrada, así como el guardarropa, se llegaba, tras unas pesadas puertas dobles, al espacio principal. Este podría abarcar unos doscientos cincuenta metros cuadrados. La zona central, una amplia pista de baile, circundada por una larguísima barra que formaba un ángulo recto, se contraponía a otros ambientes, de distintos tamaños, que, en el lado izquierdo del piso, estaban parcialmente aislados por cristaleras de diferentes clases. La iluminación era, como en cualquier local similar, tendente a lo nebuloso. En la zona central, la luz mostraba un colorido verde y azul; mientras que, en los ambientes adjuntos, se advertía una luminosidad mayor, con otras tonalidades, como el granate, el violeta o los focos que alternaban colores. La decoración se basaba en formas cuadradas y redondas y en los colores blanco, negro y plateado. Las paredes del fondo de la barra estaban cubiertas de espejos, con numerosas baldas en las que se hallaban un sinfín de botellas. Había taburetes junto a ella. En un rincón oscuro, se vislumbraban algunos sillones. En uno de los ambientes adjuntos, se veían mesas de cristal y butacones; en otro, la luz procedía de psicodélicas lámparas de lava adheridas a las paredes. La música era, por lo que Alexander escuchó en un primer momento, en su mayoría electrónica: *techno*, *house*...; estilos en los que él no era experto. Se percató de la existencia de dos escaleras, una ascendente y otra descendente, así como de un pasillo anexo, lo cual le hizo sospechar que *El séptimo cielo* poseía incógnitas difíciles de escudriñar. Esa noche, el local se hallaba más o menos frecuentado.

Cuando quiso darse cuenta, Irene y Lena se habían separado de él y bailaban sugerentemente juntas en la zona central. Parado al lado de la puerta, Alexander comprendió que se sentía fuera de lugar y no tenía claro cómo desenvolverse.

Recordó.

6

Era el invierno del año 2008. Hacía pocas semanas, una fuerte nevada había cubierto la ciudad. Aún se podían hallar placas de hielo incrustadas en el pavimento.

Por aquel entonces, la familia convivía bajo el mismo techo. Esa noche, cuando Irene ya se había ido a dormir, Alexander sorprendió a su padre adoptivo preparado para salir. Extrañado, quiso saber dónde iba. Héctor trató de restarle importancia a su salida nocturna, pero no consiguió evitar que Alexander se empeñara en ir con él.

Fueron a un bar situado en el linde sur del barrio de Saberes, casi en el área industrial y empresarial. El local se ubicaba en una zona deshabitada e intransitada por las noches, junto a la esquina de un callejón carente de alumbrado. Era un lugar penumbroso y descuidado, con cáscaras de frutos secos y colillas pisoteadas por el suelo, una decoración inexistente y muebles deteriorados. De dimensiones reducidas y planta cuadrada, solo había una barra, así como algunas mesas dispuestas junto a las paredes.

—¿Qué hacemos aquí? —interrogó Alexander a su padre, nada más entrar.

—Nada —contestó Héctor, un tanto brusco—. Has prometido no molestar.

Se sentaron en una mesa colocada en una esquina del fondo, donde apenas había luz. Héctor pidió dos pintas de cerveza negra cuando el tipo de la barra, un hombre flacucho de nuez prominente, se acercó a ellos. Alexander estudió la situación: no habría más de quince personas en todo el bar, las conversaciones eran sigilosas y no se escuchaba música. Estaba claro que ese sitio solo era recomendable para actos subrepticios. La incomodidad se reflejó en sus gestos, pues empezó a repasar a los presentes con la mirada. Se sentía amenazado.

—Deja de hacer eso —le regañó Héctor en voz baja, con tono contenido y monocorde.

Alexander miró a su padre adoptivo. Este tomó un sorbo de su pinta, pensó, y habló:

—Para vivir en la penumbra a la que nos condena nuestro estigma, debemos aprender a desenvolvernos en ella. Más de una vez, por desgracia, te tendrás que mover en entornos oscuros como este. Aunque, en ocasiones, esa oscuridad podría ser más figurada que literal. En casos así, para gente como nosotros, la clave es el coraje, controlar la situación sin perder la calma. No temas actuar por tus fines. Coraje, Alexander. Reemplaza el miedo por respeto y cautela. Busca tu mejor posición. Como nosotros aquí, sentados en un rincón donde no hay luz, no se nos ve, pero, al mismo tiempo, podemos vigilar al resto; igual que un gato negro que camina en una noche sin Luna. Nosotros podemos ver, los demás no.

Alexander caviló en silencio las palabras de Héctor. Entonces, este tomó un trago largo de su pinta, se incorporó y, en un cuchicheo casi inadvertido, le dijo:

—Quédate aquí.

Alexander permaneció en la mesa. No pudo reprimir una rápida mirada hacia la barra. Logró ver cómo su padre, sentado de espaldas a él en un taburete, departía con otra persona, a la cual no consiguió distinguir. Héctor no llegaría a contarle nunca ni quién era aquel interlocutor ni por qué razón habían tenido que ir a ese antro de mala muerte.

7

Alexander se dio cuenta de que quedarse parado junto a la entrada era la peor manera de pasar desapercibido. Si quería mimetizarse con el ambiente para controlar la situación y no perder la calma, lo más apropiado era comportarse como lo haría cualquier hombre de su edad en un lugar así. Consideró que, alguien como él, horrorizado ante la posibilidad de bailar, lo mejor que podía hacer era sentarse en la barra.

Ocupó uno de los muchos taburetes libres. Tras la barra, solo vio una camarera, lo cual estimó personal suficiente para atender a la clientela de esa noche. Era una treintañera de pelo corto y engominado, sombra de ojos añil y labios pintados de morado. Masticaba chicle. Alexander pidió una copa, algo que no hacía a menudo, y analizó el local mientras se la bebía sin prisa.

Buscó a Irene y Lena. Las localizó en uno de los ambientes adyacentes, un sitio cuadrado decorado en tonalidades claras, con un banco acolchado que circundaba casi todo su perímetro. En la parte de las lámparas de lava, un grupo de chicas jóvenes reía y bailaba. Le recordaron a la joven de las uñas fucsia que había fallecido en el Santo Damián. En la pista de baile principal, una dispersa veintena de personas se movía con mayor o menor sentido del ritmo. Se fijó en que no creía ver a nadie solo, a ninguna persona que pudiese encajar en el posible perfil de un camello. Pero, al preguntarse si alguno de los asistentes podría buscar algo que meterse, se contestó a sí mismo que, en verdad, cualquiera podría hacerlo. Cierta etapa del pasado de su propia hermana le había enseñado que los estereotipos no eran más que simplificaciones condenadas al fracaso.

La música parecía evolucionar hacia estilos más próximos al *disco*, tal vez en un intento de animar la poco concurrida noche. Cuando su vaso de tubo iba por la mitad, notó una presencia a su lado. Una mujer había ocupado el asiento de su izquierda. Alexander la observó a través de los espejos que había tras las baldas de botellas. Aparentaba su edad. Era rubia y atractiva. Tenía carmín en los labios. Por su ropa, daba la impresión de haber estado toda la jornada en la oficina, aunque su aspecto no se advertía descuidado. No encajaba en el tipo de mujer que él hubiese esperado encontrarse en aquel sitio.

—Vodka con arándanos —pidió ella, cuando la camarera se le acercó.

Alexander reclamó la atención de la camarera con un dedo, y anotó:

—Invito yo.

—Gracias —dijo la mujer rubia, quien, al fin, le miró y mostró una agradable sonrisa.

Él había hecho su apuesta. Ella la había visto. Ahora, no había vuelta atrás.

—No me suena haberte visto antes por aquí —se le ocurrió decir a Alexander.

Ella mantuvo una curiosa sonrisa clavada en él y, después, le replicó:

—Disculpa, pero es a mí a quien no le suena haberte visto antes por aquí.

Alexander esbozó una sonrisa. Esa mujer era una jugadora asidua de aquella barra.

—¿Un día largo? —le preguntó, animado por la mirada seductora que ella le dedicaba.

—Como todos —respondió. Luego, bebió de su copa, y añadió—: ¿Qué hay del tuyo?

—Bueno... Largo también, sí. Pero, sobre todo, inusual.

—¿Eso es algo bueno o malo?

—Aún estoy por descubrirlo.

Alexander quiso beber de su copa, pero en su vaso ya solo quedaban hielos licuados. Se sentía inquieto. No consideraba pertinente liar el asunto mucho más. No le hubiera importado descubrir si podía terminar en la cama con aquella ejecutiva solitaria. Sin embargo, no había ido allí con ese objetivo.

—Busco algo que no sé dónde encontrar —decidió contarle a la atractiva mujer.

—Lógico —contestó ella, templada—. Si lo supieras, no lo buscarías.

Alexander volvió a sonreír. Se quedó en blanco un instante. Entonces, ella prosiguió:

—¿Qué buscas?

Él la miró a los ojos. Vio el deseo manifiesto en ellos. Le hubiera encantado confesar algunas de las cosas que hacía tiempo que no encontraba. Pero se contuvo, e improvisó:

—Busco algo diferente. Algo que me proporcione una evasiva, una... pizca de júbilo.

La mujer le observó un poco confundida. Esa no debía ser la respuesta que esperaba.

—Me han dicho que existe algo nuevo que da esa sensación —continuó Alexander—. ¿Sabes dónde puede conseguirse?

—No. Pero te deseo suerte.

Con esas palabras, la ejecutiva solitaria se levantó de su taburete y se fue a otra parte. El sarcasmo de su última frase suscitó una risa efímera en Alexander, quien concluyó que la mujer solo buscaba un poco de compañía masculina, no colocarse con un desconocido.

En vista de su fracaso, decidió probar otras vías de investigación. No le apetecía lanzarse a flirtear con otra chica ni sondear a los presentes en busca de algún vendedor o consumidor asiduo de alucinógenos o estupefacientes. Se le ocurrió que, más que a las personas, debía estudiar el lugar en sí. *El séptimo cielo* podía tener información para él. Así que se puso en pie y miró a su alrededor. Había varios sitios que explorar, pero pensó que algo ilegal, como la venta de drogas, era más apropiado para un escenario subterráneo. De modo que buscó la escalera descendente que había visto antes y fue hacia ella.

Abajo, se encontró en el extremo de un pasillo largo, estrecho y umbroso. Debajo de la escalera, halló una puerta de cristal translúcido que, según indicaba una pegatina adherida a ella, correspondía a un almacén. El corredor poseía varias puertas, tres a la izquierda, dos a la derecha y una al fondo. Las tres de la izquierda carecían de indicativo que informara de la función de esas estancias. Alexander se cercioró de que nadie podía verle, e intentó abrir uno a uno sus pomos. Pero todas esas puertas habían sido cerradas con llave.

Las dos de la derecha, situadas en la mitad del pasillo, conducían a los aseos. Pasó al de hombres. Se sobresaltó un instante al hallar a otro tipo. Tras un momento de vacilación, se dirigió a uno de los apestosos urinarios y se puso a simular que meaba. De reojo, observó al tipo, que estaba de pie frente a los lavabos. Era calvo y corpulento. Lo que enseguida llamaba la atención de él era una cicatriz que recorría toda su mejilla derecha, como una prolongación grotesca de su boca. Sin disimulo, el personaje, que tenía ojos de colgado, sacó una pastilla azulada, con una H grabada en ella, y se la tragó con un sorbo de agua del grifo. Acto seguido, se fue. Aquello trajo malos recuerdos a Alexander.

Una vez solo, dejó de fingir que meaba, y examinó la estancia. Eran los baños que se podía esperar de cualquier discoteca de esa clase, dotados de lavabos, urinarios y retretes escusados. Estaban sucios y húmedos. Olía mal. La mayoría de los espejos mostraban alguna esquina rota.

Imaginó que el papel higiénico escasearía. No obstante, cuando se acercó a uno de los retretes, descubrió algo que le puso alerta al instante. En el agua del fondo del inodoro, una mancha roja y marrón enturbiaba la porcelana. Poseía cierta similitud con el color que se describía en el *dossier* del caso como una característica inconfundible del "azafrán", el mismo que él había vislumbrado en las yemas de los dedos de la joven víctima del fin de semana previo. Aunque, en ese baño, podía proceder de múltiples orígenes escatológicos: sangre, heces, etc.

Inmerso en aquellas dudas, regresó al pasillo. Entonces, una voz le sobresaltó:

—¿Busca algo? —interrogó alguien a su espalda.

Alexander se dio la vuelta. Se topó con un hombre. Este tendría cuatro o cinco años más que él. Era de su misma estatura, con una musculatura humilde, facciones afiladas, cabellera castaña echada hacia atrás y bigote poblado. Los botones desabrochados de su camisa permitían ver una cadena plateada alrededor de su cuello. Miraba con expresión desagradable.

—No, nada —respondió Alexander—. Solo bajé a los baños.

—Claro —anotó el de la cadena plateada. Y le miró sin decir nada más.

La situación era violenta. Alexander tenía la impresión de haber sido cazado haciendo algo indebido. Pensó en la entrevista que tendría con Selena Myers al día siguiente y en lo infructuosa que estaba siendo la noche, por lo que decidió lanzarse al vacío, igual que con aquella ejecutiva solitaria minutos antes.

—En realidad, también buscaba a alguien que me han dicho que viene por aquí —dijo—. Travis Dixon.

El de la cadena plateada le observó con gesto indescifrable.

—No conozco a nadie con ese nombre —respondió, segundos después—. Creo que este no es tu sitio, amigo. Más te vale volver por donde has venido.

Alexander no necesitó que ese hombre le aclarase que no solo le sugería que volviese a la planta de arriba, sino que le invitaba a marcharse del local.

8

Dragan Tucker entró en su despacho, al final del pasillo del sótano de *El séptimo cielo*, la discoteca de la que era dueño. Se sentó tras su mesa.

El despacho, un agobiante espacio sin ventanas, poseía las dimensiones justas para su mesa y dos sillas, una dispuesta a cada lado. Aparte de eso, solo había un par de archivadores cuyas puertas chirriaban al abrirse. Los muros estaban revestidos de planchas de madera y generaban una luminosidad singular.

Del primer cajón de su mesa, sacó una pequeña botella de güisqui y un vaso de chupito. Se bebió un trago. A continuación, hojeó una deslustrada agenda de piel, donde buscó el número de Travis Dixon. Cuando lo encontró, se recostó en su silla, y lo tecleó en el teléfono que tenía sobre la mesa. No obtuvo respuesta.

Extrañado, meditó unos instantes. Mientras acariciaba la cadena plateada que colgaba de su cuello, optó por marcar otro número.

—¿Estabas durmiendo? —le preguntó a su interlocutor, cuando este contestó—. Un tío ha husmeado por aquí. Me ha preguntado por Travis Dixon.

2

Selena Myers repasó la lista de tareas del día en la agenda de su teléfono. La asistencia al estreno de aquel espectáculo de danza y el encuentro con Alexander Berkel eran los únicos apuntes pendientes de su jornada. Guardó el móvil en su pequeño bolso de gala y echó un vistazo a través del cristal del asiento trasero. Se había hecho de noche. El taxi circulaba por la avenida Deziro. Ella se cercioró de que el vestido no se le hubiese arrugado y su peinado se mantuviese como se lo había colocado antes de salir.

La entrada del Gran Teatro Fortuna, en la avenida Deziro, muy cerca de la plaza de la Cornucopia, estaba colapsada por varios taxis similares al que ella había cogido; todos ellos automóviles de carrocería con formas refinadas, caracterizados por los letreros luminosos de sus techos, y pintados de negro salvo por una gruesa raya verde oscura. Cuando el vehículo se arrimó a la acera, Selena se apeó con cuidado.

Tras cruzar uno de los arcos centrales de la entrada del Gran Teatro Fortuna, enseñó su invitación a uno de los empleados uniformados que recibían a los asistentes al estreno. Selena observó a los cientos de personas que, con sus caros chaqués y sus despampanantes vestidos, charlaban en el enorme vestíbulo. En ese momento, reparó en una sonrisa conocida que se abría paso hacia ella.

—Selena, estás deslumbrante —la piropeó Ismael Wagner.

—Y tú tan elegante y encantador como siempre —le correspondió ella.

—¿Compartiremos palco? —preguntó él.

—Sí, eso tengo entendido. Antes, querría localizar a alguien entre todo este gentío.

Selena e Ismael advirtieron cómo el volumen de los murmullos parecía aumentar a su alrededor. Escrutaron el vestíbulo y no tardaron en reconocer la resplandeciente sonrisa de Ricardo Varone, quien acababa de efectuar su aparición. Varios aduladores se agolpaban en torno a él y competían por obtener su saludo.

—¡Vaya! Otro obsequioso baño de masas preelectoral para nuestro alcalde —comentó Ismael, con cierta sorna nada disimulada.

—Deberíamos ir a saludar —consideró Selena. En el fondo, ella opinaba lo mismo que Ismael, pero prefería ser cauta en sus actitudes—. ¿No me acompañas?

—Discúlpame, pero será mejor que vaya a confirmar nuestro palco.

—Como prefieras —convino ella. E Ismael le dedicó un guiño a través de sus gafas.

Cuando Selena se acercó adonde se encontraba Ricardo, este aprovechó su presencia para excusarse ante el corro de saludadores y alegar que tenía asuntos relevantes que abordar con ella. Ambos se fueron a un rincón menos concurrido del vestíbulo.

—Me has rescatado —bromeó Ricardo.

—Buenas noches, Ricardo. ¿Nervioso?

—¿Por qué? ¿Por las ansias de esos lisonjeros?

—Tus votantes, sí. Pero no. Yo me refería a nervioso como padre.

—¡Oh! Claro que sí. Pero más orgulloso que nervioso. Todo saldrá estupendamente.

—No lo dudo. ¿Dónde has dejado a tu esposa?

—Estará por ahí, aburrida de sonreír y saludar.

—Toda una compañera de batalla.

—Desde luego.

Los asistentes no dejaban de entrar en el vestíbulo. Algunos accedían al patio de butacas, mientras otros subían al anfiteatro y los palcos reservados. Selena repasó el lugar con la mirada, pero no localizó el rostro que buscaba. En cambio, sí se fijó en una persona conocida que acababa de aparecer.

—Ese es Joseph Klausmann, ¿verdad? —anotó—. ¿Vienes conmigo a saludarle?

—¿Deberíamos? —replicó Ricardo, a quien la posibilidad parecía no convencerle.

—Es por cortesía, Ricardo. Ha colaborado alguna vez con la Organización.

—De acuerdo, pero que sea un saludo rápido —concedió Ricardo—. Tengo una reputación que preservar, y esa familia es espinosa.

Selena ignoró aquella opinión y se agarró del brazo de Ricardo. Con gran disimulo, le condujo adonde estaba Joseph Klausmann. Este era un hombre de unos sesenta años, de arraigado pelo castaño oscuro y piel un poco tostada. Iba vestido con un traje sencillo. A su lado, se hallaba una mujer de unos treinta años, apagada melena cobriza y una mácula en la parte baja del pómulo derecho, la cual ella trataba de disimular con maquillaje. Iba ataviada con un vestido amarillo de bastante holgura que no le favorecía. A Selena le resultaba familiar: creía que era pariente de Joseph, pero no se acordaba de su nombre.

—¿La ciencia tiene tiempo para el arte? —les preguntó Selena, a modo de saludo.

—Tanto los científicos como los artistas requieren de inspiración para lograr sus metas —contestó Joseph Klausmann, con amabilidad.

El hombre hizo el gesto de besar la mano de Selena y, luego, estrechó la mano del alcalde. Mientras, su acompañante, quien no parecía tener nada que decir, acababa de sacarse unas gafas de pasta roja de su bolso y las limpiaba con una toallita.

Selena pensaba qué podía decir para evitar un silencio aburrido cuando, por fin, atisbó la cara que buscaba.

Alexander Berkel llamaba la atención enseguida: no encajaba en un lugar como aquel. En la distancia, Selena contempló su básico atuendo: camisa clara, pantalón oscuro, zapatos abotinados y una cazadora de cuero. Se preguntó si todo el armario de ese hombre sería así de anodino en prendas y colores. Una innegable incomodidad se apreciaba en el semblante del hombre, quien miraba de un lado a otro en su busca. Ella había aguardado con curiosidad ese encuentro, pues le apetecía conocer más a Berkel. Este le recordaba a alguien.

Cuando se percató de que uno de los empleados del teatro se dirigía a Alexander, Selena se apresuró a disculparse ante Ricardo, Joseph y la mujer del vestido amarillo:

—Perdonadme todos, pero debo resolver un asunto. Disfrutad del espectáculo.

Selena se aproximó enseguida al empleado y le aclaró que Alexander iba con ella.

—¿Por qué me cita aquí? —preguntó Alexander.

—Lo siento. El día se me complicó y solo me era posible atenderle a esta hora.

El sonido melodioso de un timbre avisó a los presentes de que el espectáculo empezaría en breve. Los espectadores vaciaron el vestíbulo en dirección a sus localidades.

—Será mejor que me acompañe de camino a mi palco —añadió Selena.

Se permitió la licencia de aferrarse al brazo de Alexander, aunque lo hizo de un modo más dócil que con Ricardo Varone. Al captar la fortaleza del antebrazo del hombre bajo su ropa, recordó los instantes en los que había acariciado su velluda piel en el laboratorio de la sede de la Organización Heptágono. Ya era la segunda vez que le tocaba.

Alexander se mostró un tanto desconcertado. Se notaba que no estaba acostumbrado al lujo de entornos como aquel. No obstante, se dejó llevar. Selena pensó que, tal vez, fuese su manera de tocarle lo que le ponía nervioso. Y creyó notar cómo Alexander contemplaba de reojo la tez mulata de su cuello, que quedaba tentadoramente descubierta debajo de su moño.

Subieron unas engalanadas escaleras hasta la primera planta y caminaron por un curvado y extenso pasillo. Selena se detuvo junto a una recargada puerta, y le explicó:

—Este es mi palco. Ahora, por favor, resúmame los avances que haya realizado en la última semana. No he tenido noticias suyas desde nuestra primera entrevista.

Alexander meditó cómo proceder, y relató:

—He indagado en el barrio de Hornos. Tengo serias sospechas de que el "azafrán" se puede conseguir en la discoteca *El séptimo cielo*. He hablado con gente que me ha dicho que allí se vende una droga que podría ser esa. Es la línea de investigación que voy a seguir desde ahora. También, conocí a un trabajador del Hospital Santo Damián que ha atendido a varias de las víctimas. Es posible que vuelva a conversar con él.

Alexander habló tan rápido que, al finalizar, necesitó respirar hondo un par de veces. Selena le miró en silencio. Evaluaba su reporte.

—De acuerdo —concluyó—. En lo sucesivo, quiero que me informe enseguida de cualquier progreso significativo. Y, como mínimo, deberíamos vernos una vez a la semana.

—Bien —ratificó Alexander.

El hombre hizo ademán de marcharse, pero ella le propuso:

—Quédese un poco a disfrutar del espectáculo, si le apetece. Le han visto conmigo, así que no se darán cuenta de que no tiene invitación. Como prefiera.

A pesar de que no parecía entusiasmado, Alexander aceptó.

Su intempestiva entrada al palco fue enmascarada por una oportuna y entusiasta ovación del público. Selena ocupó una butaca. Alexander se quedó de pie, cerca de la puerta.

Mientras Selena revivía el momento en que había tocado por segunda vez el brazo de Alexander Berkel, la bailarina principal del espectáculo comenzó a deleitar al auditorio con sus precisos y preciosos movimientos.

10

Lara Varone no recordaba haber vivido un día tan intenso en sus veinticinco años de edad. Apenas había llegado a conciliar el sueño la noche anterior. Y, ese jueves, asaltada por los nervios, los miedos y la impaciencia, había intercalado las horas de ensayo con los moderados ratos de descanso; aunque era consciente de que el esfuerzo de las semanas previas era mucho más importante que el empeñinamiento del último momento. No dejó de recibir mensajes de ánimo en toda la jornada. Las atenciones de su madre acrecentaban aún más su agitación, pero no quiso decírselo por miedo a herirla. Comprendía que también era un día especial para ella, que se sentía orgullosa. La compañía de Nizza fue su válvula de escape.

Sin embargo, la ventura quiso que una distracción inesperada casi le hiciese olvidar el señalado acontecimiento previsto para esa noche. Ocurrió cuando Lara se dirigía a la cocina a por algo de beber. Al pasar junto al despacho de su padre, en la planta baja de la vivienda, escuchó cómo Carlo Ferrara, el jefe de seguridad de su progenitor, su hombre de confianza desde hacía años, le contaba que el comisario Garmash había alertado del posible interés de Alexander Berkel en un tal Yazpik. Lara no sabía de qué hablaban ni a qué se podía referir su padre cuando murmuró algo acerca del "incumplimiento del pacto" del tal Yazpik. Temió que la asistenta la pillara, por lo que se alejó de allí de puntillas.

La mención a Alexander Berkel la obsesionó sobremanera. Lo demás daba igual. Era el hombre en el cual no había dejado de pensar en diez días. Rememoraba con persistencia el breve minuto que había estado junto a él. Aquello también había sido obra de la ventura. Esa tarde, Carlo Ferrara la había ido a buscar al teatro. El hombre le pidió permiso para ir al barrio de Hornos, donde debía llevar un mensaje de parte de su padre. A ella no le importó, y se ofreció para entregar el sobre lacrado de la Organización Heptágono al destinatario cuyo nombre se leía en el anverso: Alexander Berkel. Cuando detuvo el coche, Carlo le indicó quién era. Y, en los días sucesivos, Lara recordaría lo cerca que había estado de tocar a aquel hombre de ojos casi negros y expresión quebrada.

De vuelta a la realidad, procuró concentrarse en el señalado evento que tendría lugar en pocas horas. Fue de las primeras bailarinas en llegar al Gran Teatro Fortuna. Ese sitio, una singularidad barroca en el centro de la ciudad, reconstruido cuando ella era una niña, siempre la había fascinado: sus altos arcos, sus señoriales salas, sus recargadas lámparas, sus alfombras y tapices, el marco dorado de su escenario... Bajó al camerino que se había reservado para ella. Ordenó todo lo que, más tarde, precisaría para engalanarse y maquillarse. Se dio una ducha, se puso unas mallas, e hizo algunos estiramientos y ejercicios de relajación. Iba a ser su noche. Muchos anhelos se harían realidad al fin.

Lara era menuda y delicada, con un cuerpo no demasiado alto y una complexión fina. Poseía una larga y lisa melena, tan oscura como el azabache, del mismo color que sus ojos. Tenía la piel muy suave y pálida. Diminutas pecas rosáceas salpicaban su rostro, con orejas sutiles, nariz redondeada y labios delgados. Las curvas de su anatomía inspiraban inocencia. Sus pechos eran pequeños. Sus brazos y piernas, flacos y en apariencia frágiles, se movían con armonía. Las uñas de sus manos y sus pies estaban perfectamente limadas.

Según se acercaba la hora del estreno, controló su inquietud. Reflexionó acerca de su personaje. Algunos de sus compañeros y gente del equipo técnico se pasaron a saludarla. Cuando la avisaron, ella ya estaba lista. Se había recogido el pelo, se había maquillado todo el cuerpo, y se había colocado un ligero vestido decorado con minúsculos espejos. Antes de salir a escena, entre bambalinas, sonrió para sus adentros, segura de sí misma. Confiaba en que nada la perturbaría, aunque el recuerdo de aquel hombre oscilaba en su cabeza. Parecía una pulsión irreverente que se había abrazado a sus sentimientos.

Hizo su aparición. Ejecutó los primeros pasos de su coreografía. El público le dedicó un cálido aplauso de bienvenida que la emocionó y casi hizo correr su rímel. Desde el escenario, la luz de los focos dificultaba la visión del resto de la sala. Aun así, esa noche, en un instante en el que debía mirar hacia arriba, Lara sintió que le daba un vuelco el corazón. Consiguió disimular su alteración, pero se mantuvo unos largos instantes en una posición inmóvil, absorta. Mas sí, era él. No cabía duda. En alguna parte de aquella sala que los focos le permitían vislumbrar, se encontró con la cara de Alexander Berkel.

Él la vio y ella le vio a él. Sus ojos conectaron, magnetizados, durante un segundo tan eterno como aquel, diez días antes, en el que sus dedos casi se habían rozado. Él inspiró su interpretación. Ella danzó en su vestido con espejos, y les deslumbró a todos.

11

Cuando pasó por los arcos de la entrada al Gran Teatro Fortuna, Alexander, aturdido por el boato del lugar, no se fijó en el cartel promocional del espectáculo de danza. En cambio, a su salida, sobrecogido por el despliegue de belleza del que había gozado, sí se detuvo a estudiarlo. El espectáculo se titulaba *Speculum*. Y su bailarina principal era la joven de larga melena morena y sonrisa apocada que le había entregado el mensaje de Heptágono. Por fin, podía ponerle nombre a la joven: Lara; pero también apellido: Varone.

Su encuentro con Selena Myers, que en principio iba a tener lugar en su despacho de la sede de la Organización, fue retrasado en el último momento hasta la noche en un sitio insospechado. Alexander había transitado muchas veces por delante del teatro de la ciudad, pero nunca había entrado en él. No lo consideraba un lugar para gente como él. Esa noche, durante su abreviado diálogo con la directora de investigación de Heptágono, le había narrado una versión alternativa de sus indagaciones. No quería confesar sus descuidos ni aferrarse a suspicacias improbadas. Tampoco le pareció inteligente confiar todos los datos que poseía.

Como en su anterior reunión con ella, a Alexander le había resultado inevitable ojear los encantos del físico de Selena Myers: su piel, su busto, sus labios… Todavía hallaba algo en ella que le escamaba pero, al mismo tiempo, le atraía con insistencia. De todos modos, de inmediato, cualquier sugestión en relación a Selena quedó eclipsada por la presencia de Lara Varone, la mensajera que le cautivara diez días antes. Barajó la posibilidad de estar alucinando. Pero no, no eran invenciones suyas: ella estaba en el escenario. Incluso sintió que le miraba, por improbable que fuera que pudiese reconocerle. Tras unos minutos, embelesado por la perfecta actuación de Lara, Alexander, turbado por la situación, se escabulló con prudencia de aquel palco.

La noche otoñal le invitó a pasear. Pensó que le vendría bien airearse antes de volver a casa. ¡Tenía tantas imágenes y pensamientos amontonados en su mente! Las sospechas en el "caso azafrán" se mezclaban con el recuerdo de la exuberancia de Selena y la exquisitez de Lara. Se dio cuenta de que lo que más le perturbaba de todo lo acontecido era el hecho de que esa joven fuese hija del alcalde Varone. No entendía por qué dicha circunstancia le preocupaba tanto, pues ellos ni siquiera se conocían formalmente.

Después de caminar por la avenida Deziro, acortó por calles paralelas y perpendiculares en dirección a Majstro, donde enfilaría Tragaluces. Iba tan abstraído en sus reflexiones que no vio venir la emboscada. Sucedió en una zona solitaria, junto a un callejón. Más tarde, Alexander comprendería que aquellos tipos le habían seguido, a la espera de la oportunidad propicia para sorprenderle.

Dos hombres, cuyos rostros no llegó a apreciar lo suficiente, le atacaron por la espalda, le arrojaron al suelo, y le llevaron al interior del callejón. Cuando quiso darse cuenta y reaccionar, le llovían patadas en la penumbra. Trató de ponerse en pie, pero lo único que consiguió fue arrastrarse hacia atrás, huyendo de los golpes. En un momento dado, dejaron de pegarle. Y uno de sus asaltantes le espetó:

—Deja de meter las narices donde no te llaman, gilipollas. No molestes a Yazpik.

Cuando Alexander, todavía trastornado, hizo ademán de incorporarse, advirtió cómo las dos siluetas que le amenazaban desde arriba parecían retroceder. Fue un gesto efímero, pero bastante para que le surgiera una duda: ¿sabrían que asaltaban a un hombre gafe?

—¿Quiénes sois? —les preguntó. Volvía a notar el sabor de la sangre en la boca.

Entonces, ocurrió algo aún más inexplicable. De repente, una tercera figura llegó de la calle adyacente y se encaró con sus atacantes.

—¡Dejadle en paz! —exclamó, con voz grave.

Sorprendidos por la irrupción del desconocido, los atacantes emprendieron la huida.

Desde el suelo, confundido por las tinieblas y el dolor, Alexander miró al inesperado bienhechor. Lo único que logró vislumbrar fueron su tez oscura, el reflejo de unas gafas de montura metálica y una característica gabardina. El hombre le observó un instante. Luego, se fue donde había venido, y le dejó allí, sangrando y desconcertado.

12

La sensación que experimentaba se asimilaba a un denso y angustioso sueño del que no conseguía escapar. Dado que la luz le hacía daño, prefería cerrar los ojos. Al hacerlo, su mente descendía por un vacío interminable. De vez en cuando, punzadas de escozor, provocadas por los algodones empapados en algún líquido desinfectante que limpiaban sus heridas, le obligaban a desperezarse. Luego, cerraba los ojos otra vez, y sentía una tremenda necesidad de dormir. En cierto instante de lucidez, Alexander se preocupó por la posibilidad de haber recibido algún golpe grave en la cabeza.

Si la ventura no hubiese suscitado que el ataque aconteciera tan cerca del hospital, tal vez, él no hubiera llegado a la sala de urgencias del Santo

Damián. Ahora, estaba recostado sobre la dura camilla de una sala de curas. Le habían quitado todo, excepto la ropa interior. Encima de su vientre reposaba una bandeja con gasas y demás. Sentado en un taburete, con cuyas ruedas se movía a su alrededor, Luka Miller se encargaba de curar las contusiones de su rostro, su tronco, sus brazos y sus piernas. El enfermero interrumpió las curas para tirar el material usado y reponerlo de un carrito que tenía junto a él.

—Me alegro de que acudieras a mí —comentó, mientras trabajaba—. Al menos, no perdiste el conocimiento.

—Al principio, no me sentía así —explicó Alexander, aún con los ojos cerrados—. Pero, ahora, estoy hecho polvo.

—Es normal. Cuando te agredieron, la adrenalina se activó en tu sistema nervioso. Es una cuestión de supervivencia. Después, viene el bajón.

Alexander abrió los ojos con pesadez. Se forzaba a mantenerse despierto.

—¿Ha habido más muertos a causa de aquella droga? —preguntó.

—No desde la noche que nos conocimos —respondió Luka.

Alexander supuso que, mermada la suerte de Travis, la cadena de venta del "azafrán" se habría truncado. Pero sospechaba que, tarde o temprano, los verdaderos responsables de su producción la recompondrían. Y recordó lo que le había dicho uno de sus asaltantes.

—¿Te suena de algo el nombre de Yazpik?

—No —contestó Luka—. ¿Quién es?

—Ni idea. ¿Y la Organización Heptágono?

—No, tampoco. ¿Quiénes son?

—Los que me han contratado.

Luka cogió la bandeja y se puso en pie. Se acercó a los armarios que había en una pared de la cuadrada y aséptica sala, donde rebuscó en los cajones. Embobado, Alexander le siguió con la mirada. La primera vez que le vio, el manchado atavío verde que el enfermero llevaba solo permitía atisbar los rasgos básicos de su fisonomía. Ahora, vestía un uniforme también verde, pero limpio y sin gorro ni mascarilla.

Luka tendría unos años menos que Alexander. Era más bajo y menos corpulento, si bien se le veía en forma. Tenía el cabello moreno y fino. Lo llevaba corto, con un par de delgadas patillas. Su piel se presumía lampiña, carente de sombra de barba. Sus ojos eran pequeños y azules.

Utilizaba unas gafas redondas. Su gesto inspiraba sencillez y amabilidad. El cuello en pico de su uniforme dejaba entrever la huella de una antigua, recta y fina cicatriz quirúrgica en el esternón. Se desplazaba con movimientos prestos y cabales.

Cuando terminó de disponer todo cuanto requería, Luka volvió a su lado, y le dijo:

—Tienes una brecha encima de la ceja izquierda. Convendría darte un par de puntos.

—Vale, adelante —asintió Alexander, cada vez más cansado.

Con cuidado, Luka le quitó el trébol de cuatro hojas de madera que llevaba al cuello. De repente, aquello incomodó a Alexander, quien, de esa manera, se sentía desnudo.

—No te preocupes, es solo para que no se te manche —anotó Luka, al advertir su reacción—. Es bonito. ¿Es un amuleto?

—Sí. Pero no sé si funciona.

Desde que Ismael Wagner le recitara el enunciado del primer dogma, Alexander cavilaba acerca del significado profundo del mismo. Y, aunque los amuletos pudieran ser solo una quimera, eran importantes.

—¿Quién te lo regaló? —preguntó Luka.

—Mi padre —respondió él.

—Bueno, pues ahora voy a darte un pinchacito de anestesia. No será nada. Tú recuéstate. Y cierra los ojos.

13

Luka Miller estaba habituado a la somnolencia y el cansancio. Tenía treinta y un años, y trabajaba como enfermero desde que acabó la carrera. Ya se había acostumbrado a los turnos nocturnos, los dobletes, los madrugones y las noches en vela. Cuando, aquel día, salió del hospital, ya era viernes por la mañana, si bien la ciudad apenas iniciaba su actividad. Tomó el tranvía de la línea circular. Como cada día, se sentó en una esquina de la parte trasera del vagón, reclinó la cabeza, y se quedó adormilado, aunque al mismo tiempo vigilante para no saltarse su parada.

Se bajó en la calle de las Pizarras. La vía recibía su nombre por la cantidad de tejados de dicho material de las tradicionales y algo viejas construcciones de la zona, la mayoría de ellas domicilios de familias obreras.

Estas viviendas solían constar de dos plantas. Podían ser independientes, con un jardín alrededor, o adosadas a las aledañas, con un jardín delantero o trasero. La casa de Luka, a unos diez minutos a pie de la parada del tranvía, tenía dos alturas más un desván. Estaba revestida de deslucidos ladrillos blancos, con el tejado a dos aguas de pizarra. Poseía un pequeño porche delantero y un patio trasero.

Con cuidado de no hacer ruido, introdujo la llave en la cerradura y abrió la puerta principal. Dejó la mochila y el anorak, bajo el cual todavía vestía el uniforme sanitario, en el recibidor. Pasó al salón. La televisión estaba encendida, aunque le habían quitado el sonido. Su mujer se había quedado dormida recostada en el sofá, con los pies apoyados en un cojín colocado en la mesa de café. Estaba embarazada. Luka se acercó a ella y, con delicadeza, le acarició su abultado vientre y le dio un beso en su dorado cabello.

Pegado a una pared, encima de un mueble, había un acuario, en el cual habitaban más de doce peces de colores de diversas tipologías: *carpín* común, cometas, *shubunkin*… Luka se aproximó y contempló a los pececillos, que nadaban ajenos a todo lo que a él le turbaba. Abrió un cajón de la parte inferior de ese mueble, sacó un bote, y les echó algo de comida. Los peces no tardaron en percibirla. Se dispusieron a devorarla sin demora.

Después, fue a un cuarto contiguo al salón. Era un pequeño dormitorio. Otra mujer, una anciana de físico frágil y piel arrugada, dormía en su cama. Su pelo, aun canoso, seguía vigoroso. Su respiración era lánguida y silbante. Asía las mantas que la tapaban.

Con mucho tiento, Luka se sentó a su lado y posó una mano sobre su hombro.

—Abuela, despierta —le susurró.

La anciana abrió los ojos despacio y, callada, le contempló unos segundos.

—Mira —dijo él.

Luka metió la mano en el bolsillo de su pantalón. Extrajo un objeto, que mostró a su abuela. Se trataba de un trébol de cuatro hojas, tallado en madera: el amuleto de Alexander Berkel. La mujer lo analizó con suma atención. Luka aguardó expectante. Y preguntó:

—¿Es él?

Capítulo III

La rueda de la fortuna

1

Alexander Berkel no tenía amigos. Esta era una verdad difícil de encarar y reconocer, por muy consciente que él pudiese ser de ella. En las ocasiones en las que reflexionaba sobre ello, llegaba a la conclusión de que dicha carencia de vida social era inevitable. Por un lado, el estigma de su condición de gafe le había supuesto el rechazo de muchas personas. Al mismo tiempo, le había hecho temer la posibilidad de llegar a perjudicar a sus seres queridos, razón por la cual él mismo se aislaba.

Por otro lado, su trayectoria tampoco había sido la mejor para poder entablar amistades. Los recuerdos que conservaba del orfanato no eran placenteros. Había sido un hábitat amenazador, donde él se había retraído por miedo a las burlas y los suplicios que los chicos mayores le habían obligado a padecer. Después, en los dos institutos en los que había cursado la secundaria, había procurado huir de las relaciones interpersonales, traumatizado por cómo le habían tratado antes. Solo había trabado endebles y pasajeros vínculos de compañerismo con otros adolescentes, como él, pertenecientes a los estratos inferiores del sistema social juvenil. Más tarde, en su edad adulta, la soledad y el individualismo eran rasgos ya arraigados en su forma de ser y de relacionarse.

Alexander había descubierto unos sentimientos de aprecio y complicidad que jamás habría sospechado gracias a su colega felino, Trece. Aunque, en el fondo, él siempre consideraría que sus verdaderos amigos eran las dos personas que le habían querido a pesar de todas sus desventajas: su familia adoptiva, Héctor e Irene. De hecho, llevaba unos días bastante disgustado a causa de un hecho fatídico: había perdido su amuleto. Ese trébol de cuatro hojas que Héctor le tallara en madera se había extraviado la noche que dos desconocidos le agredieron y, acto seguido, un anónimo bienhechor le auxilió. Un amuleto, aparte de ser un recuerdo personal cardinal para él, era un objeto muy significativo para todo gafe. Alexander, quien no era muy habilidoso en materia creativa, había intentado tallarse una réplica por sí mismo, pero no había tenido mucho éxito.

Por esa razón, sintió un inusitado júbilo cuando, casi una semana después de aquel asalto, Luka Miller, el enfermero del Hospital Santo Damián le llamó para contarle que había hallado su amuleto en la sala de curas en la que le había atendido. Luka, quien había localizado su número en su historial, le propuso que fuera a cenar a su casa ese mismo miércoles para devolvérselo. Alexander aceptó sin pensárselo, impulsado por la alegría de poder recuperar tan preciada posesión.

Así, el miércoles, al atardecer, Alexander salió de casa y dio un agradable paseo por la zona más occidental del barrio de Hornos. Cruzó la avenida Fabriko para ir a la dirección que Luka le había dado por teléfono. El ambiente de la calle de las Pizarras le pareció similar al de Tragaluces. Ambas eran vías largas, entre el centro y la periferia, donde poseían su domicilio familias obreras y humildes. Aparte de las viviendas, había tiendas pequeñas, parques infantiles y centros sociales. La principal diferencia entre ambos lugares radicaba en que en Tragaluces había más bloques de pisos, mientras que en Pizarras se preferían las casas independientes.

La de Luka le inspiró confianza y familiaridad desde el primer momento. Por fuera, le gustó el aspecto descuidado de las zarzas y los rosales que crecían en el sencillo porche frontal. Los muros eran de deslucidos ladrillos blancos; el techo, de la típica pizarra del barrio. Una ventana daba al porche delantero y, aunque el visillo estaba echado, se apreciaba luz al otro lado. Ya era de noche. Alexander revisó la botella de vino que había comprado, la cual portaba en una bolsa de papel, y, un poco nervioso, llamó al timbre.

Enseguida, Luka salió a recibirle y abrió la puerta de la cancela que cercaba el porche. Por un segundo, a Alexander le chocó verle vestido con ropa normal y corriente: un jersey fino y unos pantalones vaqueros, en lugar del habitual uniforme verde del hospital.

—Bienvenido —saludó Luka—. Gracias por venir.

—Gracias a ti —correspondió Alexander—. Espero que os guste el vino.

Le entregó la bolsa de papel a Luka. Este ojeó su interior, y comentó:

—Claro que sí. Muchas gracias. Aunque tú y yo somos los únicos que podemos beber.

Luka le condujo al interior de la casa, a un pequeño recibidor, donde le preguntó:

—¿Quieres dejar aquí tu cazadora?

Alexander se quitó la cazadora de cuero y la puso en un colgadero libre de un copado perchero. Luka se detuvo un segundo a analizar el estado de la cicatriz de su ceja izquierda.

—Se está curando bien —determinó.

—Eres todo un artista de la sutura.

El cumplido hizo sonreír al enfermero.

Pasaron al salón. La estancia suscitaba una impresión congestionada, con cantidad de mobiliario en un espacio quizás insuficiente: un tresillo, una butaca, una mesita de café, una mesa de comedor con sus seis sillas, y un largo mueble de pared. En una esquina, al fondo, había un llamativo acuario. Las paredes estaban cubiertas con papel pintado.

Del salón arrancaba una escalera que subía al piso de arriba. También había una puerta, por la que se iría a la cocina y a otras habitaciones. Por esta, hizo su aparición una mujer joven, de cabello largo y dorado recogido en una trenza, ojos verdes y estatura baja. Estaba embarazada, aunque se movía con total soltura.

—Alexander —anunció Luka—, te presento a mi esposa, Clarisa.

La mujer, que vestía un holgado vestido y una rebeca, se dirigió sonriente a él y le dio un beso en la mejilla.

—Encantada de conocerte, Alexander —dijo Clarisa.

—Lo mismo digo —contestó él.

—Ven —añadió Clarisa—, vamos a enseñarte la casa.

Guiado por el matrimonio, Alexander fue a la planta alta, donde había tres habitaciones, un cuarto de baño y una terraza. También se fijó en una trampilla, por la que se subiría al desván. La amabilidad de los anfitriones, algo desacostumbrado para él, le abrumó. Aunque pronto se sintió cómodo. Comprendió que aquella casa de dimensiones apuradas, repleta de todo tipo de cosas, poseía la familiaridad de un verdadero hogar. Y pensó que aquella pareja, Luka y su esposa, eran gente auténtica, sin pretensiones ni falsedades.

Cuando regresaron al salón, hallaron a alguien más allí. Se trataba de una mujer cuyo aspecto era, por lo menos, octogenario. Lucía un sencillo vestido de estampado florido, que evidenciaba lo escuálido de su anciana figura. Llevaba el pelo, cano pero largo y fuerte, bien peinado. Se había maquillado un poco para disimular las manchas de su tez. Tenía la nariz puntiaguda y los pómulos marcados. Se encontraba de pie junto al acuario. Con cierto temblor en manos y cabeza, echaba comida a sus habitantes. Sonreía deleitada.

—Alexander —intervino Luka—, esta es mi abuela, Betina Sikorski.

Alexander se aproximó a la mujer. Ella se dirigió a él, quien vio en sus ojos el mismo tono azul que caracterizaba los de Luka. Le pareció que esa era una mirada preciosa. Pensó que, de joven, Betina habría sido una mujer guapísima. Entonces, la abuela metió una mano en un bolsillo de su vestido y sacó el amuleto de Alexander.

—Creo que esto es tuyo —dijo, mientras se lo entregaba. Su voz era débil, pero a la vez eufónica. A Alexander se le ocurrió que bien podría haber sido cantante o locutora durante su juventud.

—Muchísimas gracias —respondió él. Se colgó su amuleto al cuello, y se sosegó al desterrar una impresión de desnudez que le había azorado a lo largo de días.

—Nosotros vamos a poner la mesa —comunicó Clarisa—. No tardaremos en cenar.

—Entonces, nosotros terminaremos de alimentar a estos pequeñines —determinó Betina, quien se asió del brazo de Alexander y se giró hacia el acuario—. Estos peces son míos, ¿sabes? Soy la encargada de su cuidado. He tenido peces toda mi vida.

Alexander contempló cómo Betina echaba pizcas de comida procedente de un bote a la superficie del agua. El acuario tenía los cristales pulcros y limpios. Dentro, aparte del habitual suelo de grava y piedras, podían verse un montón de simpáticos accesorios: corales, conchas…; hasta dos reproducciones de un volcán y un templo antiguo. Estaba iluminado y dotado del correspondiente sistema de circulación para el agua. Se fijó y contó en torno a quince peces de vivos colores y diversas clases.

Poco después, se sentaron a la mesa. Alexander disfrutó de la cena que Luka y Clarisa habían preparado. Comenzaron con una taza de consomé y, a continuación, degustaron un plato de salmón aderezado con eneldo, servido con varias verduras gratinadas al horno.

—¿Cuándo darás a luz? —preguntó Alexander a Clarisa, en el transcurso de la velada.

—En cuatro semanas, más o menos —respondió ella—. Ahora estoy de ocho meses.

Alexander se percató de la bonita sonrisa que Clarisa dedicó a Luka. Este también sonrió, aunque, en su semblante, se percibía algo más; tal vez, preocupación.

En un momento de la noche, Betina pidió ayuda a Clarisa para ir al cuarto de baño. En ausencia de las mujeres, mientras limpiaba sus gafas, Luka aprovechó para preguntar:

—¿Cómo va tu investigación? Que yo sepa, no ha vuelto a haber víctimas.

—Eso es buena noticia —aseveró Alexander—. La verdad, creo que no soy un detective muy diestro. El tráfico de la sustancia, en efecto, parece haberse paralizado. Y está claro que eso es genial. Pero a mí me complica un poco las cosas. La semana pasada seguí varios hilos, o hilillos, y lo único que obtuve fueron malas contestaciones, que me echaran de un par de sitios y me dieran una paliza. Mi hermana me ayuda. También le he mandado un mensaje a un contacto que tengo en la Policía. Le he preguntado por un nombre que oí: Yazpik. Tiene que ser alguien importante.

Luka escuchó el resumen de sus indagaciones.

—Espero que todo salga bien —le deseó.

—Yo también. Y que nadie más muera.

Clarisa y Betina regresaron del baño. Reían entre ellas. Se sentaron a la mesa de nuevo. Luka trajo el postre: tarta de manzana y licor de miel.

En aquel salón, junto a aquella familia, Alexander experimentó una agradable tranquilidad que rara vez notaba en compañía de otras personas, en especial aquellos a quienes no conociera lo suficiente. Era como estar en un lugar al que se pertenecía, cuyas raíces estaban conectadas con el interior de uno mismo, los recovecos se conocían a la perfección, y las personas establecían una unión fundada en el bien.

2

El día es muy luminoso. El cielo es un inmensurable lienzo coloreado de un azul impoluto, donde no mora nube alguna, regido por un Sol que cente-

llea. *Gotas de agua vuelan sobre sus cabezas. Las risas se oyen en el mundo entero. Una libélula danza.*

El niño y la niña están cerca del caserío, donde empiezan los campos de cereales. Tienen un barreño. Ahí les bañaban a los dos juntos cuando ambos eran más pequeños. Ahora tienen cuatro o cinco años, y lo llenan de agua para salpicarse.

La niña es menuda, divertida y vivaracha. Su melena pelirroja, mojada, brilla con el fulgor de la mañana. Su camisetita y el pantaloncito también están empapados. Ella se porta bien con él, siempre es buena. Y él la quiere por ello. Alexander y la niña corren alrededor del barreño. Él desearía abrazarla y rogarle que nunca se marchara.

A la niña se le ocurre agarrar la manguera y mojar con el chorro a Alexander. Al ver la expresión de asombro en la cara de él, se desternilla y echa a correr por la plantación. Él la persigue. Ríen y ríen. Mas, cuando él la alcanza, ella se frena en seco. Hay algo entre la maleza: la cabeza de una vaca degollada. La niña chilla aterrorizada.

<u>3</u>

Luka Miller le dijo a su esposa que fuera a acostarse. Él podía encargarse de todo. No tardó nada en colocar los platos y cubiertos en el friegaplatos, limpiar el hule de la mesa del salón, y dejar los muebles tal como solían estar colocados. Alexander Berkel se había ido un rato antes. Todos habían disfrutado de la velada.

Luka tocó con los nudillos la puerta del cuarto de su abuela. Betina ya se había puesto su camisón blanco, con bordados de hilo de oro, y se metía en la cama. Su nieto la ayudó, aunque ella, a pesar de sus renqueantes y temblorosos movimientos, se manejaba con gran soltura para tener ochenta y nueve años.

Betina vivía en ese cuarto, un antiguo despacho, porque ya le costaba subir y bajar las escaleras. La habitación era pequeña. Contaba con una ventana que daba al patio trasero de la vivienda. El mobiliario consistía en una cama, una mesilla, un armario y una mesa.

Luka se sentó a un lado de la cama. Aguardó a que su abuela localizara su postura, se arropara con la sábana y la manta, y recostara la cabeza sobre dos almohadones. Respiraba con cierta fatiga. Luka vigilaba cualquier señal por su parte. La quería con todo su corazón, tanto como amaba a su mujer y aguardaba con desasosiego el nacimiento del bebé que pronto alumbraría. Temía el dolor y la calamidad. Era incapaz de tolerar el malestar ajeno. No podía quedarse quieto ante el sufrimiento de los demás, de los pacientes, de los necesitados. Se supeditaba a ellos, máxime si eran personas de su familia. Incluso le avergonzaba pedir favores o reclamar atención. No confesaba sus temores. Se los guardaba, aunque sus padecimientos se evidenciaran en la apariencia mate de sus ojos y en las palabras inarticuladas de sus propios silencios.

Cuando su abuela se hubo acomodado, Luka sacó una arrugada libreta del cajón de la mesilla aneja. Hacía tiempo, Betina la había abierto por una hoja en blanco donde, con un lápiz de grafito, dibujó un trébol de cuatro hojas con un pequeño rabillo y, luego, lo pintó de color marrón oscuro, igual que la madera del amuleto de Alexander. Luka halló esa hoja, la estudió, y preguntó a la anciana:

—Entonces, ¿es él?

—Sí, es él. El tirador de dados.

Betina tomó la libreta. Contempló el dibujo. Con la yema del dedo índice de su mano izquierda, repasó el contorno de las cuatro hojas del trébol que ella misma había dibujado. Cerró los ojos y respiró profundamente.

—Un designio malinterpretado... Arrancado de la luz a la oscuridad... —habló—. Tantas sombras en la propia verdad... Aquel hombre valiente le rescató, y rehuyó ir al enclave al que todo lleva, como un sumidero que absorbe el océano del mundo. Pero vino... No le dio tiempo a aclarar el lazo... Si está solo, está perdido.

El dedo índice de Betina se deslizó hacia el interior del trébol dibujado en la libreta, y trazó círculos infinitos en su centro. Inmersa en su hechizo, continuó:

—La urdimbre ignota que les anuda está emponzoñada con la sustancia roja, y todo lo que traerá, hasta la luz de la oscuridad... El sabio va a errar, ¡cuánta ingenuidad...! Las dos mujeres, hay una cacera de sangre que las separa... Si está solo, está perdido.

Luka se dio cuenta de que el dedo índice de su abuela, que trazaba círculos en el interior del trébol pintado, se movía cada vez más deprisa. Nervioso, asió su mano y la paró.

—¿Qué debo hacer? —interrogó el nieto.

La abuela abrió sus ojos y le miró largos segundos. Después, sentenció:

—Ayúdale en su misión. No le dejes solo. Si está solo, está perdido.

Luka observó a su abuela, meditó un momento, y anunció:

—Lo prometo.

4

A la mañana siguiente, antes de salir de casa, Alexander desayunó una taza de café en su terraza. Trece se bebió un cuenco de leche, aunque no maulló ni una sola vez. El felino estaba enfadado porque su colega humano le había llevado a un sitio donde le habían pinchado con unas agujas. Lo que no sabía era que su colega humano también estaba enojado por el precio que habían tenido sus cuidados veterinarios.

El cielo había amanecido nublado. Alexander lo contempló mientras se bebía el café. Temió que un chaparrón le pillara por la calle. Estaba inquieto. En una hora, tendría una reunión en la Organización Heptágono a la que había sido convocado mediante un mensaje de móvil. Suponía que se trataría de la reunión semanal que Selena Myers había exigido en su último encuentro. Sus indagaciones en el "caso azafrán" se le antojaban infructuosas. Y dicha agitación provocó que, al marcharse, se olvidara de coger el paraguas.

Tomó el tranvía de Fabriko. Después, cruzó la plaza de la Cornucopia y caminó hasta la sede de la Organización Heptágono, en la avenida Sageco. Traspasó las grandes puertas dobles de ornamentos rectangulares. En el vestíbulo, encontró las esculturas de *Palas Atenea* y el *Discóbolo*. Halló el lugar igual de desolado que en su primera visita. Sin saber lo que debía hacer, Alexander se plantó en mitad de la estancia y miró la pequeña cámara de seguridad. Pronto, esta reparó en su presencia y, tras un parpadeo de su luz roja, las puertas del ascensor se abrieron. El aparato le condujo hasta la quinta planta. Al salir, escuchó una voz conocida.

—Buenos días, Alexander —saludó Ismael Wagner, quien acababa de torcer una esquina a su izquierda y caminaba con gesto afable. Al llegar donde él estaba, tendió su mano una vez más, la cual él estrechó—. Venga conmigo. Aquí mismo disponemos de una sala de reuniones donde podremos charlar tranquilamente.

Alexander siguió a Ismael por aquel pasillo. Algo confundido, le dijo:

—No sabía que usted fuese a asistir a la reunión.

—Claro que sí. Esta reunión es solo conmigo.

—¿Y la señorita Myers? —preguntó Alexander, contrariado. No sabía si prefería hablar de sus escasos progresos con Selena o con Ismael. Y descubrió cierta decepción en su fuero interno ante la imposibilidad de ver a la mujer.

—No, Selena no asistirá hoy. Yo he convocado el encuentro. Al fin y al cabo, como director general, soy el responsable último del encargo que se le ha hecho.

La sala de reuniones estaba en ese pasillo, igual que el despacho de Selena. Se trataba de una sala alargada, con abundante iluminación procedente de varios ventanales. Constaba de una mesa rectangular, de madera oscura y reluciente, en torno a la cual había una docena de confortables butacas de cuero negro. A un lado de la habitación, había un tresillo y dos sofás, tapizados con el mismo cuero negro, junto a una mesa de café de cristal.

Los dos hombres tomaron asiento en una esquina de la mesa, cada uno a un lado de la misma. Alexander estudió a Ismael Wagner, quien infundía una imagen serena y respetable. Calculó que tendría cerca de sesenta años. Era casi de la misma estatura que él y poseía un físico corpulento, sin llegar a gordo. Su pelo era canoso y fuerte, peinado con una esmerada raya. Su rostro y sus manos mostraban algunas arrugas de aspecto maduro e interesante. Sus ojos eran grises, y su mirada agradable. Iba bien afeitado. Vestía de traje.

Alexander se dio cuenta de que Ismael, tan callado como él, también le analizaba. En concreto, observaba la cicatriz que tenía en la ceja izquierda.

—¿Su investigación es ardua? —preguntó Ismael.

—Un poco. Pero estoy decidido a resolver el misterio.

Ismael guardó silencio unos instantes. Rumiaba la respuesta de Alexander con lentos movimientos afirmativos de la cabeza. Le miraba con fijeza.

—He leído las notas de la señorita Myers sobre el reporte que le dio la semana pasada —prosiguió—. Quisiera saber qué ha descubierto desde entonces.

—Bueno… –titubeó Alexander–. Como ya le comenté a ella, estoy bastante convencido de que el comercio de la sustancia ocurre en el barrio de Hornos. No ha habido muertes en las últimas dos semanas. Un enfermero del Hospital Santo Damián me confirmó que las víctimas solían proceder de clases bajas. Algunas, de hecho, no han llegado a ser reclamadas por ningún familiar. Es un aspecto en el que debo profundizar.

—Sí. Por lo que escucho –interrumpió Ismael–, está trazando un perfil sociodemográfico y geográfico del público que buscan las personas que han fabricado la sustancia. ¿Tiene pruebas de que solo se distribuya en el barrio de Hornos?

—Por ahora, mis indicios apuntan hacia la discoteca *El séptimo cielo*.

—¿Algún nombre?

—Pues… –Alexander dudaba sobre qué datos desvelar. Al fin, respondió–: Tengo un nombre sobre el que he solicitado más información a un contacto. En realidad, no sé si es un nombre o un apellido. Yazpik.

—Yazpik… –repitió Ismael, reflexivo, mientras juntaba las yemas de los dedos–. ¿Se está arriesgando en exceso? –interrogó.

—Puedo con ello. Extremo toda precaución.

Ismael respiró hondo, cambió de posición, y retomó la conversación:

—¿Sigue sin creer en la suerte? Creo recordar que le cité el primer dogma.

—"La suerte ni se crea ni se destruye" –recitó Alexander–. ¿Por qué me lo dijo?

—Porque pienso que la constatación esencial del primer dogma es que la suerte siempre está ahí. Prevalece. Es inquebrantable, irrevocable, indeleble e ineludible. Curiosamente, los demás dogmas no hacen sino glosar esta sentencia, como desarrollo o excepción. Pero, en resumen, Alexander, la cuestión es que ni usted ni nadie debe obviar la suerte. Eso sería igual que pretender nadar contra corriente. Entonces, ¿sigue sin creer en la suerte?

—Pretendo basar mi trabajo en los hechos y dejar aparte las supersticiones.

—Alexander, confío en su valía y tesón. Pero debe admitir que su esfuerzo se basa en su deseo de conocer la verdad sobre sus orígenes. Y ahí puede haber mucha superstición.

Esas palabras descolocaron a Alexander. No comprendía el significado o la intención de la frase. Ismael no lo había dicho en un tono adusto o acusador, si bien el hombre mantenía una ambigua mirada fija en él que le hizo sentirse incómodo. Enseguida, consciente de su turbación, Ismael esbozó una sonrisa, y volvió a hablar con menos gravedad.

—La suerte gobierna el mundo —añadió—. Esa frase ha sido mi dogma personal durante décadas. La he aplicado en casos de dilema o confusión, con buen resultado. Porque no es sino una verdad poderosa. ¿Sabe, Alexander? Debe ser muy cauteloso. Hay personas que abusan de la suerte, la fuerzan. Y forzar los grados de suerte es algo muy temerario.

Alexander se perdía en el profundo soliloquio de Ismael. Mas, intrigado, agregó:

—La suerte gobierna el mundo. Pero la Organización Heptágono dice vigilar la suerte. Así que ¿quién le ha conferido semejante autoridad sobre esa energía que lo rige todo?

—La historia de la Organización es tan larga como interesante…

En ese momento, el discurso de Ismael fue interrumpido por la abrupta llegada de un tercer participante en la reunión. Ricardo Varone se presentó en la sala sin llamar. Con paso acelerado, caminó hacia Ismael sin ni siquiera reparar en Alexander.

—Te estaba buscando —dijo—. No sabía que estuvieses reunido con el señor Berkel.

—En efecto, así es —asintió Ismael, con voz calmada—. He decidido interesarme por el trabajo que el señor Berkel efectúa por encargo expreso de la Organización.

—Bien, ¿qué ha descubierto? —inquirió Ricardo, que miraba ahora a Alexander.

La tensión existente entre Ismael y Ricardo era notoria. Un tanto incómodo, Alexander se revolvió en su silla, se aclaró la garganta, y explicó:

—Hay un nombre sobre el que intento indagar…

—¿Qué nombre? —quiso saber Ricardo, impaciente.

—Yazpik —anotó Ismael, inmune al nerviosismo de Ricardo—. ¿Te suena?

El semblante de Ricardo Varone, bronceado y antipático, resultó inescrutable.

—No —dijo, escueto.

Entonces, un incómodo silencio se hizo en la sala de reuniones. En él, Alexander experimentó un choque de ondas disonantes. Por un lado, percibía las buenas vibraciones que Ismael Wagner le enviaba. Por otro lado, la animadversión de Ricardo Varone era manifiesta. Sin embargo, Alexander no acababa de entender la jerarquía de la Organización Heptágono, la cual, según le contara Selena Myers durante su primera entrevista, le había investigado. Y se preguntó si existía una inquina real del alcalde hacia él o si solo se encontraba en mitad de una batalla entre aquellos dos hombres.

5

Las nubes se habían vuelto más densas y negras cuando Alexander salió de nuevo a la avenida Sageco. Se dio cuenta de que había olvidado su paraguas, por lo que masculló alguna palabra malsonante. Se subió el cuello de su cazadora de cuero, ya que había refrescado, y emprendió la marcha. No obstante, enseguida, escuchó cómo le llamaban a su espalda:

—¡Alexander, espere!

Se giró, y vio cómo Selena Myers se acercaba a él. La mujer vestía un abrigo ajustado, desabotonado a la altura del escote, y llevaba un pequeño paraguas plegable en la mano. Él sonrió para sus adentros. Supuso que esa mujer nunca olvidaría su paraguas en un día así.

—¿Qué hace aquí?, ¿me buscaba? —preguntó Selena cuando llegó a su lado.

—No exactamente. Acabo de tener una reunión con Ismael Wagner.

—¿Una reunión? ¿Quién le ha citado? —interrogó la mujer. Parecía molesta.

—Me enviaron un mensaje al móvil. Habrá sido el señor Wagner.

—¿Ah, sí? Pues a mí no me avisó nadie. Estoy indignada. No con usted, claro. Pero sí me enerva que se le haya citado para una reunión en relación al caso a mis espaldas.

—Lo siento. Cuando me enviaron el mensaje di por sentado que la entrevista era con usted. Al fin y al cabo, mencionó un encuentro semanal la última vez que hablamos.

—Claro, Alexander. No ha sido culpa suya. Imagino que habrá sido una… desafortunada casualidad que se le citara aquí justo cuando yo tenía un compromiso fuera de la sede. —En ese momento, Selena dio un corto pero firme paso adelante. Se aproximó tanto a él que sus cuerpos se rozaban. Clavó sus ojos en él. Su susurro anuló cualquier otro sonido—: Solo debe confiar en mí, Alexander —declaró—. Eso es crucial. La Organización es compleja, aristada... No crea en nadie más que en mí. Debo ser su único contacto.

Estaban tan juntos que Alexander respiró el embriagador aroma natural de Selena. El cielo encapotado comenzó a llover. Ellos persistían en la misma posición. El escote de ella empezó a mojarse, igual que su pelo y sus labios. Sin decir nada más, la mujer se dio la vuelta y entró en la sede de la Organización Heptágono.

La lluvia arreció, y caló a Alexander en su regreso a casa, durante el cual rememoró la proximidad con Selena Myers y su desorientación respecto a la jerarquía de la Organización, una maraña que involucraba a Ismael, Ricardo y la propia Selena.

6

Poco después de que llegase a casa, Alexander recibió una llamada de Eddie Baltz, la persona a quien había solicitado información acerca del tal Yazpik. Eddie le contó que tenía algunos datos al respecto. Acordaron verse allí mismo a última hora de la tarde.

Irene trabajaba por cuenta propia. Proporcionaba instalación y soporte de diferentes servicios informáticos a empresas. Había estado todo el día ocupada con un cliente, por lo que visitó a su hermano al atardecer, interesada en lo que Eddie pudiese contarles.

Esa tarde, Trece se mostró más atento de lo normal con Irene, a quien acostumbraba a ignorar. Alexander lo interpretó como un acto de despecho, nacido del rencor que el gato todavía le guardaba por los martirios que había tenido que padecer en el veterinario. Irene, por su parte, se fijó en el dado azul que Alexander le había arrebatado a Travis Dixon.

Eddie llegó directo desde el trabajo. Alexander le propuso que se quedara a una improvisada cena. Pero el joven le comentó que tenía prisa, de manera que fueron al grano.

—Yazpik es un apellido —desveló Eddie—. El nombre completo es Alonso Yazpik.

—¿Quién es? —preguntó Alexander, intrigado. Irene escuchaba con expectación.

—Alguien peligroso. Es un contrabandista y traficante. Mueve multitud de cosas: drogas, armas... En sus comienzos, tuvo un par de estancias cortas en prisión. Después, con el tiempo, aprendió y se convirtió en alguien temible. Le han detenido y juzgado otras veces, pero los testigos siempre desaparecen. Nunca le han condenado por delitos de sangre, pero estoy convencido de que es responsable directo o indirecto de unos cuantos. Me he fijado en que parte de su historial está clasificado, así que no sé en qué andará metido ahora.

Eddie sacó una fotocopia doblada del bolsillo interior de su chaqueta. Se la entregó a Alexander, que la desplegó y observó una fotografía de Alonso Yazpik: tez morena, facciones angulosas, cabello negro y graso, bigote, perilla, y una A tatuada a la derecha del cuello.

—¿Qué más me puedes decir? —prosiguió Alexander.

—Que su única pareja conocida murió el año pasado. Que le gusta el juego. —Eddie se percató de la cicatriz en la ceja izquierda de Alexander y, muy serio, añadió—: Y que dejes de buscarte problemas, problemas graves. ¿A qué viene todo esto?

—Muchas gracias por todo, Eddie —dijo Alexander—. Pero, de verdad, no tienes de qué preocuparte. Solo intento desenredar algo. No volveré a incordiarte.

—Pero ¿qué vas a hacer? —insistió Eddie.

Alexander meditó, miró un instante a su hermana, y respondió:

—Si ese tío es aficionado al juego, se me ocurre un sitio donde ir.

7

El topónimo de Ciudad Fortuna, en sus arcaicos orígenes, surgió como dedicatoria a la deidad romana de la suerte. En los tiempos modernos, había dado lugar a una evidente e inevitable relación entre la urbe y el juego y el azar. Varios eventos y creencias así lo corroboraban. Todos los años, la ciudad era el escenario de un popular sorteo de lotería. Existía una empresa de apuestas que poseía su sede internacional en ella. También, se decía que sus ciudadanos acostumbraban a tener cierta querencia hacia los juegos de azar, si bien no estaba claro si este dicho era una costumbre verdadera o un simple mito. Y, por último, Ciudad Fortuna era el único lugar que albergaba un vasto casino subterráneo.

La rueda de la fortuna era un negocio tan lucrativo como curioso. Alexander había estado una sola vez allí, y de manera breve. Pero había oído su historia y su leyenda. El casino ocupaba una extensión de más de tres mil metros cuadrados, bajo algunos de los edificios y puntos más relevantes del centro. Se dividía en varios espacios, conectados mediante largos corredores. Aparte de las típicas estancias de juego y máquinas, constaba de salas privadas, salones de fiestas, restaurantes y bares. Debido a su situación subterránea, estaba envuelto en misterio y clandestinidad. Se podía llegar a él por varias entradas camufladas en la superficie. Alexander conocía dos: la simulada recepción de un hotel inexistente y una pequeña cafetería que solo servía de tapadera. Mucha gente ni siquiera sabía de la existencia del casino, mientras que para los aficionados al juego y las apuestas representaba algo parecido a una meca, la meta a la que acudir, por lo menos, una vez en la vida.

La idea de conocer *La rueda de la fortuna* no solo gustó a Irene, sino también a su socia y amante, Lena Cascio. Decidieron ir el sábado por la noche para mezclarse con la abundante clientela. Irene y Lena se pusieron dos largos y elegantes vestidos de gala, copiaron sus peinados de una web de moda y se maquillaron más que de costumbre. Incluso, de manera excepcional, Irene se quitó el *piercing* de la ceja. Mientras, Alexander recurrió a una caja de ropa de su difunto padre adoptivo. Halló un traje oscuro, el cual lavó y planchó. Una vez vestido, afeitado y acicalado, se miró en el espejo y vio a un matón de la mafia. Al menos, la cicatriz de su ceja era menos llamativa.

El acceso que aparentaba ser la recepción de un hotel se situaba en una perpendicular a la avenida Deziro, frente al Gran Teatro Fortuna. Alexander, Irene y Lena optaron por ir en taxi, en vez de subirse al tranvía con sus refinados ropajes. El nombre del hotel falso era *La Routa*. Alexander imaginó a una horda de ludópatas que deambulaba por la ciudad en busca de una pista como esa para llegar a su destino soñado. A través de la puerta giratoria, llegaron a lo que, en efecto, parecía la recepción de cualquier hotel de cuatro estrellas. Fueron al mostrador. Los tacones de las chicas retumbaban. Un señor de mediana edad y rizado bigote gris les saludó con amabilidad. Alexander se preguntó cuántas personas irían allí con la falsa idea de que se trataba de un hotel de verdad.

—Deseamos bajar a la sala de juegos —dijo Alexander, con talante decidido.

—Por supuesto —respondió el señor—. Cojan el ascensor del centro.

Al fondo de la estancia, había tres puertas de ascensor. La de en medio se abrió cuando ellos se acercaron. Dentro, solo vieron dos botones: subir y bajar. Pulsaron este último. Abajo, salieron al inicio de un ancho pasillo, de suelo alfombrado y paredes alumbradas por apliques. Conducía a una puerta doble, la cual se abrió al detectar su presencia. Alexander, Irene y Lena la cruzaron. Y se quedaron boquiabiertos.

Se encontraban en lo alto de una escalera imperial, desde la cual se contemplaba una extensa sala de juegos. La zona central la ocupaban varias hileras de máquinas. La periferia se destinaba a mesas para juegos de ruleta y naipes. Alexander ponderó que aquello era más grande que la planta principal de *El séptimo cielo*. Los techos eran muy altos. La decoración era ostentosa: mobiliario de madera noble, pinturas y tapices de colores fuertes, remates en dorado, adornos recargados, etc. El bullicio de las apuestas y los soniquetes de las máquinas era tan ensordecedor como embriagador. El lugar estaba muy concurrido. Todos los clientes vestían de etiqueta. Decenas de camareros iban y venían con bandejas cargadas de vistosos cócteles. Los crupieres repartían las cartas con suma destreza.

Una joven, repeinada y con atuendo uniformado, se acercó a ellos, y les preguntó:

—Buenas noches. Bienvenidos. ¿Puedo ayudarles? ¿Desean utilizar el guardarropa?

Alexander e Irene se quedaron mudos. En cambio, Lena respondió con su agradable voz, dotada de una soltura propia de quien iba por allí todas las semanas:

—Gracias, muy amable —dijo—. Pero, por el momento, estamos bien.

Cuando la empleada se alejó de ellos, Irene tomó la palabra:

—Bueno, estoy flipando. Ya estamos aquí. Ahora ¿qué?

—Ahora —intervino Alexander— a inspeccionar el ambiente con atención y discreción. Jugar a algo, a ser posible sin perder los ahorros de vuestra vida. Recordáis al hombre de la fotografía que trajo Eddie, ¿no? Buscadle. O preguntar por ahí. Improvisad.

—Pero esto es gigantesco. Y has dicho que había más salas —contestó Irene.

—Bueno, tiempo al tiempo —suspiró Alexander—. Vamos a ver qué descubrimos.

Con aire resuelto, se separó de las dos y bajó las escaleras. Paseó entre las máquinas. Observó a quienes ocupaban sus taburetes. Había gente de todas las razas, clases y edades. Las luces y los sonidos parecían hipnotizarles. También anduvo en torno a una mesa donde se jugaba al *blackjack*. No reconoció ningún rostro ni nadie que despertara sus suspicacias.

Sin embargo, pronto empezó a percatarse de algo que temía desde que ideara visitar ese lugar. Su halo gafe comenzaba a transmitir el infortunio. Las personas junto a las cuales se detenía o a las que observaba con detenimiento perdían las apuestas. Maldijo su tara. Y comprendió que, en un casino, la energía de la suerte estaba en ebullición. Allí, su condición se volvía más manifiesta que en ningún otro lado.

Nervioso, consideró la opción de buscar otro de los espacios del casino, un bar o una sala de espectáculos. No obstante, al darse la vuelta, casi se chocó con dos tipos de cuerpos fornidos, que iban embutidos en trajes negros y cuyos ojos se ocultaban tras gafas oscuras. Uno de ellos, con voz de timbre grave y tono serio, le dijo:

—Acompáñenos, por favor.

Atónito, Alexander no supo cómo responder. Miró alrededor. Buscaba alguna vía de escape. No obstante, el fortachón le leyó la mente, pues enseguida añadió:

—No intente resistirse. El señor Sócrates solo desea dialogar con usted.

Alexander no tenía ni idea de quién era ese señor Sócrates, pero optó por dejarse llevar. Así, la pareja de gorilas le condujo a una discreta puerta, mimetizada con la decoración de la sala. Tras ella, recorrieron un largo pasillo, decorado igual que aquel que él había transitado antes. Al final, subieron una escalera y llegaron a una puerta de aspecto grueso. Uno de los tipos pasó una tarjeta magnética junto a un lector anejo a ella, lo que hizo que esta se abriera con un sonoro chasquido. Accedieron a un pequeño distribuidor, lugar en el que convergían varias puertas. A partir de allí, la decoración distintiva del casino quedaba atrás, de tal manera que era como estar en un cruce de pasillos propio de cualquier oficina.

Tras una de las puertas, había un pasillo con más puertas a ambos lados. Los gorilas abrieron una de ellas. Entraron en un amplio despacho, decorado con una mesa de escritorio, una butaca a cada lado de la misma y unos archivadores.

Tras la mesa, había un hombre. Tendría cuarenta y tantos años. Su figura era esbelta, y su rostro atractivo. Su cabello moreno, con entradas que hacían su aspecto más seductor, tenía la misma longitud corta que la cuidada barba que tupía su cara. Sus ojos eran oscuros, y sus labios carnosos. Vestía un traje que se evidenciaba caro.

—Podéis dejarnos solos —le dijo a los gorilas.

Estos obedecieron. El hombre del traje caro señaló a Alexander la butaca que había al otro lado de su escritorio. Él se sentó, intrigado. Y el hombre habló:

—Este despacho debe ser uno de los pocos sitios del casino sin cámaras de seguridad. No niego que si mis clientes pierden, yo gano. Pero si ellos siguen perdiendo, se enfadan, se arruinan y no vuelven. ¿Acaso pretende hundirme el negocio, señor Berkel?

No se apreciaba animadversión alguna en el tono de voz del hombre. De hecho, sonrió a Alexander. Este le miró desconfiado y, de repente malhumorado, inquirió:

—¿Cómo sabe mi nombre?

—Mi nombre es Manuel Sócrates. Soy el dueño y gerente de *La rueda de la fortuna*. Sé su nombre, y sé lo que es, señor Berkel, porque yo conocí a su padre, que era como usted.

—¿Conoció a Héctor? —preguntó Alexander, sorprendido, un poco más relajado.

—Así es. ¿No lo sabía? Ocurrió hace años, por casualidad; o por fortuna, podría decirse. Es una historia interesante, pero no para relatarla ahora mismo. Yo necesitaba la ayuda de alguien como él, de alguien como usted, e hicimos buenas migas, aunque guardamos las distancias. Soy el propietario de un casino, así que debo cuidar mucho mi suerte.

—No sabía nada —anotó Alexander. Ya no se sentía nada amenazado.

—No se preocupe. Por cierto, Alexander, sé que Héctor murió. Y lo siento.

—Muchas gracias. —Aquello terminó de tranquilizar a Alexander, que añadió—: No era mi intención causarle complicaciones. Le pido disculpas. Pero ¿qué quiere de mí?

—No, esa no es la cuestión. La cuestión, señor Berkel, es: ¿qué quiere usted de mí? ¿Se puede saber qué hace un gafe en un templo del juego y el azar como este?

—Busco información. Busco a un hombre al que le apasionan las cartas y las apuestas. Pero no quiero meterme en más problemas.

—Ya… Dígame, ¿a quién busca?

Alexander meditó la conveniencia de revelar esa información. Y respondió:

—Se llama Alonso Yazpik.

Sócrates mantuvo la mirada fija en Alexander varios segundos, con semblante calmado pero serio. Y comentó:

—Sé quién es. Venía a menudo por aquí. Reconozco que dejaba bastante dinero. Pero hace tiempo que le denegué la entrada. La última vez que le vi, le confisqué esto.

El hombre abrió uno de los cajones de su escritorio. Rebuscó en su interior hasta localizar cierto objeto, que posó encima de la mesa. Alexander lo observó asombrado. Era un dado similar al que él le había quitado a Travis Dixon. La única diferencia era que el cristal del de Yazpik era de color rojo, aunque brillaba de la misma manera fascinante.

—Este dado no es del casino —explicó Sócrates—, y pensé que intentaba hacer trampas. —En ese momento, se puso en pie, se abotonó y alisó la chaqueta, guardó de nuevo el dado, y apostilló—: Disculpe mi parquedad, pero me temo que he de irme. Una de mis salas privadas va a albergar una reunión de las altas esferas. Seguro que me esperan.

Alexander también se levantó, y acompañó a Sócrates hasta la puerta del despacho.

—Mis hombres le llevarán a la salida más cercana —indicó el empresario—. Siento tener que pedirle que se marche. Su cercanía causa estragos entre mis clientes. Pero me encargaré de que les proporcionen crédito extra a las dos jóvenes que venían con usted. —Sócrates se ajustó la corbata, miró a Alexander, y declaró—: Héctor fue un buen hombre. Me ayudó. Yo quedé en deuda con él. Pero, por desgracia, murió antes de que pudiera pagársela. Por eso, quiero que sepa que, si alguna vez me necesita, puede contar conmigo.

Con esas palabras, el hombre le entregó una tarjeta.

—Muchas gracias, señor Sócrates —dijo Alexander.

—Buenas noches, señor Berkel. Tenga cuidado.

Sócrates le hizo una cortés inclinación de cabeza antes de salir del despacho. Alexander se percató de cómo, hábilmente, el hombre había obviado un apretón de manos.

8

Lara Varone visitó el casino por obra de la ventura. Los sábados representaban sesión doble en el teatro. *Speculum* era un éxito. Ella estaba tan ilusionada como agotada. Esa noche, su orgulloso padre había asistido a verla por tercera vez y, al finalizar el espectáculo, había pasado al camerino para proponerle que le acompañara a *La rueda de la fortuna*. Lara, quien llevaba ropa bastante sencilla, no se había peinado ni maquillado para la ocasión y no sentía ningún interés en el casino, decidió ir con él para poder estar un poco de tiempo con su padre, a quien la precampaña mantenía muy ocupado.

Aunque tendiese a ser idealista, Lara no era ninguna ingenua. Quería a sus padres. Le gustaba estar con ellos. De hecho, era consciente de que estaba demasiado influenciada por sus juicios y aprobaciones, algo que había coartado su joven vida. Pero, al mismo tiempo, veía que el matrimonio de Ricardo y Casandra Varone era un mero arreglo carente de sentimientos desde hacía años. Y advertía la poco ortodoxa visión de su padre respecto a la política. Debido a esas realidades, en su fuero interno, Lara se exigía algo a sí misma: no terminar atrapada en una existencia como la de sus padres. Eso sí, para ello, debía espabilar y rebelarse. Recientemente, la asaltaba el presentimiento de que ese cambio, ese ansiado arrebato, se avecinaba. Y, tras esa noche, ya no lo dudó.

El acceso que habían usado para entrar en el casino simulaba ser una tienda de *delicatessen* denominada *Jack Noir*. Llamaron al timbre del establecimiento, que aparentaba estar cerrado. Una mujer madura, cuyo cardado horrorizó a Lara, les invitó a entrar con desmedidos aspavientos. Les condujo a un espacioso ascensor. Aparte de Lara, Ricardo iba acompañado de Carlo Ferrara, su alto y callado jefe de seguridad, y de la pareja de jóvenes asesores del Ayuntamiento que le seguía allá donde fuese: un hombre encargado de su agenda y una mujer dedicada a manejar a la prensa. Ambos no dejaban de revisar sus móviles. El hombre, que siempre llevaba un portátil con todos los archivos del alcalde, esa noche, portaba unas cuantas carpetas con las letras "eFG" escritas en sus portadas.

Bajaron a un gran recibidor ovalado, donde confluían diversos pasillos y puertas. En el centro, había una fuente muy historiada. Lara se alejó de su padre y del séquito de este, y deambuló por la estancia, ensimismada en detalles como la recargada lámpara del techo.

Sucedió entonces. Sintió unas pisadas y, sin saber por qué, abandonó su distracción y se giró despacio. Él se acercaba adonde estaba ella por un pasillo, escoltado por dos fortachones de gafas negras. Parecía abstraído también, hasta que reparó en su presencia. En ese instante, se quedaron inmóviles y se admiraron en la corta distancia. Ella caminó primero.

—Hola —saludó, con una repentina sonrisa pletórica en su rostro, al llegar a su lado.

—Hola —contestó Alexander, con una mueca semejante trazada en sus labios.

Cuando se miraron, el tiempo pareció detenerse. Hasta que Lara volvió a hablar:

—Eres Alexander Berkel —dijo—. Yo soy Lara. Aquella vez no me presenté.

—Me alegra mucho conocerte, Lara. No esperaba encontrarte aquí.

—Lo mismo digo.

Lara percibió la proximidad de su padre un momento antes de oír su hosca voz:

—Señor Berkel —intervino Ricardo—, parece que me le encuentro en todas partes.

Lara y Alexander fueron incapaces de dejar de sonreírse embelesados, a pesar de que la irrupción del alcalde Varone les incomodó sobremanera a ambos.

—Sí, yo, en realidad… —titubeó Alexander, y se sintió bobo—. En realidad, ya me iba.

—Mejor así, señor Berkel —apuntó Ricardo, irritado—. Ya nos comunicará sus avances. Buenas noches —concluyó, cortante, y le dio a entender que la escena había finalizado.

Lara siguió con la vista a Alexander hasta que este se metió en el mismo ascensor por el que ellos habían llegado. Antes de irse, él la miró. Sus ojos se conectaron por un instante prodigioso, igual que la tarde que se habían conocido o la noche en que ella, desde el escenario del Gran Teatro Fortuna, le había reconocido a lo lejos, semioculto en un palco.

Su padre, suave pero firme, la cogió por un brazo y, enojado, susurró a su oído:

—Cuida tus compañías, Lara. Ciertos indeseados pueden acarrear graves quebrantos.

Malhumorado, Ricardo volvió con su séquito. Reclamó a Carlo Ferrara y habló con él aparte. Lara les vigiló en la distancia, desconfiada. Deseó ser capaz de leerles los labios.

Se repitió a sí misma que su vida debía cambiar. Y supo que así sucedería. Aunque desconocía si sería para bien o para mal.

9

Martin Krane prefería la noche al día. Le gustaba mimetizarse con las tinieblas, ser sigiloso y resultar desapercibido. Su pericia para la discreción era la base de su medio de vida. Y, alguna vez, había sido una manera de sobrevivir. En las últimas semanas, había aceptado una misión doble en relación a Alexander Berkel: vigilarle y protegerle.

Esa noche de sábado, había perdido la pista a su objetivo al verle entrar, para su sorpresa, en uno de los disimulados accesos del gran casino de la ciudad. La sencilla indumentaria de Martin, con su inseparable gabardina, no era la apropiada para introducirse en aquel santuario del juego. En aquella coyuntura, podría haberse dado por vencido. Pero la ventura quiso que decidiera regresar a Tragaluces y merodear en torno al portal de Berkel para, por lo menos, poder atestiguar la hora de la vuelta a casa de este. De ese modo, más tarde, divisó de nuevo a su objetivo, quien caminaba distraído, en la lejanía, por esa calle.

Así, inadvertido, Martin presenció la escena. No había ni vehículos ni viandantes. Dos tipos, los mismos que atacaran a Berkel unas noches atrás, se le acercaron de improviso y le obligaron a introducirse en la parte trasera de una furgoneta de carrocería oscura.

La semana anterior, Martin había intervenido para salvar a Alexander de la paliza de la que era víctima en un callejón. Esa noche, decidió actuar de otro modo. Sacó un viejo teléfono móvil de su gabardina y buscó el número del comisario Garmash.

10

Esta vez, el abordaje había sido mucho menos doloroso. Alexander iba pensando en Lara. Desde que descubriese que esta era la bailarina principal del espectáculo *Speculum*, se le había pasado por la cabeza la tentación de regresar al Gran Teatro Fortuna para asistir a la representación y volver a disfrutar de su hipnotizante actuación. No obstante, por algún motivo, conocer el parentesco de la joven con el alcalde Varone le había hecho contenerse.

Ya iba por la calle de los Tragaluces, totalmente desierta con los claroscuros de su deficiente alumbrado público. Pasaba junto a una vieja tienda de muebles y una ferretería, tan desprevenido que casi se chocó con aquellos dos tipos de ropas anodinas.

—Debes venir con nosotros —dijo uno de ellos, cuando él se detuvo sobresaltado.

Primero, Alexander se fijó en la pistola con la que el tipo le apuntaba al vientre. Después, su mente captó que esa voz se correspondía con una de las figuras que, la semana anterior, le había apaleado en un callejón del barrio de Saberes.

—¿Quiénes sois? —preguntó, aún incapaz de asimilar la situación.

—Sube a la furgoneta —ordenó el tipo, sin dejar de encañonarle.

Alexander miró hacia la calzada. Parada en doble fila, vio una furgoneta de carrocería oscura. Miró a su alrededor. Comprobó que los tres estaban solos en toda la calle. No se le ocurrió ninguna manera de reclamar auxilio. Escrutó los rostros de esos dos hombres, pero le parecieron tan corrientes que supo que no sería capaz de describirles más tarde.

Anduvo hasta la furgoneta. El tipo que no había hablado le abrió la puerta trasera. Él subió. La puerta se cerró tras de sí. El espacio era oscuro. Vio dos pares de asientos a cada lado. La única iluminación entraba por la luna delantera y una ventana cuadrada.

En uno de los asientos, había un hombre sentado. A pesar de la escasa luz, Alexander le reconoció enseguida: tez morena, facciones angulosas, cabello negro y graso, con bigote y perilla, y una A tatuada a la derecha del cuello. Era alto. Su cuerpo se presumía férreo. Su piel era tersa y velluda. Vestía ropa oscura. Pero lo que más reclamaba la atención era el objeto con el que jugueteaba entre sus dedos: un dado de cristal naranja.

—Siéntate —indicó Alonso Yazpik, que señaló el asiento más alejado de él. Alexander obedeció—. ¿Sabes quién soy? —preguntó, con voz baja y monocorde.

—Sí —admitió Alexander.

—¿Por qué lo sabes?

—He investigado.

—¿Qué investigas?

Alexander contempló los ojos de Yazpik. Eran verdosos. Parecían atravesarle. El tono de su voz inspiraba tranquilidad, pero su mirada le amenazaba. Era peligroso.

—Investigo el tráfico de una droga, de un polvo rojizo. Varias personas han muerto.

—¿En serio? No sé de qué me hablas.

Por la manera abrupta con que Yazpik contestó, Alexander supuso que mentía. Pero, aunque disimulara, estaba demasiado asustado para echárselo en cara.

—Me tropecé con alguien, Travis Dixon. Vendía esa droga. ¿Le conoces?

—Travis Dixon ha perdido su suerte —comentó Yazpik, que esquivó la pregunta.

Al escuchar eso, Alexander analizó el rostro de Yazpik. Comprendió que ese hombre sabía que departía con un gafe. E imaginó que, en el fondo, podía temerle.

—La suerte puede recuperarse —agregó Yazpik—. Está el quinto dogma.

—¿Travis es tu amigo? —interrogó Alexander. No le interesaba la deriva filosófica.

—Tengo tantos amigos como tú —aseveró Yazpik, en un tono más severo. Le miró con firmeza unos segundos. Luego, continuó—: A lo mejor, quizás, debería tener más, ¿no crees? Quizás, tú y yo podríamos ser amigos.

—¿Somos enemigos? —replicó Alexander.

—No, no nos conviene. No lo seamos.

—¿Y por qué íbamos a ser amigos?

—Porque un conocido me ha comentado que habías preguntado por mí en una discoteca que no te pega nada. Y otro me dio una descripción tuya después de confesarme cierta desgracia que le había ocurrido. Y pienso que lo mejor sería que nos lleváramos bien, ¿no?

La tensión de Alexander aumentaba por momentos. Le pareció percibir movimiento fuera de la furgoneta, pero no sabía si solo serían imaginaciones suscitadas por la zozobra.

—No sé qué quieres o pretendes conseguir —prosiguió Yazpik—. Sea lo que sea, puedo ofrecerte algo más lucrativo, más gratificante: una comodidad a la que acostumbrarte.

Alexander creyó entender lo que Yazpik le planteaba. En efecto, este sabría que él era un gafe, y no querría tener a uno como enemigo. Mientras pensaba qué contestar, no dejaba de seguir el dado naranja, que se movía entre los dedos del criminal.

—¿Habla de que entre en el negocio? —conjeturó.

—Exacto. Podrías ayudarme de muchas maneras. Desconozco qué te habrán encargado o te habrán prometido. Dímelo. Yo te lo daré.

Alexander pensó que lo que le habían prometido era la ansiada verdad sobre su familia biológica. Y eso era algo que dudaba que Yazpik pudiera darle. Pero no lo dijo. En lugar de ello, le siguió la corriente. Decidió arriesgarse.

—Pero ¿cuál es el negocio? —preguntó.

Yazpik se echó hacia delante lentamente. Y Alexander supo que iba a contárselo.

De repente, la puerta trasera de la furgoneta se abrió de golpe. Alexander y Yazpik se vieron deslumbrados por un montón de linternas. Varias voces exclamaron al unísono:

—¡Manos arriba! ¡Que nadie se mueva!

Instintivamente, Alexander levantó las manos mientras, al mismo tiempo, trataba de protegerse de la fuerte luz. Así, descubrió más de una decena de figuras agolpadas detrás de la furgoneta. El resplandor de las linternas se reflejaba en las placas que todas aquellas personas llevaban colgadas al cuello. Les apuntaban con armas. Eran policías.

—¡Salid despacio, con las manos donde puedan verse! —gritó otra voz.

Alexander bajó de la furgoneta con torpeza. Un policía le agarró y le inmovilizó sin que él opusiera resistencia. Yazpik hizo lo mismo, con el mismo resultado.

La ancha cintura del comisario Garmash se abrió paso entre el cúmulo de agentes. Y acaeció algo curioso. Alexander percibió un prolongado intercambio de miradas herméticas entre Yazpik y el jefe de los policías, como si ambos mantuviesen una conversación en un idioma carente de vocablos que solo ellos conocían.

—Una llamada anónima alertó del asalto a un vecino del barrio. Y ahora me encuentro contigo —informó Garmash, con su mirada aún clavada en Yazpik. Hablaba con una dilación inusitada en él, como si cavilase cada palabra antes de decirla—. Alonso Yazpik, quedas detenido por contrabando —declaró.

Mientras dos agentes le sujetaban y obligaban a darse la vuelta, Garmash esposó a Yazpik con las manos a la espalda. Este, cargado de ira, masculló:

—Esto no era lo pactado…

—¡Silencio! —cortó Garmash. Llamó a uno de sus hombres, y ordenó—: Lleváosle.

Los dos agentes que le retenían se llevaron a Yazpik a uno de los coches patrulla. En ese momento, durante unos instantes que, posteriormente, rememoraría en innumerables ocasiones, el furioso contrabandista dirigió una gélida mirada directa a Alexander. Este discernió la temible promesa de venganza que aquellos ojos le dedicaban.

A pesar de los desconcertantes hechos que acababan de acontecer, Alexander se adelantó hacia el comisario Garmash, y solicitó:

—Espere. Necesito hablar con él.

Actuó sin pensar. En cuanto habló, se percató de que no estaba en posición de pedir nada. Pero estaba dispuesto a cualquier cosa, incluso algún pacto indebido con Yazpik, para obtener información que le ayudara a resolver el "caso azafrán". Si Yazpik era encarcelado, él volvería a perder su mejor baza.

—¿Cómo dices? ¿Eres estúpido? —espetó Garmash—. Berkel, me da igual que un vecino tuyo o algo así nos haya llamado para contarnos que habías sido asaltado. Te acabamos de pillar con un delincuente en una situación más que sospechosa. ¿No te das cuenta?

—Por favor —insistió Alexander, obcecado—. Solo un minuto. Colaboraré como sea.

—¿Cuál es tu problema, Berkel? ¿No ves que también debería meterte entre rejas?

Alexander sintió el impulso de protestar otra vez. No quería perder aquella oportunidad. Pero algo, dentro de él, en su memoria, le decía que debía evitar más problemas.

Recordó.

11

Era el otoño del año 2007. La noche estaba caldeada por un inusitado bochorno, a la espera de una fuerte tormenta que no llegaba.

Alexander se sentía estúpido. Se había metido en líos de la manera más tonta. Aparte de Héctor e Irene, todavía no conocía a nadie en la ciudad, por lo que había salido a explorar su barrio. Había terminado en el bar equivocado en el momento erróneo. La bebida le había hecho encararse con una panda de macarras. La pelea había llamado la atención de las autoridades. Y una contestación indebida por su parte le había llevado a conocer una celda de la Comisaría Central de Policía.

Ahora, estaba en una silla, cerca de las escaleras. Apoyaba la cabeza en las manos entrelazadas, con los codos sobre las rodillas. Observaba el suelo de granito gris. Podía ver el inicio de dos pasillos, perpendiculares entre sí, a lo largo de los cuales se ubicaban los calabozos. Las paredes eran de frío hormigón. Unos focos grandes y redondos proporcionaban una luz dura y desigual. Allí, el bochorno se notaba más que en la superficie. Aunque era la tensión la que hacía sudar a Alexander.

Eddie Baltz, el policía joven que le había tomado declaración, permanecía de pie a su lado, apoyado en la pared sin abrir la boca. Su móvil sonó. El agente intercambió un par de frases cortas con su interlocutor y, después, se dirigió a Alexander:

—Han venido a buscarte —dijo—. Puedes irte. Te llamarán del juzgado.

Alexander siguió a Baltz, subió a la planta superior y regresó al vestíbulo principal del edificio. Allí, halló a Héctor. Antes de marcharse, se despidió del policía:

—Muchas gracias por tu ayuda —mencionó—. Has sido muy considerado.

—De nada. Solo espero no volver a verte por aquí —replicó el agente.

Baltz le dedicó una sonrisa comedida, la cual Alexander correspondió con una mueca similar. A continuación, fue junto a su padre adoptivo y salió de la Comisaría.

Caminaron sin hablar. Bajaron por la avenida Abundo. Aquella bochornosa madrugada era solitaria y silenciosa. El mutismo de Héctor denotaba su enfado por lo acontecido. No habló hasta que no estaban cerca de casa. Y sus palabras reflejaron su enojo.

—¿En qué pensabas?, ¿o no pensabas? —preguntó a su hijo, sin mirarle a la cara—. ¡Debes ser más inteligente! ¿Tú me escuchas cuando hablo? —No obtuvo respuesta, por lo que prosiguió con su reprimenda—: Alexander, a nosotros el peligro nos acecha por muchos flancos. El infortunio no nos teme, sabe que puede cebarse con nuestra dicha. No podemos cometer la insensatez de exponernos a un riesgo mayor sin necesidad. Da igual quiénes sean tus enemigos. Da igual si son mejores, peores, fieros, tontos, justos o injustos. Hay situaciones que debemos evitar. Hay enemigos que no debemos ganarnos. Ten respeto y cortesía hacia tus adversarios y las potencialidades funestas en el porvenir. Existen demasiados poderosos por encima de nosotros que pueden destruir nuestra vida. Créeme.

Héctor no agregó nada más. Alexander no se atrevió a pronunciarse ni para pedir perdón. Miraba al suelo. Le apenaba que Héctor pudiera sentirse decepcionado.

12

Alexander sostuvo la mirada del comisario varios segundos. Finalmente, respondió:

—Le pido disculpas. Me han salvado. Colaboraré con ustedes como sea necesario.

Garmash trazó una engreída sonrisa de satisfacción en su cara, cuya tez brillaba debido al sudor. Acto seguido, se volvió hacia sus hombres y repartió órdenes.

Una de las pocas mujeres que integraban aquel operativo policial se llevó a Alexander aparte. Debía tomarle declaración respecto a lo sucedido esa noche. Él consideró que debía evitar complicarse las cosas. Por ello, habló sin ambages del trabajo como detective privado que llevaba a cabo para la Organización Heptágono, así como de las circunstancias que habían desembocado en que Alonso Yazpik le abordara. Reconoció que carecía de pruebas de la implicación de Yazpik en los hechos que él debía investigar. Le sorprendió no tener que explicarle a la agente qué era la Organización Heptágono. A ella tampoco pareció interesarle el fallecimiento de varias personas debido a una supuesta droga nueva. Se limitó, con corrección y profesionalidad, a anotar lo que él relataba. A continuación, fue a hablar con el comisario. Alexander vio que realizaban un par de llamadas. Más tarde, esa policía le comunicó que ya podía marcharse. La situación se resolvió tan rápido que él se planteó si alguien habría intercedido en su favor desde la Organización. ¿Selena, tal vez?

El operativo policial se replegó. Alexander, antes de reanudar el camino de regreso a casa, se percató de la silente y estática presencia, a lo lejos, de una figura que reconoció de inmediato. Le vio de pie, allí, en una esquina. Supo que le observaba. No podía distinguir sus rasgos, pero advertía su tez oscura y la forma de unas gafas. Recordó su gabardina. Era el misterioso bienhechor que le había auxiliado de una paliza la semana pasada. Se miraron en la distancia. Después, con aparente tranquilidad, el desconocido se alejó.

Alexander llegó a casa agobiado por un aluvión de dispares pensamientos. Recordaba las gotas de lluvia que caían en el húmedo escote de Selena Myers; la dulce voz con la que Lara Varone se había presentado; la educación de Manuel Sócrates; la amenaza inaudita de Alonso Yazpik; y el brillo de dos dados de cristal, naranja y rojo, iguales al azul que él mismo había hallado. Había vuelto a perder su baza en el "caso azafrán". Y sospechaba que el misterioso bienhechor no era el único que le ayudaba en secreto.

Cuando entró en su apartamento, Trece apareció y le maulló en la penumbra. El gato se acercó a él y paseó entre sus pies, en busca de contacto y cariño. Alexander sonrió: al fin, su colega felino le había perdonado.

13

Ismael Wagner era muy celoso de su intimidad y autonomía. Incluso después de quedarse viudo y de que su único hijo se fuera de casa, no quería que los miembros del servicio pernoctaran en su hogar, la mansión que, a lo largo de generaciones, había pertenecido a su familia, una de las más longevas y arraigadas de la ciudad, y donde él había vivido sus sesenta años de edad. Su barrio era una zona apacible y elitista, donde no acostumbraban a darse ni las llamadas ni las visitas en plena madrugada que él había debido atender hoy.

Ismael valoraba la calma, la pericia y la reflexión. Ante el temor o la sospecha, opinaba que lo mejor era tener sangre fría y recapacitar cualquier decisión. Procuraba no mostrar sus desasosiegos, máxime con quienes no gozaban de su confianza. Creía haber aprendido a controlar las relaciones que, siempre en pos de un fin superior, debía mantener con

aquellos que no le agradaban o incluso eran peligrosos. No se consideraba viejo, pero sí sentía que la edad le había dotado de una sabiduría y ex-
periencia privilegiadas. Existían temas, no obstante, que aún despertaban
sus pasiones y le motivaban a actuar con precipitación. La mayor de esas
pasiones era la razón por la que, esa noche, aún estaba despierto.

La mansión estaba en silencio. Nelson dormía. Ismael se encontró con
su aliado en el recibidor, una estancia de techos elevados, alfombras pesadas, cuadros barrocos y mobiliario reducido y antiguo. Al llegar, Martin
Krane carraspeó y le estrechó la mano.

—¿Le han dejado libre? —preguntó Ismael, junto al recargado portón
principal.

—Sí. Pero ese hombre parece absolutamente incapaz de no meterse en
problemas.

—Le han situado en una posición delicada. Cada vez pienso más que
ha sido adrede.

—Yo no creo que ese hombre sea tan trascendente, señor Wagner
—sentenció Martin.

Ismael guardó silencio meditabundo. No era la primera vez que su
aliado defendía tal postura. Pero no deseaba adentrarse en la misma discusión de siempre.

—El séptimo es difícil de leer… —murmuró, caviloso, y se quitó las gafas durante unos segundos para frotarse los ojos, que le lagrimaban. Se
sentía agotado—. Sí que lo es. A veces, presiento que él no es más que un
peón que sirve a fines que ni siquiera conoce. Otras, me parece que él es
quien hace unos auténticos peones del resto de nosotros. O es posible
que sea un vehículo. Es tan difusa la Palabra. No es solo un gafe, no.

Más tarde, otra vez solo, Ismael abandonó el recibidor. La casa era un
enredo de salas, puertas y pasillos. En uno de estos, el que circundaba el
ala este, había, completamente disimulada con la madera de la pared, una
puerta cuya cerradura abría una sola llave.

Ismael sacó esa vieja y larga llave del bolsillo de su bata. Abrió la
puerta, que se reveló maciza. Tras ella, se hallaba un angosto pasadizo,
que descendía en una escalera de caracol. En los muros de piedra desnuda, unos apliques se encendieron a su paso. E Ismael empezó a bajar.

CAPÍTULO IV

Leyenda/Maldición

1

Alexander Berkel tendía siempre hacia el pesimismo y la desconfianza. No podía evitarlo. Era algo arraigado en él. Se debía a la infancia que había tenido en el orfanato. Por aquel entonces, Alexander ni sabía qué era la suerte ni era consciente de ser un gafe. Los otros chicos tampoco entendían nada al respecto. Aun así, él advertía que algo no andaba bien en su interior. Sentía que tenía una mancha, un defecto; que era un tarado. Y, de alguna manera, el resto también lo percibía y se ensañaba con él.

Por eso, Alexander creció pensando que, mientras no se demostrase lo contrario, los demás eran malos por naturaleza. Del mismo modo, no podía eludir pensar que las cosas, por uno u otro motivo, siempre saldrían mal. Cuando Héctor le adoptó y le explicó que los dos compartían la maldición del gafe, esto solo pudo afianzar su deprimente visión sobre el mundo. De manera que optó por acostumbrarse a esperar una decepción de cada situación y persona nuevas. Y se convenció de que no existían alternativas positivas para él. Porque la suerte nunca estaría de su parte. Porque, al final, resultó que sí estaba tarado.

Durante el otoño del año trece, su pesimismo y su desconfianza se acentuaron. Después de más de tres semanas de investigación del "caso azafrán", se hallaba en un cíclico punto muerto. Así, el lunes siguiente al altercado con Alonso Yazpik, a primera hora de la mañana, Alexander recibió una apresurada y clandestina visita de Eddie Baltz. Este le reveló algo que había descubierto a hurtadillas: que Yazpik llevaba en torno a un año como informante del comisario Garmash. Al parecer, el contrabandista iba a facilitar la desarticulación de una red de tráfico de alcohol y tabaco a cambio de beneficios judiciales. Un mediador ajeno a la Policía había negociado ese pacto entre Yazpik y el comisario. Sin embargo, el sábado anterior, una llamada anónima a la Comisaría avisó del asalto a Alexander y forzó la detención. Ahora, Yazpik se encontraba en la cárcel. Eddie sospechaba que el pacto se ocultaría para no perjudicar la campaña del alcalde. Alexander sopesó la posibilidad de intentar visitar a Yazpik en prisión para concluir la conversación que ambos habían dejado en el aire noches antes. Pero Eddie enseguida le advirtió que eso solo suscitaría sospechas inconvenientes. También, le desveló que la intervención de alguien desde "algo llamado Organización Heptágono" había sido determinante para que no fuese detenido. Alexander volvió a preguntarse quién le ayudaba. Tenía una corazonada, pero carecía de pruebas.

Alexander debió asumir que ser detective privado no se le daba nada bien, por lo que a su pesimismo y su desconfianza se sumó la frustración. Ese mismo lunes, por la tarde, su hermana fue a verle. Él se desahogó y le confesó su desazón. Y reconoció algo que Irene ya intuía: que si se empeñaba tanto en resolver el "caso azafrán" era por conocer la verdad sobre sus orígenes.

—Ya te dije que te ayudaría —comentó Irene—. Pero también te dije que la verdad que buscas puede ser muy dolorosa. No quiero que se te olvide.

—Cuando hablas así —contestó Alexander—, parece que tú seas la hermana mayor.

—Eso es porque, en el fondo, los dos hemos sido siempre el hermano mayor del otro.

Irene le hizo una suave caricia en la mejilla. Él se lo permitió, a pesar de lo reacio que solía ser al contacto físico. Trece correteó por allí, entre las patas de la mesa de café del salón. Y el timbre de la puerta les sorprendió.

—¿Has quedado con Lena? —preguntó Alexander.

—No, qué va.

Intrigado, el primogénito abrió la puerta principal del apartamento. En el umbral, halló a Luka Miller. Tal como le ocurrió la semana anterior, cuando acudió a cenar a su casa, tardó unos instantes en reconocerle, despistado por el hecho de verle vestido con ropa normal.

—¡Luka! No te esperaba.

—Lo sé. Discúlpame, no quiero molestarte. Busqué tu dirección en tu historial. Quería hablar contigo. Por favor, espero que no te importe.

—No, no, claro que no —aseguró Alexander, aunque se sentía un tanto contrariado. Se hizo a un lado y, con un gesto, invitó a Luka a entrar—. Adelante.

Luka pasó. Contempló la estancia principal del apartamento. Reparó en Irene. Ella se levantó. Alexander les presentó:

—Luka, esta es mi hermana, Irene Berkel. Irene, este es Luka Miller, un enfermero del Hospital Santo Damián que me ha ayudado en un par de ocasiones.

Irene y Luka se estrecharon la mano. Trece apareció por allí. Taimado, solo se acercó a Luka lo suficiente para que este se fijara en él, aunque enseguida hizo caso omiso del recién llegado y se alejó, esta vez hacia el dormitorio.

—Ven, siéntate —le dijo Irene a Luka, y volvió al sofá—. ¿Quieres beber algo?

—No, gracias —contestó Luka.

Alexander pensó que él debería haber hecho ese ofrecimiento, puesto que estaban en su casa, pero no estaba acostumbrado a tener visitas inesperadas. Tomó asiento en el sillón.

—¿De qué querías hablar? —le preguntó a Luka.

—Del asunto que me dijiste que investigabas —respondió Luka, un poco cohibido.

—Habla, no te preocupes —añadió Alexander—. Mi hermana está al tanto de todo.

—Muy bien. En realidad, lo que quiero es ayudarte.

—¿Ayudarme? ¿Qué quieres decir?

—He reflexionado. No ha muerto nadie más. Tal vez, la sustancia haya dejado de distribuirse. Eso es fantástico. Pero no puedo quitarme de la cabeza a las víctimas que atendí. El responsable no debe quedar impune. Quiero que cuentes conmigo.

—¿Cómo crees que puedes ayudar?

—Como sea. Como necesites.

—Te lo agradezco mucho, Luka. Pero no quiero complicarte la vida.

—No lo harás, te lo aseguro. De verdad, quiero ayudarte en esto. No debes estar solo.

—Disculpa a mi hermano —intervino Irene, dirigiéndose a Luka—, pero nunca le ha resultado fácil aceptar ayuda. Quiere ser autosuficiente. Si pudiera, le encantaría vivir solo en una burbuja, aislado de todos los demás.

—No es eso —protestó Alexander, por lo bajo.

—¿Entonces? —dijo Luka—. ¿Por qué no me das una oportunidad? Déjame intentarlo.

—Alexander —habló Irene a su hermano—, este dichoso caso es muy difícil de desenmarañar. Luka quiere ayudarte, igual que yo. Probemos, a ver qué tal se nos da eso del trabajo en equipo. Sé que esto es muy importante para ti.

—¿Importante? —repitió Luka—. ¿Es que este caso te implica personalmente?

—No. Irene quiere decir que, si lo resuelvo, podría lograr algo que he buscado mucho tiempo —explicó Alexander—. Es complicado. —Meditó unos segundos y, para su sorpresa, añadió—: Me gustaría contártelo todo.

Aunque no se lo esperase, comprendió que confiaba en Luka Miller, algo inusual en él. Deseó hablarle del misterio y el trauma existentes en torno a sus orígenes y su primera infancia. No obstante, prefería hacerlo en otro momento, quizás a solas.

—De acuerdo —concluyó—. Ya que queréis ayudarme, tengo un par de encargos.

—Adelante —anotó Irene. A su lado, Luka sonrió y asintió.

—Irene, yo no soy bien recibido en *El séptimo cielo*. Pero, a lo mejor, tú podrías volver por allí y comprobar las cosas que yo vi. Luka, trabajas en el hospital donde han atendido a las víctimas. No sé si sería mucho pedir, pero tal vez pudieras echar un vistazo a las autopsias o algo así…

En ese momento, el teléfono fijo les sobresaltó a los tres. Alexander se giró hacia una mesita aneja al sofá, donde estaba el aparato, y descolgó.

—¿Dígame? —contestó.

—¿Alexander Berkel? —escuchó cómo decía una voz joven y femenina, dotada de una pronunciación impecable.

—Soy yo —respondió, dubitativo—. ¿Con quién hablo?

—Alexander Berkel, buenas tardes. Me alegra contactarle. Mi nombre es Francine Moreau. Me gustaría hablar con usted. ¿Es este buen momento?

—Eh… Pero ¿de qué se trata? —preguntó él, que, por un segundo, pensó que esa voz de pronunciación esmerada pretendía venderle algo.

—Soy periodista, señor Berkel.

De inmediato, escamado, Alexander la interrumpió:

—Un momento, ¿cómo ha dado con mi número de teléfono?

Miró a Irene y Luka. Ellos le observaban en silencio, expectantes e intrigados. Su hermana le hizo un gesto interrogativo con las manos. Él se encogió de hombros.

—Un contacto me facilitó su nombre. Y yo le he buscado en la guía telefónica.

—¿Para qué? —inquirió Alexander. Aquello no le gustaba.

—Como le he dicho, soy periodista. Estoy llevando a cabo un trabajo de investigación. Me gustaría que usted colaborase conmigo y accediera a una entrevista. Por supuesto, será gratificado por ello; en la medida de mis posibilidades, claro.

—Pero ¿cómo puedo ayudarle? ¿Qué investiga?

—La suerte, señor Berkel. Y usted es la persona que busco.

—Perdone —dijo Alexander, que se sentía amenazado. Su desconfianza natural afloró en el instante que escuchó esas frases—. ¿Qué busca?

—A un auténtico gafe.

2

Selena Myers se quedó a trabajar hasta tarde adrede. Necesitaba que la sede central de la Organización Heptágono estuviera tranquila. Después de meditarlo durante días, se había decidido a actuar por su cuenta. El hecho de que se citara a Alexander Berkel a una reunión sin su presencia ni su conocimiento la había enojado. Ella era la número tres de la Organización, pero su rango no parecía importarle ni a Ismael Wagner ni a Ricardo Varone, quienes habían hecho caso omiso de su protesta por lo ocurrido. De Varone, a quien detestaba, podía esperarse una actitud así. Pero de Ismael, a quien consideraba su mentor y cuyas virtudes valoraba, la disgustó. El notable interés de sus superiores respecto a Berkel hacía que Selena presintiese que este era valioso. Y el ambiente imperante en la Organización complicaba cierto dilema profesional en el que últimamente se debatía.

Así que, ese martes, a última hora, cuando notó que el edificio se vaciaba, abandonó su despacho. Procuró que sus tacones resultasen sigilosos. Se dirigió a una puerta de la cuarta planta cuya placa rezaba "Departamento C". Con cautela, giró el picaporte y entró. No encendió la luz. Se encontraba en una sala amplia sin ventanas, llena de hileras de mesas con múltiples ordenadores, la mayoría de los cuales, aunque allí ya no hubiese nadie, continuaban encendidos. El fantasmagórico fulgor de los protectores de pantalla alumbraba la estancia. A la derecha, una puerta entreabierta conducía a otra sala similar contigua. Selena creyó oír el sonido de un teclado, por lo que, ante la posibilidad de que todavía pudiera haber alguien trabajando, fue apresurada hacia una puerta que había al fondo, a la izquierda. Pasó a un estrecho almacén de material informático, donde sí dio la luz.

La C del "Departamento C" se refería a la palabra "centinela". Los centinelas eran la operación más ambiciosa y controvertida de la Organización Heptágono. Se trataba de una red de vigilancia permanente de la suerte. Su objetivo último consistía en elaborar un censo de los grados de suerte de toda la gente. No obstante, tal fin estaba lejos de lograrse. Contaban con personas infiltradas en multitud de sitios, desde hospitales hasta empresas y gobiernos. Recolectaban todo tipo de datos para generar un archivo de información y permanecer atentos ante cualquier hecho inusual. Incluso existían centinelas propiamente dichos, que, a modo de espías, vigilaban a personas concretas para inspeccionar su suerte.

Desde que ocupara la dirección de investigación de la Organización, Selena había batallado para tener la potestad sobre los centinelas. Sin embargo, Ricardo Varone argüía que la tradición dictaba que ese departamento pertenecía al director de operaciones, cargo que él ostentaba como número dos. La autorización de seguridad de Selena le permitía conocer la mayoría de los datos que cosechaban los centinelas, aunque no todos. Así, había descubierto, por ejemplo, que Alexander Berkel había sido vigilado con regularidad los últimos cinco años por orden del propio Varone y con la autorización de Wagner. También había comprobado que, tal como ella sospechaba, Ricardo había utilizado su rango para evitar que el departamento le vigilase a él, a pesar de regir el Ayuntamiento de una gran ciudad.

A lo largo de una estantería, Selena vio unos maletines, parecidos a cualquier portafolio pero más altos, hechos de un plástico negro y duro. Cogió uno y lo abrió. Dentro, halló un equipo de rastreo de los que, a veces, se empleaban en seguimientos individuales. Constaba de varios aparatos pequeños y una computadora tipo *tablet*, todo ello muy tecnológico. Lo estudió por encima. Confió en poder trucarlo para que la información que ese equipo recogiera le llegase a ella en vez de a los receptores del departamento. Cerró el maletín y se lo echó bajo el brazo. Complacida por haber obtenido lo que había ido a buscar, regresó a su despacho con el mismo sigilo y la cautela con los cuales había llegado.

3

En su longeva historia, Ciudad Fortuna se había reconstruido varias veces, ampliando su territorio con el paso de los siglos. En épocas pretéritas, era un estrecho y alargado asentamiento en torno al río Tyche, en el área que, en la actualidad, comprendía el Arco Clásico y los barrios de Confiterías y Serenidad. Su centro neurálgico era la ahora denominada Plaza Antigua. A raíz de su más reciente restauración, tras la Primera Guerra Mundial, se había confirmado la forma heptagonal que la urbe, estructurada en siete barrios, había adoptado en los decenios previos, lo cual trazaba una disposición radial, cuyas siete largas avenidas nacían y desembocaban en la plaza de la Cornucopia.

Este corazón de Ciudad Fortuna, con sus siete grandes bocacalles, era imponente. En ella se hallaban algunos de los más notables edificios de la urbe, como la fachada frontal del Ayuntamiento. Representaba el culmen de la arquitectura neoclásica característica del estilo contemporáneo de la ciudad. Su centro era una vasta explanada de adoquines, una enorme glorieta, alrededor de la cual discurría una calzada circular con diversos carriles. Esta explanada, peatonal y transitable, poseía siete estatuas o monumentos, cada uno frente al inicio de una de las siete avenidas, con uno de los siete metales de la Antigüedad, e inspirado en los conceptos que daban nombre a esas: el comercio, la abundancia, la sabiduría, etc. En medio de la explanada, se levantaba una esplendorosa fuente iluminada, coronada por una estatua en bronce y dorado de la diosa griega *Tique*. Esta se había erigido sobre una rueda de la fortuna de siete radios que simbolizaba el ciclo del destino, y sostenía una cornucopia. El tráfico de la glorieta principal era muy complejo, tanto que también se habían construido cuatro rotondas auxiliares en los nacimientos de Sageco, Abundo, Komerci y Fabriko. El tranvía, además de circular por la plaza, tenía su nudo principal allí.

Aquel miércoles por la tarde, la línea de Fabriko llevó a Alexander hasta el intercambiador de la plaza de la Cornucopia. El ambiente era el habitual de cualquier día de diario. Los coches trazaban unos recorridos asombrosamente ordenados. Los semáforos se abrían y cerraban. La gente caminaba por la explanada interior y las aceras exteriores. Las banderas de los edificios oficiales ondeaban con el vespertino viento otoñal. El bullicio era incesante. Se veía a turistas. Cerca del monumento de la avenida Deziro, se desarrollaba un espectáculo callejero de malabares. Y muy pocos sabían que, bajo el suelo de una parte de tan inmensa plaza, se ubicaban algunos de los salones y pasadizos del casino más curioso del mundo.

Después de mantener una conversación telefónica con Francine Moreau, que le había pillado desprevenido, Alexander consultó la inusitada situación con sus colaboradores en el "caso azafrán", Irene y Luka. Estos le aconsejaron que accediera a la entrevista para descubrir cómo la periodista había obtenido su número. En su fuero interno, a él le escamaba el hecho de que ella conociera su condición de gafe, pues le hacía sentirse indefenso y amenazado. Aunque también le animaba la posible compensación monetaria que ella había mencionado, puesto que cada vez veía más difícil llegar a cobrar la cantidad que la Organización le había prometido a cambio de resolver el caso.

Se citaron en la terraza del *Café Greco*, una cafetería de aspecto clásico, ubicada entre Persisto y Sageco. En los meses de otoño e invierno, la terraza estaba protegida del frío por una carpa transparente, en cuyo interior se disponían estufas de pie. Esa tarde, la carpa aún no había sido colocada y las estufas funcionaban a medio gas. Sentada en una mesa, en una esquina delimitada por unas jardineras, Alexander encontró a Francine Moreau.

Esta era una mujer de unos treinta años, de baja estatura, curvas menudas pero atractivas y rostro redondeado, definido por el corte de su melena rubia, que apenas llegaba a sus hombros. Como si le hubiera presentido, Francine levantó la vista de su portátil cuando él se aproximó. Tenía unos ojos marrón claro y una nariz puntiaguda. A él, su semblante se le antojó avispado. Vestía pantalón largo y una chaqueta gruesa. Ella sonrió.

—¿Señorita Moreau? —preguntó Alexander, de pie.

—Francine, por favor —respondió ella, que se levantó.

Alexander percibió cierta indecisión en ella cuando la periodista movió su mano derecha como si fuera a saludarle. Imaginó que le daba reparo la idea de tocarle. Al final, volvió a sentarse. Él hizo lo mismo en la silla de delante. Sobre la mesa, junto al portátil, había una taza de capuchino. Un camarero se acercó a ellos. Alexander pidió otro capuchino.

—Yo invito, por supuesto —aclaró Francine, cuando el camarero se alejó. Desconectó el portátil y lo guardó en su bolso, de donde sacó un bloc y un bolígrafo. Respiró hondo y le miró a los ojos—. Le agradezco mucho que haya venido, Alexander. Es muy generoso.

Él la notó nerviosa. Y procuró disimular que se sentía del mismo modo.

—¿Eso es todo lo que va a necesitar? —dijo, y señaló el bloc de notas.

—Sí. Hoy no necesito grabadora. Dudo que olvide esta conversación. —El camarero se acercó para dejar el capuchino de Alexander. Ella aprovechó para acomodarse en la silla, y comentó—: Esta ciudad es preciosa, atrayente y algo enigmática. Me da esa impresión.

—Sí, lo es. Es todas esas cosas y más. ¿Qué es lo que investiga, señorita Moreau?

—Francine —corrigió ella—. Investigo un tema que, de una u otra manera, me ha llamado la atención siempre: la suerte. Lo hago por mi cuenta. Elaboro un reportaje, tal vez una serie. Es un trabajo muy extenso que todavía no he concluido ni acotado.

—¿Qué es la suerte para usted?

—Pues... La verdad es que acostumbro a ser yo quien formula las preguntas. Alexander, para usted, ¿qué es la suerte?

Alexander estuvo a punto de contestar lo de siempre: que él no creía en la suerte. Sin embargo, algo le hizo pensar que no merecía la pena perder el tiempo con una postura visceral. Era mejor reconocer la verdad.

—Es una desgracia —concluyó, tras meditar largos segundos.

Francine le miró silente. Sus ojos transmitían energía, a pesar de la apariencia frágil de su figura.

—Usted es gafe —aseveró, en un tono afirmativo exento de interrogación.

—Sí.

—¿Qué es ser un gafe?

—¿Cómo?

—Sí, ser un gafe, ¿es una enfermedad?, ¿una superstición? ¿Qué es?

—Es… una carencia.

—¿Carencia?, ¿de qué?

Lo primero que a Alexander se le ocurrió fue "carencia de todo". Consideró que ser gafe acarreaba carecer de familia, amigos, aspiraciones…; de las cosas que llenaban la vida. Pero enseguida se dio cuenta de que tenía a Irene, igual que había tenido a Héctor, y de que sobrevivía a pesar de su condición; de que persistía. Mas lo cierto era que una devastadora sensación de carencia oprimía siempre su corazón. Le faltaba algo.

Francine debió deducir la turbación subyacente en su silencio, pues continuó:

—¿Tiene familia?

—Tengo familia adoptiva. Un padre y una hermana. Él murió. Ella vive cerca de mí.

—¿Y la familia biológica?

—No sé quiénes son.

—¿Le abandonaron?

—No lo sé. Quizás sí.

Entonces, la misma turbación que, momentos antes, había afligido a Alexander pareció afectar a Francine. Abstraída, la mujer desvió la mirada hacia otra parte.

—¿Tenía ganas de conocerme? —inquirió Alexander.

—Sí… ¿Por qué me lo pregunta?

—¿Por qué quería conocerme?

—Porque llevo meses, y en el fondo puede que años, indagando sobre la suerte. Y para mí, con todo lo que he leído y conocido, la posibilidad de reunirme con un gafe era algo como…, como conocer a una leyenda. Pero, dígame, ¿no recuerda a su familia biológica?

—No, prácticamente nada. No recuerdo ninguna cara, ningún nombre; solo instantes fugaces, destellos que se pasan en un momento.

—¿Cuándo y cómo supo que era gafe?

—Me lo explicó mi padre adoptivo.

Alexander se detuvo a reflexionar. Echó una ojeada al bloc de la periodista. Se fijó en que se hallaba en blanco. No había ninguna pregunta anotada en él. Supuso que tendría una batería de cuestiones pensada o que improvisaba. Se la veía dispuesta a interrogarle acerca de todo: sus orígenes, su familia, cualquier cosa. Y abordar esos temas le incomodaba, si bien no podía negar un inesperado alivio por tener alguien imparcial con quien poder desahogarse. Aun así, se recordó a sí mismo que había acudido allí con otro fin, de modo que volvió a preguntar:

—¿Conoce la Organización Heptágono?

—Sí. Sé que tiene su sede central aquí. No me importaría conocerla más. No sé si voy a poder nombrarla en el reportaje.

—¿A quién ha conocido de la Organización?

—No voy a hacer eso, Alexander —contestó ella, seria.

—¿Hacer qué? —replicó él, sorprendido.

—Decirle quién me ha ayudado a contactar con usted. Ha accedido a concederme esta entrevista, por lo que estoy tremendamente agradecida, y se lo gratificaré como pueda.

—¿Paga a todos sus entrevistados? —interrumpió él.

—No —negó ella, molesta por la interrupción—. Pero pienso que necesita el dinero.

—¿Ah, sí? ¿Por qué piensa eso?

Francine estuvo a punto de hablar, pero calló de pronto. Alexander esbozó media sonrisa al notarlo. Supo, sin necesidad de que ella lo confirmara, que alguien desde Heptágono le había chivado que su situación económica no era nada boyante. Al percatarse de que la podía haber cazado, ella sonrió con picardía, pero se mantuvo firme y no dijo nada.

—Imagino —añadió Alexander— que si una periodista investiga la suerte y descubre la existencia de la Organización Heptágono, la persona que más información puede proporcionarle será la responsable de las investigaciones de dicha organización. ¿Me equivoco?

—No siga por ahí —advirtió Francine, quien conservaba su imperturbable sonrisa.

—¿Conoce a Selena Myers?

—Retomemos la entrevista.

—De acuerdo. ¿Cree que soy una leyenda?

Francine le observó con detenimiento. Él comprendió que ella sopesaba qué responderle. Supuso que dudaba, que había ido allí con una idea preconcebida sobre él o la suerte, pero, ahora, se replanteaba todo. Tras un minuto de cavilación, Francine cerró su bloc, lo echó en su bolso, y apuró su capuchino. A continuación, entrelazó las manos encima de la mesa, y habló con tranquilidad:

—Tómese el café, está riquísimo. Pida lo que quiera. Yo invito, de verdad. Se está bien aquí. Es agradable, majestuoso. Pactemos las condiciones de la entrevista. Hablaremos de la suerte. Cuénteme lo que prefiera. Pero, por favor, me cuente lo que me cuente, solo le pido que me haga ver una cosa: qué es ser un gafe. Así que, ¿de qué quiere hablar?

Alexander sonrió. Le caía bien esa mujer. Probó el capuchino, que ya se le había quedado frío. Era verdad: estaba bueno.

Hablaron hasta la noche. Hablaron de muchos temas, incluidos algunos que él nunca trataba sin tapujos. Debatieron acerca de la filosofía, la genética y el destino. Él le narró sus años en el orfanato, su adolescencia y su juventud; situaciones que le habían marcado; y anécdotas que solo en apariencia eran insignificantes. Recordó a su padre. Dijo que amaba a su hermana Irene. Y confesó tener miedo.

Al despedirse, Francine sí le tendió su mano. Él se la estrechó con suavidad. Antes de eso, ella sacó el bloc de su bolso. En una hoja en blanco, escribió, con bonita caligrafía, dos palabras separadas por una barra. Algún día, Alexander sabría que era el título del reportaje que la periodista escribiría sobre él. Esa noche de miércoles, en el *Café Greco*, en la plaza de la Cornucopia, le pareció la conclusión a la que ambos habían llegado respecto a la suerte y a ser gafe: "Leyenda/Maldición".

4

Alexander nunca le habló a nadie del contenido profundo de aquella entrevista con la periodista Francine Moreau. Tanto Irene como Luka le preguntaron por cómo le había ido en tan inusitado encuentro, a lo que él se limitó a contarles cuál era el objetivo de Moreau y cuáles fueron los temas superficiales que habían abordado durante la conversación. Intentó restarle importancia. Se guardó para sí las revelaciones íntimas que había realizado en el transcurso de aquella tarde de miércoles. Se dio cuenta de que, para él, de alguna manera, esa entrevista había sido muy similar a una fructífera sesión de psicoterapia.

Con todo, seguía sin saber a ciencia cierta quién había facilitado que Francine Moreau le contactara. La periodista había sido muy habilidosa al eludir la cuestión, si bien él había visto sus sospechas acrecentadas por sus sonrisas y sus silencios. Decidió poner las cartas sobre la mesa. Así, a la mañana siguiente a la entrevista, llamó a Selena Myers para acordar su reunión semanal. Alexander la sorprendió al proponer que, para evitar que nadie intentara inmiscuirse, quedaran fuera de la sede de la Organización. Esto complació a Selena, quien debió pensar que, poco a poco, le controlaba.

Ella le propuso que se reunieran el viernes por la noche en su casa. Él, aunque reacio, accedió. De ese modo, esa noche, después de una cena frugal, Alexander salió de casa y fue en la línea circular del tranvía hasta el barrio de Serenidad. Eso le trajo gratos recuerdos, ya que, durante más de un año, había sido portero en un bloque de la zona.

El barrio de Serenidad era hermoso y apacible. Albergaba lugares para el ocio y el retiro, como el Parque de los Frutales. Abundaba en vegetación y buenos aromas. Sus calles y plazas eran más residenciales que comerciales. Su población era pudiente. Su ambiente nocturno era bastante tranquilo, exento de ruidos. Hasta el tráfico parecía prudente.

La avenida Persisto era ancha y estaba siempre iluminada por muchas farolas. Destacaba por sus altas edificaciones de arquitectura señorial y fachadas impolutas, con balcones y azoteas envidiables. El domicilio de Selena se situaba en la quinta planta de un edificio de precioso revestimiento de mármol blanco y diversos ornamentos. Como era habitual allí, tenían portero, a quien Selena ya había avisado de que iba a recibir una visita.

De pie ante la puerta de la casa, antes de llamar al timbre, Alexander observó su ropa. Se había arreglado un poco más de lo normal, aunque no abandonaba su inseparable cazadora de cuero y su estilo habitual. Sintió que estar allí era arriesgado. Se preguntó si actuaba del modo correcto al adentrarse en un terreno tan personal.

Recordó.

5

Era la primavera del año 2008. La lluvia había estado a punto de estropear uno de los fines de semana más agradables y concurridos en el barrio de Hornos.

Todos los años, el cuarto jueves después del equinoccio, la zona obrera de la ciudad se engalanaba para la celebración de sus fiestas populares, que se extendían hasta el domingo siguiente. Las calles se adornaban con flores y guirnaldas, se realizaban festivales y certámenes de todo tipo, y se organizaban conciertos y atracciones.

Alexander y Héctor estaban sentados en una terraza de la plaza del Tilo. Disfrutaban de un vino de frutas y observaban el concurso de baile que se llevaba a cabo a pocos metros de ellos. Padre e hijo, nuevos en la ciudad, desconocían la existencia de las fiestas, pero se habían animado a salir a tomar el aire.

Por aquel entonces, Alexander solía pensar más de la cuenta en una chica del barrio. Nunca llegaría a atreverse a hablar con ella y, con el tiempo, dejaría incluso de encontrársela por la calle. Aunque, aquella noche, le turbaba la sensación de miedo que siempre le agarrotaba ante un eventual contacto con otra persona.

Así, en un momento de la noche, una idea vino a su mente. Y, pese a no estar nada seguro de que sacar el tema fuese apropiado, quiso aprovechar aquel rato de intimidad con su padre adoptivo. Carraspeó, y, dubitativo, preguntó:

—¿Cómo era la madre de Irene? Si no te importa que te lo pregunte.

Alexander vio cómo, sin dejar de contemplar a los participantes del concurso de baile, una sonrisa cuya tristeza conmovía surgió en los labios de Héctor. Este se giró hacia su hijo adoptivo, bebió un sorbo de vino de frutas, y respondió:

—Claro que no me importa. Hasta los recuerdos que duelen son valiosos. —Introdujo los dedos por la abertura entre dos botones de su camisa y, durante unos instantes, acarició la herradura de latón que pendía de su cuello a modo de amuleto—. Era muy hermosa, mucho; de un modo que las palabras no son capaces de describir. Y valiente, sí. Aunque triste. Lo había pasado mal. Ella... Es tan difícil... Tengo que contártelo pronto...

—Lo siento, perdóname. No pretendía amargarte la noche. Ha sido una estupidez.

—No, ¡qué va! No te preocupes. —Héctor bebió otro trago de su vino. Miró de nuevo a los bailarines, y meditó en voz alta—: Ten cuidado siempre. Sé que lo haces. Sé que a ti también te da miedo intimar con los demás. Pero procura ser precavido con el amor y las pasiones. Las relaciones carnales con las mujeres son arriesgadas. Nuestra condición podría dañarlas. Intenta controlarte. Aunque el amor… ¡Ay!, créeme, jamás podrás dominarlo.

6

Alexander llamó al timbre. Enseguida, Selena le abrió la puerta y se hizo a un lado.

—Pasa, Alexander. Buenas noches.

Él pasó al recibidor. La luz estaba apagada, pero una puerta de cristal translúcido que había frente a la entrada filtraba la luz del salón. A la izquierda, había otra puerta cerrada. A la derecha, junto a un espejo, Alexander halló un perchero, en el que colgó su cazadora.

Cuando Selena abrió la puerta del salón, él reparó en la sigilosa presencia de una gata. Era bicolor, blanca y negra, con rayas que perfilaban sus ojos y recorrían su lomo. Su pelaje se intuía limpio y sedoso. Estaba más lozana que Trece. Escrutaba al recién llegado.

—Esta es Sibylle —aclaró Selena—. Tranquilo, no te va a molestar. Es muy lista.

—No te preocupes —dijo Alexander. Estuvo a punto de comentar que él también tenía un gato. Pero, por algún motivo impreciso, prefirió no compartir esa coincidencia.

Pasaron a un salón de dimensiones espléndidas con un estilo moderno y minimalista. Al fondo, tres amplios ventanales permitían admirar la avenida Persisto. A la derecha, junto a la entrada, se hallaba el acceso a la cocina. A la izquierda, se veía otra puerta, que llevaría al resto de la vivienda. Todo estaba decorado mediante formas rectas, en blanco, negro o gris. Cada pared se había pintado de un tono, y contrastaba con el mobiliario, el cual también combinaba sus colores. El espacio estaba desahogado. A un lado, había una mesa con seis sillas y un aparador bajo. Delante, un largo sofá con forma de ele y una mesa de café se disponían frente a un amplio mueble. Bajo la mesa de café, una espesa alfombra cubría el parqué. Dos modernas lámparas iluminaban la estancia con generosidad.

—Siéntate —invitó Selena—. ¿Qué vas a tomar?

—Agua con gas estará bien.

—¿Agua? ¿Solo agua?

—Sí. ¿No es esta una reunión profesional?

—Sí, claro. Como prefieras. Un momento.

Mientras Selena iba a la cocina, Alexander se acomodó en el sofá. Se fijó en los libros que había en la estantería. Encontró muchos relacionados con la filosofía de la suerte. También creyó leer algún que otro título referente a la genética y la religión de la suerte.

Selena volvió con una bandeja, en la que llevaba un vaso alto de agua con hielo y una copa de vino tinto. Él repasó su anatomía: curvas femeninas, pelo moreno a media melena, cejas finas, ojos rasgados de iris color miel, nariz felina, labios sensuales, la piel suave de su cuello, su busto… Esa noche, vestía una camisa blanca, ajustada y escotada, y unos pantalones negros ceñidos. Se había maquillado un poco, aunque su belleza era un portento natural. Toda ella hacía juego con aquel salón. Todo parecía planeado y calculado.

Selena posó la bandeja en la mesa de café y se sentó en el sofá, cerca de él. Mediante un mando a distancia, apuntó hacia un reproductor de música que tenía en el mueble, cerca de un televisor, y puso algo de música pop y *rock* a un volumen comedido.

—Tenía entendido que la Organización Heptágono solo se basaba en la filosofía —dijo Alexander— y que la genética y la religión eran cuestiones que no aceptaba.

Cuando Selena comprendió que él hablaba de sus libros, comentó:

—No, eso no es exacto. El pilar fundamental de la Organización es la filosofía, la metafísica científica, no esotérica, que estudia cómo funciona e influye en nosotros la suerte. Es una observación natural y social que se sintetiza en los siete dogmas. Y, si has hablado con Ismael Wagner, estoy segura de que habrá aludido al primer dogma.

—Sí, lo hizo. Y lo tengo bastante presente.

—Bien. Pues hazle caso. Es un hombre sabio, créeme. Porque lo que el primer dogma nos dice, en esencia, es que la suerte es imposible de obviar. Está en todas partes. Y si existe una genética y una religión de la suerte, no la podemos ignorar. De la genética, nos interesan los grados de suerte y todos los factores que los determinan. Rechazamos los fanatismos. Hay personas que han tratado de manipular artificialmente la suerte. Y la eugenesia es un grave quebrantamiento de la naturaleza de la suerte. Respecto a la religión, la Organización posee un interés solo científico, no supersticioso. De todos modos, Alexander, aunque yo no crea ni en los fanatismos de la genética ni en las supersticiones de la religión, esta es mi casa, no mi despacho. Y soy libre de sentir interés y curiosidad por lo que sea. Además, lo prohibido puede ser muy atrayente.

Alexander la miró a los ojos. Selena clavaba su mirada en él sin ningún sonrojo.

—¿Lo peligroso también? —interrogó él.

Selena persistió en su mirada fija. No le respondió, sino que cambió de asunto:

—La semana pasada, Ismael Wagner me informó de tus avances. Pero creo que, desde entonces, te han ocurrido otras cosas. ¿Se puede saber qué te sucedió con la Policía?

—¿Acaso no lo sabes ya? —replicó Alexander, suspicaz.

—¿Qué quieres decir?

—Sé que alguien de la Organización intercedió por mí.

—No fui yo —sentenció ella.

Alexander escudriñó el semblante de Selena. No lograba discernir si le decía la verdad o le mentía. Le embaucaba. Optó por relatarle el decepcionante estado de sus pesquisas:

—Mis acciones en el barrio de Hornos, en concreto en la discoteca *El séptimo cielo*, me llevaron a un nombre: Alonso Yazpik. De algún modo que desconozco, este personaje, que resultó ser un traficante de alcohol y tabaco, entre otras cosas, supo de mi interés en él. Y me asaltó. La Policía me salvó a tiempo. Pero ahora Yazpik está en la cárcel, y yo no puedo confirmar que estuviera implicado en la trama del "azafrán". Por cierto, desde que empecé a trabajar para la Organización, no ha vuelto a haber más víctimas.

—Lo celebro —anotó Selena—. Pero tu trabajo no es muy fructífero.

—No —admitió Alexander, sin avergonzarse de ello—. Estoy en un punto muerto.

—A lo mejor no te ayudo todo lo que debería —añadió Selena—. Me imagino por qué haces esto, Alexander. Quieres la información sobre tus orígenes.

—Sí, la quiero. La necesito. ¿Por qué no me la das?

—No puedo, de verdad. Yo no poseo esos datos —aseguró Selena. Esa fue la única vez en toda la noche que él no dudó de que ella le dijese la verdad–. Lo que sé de ti lo conozco por un departamento de información de la Organización. Pero la identidad de tu familia no figura en ningún archivo al que yo tenga acceso con mi nivel de autorización. En ese aspecto, las normativas son intrincadas. Muchas veces, el poder de Heptágono ha sido el propio conocimiento. No es casual que nos ubiquemos en la avenida Sageco.

—Pero a ti te gustaría saber más sobre mí, ¿verdad?

—¿Cómo? No te entiendo.

—Una periodista, Francine Moreau, contactó hace poco conmigo. Buscaba a un gafe. ¿Quién le dio mi teléfono? ¿Quién le dio mi nombre?

—Yo no –respondió Selena, que esbozó una sonrisa ambigua, igual a la que él viera en el rostro de Francine Moreau solo dos días antes.

—¿Hasta qué punto estás interesada en mí?

En ese momento, Alexander reconoció la canción que acababa de comenzar a sonar. Se trataba de *Lullaby*, de The Cure. Era un tema que siempre le había inquietado y excitado a partes iguales. De repente, fue como si todo a su alrededor mutara. La luz era más baja, y las paredes estaban más lejos. El espacio entre Selena y él menguaba. Se acercaban.

Selena contempló el cuello desabotonado de la camisa de Alexander. Allí, entre el vello de su torso, reposaba el trébol de cuatro hojas de madera.

—Siempre lo llevas contigo –señaló.

—Sí. Es mi amuleto.

—¿De qué te protege?

—Quizás… de mí mismo.

Despacio, con una lentitud intrigante, Selena extendió su brazo y tomó el amuleto de Alexander entre sus dedos. Lo tocó, y palpó a la vez el pecho del hombre. Él respiró profundamente. Estaba claro. Ya no había vuelta atrás. Se preguntó si era lo correcto. Le asaltó el miedo a errar y perjudicarla. Aunque supo que ella deseaba el riesgo. Y sabía que aquello sucedería desde el momento en que ambos acordaron reunirse allí.

Fue Selena quien se aproximó a él y le besó. De inmediato, él le entregó sus labios y su lengua. Una arrebatadora ola de calor llenó el pecho y el abdomen de Alexander hasta alcanzar su entrepierna. Se abrazaron de manera apasionada. Las manos de ella recorrieron los muslos y el trasero de Alexander, mientras las de él exploraban los hombros y los senos de Selena. Las respiraciones se aceleraron. La música pareció sonar mucho más alta.

Cuando quiso darse cuenta, estaban de pie y habían llegado al dormitorio, que se hallaba en penumbra. No obstante, la luz procedente del salón perfilaba las siluetas. Eran los sentidos del tacto y el gusto los que regían sus cerebros. Las manos se movían diestras y retiraban la ropa hasta la completa desnudez. Alexander se sentía comandado por las decididas manos de Selena, así como por otras manos, invisibles, que pertenecían a aquella casa que había secuestrado su conciencia. Sus músculos y su miembro estaban en tensión.

El placer que halló en el interior de Selena le dejó sin aliento. Ella se puso sobre él y marcó el ritmo del acto. Alexander, que hacía tanto que no gozaba de ello, dio rienda suelta a la lujuria que aquella mujer había espoleado desde el primer día que se vieron. La deseaba. Sintió cada instante que la poseía. Saboreó su cuello, sus pechos, su vientre y su vulva. Ella le extasió con sus manos y su lengua. En ningún momento de la larga noche, Selena Myers, siempre encima de él, dejó de someterle a su ardiente deseo.

7

Irene Berkel bailaba entrelazada con Lena. La música sonaba en la pista de *El séptimo cielo*. Habían ido con la excusa de cumplir la petición de Alexander.

Irene Berkel tenía veintiséis años, ocho menos que su hermano adoptivo. Sin resultar demasiado baja, nunca fue de las más altas de su curso. A pesar de que comía mucho y con frecuencia, su metabolismo parecía contrario a engordar. Su pelo era castaño claro; sus ojos, marrones. Tenía la nariz redondeada, y los labios finos. Sus brazos y sus piernas eran flacos, con dedos finos y menudos. Su pecho le parecía escaso. Optaba por ropa informal. Y adoraba el *piercing* que adornaba su ceja izquierda.

A Irene le encantaba Lena. Aunque, en esos momentos, solo se divertían y evitaban planteamientos trascendentales. Lena poseía unos matices de voluptuosidad y feminidad de los que Irene carecía, y solía llevar ropa con un estilo más pijo.

Cansadas de bailar, fueron a la barra. La camarera, una treintañera de sombra de ojos añil y labios pintados de morado a la que ya había visto por allí, dedicó una mirada incierta a Irene. A esta le alivió que Lena no se percatase, pues no sabía si la joven sería celosa.

—Antes, cuando he bajado a los lavabos, he echado un vistazo —contó Irene—. Alexander me dijo que, la otra vez, vio unas manchas en los retretes que podían ser de la sustancia. Pero debían ser paranoias suyas, porque yo no he visto nada.

—No te fíes. Los de aquí podrían haberse dedicado a borrar esas manchas.

—Cuidado —advirtió Irene, y posó una mano sobre el muslo de Lena.

De manera disimulada, Lena siguió la mirada de Irene. Tras la barra, vio a un hombre de facciones afiladas, cabellera castaña echada hacia atrás, y bigote poblado. Este pasó a su lado y fue a hablarle a la camarera. Cuando se hubo alejado, Lena preguntó:

—¿Sabes quién es?

—Sí. Es Dragan Tucker, el dueño de esto. Traté con él un par de veces que me invitaron a fiestas privadas, en mis tiempos oscuros.

Irene se refería a la época en la que salía más noches de lo debido, cuando perdió el control del consumo de alcohol y drogas, hasta verse enganchada al H7, la droga de diseño más famosa y atrayente que circulaba por la ciudad.

—Se me ocurre una opción —anunció Lena—. La química de esa sustancia. Me refiero a estudiar de qué está compuesta. Tu hermano todavía no ha explorado eso, ¿verdad?

—Verdad. Y sería algo muy interesante —asintió Irene, pensativa. Echó una ojeada a su alrededor. La discoteca estaba llena y la música le gustaba. Aunque bailar ya no era lo que le apetecía hacer—. Aquí no hay nada más que descubrir —decidió—. Quiero irme a casa.

No fue necesario repetirlo. De camino a la salida, amparada en los claroscuros del local, Lena acarició la parte baja de la espalda de Irene con suma discreción. Esa noche, llegarían pronto a casa. Pero tardarían en dormirse.

8

Luka Miller no solía aguardar con expectación los turnos nocturnos. En cambio, esa semana, estuvo impaciente hasta el viernes por la noche.

Al fin, podría llevar a cabo la misión que Alexander Berkel le había encomendado respecto al "caso azafrán".

Los turnos de viernes por la noche no solían ser fáciles en el Hospital Santo Damián. Por lo general, las madrugadas de los fines de semana traían al servicio de urgencias lo más duro y deprimente de los barrios pobres de la ciudad: desde peleas y reyertas, hasta accidentes de moto y coche, e incluso alguna que otra paliza de violencia doméstica. Esa noche, sin embargo, resultó algo más relajada que otras veces. Y, a las dos y media de la madrugada, se le presentó la oportunidad para ausentarse de su puesto en el cuarto de *triage*.

Cerca de los boxes de trauma, el personal asistencial contaba con una habitación para estar y descansar. Cuando Luka entró en ella, la halló en penumbra. Un doctor, que dormía en el tresillo, se había dejado el televisor encendido, aunque con el volumen desconectado. La luminosidad de la pantalla alumbraba la desordenada estancia. Él procuró no hacer ruido. Se acercó a un ordenador que había en una encimera, donde los empleados tenían una cafetera, un microondas y una pila para fregar.

Conectado al sistema informático del hospital, y después de probar varios criterios de búsqueda, Luka logró localizar los historiales de los tres últimos fallecidos por la droga que Alexander denominaba "azafrán". Le entristeció descubrir que, en los tres casos, a pesar del tiempo transcurrido, nadie hubiese reclamado esos cuerpos. Consideró la posibilidad de que los historiales estuviesen desfasados, y decidió ir al depósito. Para ello, bajó al segundo sótano y recorrió un par de corredores gélidos, tétricos y vacíos.

La sala del depósito, amplia y de paredes alicatadas con blancos y fríos azulejos, constaba de dos larguísimas hileras de cámaras frigoríficas, semejantes a nichos, una a cada lado. Las hileras poseían tres pisos. Las puertas de las cámaras tenían adheridas etiquetas con el nombre del finado. Luka halló la correspondiente a la víctima más antigua. Respiró hondo, tembloroso. Estaba acostumbrado a los cadáveres, pero verlos en un sitio así le amedrentaba. Al fin, se armó de valor, contuvo la respiración, apartó un poco la mirada, abrió la puerta de la cámara y empezó a sacar la camilla que, por un sistema de rieles, se desplazó con facilidad. Mas, entonces, se detuvo.

No había ningún cuerpo en el interior de esa cámara frigorífica. Confuso, Luka comprobó la etiqueta del compartimento. En principio, los datos eran correctos, pero el muerto no se encontraba donde debía estar. Extrañado, buscó la cámara de la segunda víctima. Y el resultado fue el mismo: no había cadáver alguno. En cambio, en la de la tercera víctima que había anotado, la más reciente, sí reposaban los restos mortales, dentro de una funda de plástico. Él la recordaba. Era una chica joven, bastante delgada, vestida con minifalda. Llevaba las uñas pintadas de fucsia. Una vez más, sintió pena por ella y rabia hacia los responsables de su fallecimiento. Y, en ese momento, una voz le sobresaltó:

—¿Hay algún problema? —preguntó, de repente, alguien a su espalda.

Asustado, Luka se dio la vuelta tan aprisa que casi se le cayeron las gafas. Se topó con un celador a quien había visto en alguna ocasión. Era un grandullón con pinta de colgado, que tenía una inolvidable y grimosa cicatriz en la cara, la cual parecía agrandar su fea boca.

—Vienen a por el cuerpo —informó el celador, ante el pasmo de Luka.

Todavía aturdido por tal susto, Luka asintió con la cabeza, incapaz de decir nada. El celador extrajo el cuerpo de la cámara para colocarlo en una camilla.

Sigiloso, Luka siguió al tipo hasta el pasillo. Allí, en la distancia, vio cómo, en una puerta de carga y descarga, el celador introducía la camilla en la parte trasera de un camión blanco. Atisbó un símbolo en la parte trasera de este; uno que no reconocía.

2

Travis Dixon se sentía bien. Caminaba con buen ánimo, presto y decidido. Ya no notaba una opresión en el pecho, como si sus pulmones no fuesen capaces de proporcionarle el aire que requería. Su vista volvía a distinguir el brillo de las mañanas y la nitidez de las noches. Los sonidos eran próximos y verdaderos. Los olores y los sabores se habían restaurado. El tacto no le resultaba áspero. Y el mundo volvía a ser certero, desprovisto de inquietud. Su suerte estaba reparada. Lo había logrado: había vencido al infortunio.

Le gustaba pasear por la noche, por calles penumbrosas e intransitadas. Era él mismo de nuevo, lo cual le llenaba de satisfacción. Había quedado a las tres de la madrugada en un lugar cercano. Volvía al negocio, a lo que él siempre había hecho. Se había cortado el pelo y perfilado unas finas patillas que favorecían su cara de guaperas. Vestía ropa nueva, ajustada a su delgada pero resultona anatomía. La camisa era de un color claro, y el pantalón oscuro. Ya no se ponía sus queridos pantalones rojos, pues le recordaban al mal fario.

Llegó al lugar que le había indicado el chico del chat. Se encontraba junto a una antigua imprenta, que dudaba que todavía funcionase, en mitad de la calleja de la Planchadora, una angosta travesía peatonal del barrio de Hornos. Unos farolillos alumbraban insuficientemente la decadente vía. No se oía nada. Mientras esperaba, se encendió un cigarro.

Minutos después, escuchó el sonido de unas pisadas que se acercaban en medio de la noche. Otro joven efectuó su aparición a la luz de esa farola, bajo la cual Travis ya se había fumado su cigarro. El chico tendría su edad, quizá un par de años más. Era alto y flaco, con el cabello rubio y rizado. Su piel era lampiña. Llevaba unas gafas de monturas redondeadas. Vestía un polo claro holgado y unos vaqueros. Tenía las manos en los bolsillos.

—¿Travis? —preguntó el chico. No parecía estar nervioso ante aquel encuentro.

—¿Pete? —interrogó Travis, con voz más baja, y se aproximó a él con pasos lentos.

—¿Lo has traído?

Travis metió la mano en el bolsillo trasero de su pantalón. Extrajo una pequeña papelina de plástico. Esta contenía dos pastillas azules con forma circular que, a un lado, tenían grabada una H, y, al otro, un 7. Se las mostró al chico, a Pete, mientras inquiría:

—¿Y tú?, ¿lo tienes?

—Sí.

Pete sacó dos billetes azules, y Travis y él efectuaron el intercambio. Callado y pensativo, Pete observó las pastillas. Había algo en la situación que a Travis no le cuadraba, pero no lograba precisar qué era. Entonces, Pete se acercó más a él. Ya estaban bastante juntos. Para intriga de Travis, Pete sonrió, y dijo:

—¿Te interesa algo más?

Travis no entendía qué ocurría. Pero no pudo evitar sonreír. Pete era un chico guapo.

—¿Qué más? —contestó.

—Ven conmigo. Tengo el coche en la esquina.

Sin decir nada más, Pete echó a andar en la dirección por la que había venido. Travis optó por no pensar y dejarse llevar por su pícara curiosidad.

En efecto, a muy pocos metros de allí, en la esquina de la calleja de la Planchadora y una calle más ancha y conocida, cuyo nombre Travis no recordaba, había un coche sencillo, de carrocería gris con formas cuadradas, aparcado en doble fila.

—Sube —dijo Pete, mientras se encaminaba al asiento del conductor. En un primer momento, Travis se dirigió al lugar del copiloto. Pero el chico le corrigió—: No. Atrás.

Sorprendido, pero también sugestionado, Travis subió a la parte trasera del coche. Allí, descubrió la presencia de una tercera persona. Era una mujer de unos treinta años, de apagada melena cobriza y una mácula en la parte baja del pómulo derecho. Vestía un jersey grueso y unos pantalones de pana que no le quedaban bien. Usaba unas gafas de pasta roja. Parecía tener frío, tiritaba. Cuando Pete le entregó la papelina a la mujer de la mácula, Travis dedujo que ella era la verdadera enganchada al H7, lo cual explicaba su tiritera. Y se dio cuenta de que sabía quién era. Ahora, la situación empezaba a cuadrarle.

—Gracias —dijo la mujer, en referencia a las pastillas—. ¿Me conoces?

—No —respondió Travis, ya que desconocía su nombre.

—Pero sabes quién soy.

—Sí.

Pete, desde el asiento del conductor, escuchaba el diálogo en silencio.

—Alonso Yazpik está en la cárcel —comentó la mujer.

—Sí —asintió Travis.

—E intuyo que tú has recuperado tu suerte.

—Sí.

—¿Has seguido el quinto dogma?

—Sí.

—Bien. —Tomó aire antes de continuar—. Tengo algo que proponerte.

—¿Qué es?

La mujer de la mácula metió la mano en uno de sus bolsillos y la sacó con el puño cerrado. Extendió la mano hacia Travis. Abrió los dedos, y le reveló un objeto: un dado, fabricado con un brillante cristal verde. Al verlo, Travis sonrió complacido.

10

A la mañana siguiente, Selena se despertó al sentir un malestar que no era capaz de clasificar. Se levantó sin molestar a Alexander. Se cubrió con un batín y salió del dormitorio a hurtadillas. Pasó a la habitación que empleaba como despacho. Enseguida, Sibylle acudió a su encuentro. Sin embargo, para su asombro, la gata la observó con gesto ceñudo, profirió un maullido un tanto antipático, y salió a la carrera.

Selena se sentó en la butaca que tenía junto a la mesa de escritorio. En aquel silencio matutino, examinó su malestar. Le parecía tener el estómago revuelto, así como pesadez en la cabeza y el cuerpo. Notaba la piel acartonada e incluso menos sensibilidad en las yemas de los dedos. Pero nada de eso le ocurría en realidad. No tardó en entenderlo. Había jugado con fuego y el tercer dogma había obrado. Su grado de suerte era cinco y se había acostado con un gafe. Lo que ahora padecía se denominaba período de quebranto.

La claridad de la mañana se filtraba a través de un visillo blanco. El despacho, aparte del escritorio y la butaca, constaba de dos largas librerías, que ocupaban dos paredes. También había un armario empotrado. Selena cogió su móvil, que tenía sobre la mesa. Consultó su agenda y su correo. No tenía ningún mensaje interesante. Malhumorada, imaginó que ahora le esperarían unos cuantos días de mala suerte. Pese a ello, una parte de sí misma se resistía a considerar que seducir a Alexander hubiese sido una equivocación.

No había mentido a Alexander en lo de que ella no le había defendido ante la Policía. De hecho, estaba casi segura de que eso había sido cosa de Ismael Wagner. En cambio, sí le había mentido en relación a Francine Moreau. Hacía tiempo que Selena quería conocer la información acerca de los orígenes de Alexander. Había consultado los archivos informáticos de Heptágono, donde halló varios con el apellido Berkel en sus palabras clave. No obstante, su nivel de seguridad no le permitía consultarlos. Aun así, ya que Ricardo era el creador de muchos de esos archivos, ella miró su registro de llamadas. Se fijó en las que había realizado a la periodista durante el verano. Se le ocurrió que Moreau pudiera ser la fuente de la información sobre Alexander. Así que la telefoneó y le dio el nombre del gafe, a cambio de conocer el contenido de sus conversaciones con Ricardo. Pero, por lo visto, este solo le había preguntado por un reportaje suyo sobre "Administración electrónica".

Selena tenía un dilema profesional. Detestaba a Ricardo, a quien consideraba artificial y peligroso. Y apreciaba a Ismael como mentor y pensador; aunque sentía que el estilo de dirección de este era demasiado ortodoxo y conservador, lo cual, tal vez, coartaba el potencial de la Organización Heptágono, además de sus posibilidades de ascender. Intuía que pronto tendría que decantarse entre Ismael o Ricardo. Presentía que iba a acontecer un choque de poderes, un duelo de resultado impredecible en el que, por alguna razón, ella estimaba que la contratación de Alexander Berkel representaba un factor clave. Tal vez, Alexander, sin saberlo, fuese valioso por algo ignoto acaecido en el pasado, algo registrado en esos archivos. Por ello, tener influencia sobre él resultaba tan conveniente.

Esa necesidad de controlar a Alexander le recordó una tarea pendiente. En lo alto del último estante de una de las librerías, ocultaba el maletín que había cogido en el almacén del "Departamento C". Lo abrió encima del escritorio. Sacó un objeto diminuto, muy similar a una pila de botón. La apretó, como si accionara una tecla, y provocó que una minúscula luz empezase a parpadear en un extremo. Sigilosa, se dirigió al recibidor. La noche anterior, Alexander había dejado allí colgada su cazadora de cuero. Con tiento, Selena colocó el objeto en un estrecho bolsillo interior.

Cuando regresó al salón, se sobresaltó al toparse con Alexander. Este, desnudo, estaba de pie en el umbral del pasillo que conducía a las habitaciones. Se restregaba los ojos con semblante adormecido. Los dos se miraron largos segundos. La situación incomodó a Selena. Tenía treinta y dos años y práctica suficiente con las relaciones adultas. Pero, desde hacía varios años, una vez aliviada la pasión carnal, no le apetecía compartir su intimidad, algo que se había prohibido con el único objetivo de protegerse.

—Creo que será mejor que te vayas —le dijo a Alexander. En el fondo, no pretendía ser arisca. Pero sonó así. No lo podía evitar. Se había acostumbrado a la dureza como coraza. Todavía le deseaba en alguna parte de su afectado ser, aunque prefería que se marchara.

Adormilado, Alexander se limitó a asentir con la cabeza. No dijo nada.

En unos minutos, Selena se quedó sola. Pasó la mañana acurrucada en un sillón, con una manta. Percibía los efectos físicos y psíquicos del período de quebranto. Se preguntó cuánto duraría. Reflexionó sobre la metafórica partida de ajedrez de la Organización Heptágono y los movimientos que ella podría o querría efectuar.

Pero, sobre todo, pensó en Alexander. Y entendió que, a su dilema profesional, ahora se unía una dicotomía personal. Todavía sentía el ardor de ese hombre gafe, que había entrado en ella y llenado esa intimidad desocupada desde hacía tanto. El último e incluso el único que había colmado sus más secretos gozos y todos sus vedados anhelos era historia ya. No le volvería a ver. Carecía de certezas, pero no dudaba de ello.

Y, aun frustrada, lo prefería. Porque reencontrarse con aquella pasión solo la llevaría a un pretérito peligroso y oscilante: el del placer y el riesgo al que Alexander Berkel la había tentado y podía conectarla de nuevo. Y, aún más allá, a otro pasado más remoto, que ya casi no rememoraba: aquel en el que había reído con la hermana que ya no estaba.

11

El tranvía de la línea circular iba más vacío que en los días de diario. Alexander seguía atontado por la falta de sueño. Por el cristal, veía la gente que paseaba o entraba en los comercios. En el vagón, se percató de que varios jóvenes volvían a casa a esas horas después de una noche de marcha. La mañana se adivinaba fría, aunque apacible.

Alexander meditaba acerca de los instintos y de cómo transformaban a las personas. La Selena fogosa que le había poseído en la cama la noche anterior no se parecía en nada a la brusca que le había invitado a marcharse de su casa con la luz del día. Él mismo, mientras se acostaba con Selena y durante el deleite posterior, no había pensado en las implicaciones de sus actos. Pero, al contemplar la tez macilenta de Selena nada más levantarse, la culpabilidad le había destrozado. Con todo, el recuerdo de ella aún le excitaba.

Completó el camino de vuelta a casa a pie. En la calle de los Tragaluces, unos chavales montaban en bicicleta, algunas cafeterías ofertaban desayunos especiales, y unos obreros remozaban la fachada de un bloque antiguo. Alexander deseaba llegar a casa para tomarse una buena taza de café. Se acordó de Trece, que habría pasado toda la noche solo. Y, según se acercaba a su portal, incrédulo, aminoró el paso.

Ella estaba allí, junto a la vieja y pesada puerta de hierro y cristal translúcido. Era Lara Varone. No era una alucinación. Estaba apoyada en la pared. Miraba distraída al suelo. Sostenía una bolsa de papel de una pastelería. Algo humeaba. Él supuso que le había llevado el desayuno. Fue un gesto tan gentil y encantador que Alexander sintió que se le partía el corazón. ¿Por qué estaba allí? ¿Cómo sabía su dirección? ¿Cuánto tiempo había esperado?

Cuando la joven notó su presencia, alzó la mirada, distraída, sin decir nada. Sonrió tímida, quizás avergonzada. Él también sonrió, incapaz de remediarlo.

—¿Lara? ¿Qué haces aquí? —preguntó. Vio algo en los ojos de ella: vio esperanza. Lara había ido allí en busca de algo. Y a él le dolió horrorosamente, pues no iba a poder dárselo.

—Te esperaba, no estabas —respondió ella. ¡Su voz era tan dulce!—. Has dormido fuera.

—He madrugado mucho —se inventó él. No podía contarle que había pasado la noche en la cama de otra mujer, gozando de ella, olvidando su maravilloso recuerdo. No podía.

—Lo siento —añadió ella, apocada. Tal vez, se hubiese dado cuenta de lo que ocurría.

—¿Sentirlo? ¿Por qué? —Aquello le resultaba muy duro—. Lara, ¿por qué estás aquí?

Entonces, la chica dio dos cohibidos pasos hacia él, se puso de puntillas y acercó sus labios a los suyos. ¡Él anhelaba tanto sentir aquello! Mas sabía que era imposible. Acababa de comprobar, al ver el rostro apagado de Selena Myers, lo que su cuerpo y su corazón eran capaces de hacer. Apreciaba demasiado a esa chica como para herirla de semejante modo.

Tuvo que apartarse, rehuir aquel beso. Y se le puso un nudo en la boca del estómago. Se odió a sí mismo. Maldijo su suerte. ¿Era posible enamorarse de una persona a quien solo se había visto tres veces y solo se había hablado durante unos pocos minutos?

Lara advirtió que él rechazaba su beso. Le observó desolada, casi a punto de llorar.

—Lara, escúchame —rogó Alexander—. ¿Acaso sabes lo que es la suerte?

—Sí —contestó ella, que contuvo el llanto.

—¿Sabes cuál es tu grado de suerte?

—Sí… Cinco.

—¿Sabes qué es el tercer dogma?

Esta vez, ella solo asintió con la cabeza. Él quiso saber qué había en su mente en ese instante. Despacio, ella caminó hacia atrás. De repente, parecía imposible que fuese capaz de danzar con la viveza y la preciosidad con las que se movía en el escenario.

—Perdóname —murmuró él. Nunca supo si ella llegó a escuchar su disculpa, pues ya se había dado la vuelta y se alejaba, de espaldas a él, con parsimonia y cabizbaja.

Entonces, Alexander pensó que el porvenir era irrevocable y la alegría no tenía cabida en su tara. Y que la vida no le depararía la ilusión de gratas sorpresas.

Capítulo V

Química

1

Alexander Berkel, en cuestión de espacios públicos, prefería los lugares abiertos a los entornos cerrados. Se sentía mejor al transitar anónimamente las calles de la ciudad, concurridas o desiertas, o sentado en un rincón desapercibido de cualquier terraza o plaza, puntos desde donde podía vigilar el panorama sin llamar la atención. En cambio, se encontraba incómodo e incluso amenazado cuando debía permanecer en sitios aislados y desconocidos, como una cafetería a la que no acostumbrase a ir o un edificio cuyas salidas no pudiese ubicar. En esas ocasiones, todas sus alarmas internas se disparaban, y se esforzaba por controlar la situación en su totalidad. Mas, de pronto, se veía incapaz de lograrlo, y perdía la concentración. A veces, hasta creía que otros le observaban. Él, a pesar de todo, comprendía que era una mera paranoia. Sabía que se debía a la inseguridad y la susceptibilidad tan arraigadas en él; igual que su tendencia a la introspección y la soledad, que le hacía rehuir la compañía de los demás.

En ese sentido, *La herradura de plata* era una clara excepción. A pesar de tratarse de una taberna de ambiente bullicioso, mobiliario alborotado y salón repleto de recovecos imposibles de inspeccionar, constituía el único bar de la ciudad en el que Alexander se sentía seguro y confortado. Se situaba en la misma calle de los Tragaluces, en la acera de los pares, no muy lejos del portal 91, donde él vivía. De hecho, desde las mesas pegadas a los ventanales, podía divisarse sin mucha dificultad la entrada a su portal. El local era viejo. A lo largo de décadas, había tenido varios dueños, traspasado por sucesión o compraventa. La taberna era simple y hasta tosca, pero de entorno sencillo y amigable. Los muros se presumían gruesos, de paredes descascarilladas decoradas con fotografías de marcos polvorientos y planos antiguos de la ciudad. Las mesas, las sillas, la barra y otros remates de la grosera decoración eran de la misma madera oscura, irregular y veteada. Estaba abarrotada de mesas. Se aprovechaba hasta el más mínimo rincón. Había una escalera que conducía a una planta superior, no accesible al público.

Aparte de que *La herradura de plata* fuese un sitio tranquilo, donde nunca acontecían ni broncas ni problemas, el motivo fundamental por el que Alexander se sentía bien allí era Herbert Finch, el actual tabernero. Este era una de las primeras personas que conoció tras su llegada a Ciudad Fortuna. Héctor les presentó, si bien Alexander no recordaba cómo su padre adoptivo había llegado a hacer buenas migas con el campechano dueño del local. Se trataba de un hombre de unos sesenta años, de enorme vitalidad a pesar de su sempiterna respiración fatigada y su ancha frente siempre perlada de sudor. Era toda una máquina de trabajar, pues no paraba en ningún momento y siempre ofrecía una sonrisa y algún comentario cordial a todos sus clientes. El poco pelo que le quedaba estaba cano. Su anatomía era corpulenta, y sus facciones redondeadas. Siempre estaba dispuesto a escuchar las historias y opiniones de sus parroquianos. Lo curioso era que rara vez hablaba de sí mismo. Alexander creía haber oído que Herbert perdió a su único hijo muchos años atrás, pero nunca le había preguntado por ese tema.

Así, el lunes al mediodía, pocos días después de regresar de la casa de Selena Myers y encontrarse a Lara Varone en el portal, Alexander decidió organizar una especie de reunión con su inesperado equipo de colaboradores en el "caso azafrán": su hermana Irene y Luka Miller. Les citó en su apartamento. No obstante, una vez allí, después de cerciorarse de que el cuenco de Trece estaba lleno, les propuso que almorzasen en *La herradura de plata*, donde podrían disfrutar de unos buenos bocadillos y compartir alguna tabla de patatas. Irene y Luka aceptaron. En la taberna, se acomodaron en una mesa con tres taburetes, cerca de la escalera, para conversar con tranquilidad. Como siempre, Herbert saludó con alegría tanto a Alexander como a Irene. Y estrechó la mano de Luka cuando les presentaron.

—¿Todo marcha bien? Hace tiempo que no te veo —comentó Herbert a Alexander. Siempre decía lo mismo, aunque se hubiesen visto el día anterior.

—Todo marcha bien, Herbert. Gracias —respondió Alexander, afable.

—Sabes que estoy aquí para lo que sea —apuntó el tabernero. Era otra frase que solía repetir. Y Alexander no dudaba de que fuera sincera.

Herbert anotó la comanda de Alexander y el resto en una ajada libreta de anillas que, según parecía, nunca se le terminaba. Más tarde, mientras degustaban tres grandes bocadillos en un apetitoso pan rústico, acompañados con tres pintas de cerveza clara, Alexander e Irene escucharon el relato de Luka acerca de su visita al depósito de cadáveres.

—Es un poco raro —narró Luka—. No conozco ninguna empresa funeraria que tenga el símbolo que vi en aquel camión. Me quedé bastante extrañado, así que busqué en el sistema informático del hospital, pero ahí no consta ninguna información relativa al traslado de los cuerpos. Eso significa que, oficialmente, nadie ha reclamado a esas víctimas.

—¿No hay datos oficiales? Entonces, todo es ilícito —añadió Alexander.

—Es posible. Lo malo es que no creo que sea buena idea que pregunte al respecto por allí. Resultaría sospechoso que me interesara por este asunto.

Irene, quien hasta entonces se mantenía en silencio y atendía meditabunda, bebió un buen trago de cerveza clara, e intervino:

—¿Y la química? —dijo.

—¿Qué? —contestó Alexander.

—La composición química de la sustancia —aclaró ella—. ¿Has pensado en eso?

—Pues no, la verdad —reconoció él—. Hasta ahora, no se me había ocurrido.

—Todo es química —filosofó Irene—. De un análisis químico del "azafrán" podrían extraerse muchas conclusiones. ¿Sería posible que consiguiéramos uno?

—Déjame que piense… —caviló Alexander. Segundos después, rememoró—: La primera noche que investigué todo este asunto, la de mi encontronazo con el tal Travis Dixon, le descubrí en un callejón, a punto de vender una papelina de "azafrán" a un yonqui que daba pena. Cuando les sorprendí, Travis echó a correr. Fui tras él, pero ni me paré a pensar en la papelina. Él la tiraría al suelo. Debería haberla recogido. No fue una buena noche, desde luego. —Meditó de nuevo. Enseguida, se dirigió a Luka—: ¿Sería posible obtener información sobre la química de la sustancia por los informes forenses de las víctimas?

—Tal vez —dudó Luka—. Aunque lo más probable es que los informes solo mencionen la presencia de drogas de manera genérica. Ya veis que estas muertes no han llamado la atención. De todos modos, no tengo claro que nos fuera útil un análisis químico de la sustancia una vez introducida en el organismo.

—Correcto —afirmó Irene—. Lo que necesitamos es un análisis más puro de la sustancia en sí. Alexander, ¿la Organización Heptágono no dispondrá de estos datos? A lo mejor, tu contacto allí te podría echar una mano.

—Sí, quién sabe…

A Alexander le perturbaba pensar en Selena. No le había desvelado a nadie, ni siquiera a su hermana, lo acaecido entre ellos.

—Pensadlo —continuó Irene—. Si supiéramos de qué está compuesto el "azafrán", podríamos seguir el rastro de sus ingredientes, buscar dónde pueden obtenerse, etcétera. Luka, si consiguiéramos esa información, ¿tú sabrías relacionar sus componentes con los posibles efectos en el organismo?

—Puede que sí —respondió Luka—. Todas esas víctimas murieron igual. Ya se lo conté a tu hermano la primera vez que hablamos. Todas parecían haber sucumbido a un tremendo bajón después de haber vivido un fuerte subidón ¿Qué tienes en mente?

—Lo que quiero decir es: ¿qué ofrecen los que fabrican ese "azafrán"?

—"Una pizca de júbilo a quienes no tienen nada" —rememoró, en ese momento, Alexander, ensimismado. Las palabras habían emergido de repente en su memoria.

—¿Qué? —inquirió Irene.

—Me lo dijo el camello, Travis Dixon —recordó él—. Eso es lo que ofrece el "azafrán".

—Bueno, eso es lo que ofrecen muchas drogas —anotó Irene, ducha en el tema—. Pero ¿qué proporciona exactamente la sustancia? ¿Fuerza?, ¿alucinaciones?, ¿anestesia?

Entonces, una idea tomó forma en el cerebro de Alexander. Se le presentó como algo nítido, infalible y desafiante. Pensó en la joven de las uñas pintadas de fucsia y en el yonqui adolescente del callejón. Pensó también en otras víctimas de las que Luka le había hablado. Y, de súbito, comprendió qué era lo que esas personas no tenían, qué buscaban:

—Suerte —sentenció.

Irene y Luka le miraron durante largo rato. Sopesaron lo que acababa de decir.

—¿Crees que esas personas buscaban la suerte que no tenían? —preguntó Irene.

—De manera consciente, no. Lo más seguro es que no supieran ni qué es la verdadera suerte. Pero cualquiera que carezca de ella, de un modo u otro, la busca, la desea. Creedme.

Alexander se dio cuenta de que Luka le miraba mientras asentía caviloso. Se preguntó qué sabría el joven acerca de la verdadera suerte y si acaso podría sospechar que él era un gafe. En cualquier caso, tuvo el presentimiento de que, de ser así, no le rechazaría.

Tras unos minutos de silencio, durante los cuales los tres apuraron sus bocadillos, sus pintas y una ración de tomate salpimentado, Irene y Luka retomaron la conversación.

Sin embargo, Alexander ya no les escuchaba. La posibilidad de que una persona pudiese buscar la suerte en una droga, voluntaria o involuntariamente, le hizo pensar otra vez en la naturaleza de la fuerza que gobernaba el mundo y en las carencias que él adolecía. Recordó cómo Lara, con su precioso corazón roto, se había alejado de él, asustado de dañarla con su mal fario de la misma manera que había perjudicado a Selena.

De repente, le invadió una honda pena. Revivió una insuperable sensación de abandono y soledad, como si allá donde antes siempre hubiera alguien ya no se encontrase a nadie nunca más; como si las paredes no fuesen a escuchar más sonrisas.

2

El día es muy luminoso. No corre la más mínima brisa. Hoy no se oyen risas que colmen el ambiente soleado. Porque el niño está solo y castigado. Aburrido, se dedica a tratar de cazar mariquitas sin lograrlo. Arrastra sus sandalias por la arena.

Pero Alexander, que con cinco años puede ser un niño osado, quebranta su castigo. Ha disfrazado de rabia lo que en verdad es tristeza y preocupación. Así que echa a correr por la vereda de entrada al caserío. Las sandalias levantan polvo a su espalda.

Las paredes del caserío están revestidas de madera. Hay cuadros y espejos, pero no se ven sus imágenes. Él sube célere las escaleras. No le importan el ruido que pueda hacer o las posibles represalias. Solo le importa ella, que ya no juega con él.

La habitación es grande. Hay dos ventanas que la inundan de luz. Hay una mesa, hay unas sillas, hay una alfombra. Hay más cosas. Pero no hay nadie. La niña no está. La niña vivaracha, de melena pelirroja, de risa entusiasmada, se ha ido. Y Alexander se siente muy solo. Ella se portaba bien con él. Y él no quería que se fuera.

En el suelo, bajo la ventana, hay una muñeca olvidada. Es de trapo. Tiene el pelo rojo, un vestido azul y calcetines rosados. El niño la recoge.

Los goznes de la puerta rechinan detrás de él.

3

Alexander pasó toda la mañana siguiente pensando que, tal como había apuntado su hermana en *La herradura de plata*, era probable que la Organización Heptágono poseyese algún tipo de información relativa a la composición química del "azafrán". Y, aunque no fuese así, merecía la pena preguntar al respecto. Aun así, no podía evitar cierta reticencia a acudir allí, por lo que caminaba de un lado a otro de su piso, encerrado en un bucle de indeciso ensimismamiento. Al final, después de un maullido ofendido de Trece, harto de toparse con él en sus veloces paseos por el apartamento, Alexander se armó de valor, se abrigó con su cazadora de cuero, y salió a la calle. Fuera, se subió el cuello de la cazadora para protegerse del creciente frío que noviembre había traído. La ciudad adquiría cierto cariz ocre y mate que le inquietaba.

Las reticencias de Alexander se debían a la peliaguda vertiente personal surgida en su relación con Selena Myers. La culpabilidad y la desazón habían hecho mella en él desde que se rindiera a sus deseos carnales y se acostara con ella. Por mucho que gozaran en la cama, él enseguida se arrepintió de lo que había hecho. Había provocado el período de quebranto a Selena. Y le preocupaba complicar su relación con quien, en definitiva, era su supervisora directa en su nuevo y extraño empleo. No olvidaba que la mujer había insistido en que solo confiase en ella en la Organización y no se fiase ni de Ismael Wagner ni de Ricardo Varone.

Con todo, a pesar de desdecirse, Alexander todavía sentía una latente atracción por ella.

Cuando llegó al vestíbulo de la Organización Heptágono, la cámara de vigilancia le reconoció enseguida y le abrió las puertas del ascensor. Subió hasta la quinta planta. En cuanto abandonó el habitáculo, Alexander escuchó el soniquete de los tacones de Selena. Esta se aproximaba por su derecha. La vio acercarse a él: vestida con colores claros, que la favorecían por su hermosa tez mulata; siempre ceñida y sugerente, aunque nunca excesiva, solo elegante. Caminaba con su seguridad habitual. Se acordó de la primera vez que fue a ese edificio y la mujer se le acercó de la misma manera. Ya aquella primera vez, ella le había embelesado con sus curvas y movimientos. Pero no debía volver a caer en la tentación.

Selena se plantó delante de él, le fulminó con la mirada durante un incisivo instante, y le habló con pronunciación pulcra y entonación distante:

—Señor Berkel, ¿qué hace aquí? —dijo.

En cuanto la escuchó, Alexander supuso que, a partir de ese momento, su trato con Selena iba a ser complejo. Escrutó con disimulo el rostro de la mujer, y le pareció advertir cierta ausencia de brillo en sus ojos, lo cual le indujo a pensar que todavía se encontraba bajo el período de quebranto y, tal vez, recelara y se protegiera de él.

—Necesito pedirle ayuda para avanzar en el caso —explicó Alexander, incómodo. Ella le había hablado de usted, así que consideró que debía hacer lo mismo.

—Es usted un detective que necesita demasiada ayuda para hacer su trabajo —replicó ella—. Estoy ocupada. No habíamos concretado ninguna reunión para esta mañana.

—Seré breve. Se trata de una petición sencilla. Este encuentro es estrictamente profesional —añadió, aunque enseguida temió que esa anotación pudiese alterar más a Selena.

Ella le observó, con semblante insondable, durante largos segundos. A continuación, se dio la vuelta y echó a andar, mientras indicaba:

—A mi despacho. Cinco minutos.

En su despacho, Selena tomó asiento detrás de su escritorio, y se recostó un poco en su butaca. Esa habitación era su territorio, donde ella gobernaba. Se notaba que así se sentía segura. En cambio, Alexander, nervioso, dispuesto a finiquitar esa engorrosa reunión lo antes posible, fue directo al grano:

—Me gustaría saber si obra alguna clase de análisis químico del "azafrán" en poder de la Organización Heptágono —aclaró—. Y, de ser así, desearía que me facilitase una copia.

Selena volvió a observarle sin prisas, parapetada detrás de su escritorio. Cuando él estaba a punto de volver a hablar, irritado por el silencio, ella tomó la palabra:

—Existe cierta información de esa clase en poder de la Organización, en efecto. Antes de contratarle a usted, nuestro personal recabó algunos datos. No es un análisis al uso, sino más bien una estimación de su composición química, pero puede que le valga. No me pregunte de dónde salió. Lo desconozco.

Selena rebuscó en un cajón de su escritorio y localizó una memoria USB. La conectó a su ordenador y efectuó unas cuantas operaciones. Tras unos minutos de clics de ratón, la desconectó y la dejó encima del escritorio con un movimiento rápido.

—Ahí está. Quédese el *pen* —señaló. Alexander se fijó en cómo ella había evitado entregarle la memoria en la mano, así como en que no quisiese recuperarla—. ¿Qué cree que puede obtener de un análisis químico? —interrogó Selena.

—Tal vez, información acerca de cómo se consiguen los componentes de la sustancia o sobre qué efectos origina esta en el organismo humano —respondió él. Se dio cuenta de lo mucho que debía a su hermana Irene en esa investigación.

—¿Qué efectos cree que podrían ser?

—No lo sé ahora mismo. Aunque pienso que puede afectar a la suerte.

Alexander no sabía por qué había dicho eso. Había salido sin más. Era una opción que quería expresar. Se preguntó si Selena Myers cavilaría que su hipótesis era tan necia como improbada. No obstante, ella le sorprendió cuando comentó:

—Pues sí, todo afecta a la suerte. Y ya le dije que la eugenesia de la suerte es un grave quebrantamiento de la enseñanza de los dogmas. ¿Conoce usted la eugenesia?

—Sí, claro —aseguró él.

Era mentira. No sabía qué era eso de la "eugenesia de la suerte". Pero no le apetecía que su planteamiento del "caso azafrán" pareciese endeble delante de Selena.

—Me alegra que salga del bache con nuevas vías de investigación –agregó ella. Sonó cómplice, una muestra de apoyo. Pero, de inmediato, un rictus de su rostro connotó que se arrepentía de haber sido tan cercana. Y, con brusquedad, dijo—: Fin de la reunión.

4

Alexander empezó a darse cuenta de la insólita naturalidad con la que había aceptado en su vida a Trece cuando Sam, la mascota de su hermana, le recordó que, en el fondo, los animales nunca habían sido lo suyo. Sam era un hámster dorado, una bola de pelo amarillo claro, con áreas blancas en la barriga, de hociquillo rosado y cara melosa. Hacía poco, Irene le había comprado una esfera transparente, dentro de la cual el animalillo podía desplazarse a toda velocidad por el piso. El traqueteo de dicha esfera sobre el parqué, sumado al júbilo con el que Sam se movía por donde le viniese en gana, ponía de los nervios a Alexander, quien no paraba de mirar al suelo para tratar de controlar al roedor.

El piso donde vivía Irene se ubicaba en la calle de Alan Turing, en el sur del barrio de Saberes. Se encontraba en la cuarta planta de un edificio de viviendas de construcción reciente. La casa constaba de dos habitaciones más el salón, la cocina y un cuarto de baño. Dado que vivía sola, Irene había decidido utilizar la habitación más pequeña como dormitorio y reservar la mayor para que fuese su lugar de trabajo. Este despacho estaba repleto de modernos muebles de oficina: mesa, butaca, estanterías….; todo ello en maderas claras y con varios puntos de luz bien distribuidos. También había un sofá de dos plazas, de tapicería roja, el cual, junto a un par de fotografías de paisajes urbanos, de grandes dimensiones, animaba la habitación. Además, el cuarto poseía una amplia ventana.

Aquel mismo martes por la tarde, después de la incómoda reunión que había mantenido con Selena Myers en la Organización Heptágono, Alexander fue al piso de su hermana para estudiar el análisis químico del "azafrán". Lena estaba allí, por lo que se unió a la tarea de estudio, algo que agradó a Alexander, pues Lena era alguien que le daba buenas vibraciones. Alexander y Lena se sentaron en dos taburetes, uno a cada lado de Irene. Esta, acomodada en su silla, manejaba su equipo informático. Su ordenador, aparte de ser rápido, potente y silencioso, tenía incorporados todos los periféricos imaginables, incluido un gran monitor con calidad de alta definición. A un lado de la mesa de escritorio, Alexander vio dos pilas de documentos y papeles relacionados con el proyecto común en el que Irene y Lena trabajaban desde hacía meses.

—Fue una buena idea indagar en la química de la sustancia —comentó Alexander, que deseaba agradecer la colaboración de su hermana.

—En realidad, la idea fue de Lena —dijo Irene, sin apartar la vista del monitor. Su mano no soltaba el ratón inalámbrico. Daba clics con una soltura notable—. Aunque todo dependerá de lo que hallemos.

—¿Y qué vamos a hallar? —preguntó Alexander. Hacía rato que solo miraba pasmado cómo Irene y Lena iban de una página web a otra sin que él se enterase de nada.

Irene le entregó un folio donde acababa de imprimir una copia del documento facilitado por Selena.

—Llévaselo a Luka Miller —añadió—. Él conocerá mejor que nosotros qué efectos pueden provocar estos componentes en el cuerpo humano. Por lo demás, de lo que veo aquí, lo que me parece más interesante es que la materia prima de uno de los elementos de la lista podría proceder de las minas de Ciudad Fortuna.

—¿En serio? —interrogó Alexander.

—Sí —agregó Lena—. Puede obtenerse a partir de algunos de los minerales que, según el sitio web del Ayuntamiento, se extraen aquí.

—Deberíamos ir —propuso Irene. Su hermano observaba la pantalla en un meditabundo silencio—. ¿Qué opinas? —le preguntó.

Después de unos segundos de reflexión, Alexander respiró hondo, y contestó:

—¿Qué noches tenéis libres?

Sam entró a toda prisa en el despacho y se paseó bajo el sofá rojo. Luego, se marchó.

5

Ismael Wagner no era un hombre aficionado a la política, mucho menos cuando esta se limitaba a ser ruidosa y efectista. Huía de los actos de propaganda, sitios para las promesas baratas y capciosas. Él prefería el sosiego y la reflexión. Opinaba que ninguna decisión relevante debía tomarse sin haberse invertido tiempo en observar y recopilar toda la información posible. Por esa razón, aquel miércoles por la mañana, se resignó a asistir a uno de los mal disimulados actos de precampaña del alcalde Varone que tan poco le gustaban.

En una pequeña bocacalle de la avenida Abundo, bastante cerca de la Comisaría Central de Policía, se encontraba el cuartel de recepción de llamadas del teléfono para emergencias de la ciudad. En el vestíbulo de esta oficina, un espacio extenso de techos altos y paredes claras, se había dispuesto una tarima. Sobre ella, Ricardo Varone, junto al comisario Garmash y algunos concejales, hablaba a través de un micrófono a las decenas de personas allí aglomeradas. Ismael se mezcló entre los presentes y, desde un rincón disimulado, escuchó las palabras del alcalde. Al parecer, el acto se había organizado con la excusa de conmemorar el quinto aniversario de la inauguración de ese cuartel.

–Estas instalaciones –decía Varone en esos momentos– han supuesto un avance sustancial en la recepción y canalización de todas las necesidades urgentes de los habitantes de Ciudad Fortuna. Gracias a aquella inversión en recursos y tecnología, hoy, como hace cinco años, estamos más seguros. En cualquier instante, desde este centro, toda petición de auxilio y socorro es eficaz y rápidamente derivada al departamento correspondiente; como, por ejemplo, nuestra Policía, magníficamente capitaneada por el comisario Garmash, el hombre que, desde hace cinco años, comanda a los agentes de nuestra ciudad; y a quien, como todos sabéis, profeso un gran afecto personal, pues, en una ocasión que más de uno recordaréis, salvó mi vida de un ataque demente.

Los feligreses reunidos en el vestíbulo dedicaron el consabido aplauso a las palabras del alcalde Varone, así como al comisario Garmash. Este saludó con la mano, con un gesto de fingida modestia que Ismael no pudo evitar recibir con repulsa. Para él, Garmash no era sino uno de los haraganes corruptos que ocupaba un alto cargo en la ciudad sin merecerlo. Ese día, el comisario lucía una frente perlada de sudor, a pesar de la fría brisa matutina, y parecía tratar de disimular alguna molestia interna, aunque Ismael no era capaz de discernir si se trataba de una jaqueca o un retortijón.

–Pero Ciudad Fortuna –continuaba el alcalde– merece, y necesita, más. Eso es lo que los ciudadanos han de exigirle a sus gobernantes durante los próximos años. Porque la apuesta por la tecnología y el progreso siempre será una garantía de bienestar.

Minutos después, finalizado el discurso de Varone, el acto se dio por concluido. Tras nuevos aplausos, que resonaron en los altos techos de la estancia, Ricardo saludó a quienes le habían acompañado en la tarima. Ismael advirtió que había reparado en su presencia.

Una docena de camareros, vestidos con elegancia, aparecieron de repente, sin saberse de dónde procedían. Portaban bandejas con bebidas y aperitivos. Ismael decidió quedarse un rato a disfrutar del ágape. Sospechaba que cierto encuentro no tardaría en tener lugar.

En efecto, en cuanto Ricardo se desembarazó de las hordas de aduladores que le asediaban sin piedad, se acercó a él. Ismael fingió que leía un mural que explicaba el funcionamiento técnico de aquel servicio. Notó el carraspeo del alcalde a su espalda.

—Señor alcalde —saludó él, inexpresivo, al darse la vuelta y tenderle la mano.

—No esperaba encontrarte aquí, Ismael. ¿A qué se debe tu interés en mi campaña?

—Todo elector tiene el deber cívico de conocer las propuestas de sus candidatos antes de decidir su voto.

—Vaya, ¡qué civilizado! Menos mal que la mayoría de los electores no hace como tú y, en realidad, ni me escucha.

—¿Un cuarto mandato, Ricardo? ¿De verdad crees que es eso lo que necesitas?

—¿Por qué no? Sabes que puedo compaginar mi cargo con la Organización.

—No pongo en duda ninguna de tus capacidades —apuntó Ismael.

—De hecho —prosiguió Ricardo, ignorándole—, tú mismo confiaste en dicha capacidad. Cuando me escogiste para tu equipo de dirección, yo ya era alcalde desde hacía tiempo.

—No me refería a eso. Me refería a si no resultaría… excesivo.

Los relucientes dientes de Ricardo Varone quedaron ocultos tras una recta mueca de sus labios. Ismael sabía que le sacaba de quicio y que nunca le había gustado.

—¿Cuál es ese exceso? —inquirió Ricardo. El comentario le había desagradado.

—Tal vez sea deformación de oficio, no lo puedo evitar. Pienso en tu suerte y en cómo has triunfado en tu carrera, elección tras elección…, y llama la atención.

—Qué increíble, por no decir osado, que insinúes un abuso de mi suerte, cuando no solo poseo un alto rango en la Organización, sino que, por supuesto, todas mis victorias en la política y las urnas han sido limpias, impolutas. Además, tú tienes el mismo grado de suerte que yo. Lo sé. Sé que los dos poseemos un seis. ¿No será tu suerte la excesiva?

—Vamos, Ricardo, nunca hubiera insinuado algo así de ti —replicó Ismael. La insidia y el desprecio basculaban de manera arriesgada entre lo velado y lo manifiesto. La tensión entre Ricardo y él podía cortarse con un cuchillo. En el fondo, siempre había sido así.

—A veces pienso algo, Ismael —dijo Ricardo—. ¿Qué ocurre cuando chocan dos grados de suerte similares? ¿Imaginas la colisión de dos fuerzas iguales?

—Nunca me lo había planteado. ¿Qué ocurre entonces, Ricardo?

—Tengo mi teoría al respecto. Es una apuesta. Ya te la contaré.

Así, sin más, Ricardo se alejó de Ismael. En solo unos segundos, ya charlaba con los presentes.

Ismael, que había cogido una copa de vino blanco de una de las bandejas que los camareros paseaban por el sitio, apuró la bebida de un trago y buscó otra bandeja donde poder dejarla. Se abotonó su chaqueta, gruesa y oscura, que le protegía más allá de la cintura, y salió de nuevo a la calle. Enseguida, paseaba por la avenida Abundo, sumido en sus pensamientos.

En efecto, él mismo eligió a Ricardo, Selena y los demás miembros de su ejecutiva para su reelección en la dirección general de la Organización Heptágono, años antes. Era consciente de que tal movimiento había sorprendido a muchos y de que la mayoría no lo llegó a entender, pues desconocían que aquello fue un gesto estratégico, en más de un sentido.

Quedaban solo tres semanas para los comicios municipales. Pero su voto en ellos no era la decisión relevante que mantenía meditabundo a Ismael. Otros temas, desde luego más trascendentales, no podrían demorarse mucho tiempo más. Ismael lo sabía. Lo sabía desde que había llegado a su poder la Palabra.

6

Alexander e Irene acordaron explorar las minas de las afueras la noche del miércoles. De la misma manera que con *El séptimo cielo* y *La rueda de la fortuna*, en el fondo no tenían claro qué podrían descubrir, pero confiaban en averiguar algo relevante. Esta vez, Lena no pudo unirse a la partida. En cambio, Luka sí mostró interés en acompañarles. Además, este les había avisado de que debía contarles algo grave que había sucedido.

El río Tyche entraba por el norte de Ciudad Fortuna y serpenteaba por su interior, en una curva hacia el suroeste. Atravesaba los barrios del Arco Clásico y Serenidad, hasta salir por el sur, y pasaba junto a las explotaciones mineras, allá donde la ciudad perdía su identidad de urbe. En esta zona, los puentes no poseían nombre distintivo ni estaban construidos con belleza o esmero. Eran unos antiestéticos armazones en ménsula, fabricados en acero, hierro y hormigón. Permitían el paso a los vehículos y los viandantes. Junto a uno de ellos, donde habían dejado la moto, Alexander e Irene esperaban a Luka. Suponían que este tomaría la línea circular del tranvía hasta llegar a la avenida Persisto y, después, continuaría a pie.

Mientras aguardaban, Alexander contemplaba el firmamento. El estrellado cielo nocturno se veía despejado. El brillo habitual de la urbe era bastante menor allí, por lo que las constelaciones podían admirarse con mayor nitidez. Y, aunque la Astronomía siempre le sosegaba, estar allí le escamaba. Mirase donde mirase no veía ni coches ni personas. La escasa iluminación procedía de los focos de luz dura destinados a alumbrar el puente. Los ruidos propios de la ciudad se percibían amortiguados por la lejanía. Las calles parecían idénticas y laberínticas. Al este del río, se encontraba el parque empresarial e industrial. Al oeste, el terreno se tornaba más basto, hasta que, al final, se llegaba a las minas. Y la ciudad se confundía.

Luka apareció pasadas las diez y media de la noche. Antes de que, en la penumbra de esa zona, Alexander e Irene fuesen capaces de vislumbrar su silueta, ya escuchaban el ruido de sus pisadas. Vino por una bocacalle que, en diagonal al puente, paralela al curso del río, al final conducía de regreso a la avenida Persisto, allá donde se reencontraba la civilización. Sin embargo, esa noche, su objetivo se hallaba en dirección opuesta.

—Perdonad el retraso —se disculpó—. He venido lo antes que he podido.

—Tranquilo —contestó Alexander—. ¿Qué tienes que contarnos?

—Pues que la sustancia, el "azafrán", ha reaparecido.

—Mierda —dijo Irene, al comprender lo que ocurría.

—¿Cuándo? —interrogó Alexander, serio.

—Me he enterado hoy —respondió Luka—. Sucedió en la noche de ayer. Varón de veinte años, fallo súbito generalizado por sobredosis. He mirado el informe. Es obra de la misma sustancia. Pero diría que algo ha cambiado.

—¿Qué? —anotó Irene, intrigada.

—Por cómo se describe en el informe de la autopsia, parece que el colapso fue más… más rápido y tardío. Creo que algo así como una caída desde mayor altura. Me da la impresión de que el subidón fue más largo e intenso y, por el contrario, el bajón más brusco.

—¿Como si la sustancia hubiese sido modificada? —interrogó Alexander.

—Exacto —afirmó Luka.

Alexander meditó unos segundos. Tenía los labios apretados. Estaba furioso. La sustancia volvía a estar en circulación y, para colmo, era más letal. Después, dijo:

—Muchas gracias, Luka. Nos ayudas muchísimo. Tendré que pensar esto con calma. Ahora, será mejor que demos una vuelta por aquí, a ver qué hallamos.

Cruzaron el puente por el arcén de la izquierda. Al llegar a la margen oeste, enfilaron un camino hacia el sur. Allí, la ciudad, de alguna manera, parecía quedar atrás. Pero, aun así, continuaban en Ciudad Fortuna. Calzadas de asfaltado deficiente y agrestes extensiones sin edificar ocupaban el lugar de las anchas avenidas y las altas construcciones. Caminaron por una calle de escasa urbanización, donde las parcelas vacías se intercalaban con alguna nave industrial de pequeño tamaño y baja altura. Igual que en el puente, el alumbrado era limitado y no se veía a nadie. Al fondo, perfiladas sobre el brillo del cielo nocturno, se adivinaban algunas grúas, allá donde empezaban las excavaciones mineras. Se oían ruidos distantes.

—Quería comentarte algo —dijo Irene, en un momento dado de la caminata.

Alexander miró a su hermana, pero resultó que esta se dirigía a Luka.

—Es sobre esto —añadió ella, y señaló el artefacto de su muñeca.

—¿Tu reloj? —preguntó Luka.

—No es un reloj. Te cuento. Este es el artilugio con el que quiero hacerme millonaria. A lo mejor suena un poco exagerado, pero sí espero poder ganarme la vida con él si me sale bien. Es un invento que mi socia, Lena Cascio, y yo hemos ideado y estamos desarrollando. Este es un prototipo. Aunque parezca un reloj, en realidad, se trata de un monitor de constantes vitales. Mide la tensión y el ritmo cardíaco, entre otras cosas. Controla que tales valores no salgan de unos márgenes de normalidad, configurados en función del sexo, la edad y otras variables médicas. En caso de que algo así ocurra, remite una señal a una aplicación informática que puede estar instalada en un teléfono o un ordenador. El prototipo que ves en mi muñeca, por ejemplo, va conectado al móvil de mi hermano. Si alguna vez me sucediera algo, una alarma sonaría en su teléfono. Y aquí viene lo que más me gusta: mediante un sistema de localización GPS, él podrá saber dónde estoy.

—¡Suena genial! —declaró Luka—. Le veo mucho potencial. Piensa en personas dependientes o ancianos que viven solos. Muchas organizaciones e instituciones lo utilizarían.

—Eso es —asintió Irene—. No solo puede venderse a particulares: padres que necesitan vigilar a un hijo enfermo, o adultos que tienen mayores impedidos. También pueden usarlo los servicios sanitarios y sociales de la Administración, así como organizaciones no gubernamentales. Mi socia y yo pretendemos hacer esto muy bien. Hemos invertido dinero, tiempo y esfuerzo. Hay que diseñar una patente sólida. Y me preguntaba si tú nos podrías ayudar.

—¿Yo? ¿Cómo?

—Hemos fabricado un reducido número de copias, a partir del prototipo, para pasar a una etapa de pruebas. Y, como tú conoces a mucha gente a través de tu trabajo, a pacientes de distintos sexos, edades y condiciones clínicas, querría saber si sería posible que nos echaras una mano en la búsqueda de voluntarios que quieran ayudarnos a probar la eficacia del sistema. Tal vez podamos ofrecerles algún tipo de cheque-regalo o algo así como compensación por colaborar.

—No parece complicado. Déjame pensarlo. Creo que podría ayudarte a organizarlo.

Caminaron un buen rato. Según se acercaban a las excavaciones, las pocas edificaciones desaparecían, el terreno se volvía más tosco, y casetas prefabricadas actuaban a modo de oficinas para las empresas que explotaban las minas. El ambiente era muy sigiloso y desapacible. La noche refrescaba.

Llegaron a la excavación. Su camino se topó con una valla. Tras ella, el suelo era más rocoso e intransitable. El terreno descendía en un terraplén de varios metros. La zona baja se hallaba iluminada por potentes focos. Se veían algunas casetas. Las grúas y la maquinaria estaban paradas. Unos camiones retiraban escombros y demás. En la lejanía, se podía oír el eco de una carretera que no se conseguía divisar.

—Un organismo municipal distribuye la concesión de esta explotación a las empresas —informó Alexander—. Cada empresa se especializa en la obtención de una o varias materias primas específicas. Ahora, lo que necesitamos descubrir es cuáles son las que trabajan con el componente de la sustancia que señalasteis en el análisis del "azafrán".

—Y, después, averiguar a qué otras empresas venden ese componente —agregó Irene—. Pero, aparte de eso, ¿qué más hemos venido a buscar aquí?

—Eso —dijo Luka, entonces, para sorpresa de ambos.

El joven señalaba uno de los camiones que, en ese momento, se movía por la zona baja de la explotación. Era blanco y, en su parte lateral, llevaba *serigrafiado* un *logo*: la representación esquemática de una balanza antigua con dos brazos y pesos, en color dorado. Bajo el símbolo, se leía: *Laboratorios Librae*.

—Ese dibujo estaba en el camión que se llevó el cadáver del depósito —desveló Luka.

Alexander respiró hondo. Asimiló lo que Luka acababa de decirles. Se alejó de él y de Irene. Se abstrajo en sus pensamientos, mientras andaba por la defectuosa calzada de esa calle deslustrada. Contempló de nuevo las estrellas. Luego, miró en lontananza, en busca del horizonte que aquella noche le impedía delimitar. El temor y la desconfianza que con frecuencia le asaltaban se incrementaban por momentos.

Mantuvo la vista fija en un punto remoto indefinido. La lógica le decía que, más adelante, no muy lejos de allí, la ciudad llegaba a su fin y otros mundos daban comienzo. Pero él presentía, por algún motivo abstracto e imposible, que, en verdad, eso no era cierto: que la ciudad nunca acababa, que seguía más y más allá. Porque no tenía límites.

En los últimos años, desde que llegase allí, no sabía por qué, nunca había salido de la urbe. Ciudad Fortuna le había atrapado. Apenas pensaba en el motivo que les había llevado hasta allí. La vida anterior a esa llegada le parecía una existencia pretérita que ya no era capaz de evocar.

Recordó.

7

Era el otoño del año 2007. El inesperado bochorno había dado paso a una intermitente llovizna fina que no empapaba, pero resultaba incómoda.

Desde que se metiera en líos y acabase en la Comisaría Central de Policía, el ambiente en casa de Alexander, quien, por aquel entonces, convivía con su padre y su hermana, había resultado un tanto tirante. Héctor se sentía defraudado por la falta de sensatez de su hijo adoptivo, lo cual disgustaba mucho a Alexander. Este había conseguido un empleo en la ciudad, noticia que había relajado las cosas entre ellos.

El fin de semana previo a que Alexander comenzase a trabajar, Héctor le sorprendió al proponerle que los dos saliesen a comer para celebrarlo. Alexander aceptó encantado. Las malas vibraciones al fin se disipaban.

Héctor le llevó a un sitio ubicado a unos quince minutos a pie del piso donde la familia vivía. Era una taberna llamada *La herradura de plata*. Como cada vez que se adentraba en un lugar público desconocido, Alexander se mostró desconfiado, pendiente de cualquier movimiento a su alrededor. Escrutaba todas las caras. El local era ruidoso y se encontraba bastante concurrido ese día. Se sentaron en una mesa.

Un fornido hombre de unos cincuenta y tantos años, cabello recio pero cano, tez enrojecida y sonrisa franca se acercó a ellos, libreta en mano. Héctor estrechó su mano, gesto que Alexander anotó, y después realizó las presentaciones. Se trataba del tabernero, Herbert Finch. Hablaron unos minutos. Enseguida, Alexander simpatizó con él.

Aquel día, mientras disfrutaban de dos bocadillos de ternera especiada, una ración de berenjena braseada y dos pintas rubias, Alexander y Héctor charlaron sosegados, como antes de su desencuentro. En un momento dado, Héctor comentó:

—¿Sabes? La gente como Herbert no abunda. Le he conocido por casualidad, y hace poco, pero creo que es de esos tipos con los que no tardas en conectar. ¿Me entiendes?

—Sí. Se ve que es alguien auténtico.

—Eso es. Auténtico y bueno de corazón. Tengo esa impresión y sospecho que no me equivoco. —Héctor bebió un trago de su pinta, y continuó—: Pero, Alexander, también creo que este sitio, esta ciudad, es como una burbuja, una versión resumida del mundo entero. Y si en el mundo entero las personas como Herbert no abundan, aquí mucho menos.

—¿Qué quieres decir?

—Quiero decir, hijo, que, mientras vivamos en esta ciudad, tenemos que ser…

—¿Desconfiados?

—Selectivos, mejor dicho. No debes confiar en cualquiera. Y, cuando disciernas cuáles son las suertes que merecen tu benevolencia, ayuda a esos compañeros siempre que puedas.

Alexander advirtió cierta abstracción que conocía en el semblante de su padre. Sabía que había cosas que él no le contaba. Y no dudaba que nunca se las contaría si no lo deseaba. No obstante, aprovechó para formular una cuestión que llevaba semanas en su mente:

—¿Por qué hemos venido a esta ciudad?

Tras unos segundos, Héctor sentenció:

—Por desgracia.

8

El camión con el símbolo de la balanza *serigrafiado* en su lateral inició el ascenso por un camino de tierra en cuesta y, a continuación, se alejó en dirección a la ciudad. Las minas se quedaron sumidas en un inquietante silencio que acentuó el recelo de Alexander. Quería irse de allí cuanto antes. La información que acababa de revelarle Luka confirmaba que, en efecto, en Ciudad Fortuna, debía evitar fiarse de cualquiera. De modo que propuso dar la exploración por concluida.

Puesto que los tres no podían montar en la moto de Irene, Alexander y Luka decidieron ir a pie hasta la parada de tranvía más cercana. Podían llegar al último convoy de la noche. Acordaron reunirse de nuevo en el apartamento de Alexander e investigar más. Los tres estaban ansiosos por saber más de *Laboratorios Librae*.

La llegada del trío al apartamento perturbó el sueño de Trece, quien, arisco, se fue del salón a toda prisa y corrió a amodorrarse bajo la cama de su colega humano. Alexander sacó tres cervezas del frigorífico. Se pusieron a trabajar en un portátil antiguo, que Irene le había regalado a Alexander cuando ella dejó de utilizarlo. La lentitud del aparato hizo que la joven se desesperara y se revolviera en el asiento.

—¿Cómo crees que consiguen llevarse los cuerpos del depósito? —dijo Irene.

—Se me ocurren pocos procedimientos legales —respondió Luka—. La empresa podría encargarse de hacer análisis complementarios a los cuerpos. O realizar alguna investigación científica para la que la Administración le haya cedido los cadáveres. Pero cualquier cosa así constaría en los archivos del hospital, y no es el caso.

—Yo pensaría más en un procedimiento menos legal —apostilló Alexander.

—La Cámara de Comercio posee un registro público de sociedades mercantiles que se puede consultar por internet —explicó Irene, mientras accedía con el portátil a la web de esa institución. A continuación, escribió en el buscador el nombre de *Laboratorios Librae*. Luego, resumió la información que aparecía en pantalla—: Se registró en el año 1987. Su actividad principal es la investigación científica mediante fondos privados. Su domicilio social y fiscal actual parece encontrarse aquí, muy cerca de la avenida Komerci. Se trata de una sociedad limitada. Y su socio titular y mayoritario es otra empresa: *Sawatzki SL*. Existen socios minoritarios, pero no figuran datos sobre ellos.

—Ahora busca *Sawatzki SL* —solicitó Alexander, cada vez más interesado.

Irene tecleó la orden, y les relató la nueva información que pudo encontrar:

—No hay mucho. Su registro data del año 1986. Se centra en la misma actividad. Y su socio titular y mayoritario es un tal E. Sawatzki. Hay socios minoritarios, pero no figuran.

—¿Y quién es ese E. Sawatzki? —intervino Luka—. No había oído nunca ese apellido.

—Ni yo —anotó Irene—, pero déjame ver. —Así, abrió otra pestaña del navegador e hizo una búsqueda del apellido Sawatzki. La mayoría de los resultados obtenidos mencionaban a una actriz. Irene añadió una E inicial a la búsqueda. De esta manera, aunque los resultados apenas se modificaron, minutos después, sí halló algo diferente—. Mirad esto —añadió—. Hay algunos artículos científicos, publicados en los ochenta y los noventa, de una mujer llamada Esther Sawatzki. Dejadme ver… Sí. Son artículos de Biología y Farmacia… "Eficacia de los fármacos en organismos poco adaptativos…" o algo así.

—Si puedes, envíamelo a mi correo —agregó Luka—. Tal vez, si lo leo con detenimiento, consiga entender algo. Pero no prometo nada.

—Hecho —dijo Irene, y volvió a teclear.

En ese momento, Irene y Luka se volvieron hacia Alexander. Este llevaba varios minutos callado. Rumiaba toda la información que habían descubierto. Meneaba la cabeza con cavilosos movimientos afirmativos. De repente, preguntó:

—¿Os suena la eugenesia de la suerte?

—No —contestó Irene—. ¿Qué es?

—No lo sé. Por eso lo pregunto.

—Es una teoría científica aberrante —detalló Luka—. La eugenesia en sí busca modificar artificialmente algún factor biológico para perfeccionar la especie. En el caso de la suerte, claro está, pretende interferir químicamente en la suerte de las personas para lograr cambiarla o purificarla. Pero algo así es imposible, algo prohibido. "La suerte ni se crea ni se destruye".

Tras aquella disertación, se hizo el silencio. Alexander había reconocido el enunciado del primer dogma de la suerte. Dedujo que Luka Miller tenía conocimientos de tales materias. Miró de reojo a su hermana y, por el semblante de la chica, adivinó que a ella también le había llamado la atención el detalle.

En el contexto en el que Luka acababa de mencionar el primer dogma, este, aparte de como base de toda la filosofía de la suerte, se podía entender como una especie de límite o advertencia a la genética: la suerte era inviolable y no se podía interferir en ella más allá del enunciado de los dogmas. Alexander se preguntó si cuando Ismael Wagner le recitó el primer dogma, el día que se conocieron, no habría tratado de darle una pista.

Era muy tarde, por lo que Irene y Luka no tardaron en marcharse a sus respectivas casas. Alexander se fue a la cama, pero le costó dormirse. Aparte de las revelaciones efectuadas en la indagación del "caso azafrán", cuyos cabos sueltos le costaba anudar, reflexionó respecto a Luka Miller. Pensó que el hecho de que el joven pareciese conocer la verdadera suerte era un motivo más para animarse a hablar con él de su tara personal y los motivos últimos por los que estaba tan empecinado en resolver el encargo de la Organización Heptágono.

2

Lara Varone se sentía alicaída y, al mismo tiempo, un poco irritada. Se había propuesto que su vida, un tanto plana y quizá coartada, iba a cambiar. Pero las cosas no habían ido como ella había deseado. Desde que Alexander Berkel rehusara besarla, creía que el tiempo transcurría lento y gris. A pesar de los halagos que recibía por su interpretación en *Speculum*, nada alentaba su ánimo. Todos los días, excepto los lunes, su rutina se limitaba a ir de su casa al teatro, y viceversa. No había probado con más distracciones. Pensaba que si se centraba en el espectáculo podría despejarse y recomponerse, pero no lo conseguía. La pena que había advertido en los ojos de Alexander al rechazarla la había marcado. Era el detalle que le decía que había una posibilidad auténtica de aceptarla que el hombre se negaba a sí mismo. Mientras tanto, enredada en tales pensamientos, su único consuelo era el cariño de su perra, su mejor amiga, una preciosa boloñesa, de pequeño tamaño y adorable pelaje blanco, a la que había bautizado Nizza.

Los jueves y viernes por la mañana, de cara a las sesiones dobles que se celebraban en viernes y sábados, la compañía realizaba ensayos matutinos. Hasta el momento, Lara nunca había tenido problemas para seguir el intenso ritmo de trabajo. Sin embargo, ese jueves por la mañana, el agotamiento físico y psíquico pudo con ella. Al efectuar un ejercicio, se despistó, resbaló, cayó y se lastimó la rodilla. Aunque al principio se asustó, su pierna no había sufrido daños graves. Bastaría con unas pocas horas de hielo y reposo.

Así, Lara salió del Gran Teatro Fortuna. Buscó su móvil para avisar al chófer privado de su padre. No le gustaba ser tan señorita, pero, con el clima otoñal, sin saber cuándo iba a llover otra vez, no podía arriesgarse a más tropezones. En cambio, antes de telefonear, tuvo un arrebato. Se dijo que su corazón y su intuición no podían estar equivocados; que, si de verdad anhelaba cambiar, los cambios solo podían partir de sí misma. Daba igual que no hubiese pasado ni una semana del chasco, que pudiese hacer el ridículo o que, con mucha seguridad, fuese a herirse de nuevo. Tenía que volver a mirar a Alexander Berkel.

Resuelta, echó a andar hacia el tranvía más próximo, mientras calculaba el modo más rápido de llegar al domicilio de Alexander, cuya dirección había localizado en un listín telefónico. Como el sábado anterior, decidida, se plantó en el número 91 de Tragaluces, bajo la copa de un árbol cuyas hojas caían, al lado de un coche aparcado que hacía bastante que su dueño no limpiaba. Estuvo a punto de llamar al portero automático en un par de ocasiones, aunque se contuvo.

Al final, tras alguna falsa alarma, la puerta del portal se abrió y Alexander apareció. Él reparó en su presencia. Su cara evidenció el asombro que le embargaba. Se quedó allí, quieto, sosteniendo todavía la puerta. Después, apocado, anduvo hacia ella.

—¿Lara? ¿Qué haces aquí? —preguntó él. Era lo mismo que había dicho cinco días antes. Lo recordaba muy bien. Él había herido su corazón. Y solo él podría sanarlo.

—Pensaba en ti. Pienso en ti —respondió ella—. Cuando duermo, cuando bailo, cuando como. Cuando no hago nada más y solo pienso. Hay cosas que te quiero decir. Y cosas que quiero que tú me digas.

—¿Qué cosas me quieres decir? —interrogó él. Parecía no creerse que aquello sucediese de verdad.

—Que tengas cuidado con mi padre. Es mi padre, y le quiero. Pero, como es mi padre, sé cómo es. No sé qué te traes con los de Heptágono. Pero de esa gente solo deberías fiarte de Ismael Wagner.

Alexander asintió con la cabeza. Ella le observó: la camiseta ceñida y vieja, los pantalones oscuros y repletos de bolsillos, las botas gruesas y gastadas, la cazadora de cuero, el pelo recién lavado y aún mojado, los ojos casi negros, aunque no tan negros como los suyos. Y se miró a sí misma: la melena recogida en una coleta, la tez pálida por el frío y el cansancio, la ropa deportiva que no casaba con el abrigo de plumas que llevaba. Se sintió fea y boba. Se preguntó si él sería capaz de verla guapa, del mismo modo que ella le veía tan irresistiblemente atractivo, pero falto de algo; algo que ella podía darle.

—¿Qué cosas quieres que te diga? —dijo él.

—Solo dime por qué.

Sus palabras sonaron muy tristes. Porque estaba muy triste. También notó algo indefinido en la mirada de él. Le dio la impresión de que pudiera tratarse de miedo.

Y lo hizo otra vez. Se atrevió a hacerlo. Lara se acercó a él. Aproximó sus labios a los suyos, en busca del beso que Alexander le había negado. Mas, otra vez, él se apartó.

—Lara… —pronunció él, con la voz quebrada—. ¿Sabes por qué te pregunté si sabías lo que era la suerte y si sabías cuál era tu grado de suerte?

—Sí —afirmó ella. Esta vez, habló con mucha más seguridad que la semana anterior. Esta vez, no se amilanaría—. Sé lo que es la suerte. Sé lo que es el grado de suerte. Sé cuál es mi grado de suerte. Sé cuál es el tercer dogma. —Entonces, acercó su mano al pecho de Alexander. Lo palpó. Notó una forma bajo la camiseta: un amuleto en el que ya se había fijado. Sabía que era un trébol de cuatro hojas tallado en madera. Él se estremeció al sentir el contacto—. Sé que eres gafe. Y sé lo que es un gafe.

Lara le miró a los ojos con determinación. Él le sostuvo la mirada sobrecogido.

—Y no puede evitarse lo que hay entre nosotros —sentenció ella.

—¿Qué hay entre nosotros? —contestó él.

—Química.

Volvió a aproximarse a sus labios. Y, esta vez sí, Alexander Berkel y Lara Varone se fundieron en el más anhelado de los besos.

CAPÍTULO VI

Territorio prohibido

1

Alexander Berkel había estado con unas cuantas mujeres. A pesar de su singular condición, nadie podía negar que fuera un hombre atractivo, cuyo talante solitario y misterioso resultaba seductor, por mucho que, por lo general, él no pretendiera que así fuera. Durante su adolescencia, debido a su carácter receloso e introvertido, y al miedo que le causaban las relaciones humanas desde que su padre adoptivo le explicase que ambos eran gafes, apenas se había atrevido a charlar con las chicas que le gustaban. Logró algún beso, así como unos cuantos roces y caricias. Pero nunca llegó hasta el final, ya que temía las consecuencias. Perdió la virginidad a los diecinueve, con una chica a la que pronto dejaría de ver. Ya en su vida adulta, de vez en cuando, se aventuraba a intentar conquistar a alguna que otra mujer, y triunfaba en bastantes ocasiones.

No obstante, todas las relaciones que había mantenido se habían limitado al ámbito corporal. Alexander se prohibía a sí mismo involucrarse en lo emocional. Las implicaciones que una vinculación romántica pudiera acarrear le aterraban, por lo que había aprendido a construir un muro intangible que le distanciaba de cualquier sentimiento. Sin ser ningún crápula o desconsiderado, solo buscaba alivio para un ardor físico. Nunca prometía nada que no fuese a cumplir. Y se cuidaba de mitigar los posibles daños que pudiese ocasionar a sus compañeras de juegos. Sus relaciones con las mujeres habían consistido, por tanto, en esporádicos encuentros que rara vez se repetían y que, en caso de hacerlo, solo perseguían una satisfacción sexual mutuamente convenida. Más allá de machistas y anticuados estereotipos, existía todo un mundo de féminas que buscaban las mismas experiencias adultas y libidinosas que él prefería. De todos modos, era consciente de que había otra clase de mujer que no anhelaba lo mismo, sino que aspiraba a algo mayor, más difícil de hallar y, quizá, más gratificante; mujeres como Lara Varone, con la que Alexander estaba decidido a no cometer el error de abandonarse a los impulsos carnales.

Desde la mañana en que Alexander salió de su casa, se encontró con la hija del alcalde en su portal por segunda vez y ambos se fundieron en un anhelado beso, habían transcurrido los cuatro días más maravillosos de su vida. Lara y él disfrutaban de la mejor época que dos personas enamoradas podían vivir: ese curioso proceso de conocerse el uno al otro, sin prisas, en todos los ámbitos posibles. Para Alexander, algo así era absolutamente novedoso. Nunca se había entregado de esa manera a ninguna mujer. Una fuerza imbatible le había poseído y le empujaba a querer descubrir más y más detalles de la vida, el cuerpo y el carácter de esa hermosa joven. Esta, con su cabello azabache y esos ojos de oscuridad insondable, le había cautivado desde el mismo instante en que la vio por vez primera, en aquella esquina de Tragaluces con Fabriko. Así, le preguntaba por los detalles de su pasado, por las nimiedades de su cotidianeidad o por los secretos habidos en su fuero interno. Osaba besarla y tocarla. Se habían mostrado su desnudez, si bien él se negaba a hacer el amor. Aunque Lara deseaba hacerlo y así lo había expresado, él no estaba dispuesto a asumir los temibles efectos que, dada la intensidad que esa unión alcanzaba día tras día, supondría un acto tan especial.

Lara procuraba pasar el mayor tiempo posible junto a Alexander, sin olvidar su trabajo como bailarina principal de *Speculum*. Sobre todo, debía evitar por todos los medios que ni su familia ni su entorno más cercano, en especial su padre, pudiese destapar el incipiente noviazgo que mantenía en secreto. Así, el lunes posterior a aquel primer beso, a primera hora de la mañana, Lara fue al apartamento de Alexander con unos bollos recién horneados que había comprado en una pastelería. Él todavía estaba adormecido. Ella le dio un largo beso que erizó todo el vello de su cuerpo, y le abrazó mientras le susurraba al oído:

—Me encantaría despertarme a tu lado.

Eso excitó a Alexander, quien tuvo que contenerse para no proponerle que durmiera con él esa misma noche. Lo deseaba con fervor. Pero temía a la noche, que le podía inducir a consumar sus sentimientos por ella. Era consciente de lo mucho que se arriesgaba. Mas no podía frenarse.

—El desayuno estará listo en un momento —anunció Lara.

Mientras él se lavaba la cara, ella preparó café y dispuso los bollos en la mesa baja del salón. Encendió el televisor y buscó una emisora de vídeos musicales. Entre las muchas cosas que Alexander había descubierto de Lara, una era que le gustaba toda clase de música, no solo las sinfonías clásicas con las que se ganaba la vida danzando. La canción *Get lucky*, de Daft Punk, sonó en el salón. Desde el umbral del dormitorio, Alexander contempló embelesado cómo la joven bailaba. En una esquina, Trece observaba la escena, asombrado e intimidado a la par. Cuando captó el significado del título y la letra de la canción, Alexander no pudo evitar reírse al pensar en su propia suerte. Entonces, Lara caminó hacia él con semblante anonadado.

—Esta es la primera vez que veo y oigo eso —dijo.

—¿Qué?

—Tu risa.

—No, ¡venga ya!, no exageres. Me has visto reír.

—No. Te he visto sonreír. Pero esto ha sido reír. Son dos cosas diferentes. —Lara volvió a abrazarse a él, le besó en la mejilla, y susurró—: Estás cambiando, Alexander Berkel.

Esa frase trastocó a Alexander. Lo que ella acababa de decir era cierto. Había suspendido su habitual introversión, y destruido el muro de contención alzado a lo largo de años. Se había adentrado en el territorio de lo íntimo. Daba igual que no consumaran el acto sexual; eso era simple física. La química les había atado de manera inquebrantable. Y tal nudo conllevaba muchos riesgos. A Lara, con un cinco de grado de suerte, relacionarse con él podía suponerle un quebranto de graves consecuencias. Él podía provocar las iras del alcalde Varone y toparse con un sinfín de problemas con personas tan influyentes como peligrosas. Además, ahora que su investigación del "caso azafrán" parecía, al fin, bien encauzada, no le convenía buscarse más complicaciones.

Con todo, era incapaz de dar marcha atrás, de deshacer lo que ya había empezado, de separarse de ella. Se había enamorado, no cabía duda.

Ella, que cada día le conocía mejor, debió notar la turbación en su rostro, pues volvió a besarle, le acarició el pelo, y añadió:

—No pienses. Ven a desayunar.

Lara le tomó la mano y le condujo al sillón. Alexander se dejó llevar, besar y querer. No quería pensar, en efecto. Solo quería evadirse por un momento, por un instante que ojalá fuese eterno. Asumía que aquella relación era territorio prohibido. Pero hacía bastante tiempo que anhelaba perderse en la quimera de creer que la vida aún podía depararle la ilusión de gratas sorpresas.

2

Ese mismo lunes por la noche, Alexander decidió encarar una situación pendiente de la manera más valiente que podía pensar. Todo el fin de semana, había dado largas a su hermana y a Luka Miller, quienes le habían llamado varias veces para quedar y avanzar en las indagaciones del "caso azafrán". Le daba vergüenza confesar que vivía unos idílicos días con su enamorada. Pero sabía que no podía ocultar la situación mucho tiempo más. Además, no debía descuidar sus obligaciones. De manera que, tras consultárselo a Lara, decidió afrontar todas esas cuestiones y resolverlas en el transcurso de una misma cena.

A lo largo de la tarde, telefoneó a Irene y a Luka para preguntarles si les apetecía que cenasen juntos en su piso. Ambos aceptaron encantados. Asimismo, los dos tenían información que contarle acerca del caso. Alexander sintió cierta culpabilidad al saber que su particular equipo de colaboradores había estado más pendiente de su propio trabajo que él. Pero, como había aprendido a hacer en los días previos, sacudió la cabeza y alejó esos pensamientos responsables.

Lara, que los lunes tenía las noches libres en el teatro, le asesoró respecto al menú de la cena y le ayudó a prepararlo todo. Hicieron una ensalada con hojas de espinacas, queso y pasas; unos filetes de entrecot con una salsa de pimienta verde, ideada por Lara; y una fuente de arroz *basmati* para acompañar. Para beber, seleccionaron una botella de vino blanco y otra de tinto. Compraron unos bombones.

Pocos minutos después de la hora acordada, el timbre del apartamento sonó. La mesa ya estaba puesta. Trece merodeaba por el salón, atraído por el olor de la comida. Se preguntaría si su colega humano se acordaría de alimentarle. Alexander fue a abrir. Era Irene, que cargaba con el casco de la moto y su inseparable mochila.

–Cada día hace más frío. No lo soporto, yo soy una chica de sangre caliente –se quejaba mientras pasaba al salón. Enseguida, la joven se paró con gesto suspicaz y olfateó el ambiente–. ¿Has cocinado? –interrogó.

–En realidad, yo no.

–¿Cómo que…?

Irene enmudeció cuando Lara vino de la cocina.

–Hola –saludó la chica, sonriente.

–Irene –intervino Alexander–, te presento a Lara. Lara, esta es mi hermana Irene.

Alexander no pudo evitar divertirse ante el gesto boquiabierto de su hermana, la cual le dio dos patidifusos besos a Lara. En ese momento, Luka hizo su aparición.

–Luka, pasa –añadió Alexander–. Ven, te presento a Lara.

Luka no se mostró tan asombrado por la situación como Irene. Esta respiró hondo y se dispuso a hablar de nuevo, pero Alexander se le adelantó:

–Bueno, vamos a sentarnos, que la cena ya está lista –indicó.

Alexander se preguntó si se habría sonrojado. Por unos segundos, se sintió muy orgulloso de sí mismo, pues acababa de superar una prueba que le había obsesionado toda la jornada. No obstante, durante el resto de la velada, evitó estar a solas con Irene y ser víctima de su intransigente interrogatorio.

Se sentaron a cenar. Lara había vestido la mesa del salón con un mantel y unas servilletas que Alexander no utilizaba nunca. Este se maravilló una vez más al ver lo bonito que estaba todo. Lara había conseguido que, de alguna manera, la casa pareciese más acogedora, diferente a la que él habitaba día a día.

Mientras disfrutaban de la cena, por la cual los anfitriones recibieron elogios de los invitados, la conversación pronto abordó el "caso azafrán". Alexander ya le había hablado a Lara del trabajo que realizaba para la Organización. Pero todavía no le había explicado que su principal motivación para ello era conseguir la información que Heptágono poseía en relación a sus orígenes.

–He buscado más cosas referidas a los *Laboratorios Librae* y su propietaria, *Sawatzki SL* –informó Irene–. El domicilio social y fiscal de las dos empresas está en una oficina, cerca de la avenida Komerci. Esta mañana, he ido por allí, pero el sitio estaba cerrado y no he encontrado a nadie. De *Sawatzki SL* apenas existen datos. De los *Laboratorios Librae* he descubierto que su auténtico centro de actividades está en el área industrial y empresarial del sur. Convendría ir. Por lo que he leído, hacen pruebas y test de diferentes fármacos. Por cierto, que de la tal Esther Sawatzki tampoco he hallado nada más, aparte de aquellos artículos que vimos en *Google.*

—Yo también he hecho mis deberes —continuó Luka—. He leído los artículos que publicó Esther Sawatzki. Son difíciles. No logro captar el fin de los textos. Me da la impresión de que intentan transmitir una idea solo escrita entre líneas. En apariencia, van sobre cómo ciertos fármacos pueden o no alterar las condiciones bioquímicas del organismo. Menciona la existencia de células más proclives a la adaptación, aunque creo entender que desdeña a los especímenes que no consiguen asimilar la acción del fármaco. —Luka bebió un sorbo de tinto antes de proseguir—. También he echado un vistazo al análisis químico de la sustancia. Lo he cotejado con las autopsias de las víctimas. En la bibliografía de los artículos he encontrado un par de libros antiguos sobre eugenesia de la suerte. Los miraré por si descubro cuáles son los factores bioquímicos que esa gente cree que pueden cambiar la suerte. Espero llegar a algo útil. Siento si no soy de mucha ayuda por el momento, chicos.

—Para nada, Luka, todo lo contrario —contestó Alexander—. Eres de muchísima ayuda. Cuéntame cualquier cosa que puedas descifrar. También me gustaría echarle una ojeada a esos libros antiguos. Y gracias a ti también, Irene. Sois los mejores compañeros.

Ya solo quedaba el postre, por lo que Lara se puso en pie mientras decía:

—Voy a recoger la mesa y a por los bombones. Estoy llenísima.

—No, espera —replicó Alexander, mientras se incorporaba—. Tú ya has puesto la mesa. Yo recogeré.

—Te ayudo —anotó Luka.

Así, Alexander y Luka llevaron los platos sucios al fregadero. Cuando los dos estaban solos en la cocina, Alexander aprovechó para preguntar:

—¿Qué tal Clarisa? No me acordé de invitarla. Perdóname.

—No te preocupes. De todos modos, dudo que hubiese venido. Se encuentra muy pesada. De hecho, esta semana ha dejado de trabajar. Sale de cuentas el fin de semana.

—¡Vaya! ¿Nervioso?

—Aterrado. Por cierto, tengo que decirte algo. No quiero que se me olvide. Mi abuela me ha dicho que le gustaría verte pronto. Le caíste bien.

—¿Cómo se encuentra?

—Bueno, digamos que va poco a poco.

Más tarde, reunidos otra vez en torno a la mesa, los cuatro degustaron los riquísimos bombones. Alexander tomó la palabra, y dijo:

—Está claro que la siguiente parada de esta investigación son las instalaciones de esos laboratorios. Convendría ir de incógnito. ¿Me entendéis?

—A la perfección —respondió Irene—. Puedes contar conmigo.

—Tal como está Clarisa, yo prefiero estar en casa —agregó Luka.

—Claro, no te preocupes —aseguró Alexander—. Iremos Irene y yo.

—Yo me apunto —proclamó Lara, para sorpresa del grupo, en especial de Alexander.

—No, no puede ser. Es peligroso. De ninguna manera —protestó Alexander. Lamentó no haber previsto el peligro de involucrar a Lara en las pesquisas sobre el "caso azafrán".

—Tengo que ir, Alexander —insistió Lara, con serenidad.

—¿Cómo que tienes que ir? No te entiendo.

—Tengo que ir. Porque me vais a necesitar.

Tanto Alexander como Irene y Luka miraron intrigados a la joven. Ella sonrió, bebió de su copa de vino y les explicó cuál era su encaje en la visita clandestina a las instalaciones de los *Laboratorios Librae*.

Cuando terminó de hablar, todos tuvieron que admitir que ella sería la clave del plan. Alexander se resignó a admitirla en su equipo de colaboradores. Temió las posibles consecuencias. Mas, al mismo tiempo, le embriagó un insólito optimismo al percatarse de que, por fin, su investigación del "caso azafrán" discurría por buen cauce, y de que, tal vez, al fin consiguiese descubrir la verdad respecto a sus orígenes.

3

El optimismo persistía en Alexander a la mañana siguiente. Comenzó el día animado por el plan que habían diseñado la noche anterior para "inspeccionar" los *Laboratorios Librae*. No obstante, una llamada de Selena Myers perturbó su ánimo. Esta le comunicó su intención de retomar sus reuniones semanales y le preguntó si estaba libre esa misma mañana. Él, desprevenido ante su solicitud, accedió a ir a su despacho al mediodía.

Antes de salir, intercambió un par de mensajes con Lara, quien se disculpó por no poder visitarle esa mañana y le recordó dónde y cuándo se verían pasada la medianoche. Él contestó que no tenía por qué preocuparse, e insistió en que no descuidara su vida cotidiana por él. No mencionó que iba a reunirse con Selena Myers. Aquel asunto le inquietaba por diversos motivos. Por un lado, Lara desconocía que, pocas semanas antes, Alexander había cedido a la tentación de acostarse con su supervisora en la Organización. A pesar de que, por aquel entonces, ellos carecían de cualquier vinculación real, una parte de sí mismo creía que había hecho mal; como si, de algún modo, hubiese traicionado a Lara. Recordaba la tonalidad macilenta del rostro de Selena la mañana siguiente a su escarceo, por lo que no pensaba caer en los mismos deslices con Lara. Por otro lado, tras la abrupta y áspera conversación que Selena y él habían mantenido la semana anterior, aún se preguntaba cómo sería su relación profesional con la número tres de Heptágono a partir de ahora. Lara le había aconsejado que solo confiase en Ismael Wagner en Heptágono, un lugar cuya intrincada estructura no comprendía, donde no lograba discernir quién era un verdadero aliado y quién ocultaba intenciones dañinas.

Con tales cuestiones en mente, Alexander, abrigado con su cazadora de cuero, salió a una mañana de martes cuyo cielo clareaba. En la sede de la Organización, tomó el ascensor, que le llevó a la quinta planta. Al salir, por primera vez desde que conociese ese sitio, se encontró a un vigilante en el control de seguridad que había en ese pasillo. El hombre levantó la mirada de su ordenador, y le indicó:

—La señorita Myers le espera en su despacho.

Alexander se dirigió al despacho. La puerta estaba entreabierta. Prudente, golpeó la madera con los nudillos mientras se asomaba.

—¿Se puede? —preguntó.

—Adelante, Alexander —contestó Selena—. Pase y cierre la puerta.

Alexander pasó y cerró tras de sí. Selena se hallaba de espaldas a él, detrás de su escritorio, frente a la librería, donde parecía buscar algún título. Llevaba una blusa, cuyo material se presumía muy suave, y una falda larga, ceñida a su seductora figura. Se había recogido el pelo, de tal manera que, desde su posición, él podía apreciar ese cuello que siempre le había atraído, y en el que había dado rienda suelta a su lujuria aquella noche en el apartamento de la mujer. La imagen resultante era muy sugerente y evocadora.

Selena se dio la vuelta, señaló una silla, sonrió, y añadió:

—Siéntese, por favor. ¿Un café o alguna otra cosa?

—Eh… No, gracias —acertó a responder él.

Alexander tomó asiento. La situación le escamaba. Observó a Selena: tenía muy buen aspecto. Dedujo que había superado los efectos del período de quebranto. El buen humor que transmitían sus palabras le descolocaba. Ella nunca le había ofrecido algo para beber en el entorno laboral. No se parecía en nada a la arisca Selena que le despachara días antes. La mujer se había vuelto a abrir a él, circunstancia que le intrigó. ¿Qué sucedería ahora?

—Gracias por venir —agregó ella—. Veamos, ¿en qué punto está su investigación?

Alexander respiró hondo. Lo había pensado en el tranvía, y había concluido que, a pesar del consejo de Lara, no podía ocultarle información a su contacto directo en Heptágono. En efecto, prefería tratar con Ismael Wagner. Pero puentear a Selena no le parecía conveniente, por lo que decidió explicarle todo lo que había hecho desde que ambos celebrasen su última reunión regular.

—La perspectiva del análisis químico ha resultado interesante —anunció—. Tal vez haya descubierto cuál es la empresa que está detrás de la sustancia. No tengo pruebas de que sea así estrictamente. Pero sé que tienen un interés singular en las víctimas. Por supuesto, todo son conjeturas, así que no sé si debo decir qué empresa es en voz alta.

—Puede decírmelo con absoluta tranquilidad. Si solo son conjeturas, no lo anotaré por escrito. En los registros del caso solo figurarán hallazgos probados. ¿De qué se trata?

—La empresa es *Laboratorios Librae*. Y esta, a su vez, pertenece a *Sawatzki SL*.

Selena se mantuvo impasible al oír esa revelación. Alexander advirtió que desviaba la mirada a otra parte y se quedaba pensativa. La mujer cavilaba algo. Se movía despacio en su butaca, de un lado a otro y vuelta a empezar.

—¿Ha estado en las minas? —interrogó.

Aquello sorprendió a Alexander.

—Sí —admitió.

—¿Qué planea hacer ahora?

—Tengo intención de indagar más acerca de esa empresa. Quiero pruebas tangibles de su implicación en la trama. Prefiero no dar detalles por ahora, hasta que tenga algo sólido.

—Claro —asintió Selena, quien todavía reflexionaba—. Tengo la impresión de que lo latente pronto va a volverse patente. Por cierto, ese apellido, ¿sabe quién es ese Sawatzki?

—No, realmente. Puede que una tal Esther Sawatzki. Pero no sé casi nada sobre ella.

—Ya. —Selena se reclinó en su asiento. Se la notaba relajada, incluso contenta. Dibujó una tenue sonrisa enigmática en su cara, y recalcó—: Manténgame al tanto de todo. Sabe que puede llamarme cuando sea. Y, si en algún momento considera que lo que va a contarme es delicado, no dude en proponerme que nos veamos fuera de aquí. ¿Le parece?

La posibilidad de volver a verla fuera de ese edificio perturbó a Alexander. Selena repetía unas insinuaciones que ya les habían hecho caer en la tentación a ambos. Se preguntó si, superado el período de quebranto, ella flirteaba otra vez con él y, en caso de que así fuera, qué objetivo verdadero pretendía. No se sentía cómodo con la sugerencia, por lo que se puso en pie despacio y, de manera educada, dijo:

—La mantendré informada. Tengo que irme.

—Por supuesto. Buenos días, Alexander.

—Buenos días.

Él caminó hacia la puerta. Cuando ya asía el picaporte, Selena habló a su espalda:

—Alexander —le llamó. Él se giró, y ella anotó—: ¿Ha considerado la opción de que Sawatzki sea un apellido de casada? Piénselo.

Él asintió con la cabeza. Más tarde, con una sospecha indefinida en su cabeza, abandonó el edificio y dio un largo paseo de vuelta a casa.

4

Lara Varone se levantó tarde. Hubiera querido madrugar más, pero ese martes necesitaba sentirse descansada, pues prometía ser una jornada muy larga. Pasó la mañana y la tarde en casa, donde el ambiente era intenso y presuroso. Procuró no transitar la planta baja de la vivienda, ya que estaba tomada por el equipo político de su padre y a ella esas intromisiones en su hogar le desagradaban. Intercaló el tiempo de ensayo y ejercicio con los ratos en los que mandaba mensajes a Alexander. Se preocupó al preguntarse si el enamoramiento se le notaría. No podía permitir que nadie descubriese su alegría secreta. Al atardecer, antes de marcharse hacia el teatro, se despidió de su padre con un beso en la mejilla. Ambos se desearon mucha mierda el uno al otro.

No hizo una de sus mejores actuaciones en el Gran Teatro Fortuna. Lo peor fue que, según transcurría la representación, ella misma se daba cuenta de sus despistes e imperfecciones, lo cual la ponía más nerviosa. Evitó las miradas de sus compañeros y esquivó al director, pues temía recibir alguna palabra de reproche. Tenía otras cosas en la cabeza. Para ella, esa sesión solo suponía el comienzo de una larga noche. Pasada la medianoche, debería concentrar todas sus habilidades en otras ocupaciones.

En cuanto cayó el telón, y después de recibir unos misericordiosos aplausos por parte de los asistentes, bajó aprisa a su camerino. Allí, tras una fugaz ducha, se vistió, peinó y maquilló de manera distinguida, a la vez que sencilla y cómoda. Supuso que su padre preferiría que se engalanara como la princesita que a él le encantaba presentar en sus actos. Pero ya era hora de que este se diera cuenta de que ella era una mujer. Estaba cansada de no ser más que un mero objeto decorativo que embellecía la vida de otros.

Un coche de su padre la recogió en la puerta del teatro. El vehículo accedió a la plaza de la Cornucopia, enfiló la avenida Abundo y circuló por una perpendicular hasta llegar a un lateral de la Plaza Antigua. Esta había sido el centro de la ciudad en los siglos pretéritos, antes de la expansión con la que adoptaría su característica forma heptagonal. Su planta rectangular estaba circundada por los soportales de las manzanas que la conformaban. Su interior, peatonal, era una plaza barroca y preciosa, con los balcones de las construcciones bajas que la definían, las pétreas columnas de sus pórticos, los medallones de personajes ilustres en las enjutas de los arcos de estos, y baldosas de granito gris y rosa. Albergaba la antigua Casa Consistorial, amén de longevos establecimientos.

Esa noche, justo a la medianoche, la Plaza Antigua albergaba la apertura oficial de la campaña del alcalde Varone para su tercera reelección en los comicios municipales del día 28. En la explanada, se había alzado un decorado al que, a la hora precisa, el alcalde subió acompañado de su esposa, su hija, otros concejales, colegas del partido y personalidades de la ciudad. Las centenas de simpatizantes aglomeradas en el lugar le brindaron una eufórica bienvenida.

Mientras aplaudía y sonreía, habituada a aquellos faustos, Lara contempló a su padre. Ricardo Varone, a sus cincuenta y seis años, era la viva imagen del triunfo. Se le veía seguro de sí mismo en todo momento. La impostura, sin embargo, tomaba forma en el fuerte tinte moreno de su cabello engominado, que peinaba de tal manera que disimulase su alopecia, y en el bronceado artificial de su tez; aunque esos fuesen fraudes que, aun evidentes, no se comentaban. Podía decirse que era el más bajo de los altos, si bien su porte resultaba seductor y varonil. Su cuerpo se percibía robusto, sin llegar a parecer gordo. Las arrugas plisaban su frente. Sus ojos poseían un iris marrón, carentes de brillo real. Sus pómulos eran marcados; su sonrisa, fotogénica y sempiterna. Su dentadura lucía inmaculada. Siempre vestía traje. Se ajustaba el nudo de la corbata en un tic característico.

Esa noche, el flamante discurso del alcalde Varone alcanzó su tramo culminante con el anuncio de lo que, según apuntó, sería el eje de las políticas de su pretendido cuarto mandato: un proyecto denominado *eForuna Global.*

–Haremos –pregonó– que Ciudad Fortuna se convierta en la primera ciudad completamente electrónica e inteligente del mundo. Cualquier ciudadano podrá conectarse e interactuar informáticamente con todas las instituciones públicas: oficinas, registros, hospitales, incluso el transporte… ¡Solo con una huella digital! Se realizará un volcado e interconexión de todos los datos que obren en poder de la Administración, así como de otros que se recabarán. Se fomentarán las sinergias. Se eliminarán demoras y esperas. Se personalizarán los servicios. Se invertirá en tecnología e innovación, creándose empleo. Exportaremos nuestro modelo a otros lugares, reportándonos riqueza. ¡Seremos la urbe del futuro!

La revelación del proyecto estrella del programa del alcalde fue recibida con enorme alborozo por todas las personas reunidas en la Plaza Antigua.

Finalizados los discursos e iniciada la fiesta, Lara le dijo a su madre que prefería irse a descansar porque que se sentía agotada. Afirmó que le pediría a Carlo Ferrara o a algún chófer de su padre que la llevara a casa. Aunque, en realidad, planeaba darles esquinazo a todos. Antes de iniciar su plan, se acercó a besar otra vez a su padre.

Con todos centrados en el acto electoral, sin ser vista, Lara se dirigió a la parte trasera del escenario. Conocía de vista a la pareja de jóvenes asesores del Ayuntamiento que, día y noche, seguían a su padre. Sospechaba que le gustaba al chico, que tendría pocos años más que ella y acostumbraba a controlar el ordenador del alcalde. Le halló en un rincón, a solas con el portátil. Le dio conversación, para gran regocijo del joven. No le costó nada encandilarle y que este le concediera unos brevísimos minutos de privacidad para conectarse a internet con el ordenador del Ayuntamiento.

Ocho años antes, en plena bonanza económica, Ricardo Varone había conseguido su primera reelección gracias a la inauguración del área industrial y empresarial que construyó al sur de la ciudad, en una zona trapezoidal no edificada ubicada entre el final de la avenida Deziro y el cauce meridional del río Tyche. Muchas compañías, en especial las dedicadas al sector secundario, alquilaron oficinas y espacio en los funcionales edificios que se diseñaron. También había naves industriales para las actividades que lo requiriesen. Contaba con restaurantes para los trabajadores, así como diversos comercios y una guardería.

El área industrial y empresarial representaba la fijación de Ricardo Varone con todo lo tecnológico y la funcionalidad. El acceso a las diferentes instalaciones se efectuaba mediante códigos numéricos programados para permitir el paso a los espacios alquilados por cada empresa. Dado que las construcciones eran de propiedad municipal, existía un departamento del Ayuntamiento que registraba y controlaba el listado de tales códigos.

Lara estaba convencida de que el ordenador que ahora manejaba guardaba una copia del registro de dichos códigos, y así resultó ser. De modo que, cuando apuntó los dígitos que requería para continuar su misión, dejó el portátil tal como lo había hallado. Inadvertida, se marchó por una esquina de la plaza. Tenía que localizar un taxi. A partir de ese punto, sabía que cada paso la adentraba más en territorio prohibido. Y no solo lo hizo por Alexander, sino por sí misma. Ya no había vuelta atrás.

Martin Krane había reducido su rutina actual a controlar a Alexander Berkel. El gafe era fácil de vigilar. De hecho, Martin no comprendía la intención de Ismael Wagner. A medida que pasaban los días y le conocía más, cada vez entendía menos a Berkel.

Martin se había aficionado a una taberna de la calle de los Tragaluces, *La herradura de plata*. Se trataba de un lugar normal y corriente, en el cual se servía cerveza fresca y comida sabrosa a buen precio. Lo relevante de ese sitio era que, desde las mesas de cierto ventanal, podía otearse el portal 91, el de Berkel. Esa noche de martes, el gafe cenó junto a su hermana y, a medianoche, ambos salieron a la calle. Martin corrió a solicitar la cuenta al tabernero, un tipo que le parecía un tanto antipático.

Alexander e Irene decidieron caminar hasta dondequiera que fuesen, cosa que facilitó la tarea espía de Martin. En un principio, consideró la posibilidad de que asistieran a alguno de los actos públicos que esa noche daban comienzo a la campaña electoral. En cambio, dieron un largo paseo. Atravesaron Majstro, el barrio de Saberes y Deziro hasta llegar a las cuadriculadas, modernas y vacías calles del área industrial y empresarial. Allí, se apostaron en una esquina, junto a una farola.

Martin, experimentado en la materia, poseía gran pericia para la vigilancia clandestina. Siempre pasaba desapercibido. Conocía los trucos y maneras necesarios para poder realizar su trabajo con éxito. Sin embargo, mientras controlaba a los hermanos Berkel, resguardado en la penumbra de una esquina cercana, sucedió algo a lo que no estaba acostumbrado. Se le congeló la sangre cuando se percató de que Alexander le observaba fijamente. Y lo supo: le había visto. Dudó si huir o encararse con él. No obstante, para su asombro y alivio, tras unos larguísimos segundos, Alexander se volvió hacia su hermana, se puso a conversar con ella, y dejó de mirar en dirección a él.

Intranquilo, pero decidido a no abortar la misión mientras no tuviese pruebas de que Berkel le había cazado, Martin continuó la vigilancia. Se encontraban en la zona de pabellones de oficinas: edificios similares, de gruesos muros pintados de blanco, con enormes números que, dibujados en vivos colores sobre ellos, los distinguían. Las formas, los materiales y las distribuciones de la zona resultaban uniformes, con las cercas, puertas, ventanas y demás detalles similares y repetitivos. Así, transcurrió más de media hora.

Alrededor de la una y media de la madrugada, una persona apareció a pie y se unió a Berkel y su hermana. La recién llegada besó en los labios al gafe. Y la confusión de Martin respecto a aquel hombre fue en aumento cuando reconoció a Lara Varone, la hija del alcalde. El trío furtivo se dirigió a una entrada lateral del pabellón que tenía un gran ocho granate dibujado. Martin se acercó con cuidado a ellos, mientras se repetía a sí mismo que no conseguía entender a Alexander Berkel: parecía abocado al peligro.

6

Alexander había pillado a su misterioso bienhechor. Siempre había gozado de muy buena vista. Estaba en la esquina donde habían acordado reunirse con Lara. Los silencios y la uniformidad de aquella zona le inquietaban. Le bastó un segundo para advertir su presencia. De inmediato, se puso alerta, y trató de disimular. Reconocía la piel negra, el reflejo de unas gafas y la forma de una gabardina. Estaba claro que era él. ¿Quién si no le vigilaría en un lugar como ese en plena medianoche? Entonces, sin pensarlo, clavó sus ojos en él. Deseaba intimidarle, resultar amenazador. Estaba cansado de aquel juego cuyas reglas nadie le había explicado. En otras circunstancias, le habría plantado cara. Necesitaba descubrir quién era, qué pretendía y si se trataba de un amigo o un enemigo. Pero no quería ni asustar a Irene ni alterar el desarrollo del plan de "inspección", por lo que fingió que no había visto nada. Algo en su interior le decía que ese anónimo bienhechor no intervendría.

El centro de actividades de los *Laboratorios Librae* estaba situado en la segunda planta del pabellón número ocho del área industrial y empresarial. El complejo poseía su propia página web. Irene la había visitado. Para saber por dónde moverse, se había descargado un esquema de la ubicación de las distintas empresas.

Lara llegó hacia la una y media de la madrugada, la hora que habían pactado. La joven venía de un acto de campaña que mantendría ocupados a sus padres unas cuantas horas, lo cual le daba un margen holgado para llevar a cabo el plan sin ser descubierta.

—¿Tienes el esquema? —preguntó a Irene, después de besar a Alexander.

—Sí. —Irene sacó un papel doblado de un bolsillo de sus vaqueros. Lo desplegó y se lo mostró a Alexander y Lara. Señaló la posición del pabellón ocho, y detalló—: Los *Laboratorios Librae* tienen el espacio del sector B de la segunda planta.

—¿Estás segura de que no hay cámaras de seguridad? —interrogó Alexander a Lara.

—Segura —afirmó ella—. Me he cerciorado. Son las empresas, de hecho, las que no quieren cámaras. Supongo que algunas pueden temer espionaje industrial o algo así. Lo que sí hay, como ya os dije, son vigilantes. Es a ellos a quienes hay que esquivar. Pienso que si accedemos por una puerta lateral será mejor. —Lara les mostró la pantalla de su móvil, en la que había unas secuencias de cifras anotadas—. Estos son los códigos con los que podremos entrar en el pabellón ocho y el sector alquilado por los *Laboratorios Librae*.

Con sigilo, pendientes de cualquier ruido o señal, los tres se dirigieron a una puerta secundaria del pabellón. Esta poseía una ventana, a la cual, agazapados, se asomaron para comprobar que no había nadie en el pasillo del interior. Lara tecleó una serie de números en un pequeño panel ubicado junto a la puerta. Esta se abrió.

La uniformidad también era la tónica dentro de los pabellones. Los suelos eran de terrazo. Las paredes blancas estaban decoradas con murales de diversas pinturas abstractas y cubistas. Las puertas, marcos y otros remates de la construcción eran de madera lacada en una tonalidad azulada. Había papeleras y máquinas expendedoras. Alexander, Irene y Lara se desplazaron en la confusión de las luminarias de emergencia. Hallaron un panel con un croquis del edificio. Localizaron unas escaleras para ir a la segunda planta.

Lara tecleó otra secuencia numérica en el panel de la entrada principal a los *Laboratorios Librae*. Una luz verde les dio acceso. Los tres entraron con premura. Cerraron la puerta con cuidado detrás de sí. Allí, la oscuridad era absoluta.

—Irene, la linterna —susurró Alexander.

Irene sacó una linterna de su pequeña mochila, la encendió e iluminó el lugar. Él se dio cuenta de que, de modo inconsciente, había agarrado la mano de Lara.

Se encontraban en un vestíbulo recibidor, con un mostrador y un tresillo. Detrás del mostrador, unas letras adheridas a la pared rezaban el nombre de la empresa. También vieron pósteres con biografías y anécdotas relativas a científicos. De allí arrancaban tres pasillos, dos a ambos lados del mostrador que tenían en frente y uno más en la parte izquierda.

Primero, exploraron la zona que quedaba detrás del mostrador de recepción. Encontraron algunos despachos, una sala de trabajo para varias personas y dos salas de reuniones. Los pasillos que conectaban estas estancias, así como el interior de ellas, estaban decorados de manera similar a la entrada. El mobiliario era sencillo, quizás escaso, propio de cualquier oficina. A Alexander, de hecho, lo que le llamó la atención fue lo que no vio. Se dio cuenta de que la mayor parte del espacio daba la impresión de estar deshabitado. Las únicas zonas de esa oficina donde se hallaban señales de que alguien las utilizase eran dos despachos y una mesa de la sala común. Ahí, podían verse bolígrafos, papeles, carpetas, ordenadores y cierto desorden propio de la actividad cotidiana. En el resto del inmueble, en cambio, las habitaciones solo acumulaban polvo.

Los despachos carecían de placas que indicasen el nombre de sus ocupantes. Alexander estudió con detalle el que se encontraba justo detrás de la pared de la recepción en la que se leía el nombre de la empresa. Era el que parecía más utilizado, por la cantidad de carpetas que llenaba las estanterías, los dos muebles archivadores y los pedazos de papel arrugados que colmaban la papelera. Trató de abrir los dos archivadores, pero ambos estaban cerrados con llave. Fue a la mesa. No le pareció buena idea encender el ordenador por temor a hacer ruido. En el interior de una carpeta que había sobre el escritorio, encontró diversos papeles. Ayudado de la linterna, les echó una ojeada. Uno era un correo electrónico. El remitente era "pcallow". La dirección del destinatario era "vk2010". Estuvo a punto de guardárselo, pero recapacitó, y le susurró a Irene:

—Hazle una foto a esto. La cámara de tu móvil es mejor que la mía.

Irene puso el papel encima de la mesa, lo fotografió con su teléfono y volvió a dejarlo todo tal como lo habían encontrado.

—Será mejor que miremos en el resto de la oficina. Hay que darse prisa —añadió.

Alexander y Lara, cuyas manos continuaban entrelazadas, asintieron en silencio.

Así, exploraron la zona que quedaba a la izquierda del vestíbulo recibidor. A través del tercer pasillo que habían encontrado, llegaron a otro distribuidor, en el que, aparte de una hilera de sillas apoyadas en una pared y un dispensador de agua, descubrieron tres puertas anchas, que se presumían pesadas e incluso blindadas. Irene caminó hasta la del medio, donde un letrero la identificaba como "Experimental 2". Al ir a abrirla, se percató de que estaba bloqueada con un grueso candado. Alexander trató de acceder a la de la derecha, "Experimental 3", pero se topó con un candado igual. Lara se dirigió a la que quedaba, la de la izquierda, que sería "Experimental 1".

—Mirad esto… —les dijo, en tono intrigado.

Alexander e Irene fueron a ver. Lara le señaló a Irene que iluminase el picaporte de la puerta. De ese modo, vieron lo que la había contrariado. Tras una pasada con la linterna, se dieron cuenta de que esa puerta en su totalidad era diferente a las otras.

Debían haber sustituido la puerta original, que debía ser como las demás, y habían instalado otra, negra y metálica, la cual encajaba a la perfección en el hueco existente, carente de marco. Poseía un asidero para poder moverla. Al lado, se hallaba lo que supusieron que sería el mecanismo de apertura. Se trataba de una cerradura peculiar: una hendidura cuadrada, de poco más de un centímetro de lado y de profundidad. Encima de ella, se veían dos pilotos, uno verde y otro rojo, que estaban apagados. Irene introdujo un dedo en la rara hendidura, pero lo sacó de pronto: le había dado calambre.

—Mierda —masculló—. ¿Qué llave encaja aquí?

—Nunca había visto nada parecido —anotó Lara.

—Sea lo que sea, debe ser valioso —agregó Alexander.

Alexander pensó qué sería mejor hacer a continuación. Podían volver a los despachos y fisgar en más papeles, o tratar de buscar algo que pudiese encajar en esa curiosa cerradura.

Fue en ese momento cuando los tres se sobresaltaron al escuchar la voz femenina que, a sus espaldas, con frialdad y firmeza, les ordenó:

—Que nadie se mueva. Quietos donde estáis.

Oyeron unas lentas pisadas y un ruido que Alexander reconoció: el sonido del seguro de una pistola al retirarse. El corazón se le aceleró.

Tragó saliva. Notó la tensión de la mano que Lara entrelazaba con la suya. Maldijo su temeridad por haber implicado a las chicas en sus planes.

Detrás de ellos, dieron la luz. Los tubos de neón del techo se encendieron tras un parpadeo. Los tres, quietos, pestañearon unos segundos, cegados por un momento.

—Ahora —habló la voz firme y femenina— daos la vuelta despacio, sin tonterías.

Ellos obedecieron. Se encontraron frente a una pareja de policías uniformados, hombre y mujer, y a un vigilante de seguridad. Los dos agentes les apuntaban con sus armas. La mujer, situada en medio, era la que había hablado. Parecía más segura y al mando de la situación. Alexander supuso que habrían pasado por alto algún sistema latente de seguridad. Y volvió a maldecirse por ser tan incauto.

La agente mudó su gesto al escrutar el rostro de Lara. La incredulidad se leía en su cara. Con mucha menos firmeza, interrogó:

—¿Es Lara Varone?

Lara miró de reojo a Alexander, con semblante acongojado. Él asintió con la cabeza, pues negar lo evidente era una manera tonta de complicar más las cosas.

—Sí —respondió la chica, con voz timorata.

El desconcierto de la agente resultó manifiesto. Cruzó un par de miradas circunspectas con su compañero. Bajó el arma unos segundos para acercarse a él y hablar en voz baja. Cogió el *walkie-talkie* de su cinturón, se apartó a un rincón y efectuó una comunicación.

—Que los otros dos se identifiquen —solicitó a su compañero, después.

Tomaron los datos de Alexander e Irene. La agente volvió a comunicarse por medio de su *walkie-talkie*. No les explicaron qué iba a suceder. Se quedaron allí, a la espera de alguna clase de orden o intervención superior. El silencio atormentó a Alexander. Miró tanto a Lara como a Irene con el arrepentimiento escrito en los ojos. Su hermana le dedicó una breve sonrisa: ella no le culpaba. Pero Lara estaba muy asustada.

Veinte minutos más tarde, llegaron otros cuatro agentes. Con ellos, apareció un ojeroso y agitado comisario Garmash. Este, cuyo desaliño no podía disimular que acababan de sacarle de la cama, observó atónito a Lara. Se frotó las manos en un tic nervioso, se sacó unas ajadas gafas del bolsillo interior de la ancha chaqueta, se las puso, suspiró, y ordenó:

—Llevad a la señorita Varone a su casa.

Una pareja de agentes se dirigió a la joven para que fuese con ellos. Ella, muda, pálida y cabizbaja, dedicó una frágil y efímera mirada a Alexander. A él se le rompió el corazón. Hubiera querido pedirle perdón, pero no se hallaba en condiciones de poder hablar. Advirtió la pena y el miedo en sus maravillosos ojos negros. Temió que también hubiera algún reproche en ellos. ¿Volverían a verse? La duda le aterró.

—En cuanto a este y la otra —continuó Garmash, mirando con desprecio a Alexander, una vez que se llevaron a Lara—, ¡llevadles al puto calabozo!

Otra pareja de agentes esposó a Alexander e Irene con las manos a la espalda. Actuaron con modales descuidados. Eso fue lo que quebró la fortaleza de Irene, a quien se le escapó una lágrima. Alexander no pudo sentirse peor. Nunca debió permitirle que colaborase en la investigación. También le asustó la posibilidad de que ese desastre salpicara a Luka.

Mas, entonces, Alexander escuchó el eco de unas céleres pisadas que se aproximaban al vestíbulo. Y una persona totalmente inesperada apareció por el pasillo, seguido de otro vigilante del complejo. Se trataba de Ismael Wagner, quien se encaró con un atontado comisario Garmash, y habló con autoridad:

—Estas personas no van a ser acusadas de nada.

—¿Cómo ha dicho? —replicó Garmash, ofuscado.

—Que estas personas no van a ir con usted —insistió Ismael. Pronunciaba como si el comisario fuese corto de entendederas—. Realizan un encargo secreto para la Organización Heptágono, de la que yo soy máximo dirigente. Y esta se responsabiliza de todas sus acciones. No van a ser detenidos.

Garmash estaba rojo de furia. Abrió la boca dispuesto a contestar a Ismael. Este, en cambio, le ignoró por completo y le dio la espalda, lo cual enervó aún más al comisario.

Ismael se dirigió a Alexander:

—Alexander —dijo, en voz muy baja—, se ha metido en una muy buena. Aunque vaya a costarme más de un quebradero de cabeza, puedo librarle de esta. Eso sí, si acepta mi ayuda debe estar dispuesto a confiar en mí y únicamente en mí. Nuestras circunstancias no pueden ser más peliagudas. Usted decide.

Alexander era consciente del atolladero en el que estaba metido. No podía rechazar la oferta de Wagner. Aun así, y a pesar del consejo de Lara, ya no sabía cómo actuar respecto a la Organización. No era la primera vez que alguien de Heptágono le salvaba de la Policía. Pero, con todo, dudaba.

Recordó.

7

Era el invierno del año 2008. El informe meteorológico afirmaba que aquella sería la semana más fría del año, con temperaturas bajo cero y fuertes heladas.

Alexander se desenvolvía bien como portero de un bloque de viviendas acomodadas. El edificio estaba al lado de la avenida Persisto, en el barrio de Serenidad. Después de los festejos del Año Nuevo, Héctor encontró un empleo a media jornada en una cadena de montaje, en el área industrial y empresarial. Padre e hijo adoptivo acostumbraban a reunirse todos los días y comer en la habitación destinada al portero donde Alexander trabajaba. En ocasiones, Héctor se llevaba una baraja de naipes, costumbre que solo ellos comprendían.

Aquel día, dado que la habitación colindaba con un patio interior y estaba mal aislada, Alexander y Héctor se sentaron alrededor de una estufa eléctrica. Cada uno había llevado su almuerzo en una tartera.

—Aquí son buena gente —comentó Alexander, con la boca llena, antes de dar un buen trago de refresco.

—Me alegro —asintió Héctor, también con la boca llena—. Desde luego, es un puesto cómodo. Tu suerte te ha regalado algo delicado. Cuídalo, como si fuera una vela que trataras de mantener prendida en mitad del vendaval que sopla ahí fuera. Así son las cosas buenas para nosotros.

—Hay algo sobre lo que he pensado.

—¿Qué has pensado?

—Dudo si todas las personas que tienen un dos de grado de suerte son siempre gafes.

—No, no. No es así.

—¿Entonces?

—Hasta donde yo sé, casi todos los gafes poseemos un dos de grado de suerte. Es el grado de suerte maldito. Pero no todos aquellos que tienen un dos son gafes necesariamente. He oído hablar de alguna excepción. Son personas con una suerte muy escasa que, al mismo tiempo, no afectan al prójimo. Carecen de nuestras capacidades, poderes o como los quieras llamar.

—Ahora entiendo.

—¿Recuerdas esa vez que te hablé de ser benevolentes con quienes lo merecen?

—Sí. ¿Por qué?

—Porque ese asunto es como una moneda: posee dos caras. No solo tenemos que ser benevolentes con las buenas suertes que encontramos en nuestro camino.

—¿Quieres decir que esa idea también funciona al revés? —aventuró Alexander.

—Eso es. Aunque siempre te repito lo de ser cauteloso, creo que, si tienes la sensación de que las personas de un lugar son buenas, no debes recelar sin razón. Para personas como nosotros, hijo, hay veces que necesitamos aceptar la ayuda de las suertes superiores. En ocasiones, solo su benevolencia puede salvarnos.

<u>8</u>

La desconfianza tan enraizada en él había suscitado que, para Alexander, aceptar ayuda de otros fuera un trago agrio. Aun así, en semejante situación, con el recuerdo de las palabras de Héctor latente en su memoria, se rindió a la evidencia, y respondió al ofrecimiento de Ismael Wagner:

—Aceptaré su ayuda, señor Wagner —dijo—. Y acepte usted mi confianza. Se lo ruego, porque mi hermana no merece que le ocurra esto.

Ismael meditó unos instantes. Luego, movió la cabeza en sentido afirmativo, respiró hondo, y volvió a acercarse al comisario Garmash:

—Comisario —habló—, ¿ha pensado usted qué hacer con el señor y la señorita Berkel?

—No hay nada que pensar. Ya estaba pensado —espetó Garmash, a quien se le notaba exasperado por cómo Wagner le había menospreciado—. El señor y la señorita Berkel van a pasar la noche en el calabozo y mañana serán llevados ante el juez.

—¿Está seguro, comisario? Permítame que le exponga mi punto de vista. Como ya he dicho, la Organización Heptágono se responsabiliza de las acciones que el señor Berkel, asistido por su hermana, ha llevado a cabo esta noche. En ese sentido, la Organización responderá ante los responsables de esta empresa y del complejo municipal por los daños o perjuicios ocasionados. Además, pienso, y creo que estará usted de acuerdo conmigo, que deberíamos resolver el asunto con la mayor discreción posible. Recuerde que hace pocas horas ha dado comienzo la campaña electoral. Y al alcalde Varone, a quien usted sospecho que debe mucho, por no decir todo, no le agradaría saber que, por su culpa, comisario, se hizo pública la participación de su hija en este... incidente.

El rojo que teñía el rostro de Garmash había dado paso a un tono amarillo y verdoso. Las narinas le temblaban. Bufaba. Abrió la boca por un segundo, dispuesto a objetar algo. Pero, humillado, se volvió hacia sus agentes y, enfurecido, exclamó:

—¡Todo el mundo de vuelta a sus puestos!

Así, la pareja de policías que había sorprendido a Alexander e Irene se marchó detrás de su comisario con cara de incomprensión.

—Alexander —añadió Ismael—, ustedes váyanse. Yo hablaré con los vigilantes del edificio y los dueños de esta empresa. Lo solucionaré. Pero, antes, por favor, explíqueme qué diantres hacían aquí.

—Sospecho firmemente que esta empresa está implicada en la fabricación, y quizá también en la distribución, del "azafrán" —reconoció Alexander.

—Ya... —suspiró Ismael—. Voy a olvidar lo que acabo de escuchar ahora mismo. Tiene que ser usted muy cauteloso, señor Berkel. No olvide los dogmas, ninguno de ellos. Ya se lo dije. Si posee una hipótesis en el caso, sígala, persígala. Pero no persiga lo criminal con otros actos delictivos. No es usted alguien con mucha suerte, ya sabrá. Vuelva a mí con pruebas. Merezca las recompensas que la Organización ha prometido entregarle.

—Gracias, señor Wagner.

Alexander hizo ademán de hablar a Irene para decirle que se fueran. Pero Ismael aún tenía algo más que decir:

—Por cierto —añadió—, según subía hacia aquí me he cruzado con la señorita Varone. Alexander, huelga decirle que hay enlaces harto espinosos.

Unos enemigos son poderosos; otros, peligrosos. Y, esta noche, me temo que usted se ha buscado uno que es ambas cosas.

Alexander asintió, silente y preocupado. Ismael le tendió su mano. Él se la estrechó. Era la tercera vez que lo hacía. De nuevo, se preguntó si, la tarde que se conocieron, cuando recitó el primer dogma, ese hombre habría querido darle una pista.

Alexander e Irene abandonaron el pabellón. Avergonzados, rehuyeron las miradas de los vigilantes de seguridad con los que se toparon. Él notó un nudo en la garganta, fruto de la culpabilidad y el arrepentimiento. Mas, sin mediar palabra, su hermana aplacó su malestar al darle la mano, según iniciaban el camino de regreso a casa, en mitad de la madrugada.

2

Ricardo Varone estaba furioso y exhausto. El día había sido largo y agotador. Las dos semanas que quedaban por delante, hasta la jornada de los comicios, prometían ser extenuantes. Había sentido una inyección de júbilo, y descargado toda la adrenalina acumulada por los nervios, al dirigirse a sus votantes sobre el escenario alzado en la Plaza Antigua. La presentación del proyecto *eFortuna Global* se había recibido con muy buenas expectativas. Su optimismo no podía ser mayor. Pero, justo cuando llegaban a casa, descubrió la más insospechada de las noticias. Y ahora estaba furibundo.

Eran más de las tres de la madrugada. Debía estar en la cama, disfrutando de las escasas horas de sueño que se truncarían en cuanto, a las seis en punto, el despertador volviese a sonar. Le había dicho a su esposa que él se encargaría del asunto. Ella pretendía quedarse levantada hasta que la Policía llevase a su hija a casa, para asegurarse de que no había sufrido daños y conocer su versión. Pero él tenía claro que, si ella estaba presente, comenzaría a defender y justificar a la chica. Y estaba decidido a cercenar tan repugnante asunto de raíz. Le había ordenado a la asistenta, la cual vivía interna con ellos, que volviese a su habitación. También le dio una voz a Nizza, la pequeña perrita blanca, para que se alejase.

Ricardo estaba demasiado acostumbrado al poder. Procedía de una familia adinerada. Siempre hubo personas a su servicio. Para él, lo habitual era pedir cualquier cosa y obtenerla con diligencia. Apenas recordaba ya sus inicios en la empresa privada, donde estuvo a las órdenes de otras personas. Pronto, alcanzó los escalafones superiores, donde imponía sus mandatos y normas. Llevaba más de veinte años en la política. Durante las dos últimas décadas, había enlazado cargos públicos: primero de concejal, después de alcalde. No soportaba, por tanto, ni los errores ni las chapuzas ni, mucho menos, que osasen ocultarle algo. La idea de perder el control le exasperaba. Jamás había permitido la desobediencia. Y, esa noche, se enfrentaba a la mentira y la desobediencia allá donde nunca pensó que habría de combatirla: en su hija, su querida hija. Por mucho que le doliese o costase, iba a actuar con firmeza, como era su costumbre. Su hija podría no entenderlo, aunque confiaba en que llegase a hacerlo con el tiempo. Hoy iba a exigirle el mismo acatamiento inmediato y falto de objeción que exigía a sus subordinados.

Supo que no hallaría resistencia nada más abrir la puerta. En un primer momento, no habría sabido decir quién tenía más miedo a aquel encuentro, si la propia Lara o la pareja de policías que la escoltaba. Nadie tuvo valor para mirarle a los ojos. Los agentes balbucieron dos frases de disculpa por las horas intempestivas y se apresuraron a recordarle que estaban allí para cumplir órdenes de Garmash. Él les respondió que el comisario ya le había informado del incidente y les despachó con premura. Después de cerrar la puerta, obligó a Lara a sostenerle la mirada, y habló con una seriedad gélida:

—Hasta hoy, sabía que eras lista, creativa, trabajadora y, a lo mejor, un poco idealista. Lo que no sabía es que, al mismo tiempo, se podía ser boba. Tienes una buena familia, una casa en la que no te falta de nada, unos estudios y una profesión que otras chicas con talento no pueden permitirse, y unos padres que te quieren y te protegen. Tienes suerte. Sabes lo que es la suerte. Por eso, de ninguna manera, vayas a creerte que ni tu madre ni yo vamos a consentir que arriesgues tu suerte con ese tipo infame, callejero y contagioso con el que te estabas relacionando. Vas a subir a tu cuarto y a descansar. Y no volverás a verle ni a saber nada de él nunca. Nunca. Ten por seguro que pienso vigilar tu teléfono y, si es necesario, tu ordenador. Tengo gente a mi cargo que sabe hacerlo. Hasta que vuelvas a labrarte mi confianza, irás y vendrás del teatro vigilada en todo momento. ¿Algo que añadir, señorita?

184

Lara negó con la cabeza. No derramó lágrimas ni dijo nada. A Ricardo le asombró el aplomo que transmitía. Se preguntó qué significaba esa entereza: ¿miedo y arrepentimiento?, ¿u odio y rebeldía? ¿Eran esa clase de conflictos los que provocaban que una hija dejase de querer a un padre? No, seguro que no. Seguro que se le pasaría.

Lara se marchó a dormir. Ricardo se quedó un rato más en el recibidor. Rumiaba su enojo. Él ordenó contratar a Alexander Berkel. En su momento, le pareció una idea brillante, hasta divertida. Creyó que le usaba para sus propios fines sin exponerse a riesgo alguno. Pero ese gafe iba a arrepentirse mucho de haber encandilado a su hija.

10

A Pete Callow no se le daban bien ni los riesgos ni los secretos. Pese a ello, poseía una gran capacidad para el disimulo. Sabía crear una burbuja imaginaria a su alrededor, cuyo tejido irreal no traspasaban ni sus dudas ni su inseguridad. No le temblaba la voz ni vacilaba en sus movimientos. Aunque, en el fondo, aguardaba con impaciencia el día en que todo aquello terminase y pudiese olvidar a su jefa.

Había sido una noche muy movida. Su teléfono móvil había pitado cada dos por tres, y le había impedido conciliar el sueño. Travis tampoco le había dejado dormir. Al final, ante la cercanía de la mañana, optó por levantarse y ducharse.

Tenía frío, por lo que se abrigó antes de salir. Las calles del barrio de Saberes todavía no habían despertado, pero la cafetería estaba abierta. Llegó pocos minutos antes de la hora acordada. Ya se podía apreciar la claridad del alba.

Se trataba de una cafetería antigua, con los muros forrados de una madera deslucida, pinturas clásicas, mesas y sillas viejas muy bien alineadas, una iluminación deficiente y una larga barra, sobre la cual el camarero ya había dispuesto una interminable hilera de tazas y platitos. Pete se sentó en una mesa del fondo. No había nadie más en el local. Cuando el camarero se le acercó, pidió un zumo de naranja y un café solo.

Ya le habían servido el desayuno cuando su socio secreto apareció. El hombre, de cincuenta y muchos años, tal vez sesenta, fuerte cabello castaño oscuro y tez un poco tostada, con sombra de barba, vestía uno de los ajados trajes que debía reservar para el día a día. También llevaba un grueso abrigo que a Pete le recordó que, ese invierno, necesitaba comprarse uno. El hombre pidió un café con leche, un sándwich de jamón de york y un vaso de agua. No se quitó el abrigo hasta entrar en calor.

—¿No comes nada? —le preguntó.

—Soy incapaz tan pronto —respondió Pete.

El hombre esperó, sin mediar palabra, a que el camarero llevase su desayuno. Aquello ponía nervioso a Pete. Él quería finiquitar ese encuentro cuanto antes, aunque fuera muy improbable que su jefa les descubriese.

—¿Qué ha ocurrido esta noche? —interrogó el hombre, después de beberse el vaso de agua y echarle azúcar al café—. ¿Han entrado en el laboratorio?

—No han llegado al laboratorio. Ella estaba nerviosa, enfadadísima. Ya me lo contará con más calma luego. Pero todo parecía controlado.

—Después me lo cuentas. Aunque la llamaré. Es igual que su madre. No controla sus nervios. Hasta me resulta irónico que se parezcan tanto. Buscan lo mismo. Pero ella… Ella lo hace con otro ímpetu. Porque es su tacha. —Dio un bocado al sándwich, lo masticó con tranquilidad, y añadió—: Debí haber previsto todo esto antes. ¡En fin! —suspiró—. ¿Lo tienes?

Pete introdujo la mano en un bolsillo interior de su anorak. Le entregó al hombre un frasquito de muestras, donde había unos cinco gramos de un polvo rojizo, muy parecido a la especia azafrán. Él lo observó unos segundos y se lo guardó.

—Ella opina que esta es la versión *cuasi* definitiva —anotó Pete.

—Y tú ¿qué opinas?

—Que no lo es.

Pete tomó un sorbo de su café, que ya no humeaba. Le supo demasiado fuerte, así que lo dulcificó con otra bolsita de azúcar. Luego, se lo bebió de un trago.

11

Ismael Wagner volvió a su casa casi al amanecer. Su domicilio, una mansión de construcción decimonónica, se encontraba en la selecta calle del Alcalde Sidor, en el Arco Clásico, rodeada por una extensa parcela de boscosa vegetación, y cercada por un largo muro de piedra. Un camino, abovedado por árboles, conducía a la fachada principal. Allí, después de ascender una escalinata y traspasar un pórtico, se entraba en el recibidor. En cuanto cerró la pesada puerta a su espalda, Ismael escuchó el trote de Nelson, que corrió a su encuentro.

—Buen chico —saludó el hombre. Acarició con cariño al perro cuando este, que jadeaba y meneaba la cola, se le acercó contento de tenerle de vuelta.

Nelson era el mejor amigo y el más fiel compañero de Ismael. Se trataba de un *golden retriever* de raza pura, dotado de un frondoso pelaje amarillo crema, una alegría contagiosa y una vitalidad incansable para sus once años de edad. Nelson era el único al que Ismael permitía transitar por cualquier rincón de la casa.

Ismael había improvisado excusas y disculpas ante los responsables de *Laboratorios Librae* y la seguridad del edificio durante horas. Conocía a los primeros de alguna colaboración ocasional con la Organización. Pero, por elocuentes que resultasen las hipótesis de Alexander Berkel, él no podía permitirse actuar desprovisto de pruebas. La situación suscitada era incómoda y complicada. Aun así, se alegraba de que Martin Krane le alertara del peligro que Berkel corría.

Meditabundo, Ismael se dirigió al pasillo del ala este de la mansión, donde, disimulada con la madera de la pared, había una puerta. Sacó de su bolsillo la vieja y larga llave, que llevaba consigo en todo momento. Abrió. Descendió la angosta escalera de caracol. Los apliques de la pared se encendían a su paso. En el nivel subterráneo, se hallaba una pequeña antesala. Allí, había una puerta corredera de madera de doble hoja.

La biblioteca privada de Ismael Wagner carecía de ventanas. Su iluminación procedía de una bonita lámpara de varios brazos. Casi todas las paredes estaban cubiertas por altísimas estanterías en las que abundaban libros de diversos tamaños, texturas, colores y antigüedades; junto a otros objetos, los cuales se presumían preciados y arcaicos. Encima de dos largas mesas, se veían algunos libros abiertos, con lupas, lápices y cuadernos. En el centro de la sala, saturada pero ordenada, había una sólida mesa heptagonal. Los muebles eran de una ajada madera oscura de roble. Una alfombra cubría el suelo.

Ismael se sentó en una silla, frente a un secreter. Descubrió el tablero y, de uno de los muchísimos cajones que había en el interior del mueble, sacó un librito de tamaño cuartilla, con tapas duras, pintadas de color morado, y lomo negro. Era su diario. Lo abrió por la última página escrita. Se ajustó las gafas y, cansado, pensó cómo plasmar sus cavilaciones.

Antes, sin embargo, fue hacia la mesa heptagonal. Sobre ella, contenido en un prisma transparente de plástico duro, se hallaba el pergamino: la Palabra, esa que había llegado a él pocos años antes. E Ismael, abstraído, releyó por enésima vez los indicios de la Sibila.

Siete

1

Alexander Berkel estaba marcado por una emoción constante e inevitable en su vida: la pérdida. Aquello que creía suyo, aquello de lo que no dudaba, aquello que le hacía sentirse seguro; todo ello, en algún momento, con amargura y sin miramientos, el devenir se lo arrebataba. Su pasado, su corazón y sus recuerdos estaban plagados de oquedades. Así había sido desde que su malherida memoria guardaba recuerdos. Y, por puro pesimismo, él imaginaba que, en aquella niñez de la que no lograba acordarse más allá de instantes deslumbrantes, todo habría transcurrido igual. Porque ese era su sino, su mácula. No lo podía evitar. Moraba en su esencia, e iría con él a la tumba. La pérdida de sus recuerdos, su identidad y su familia biológica era la más flagrante de todas. A Alexander le faltaban años de su propia existencia. Se preguntaba si conseguiría recuperarlos alguna vez. La muerte de Héctor, que, junto a Irene, había sido la única familia verdadera que había tenido, suponía otra carencia que le marcaba. También había perdido empleos y otras muchas oportunidades; cosas que no eran para él. Ahora, en el otoño del año trece, experimentaba por enésima vez los sinsabores de la carencia. Su mal fario había vuelto a quitarle aquello que apreciaba.

Como consecuencia de esa fatal tendencia a perder lo que le importaba, Alexander se había habituado a ser huidizo e inconstante. Le costaba mantener las cosas, concluir lo que empezaba. Una voz dentro de él, la voz de esa moral apática y taciturna que se había forjado en su interior, siempre le inducía a pensar que, por mucho que se empeñase en cualquier tarea, de un modo u otro, su condición la estropearía. Le habían enseñado que la suerte no podía cambiar en el transcurso de la vida, pues era un atributo congénito imposible de modificar. De manera que, si era gafe, ¿de qué servía el esfuerzo?, ¿qué sentido tenía la ilusión? Por eso, siempre eludía combatir la adversidad, esa que con tanto empecinamiento se ensañaba con él. Lo mejor, cada vez que algo se torcía, era hacer borrón y cuenta nueva, avanzar y olvidar lo pasado.

Pero, aquel noviembre de un otoño de cielos difusos y clima huraño, Alexander se dio cuenta de que olvidar lo sucedido no siempre resultaba fácil. Porque olvidar a Lara Varone suponía un empeño que costaba y dolía. Habían pasado seis días desde el fiasco del incauto y temerario plan para "inspeccionar" los *Laboratorios Librae*. El comisario Garmash había hecho que se llevasen a una asustada Lara junto a su padre. Desde entonces, Alexander no había vuelto a saber nada de ella. En realidad, tampoco había hecho nada para contactar con la joven. Su ánimo apático le había motivado a no pelear. Una parte de él le acusaba de ser un cobarde. En cambio, otra le preguntaba si no sería lo mejor para Lara, a quien bastantes problemas había causado ya.

Los dilemas y las contradicciones poblaban su cerebro, le desconcentraban por el día y le impedían conciliar el sueño por la noche. Él se aferraba a cualquier pensamiento que paliase su desazón. Sin embargo, nada evitaba que la cantidad de recuerdos que, en muy poco tiempo, había atesorado apartasen a Lara de su cabeza. El brillo de su límpido cabello azabache, la mirada magnética de sus ojos de iris negro, la textura de su piel, la perfección de sus besos, la imagen de su desnudez, su risa y su sonrisa… Todas esas cosas le acompañaban día y noche, y hacían que su día a día fuese un calvario.

En los momentos de fortaleza, Alexander se decía a sí mismo que Lara estaba mucho mejor sin él, lejos de todos los efectos dañinos que sus sentimientos hacia ella podían provocar. De hecho, hasta se convencía de que ella no querría volver a saber nada de él, máxime después del mal trago que habría sufrido con su padre. Entonces, hallaba algunos ratos de alivio en los que trataba de centrarse en el "caso azafrán".

A pesar de que la investigación se encontraba en un punto bastante interesante, él no se sentía animado para progresar en el encargo de la Organización Heptágono. La "inspección" del centro de actividades de los *Laboratorios Librae*, aunque hubiese terminado mal, sí había servido para arrojar cierta luz sobre la amalgama de datos inconexos que acumulaba. Sobre la mesa redonda de su salón, tenía su viejo portátil y todos los papeles. Pero se sentía atascado y desganado.

El martes siguiente, a media mañana, Alexander estaba sentado delante del portátil. Miraba las anotaciones realizadas sin dilucidar nada. El timbre de la puerta le sobresaltó y, en el fondo, le sirvió de excusa para huir de sus deberes. Abrió la puerta y halló a Irene. Su hermana, con el casco de la moto y su mochila siempre consigo, vestía de manera bastante elegante y sobria: lucía una blusa, una chaqueta y unos pantalones que contrastaban con su estilo habitual. Lo que no se quitaba era el *piercing* de la ceja. La joven le dio un beso en la mejilla.

—Ya lo sé, perdona por no avisarte —se excusó Irene—. Pero he tenido una reunión para un máster sobre *big data* y *data mining* que me interesa, me ha quedado más tiempo libre del que yo creía, y me apetecía venir a verte.

—No importa —replicó un lánguido Alexander. Cerró la puerta y se sentó con su hermana, quien ya se había acomodado en el sofá.

—¿Qué hacías?

—Nada. Se supone que trabajar en el caso. Pero mis neuronas no se hablan.

—Ya veo —suspiró Irene, preocupada—. Anda, tráeme algo de beber. Estoy sedienta.

Alexander cogió un par de cervezas con limón de la nevera y volvió al sofá. Irene dio un trago de la suya y, acto seguido, se quedó varios segundos en silencio, y miró al suelo. Él la conocía. Sabía que quería ponerse seria. La hermana pequeña volvía a ser la mayor.

—¿Por qué no avanzas en la investigación? —preguntó ella, al fin.

—Ya sabes por qué. Supongo que se me pasará.

—Sí, espero que lo haga. —Irene posó una mano sobre su rodilla y le acarició como solía hacer cuando quería decirle algo que le podía herir, pero que era necesario que escuchase—. Deberías olvidar a Lara. Algunas cosas son peligrosas. Aquel hombre de la Organización ya te lo dijo. No te enfades conmigo, sabes que es verdad. Deberías centrarte en el caso y conseguir lo que buscas.

Alexander guardó silencio un segundo. A continuación, sonrió con tristeza, y añadió:

—Sabes que nunca me enfado contigo.

Irene le besó en la frente.

—Mañana te dolerá un poquito menos —anotó—. Ya verás. Tú termina el trabajo. Y olvídate de esa gente para siempre.

Alexander asintió con la cabeza.

—Cuéntame lo de ese máster —pidió.

Aquello consiguió distraerle durante un rato. Luego, su hermana se marchó a su casa, donde le esperaba mucho trabajo.

Más tarde, Alexander admiró la ciudad desde su terraza, insensible a la fresca temperatura de la otoñal mañana. Luego, comenzó a prepararse algo para comer. Trece se paseó entre sus piernas, le hizo cosquillas en los tobillos, y logró que sonriera.

2

Ricardo Varone se colmaba de una euforia colosal y una tensión extenuante con cada nueva campaña electoral. La actual alcanzaba ya su ecuador. Era la sexta vez que Varone se enfrentaba a unos comicios municipales, y la cuarta que lo hacía como cabeza de lista. Aun así, la euforia y la tensión eran las mismas que antaño, si bien, en esa ocasión, producidas por temas diferentes.

La euforia estaba ligada al triunfal efecto que la presentación de *eFortuna Global* había tenido en el desarrollo de la contienda. La idea era suya, algo de lo cual se sentía orgulloso. Se trataba de un propósito que debía agradar a los votantes, pues, si se llevaba a cabo, supondría la inversión de buena parte del ajustado presupuesto municipal. Durante el último verano y las primeras semanas del otoño, había charlado en secreto con dirigentes y empresarios de la ciudad en busca de apoyos, estructuras y financiación. Ahora, focalizaba el transcurso de su campaña en la explicación pormenorizada del proyecto. Y, por el momento, el resultado era un éxito, puesto que no solo había cautivado a los electores, sino que había descolocado todos los planes de su enclenque oponente.

La tensión, por el contrario, no estaba vinculada a la campaña, sino al descubrimiento de la impensable relación entre Lara y el gafe Berkel. Cada vez que pensaba en el tema se ponía de los nervios al imaginar a su hija en brazos de ese malnacido. Por culpa de ese tipo el ambiente en su casa se había enrarecido, justo las dos semanas en las que necesitaba que nada le perturbara. Su esposa no había manifestado su descontento con sus medidas, pero su actitud le daba a entender que no estaba conforme con ellas; cosa que, dado que todo era por el bien de su hija, él no lograba comprender. Mientras, Lara evitaba mirarle e incluso cruzarse con él por la casa. Su semblante era hermético, insondable. Pero él no dudaba de que, aun así, con el tiempo, le perdonaría y hasta le daría las gracias.

El martes, después de asistir a un acto con jóvenes en un pabellón deportivo del barrio de Serenidad, Ricardo hizo una pausa de media hora en un pasillo del edificio para engullir un bocadillo, una manzana y un café en vaso de plástico. Se encontraba solo, con un guardaespaldas en cada extremo del corredor. Su pareja de asesores, el chico que portaba su ordenador y su agenda, y la chica que se encargaba de todas las relaciones con la prensa, trabajarían sin descanso en algún sitio, cerca. Entonces, el comisario Garmash y el jefe de seguridad del alcalde, Carlo Ferrara, hicieron su aparición.

Ricardo observó a los dos hombres. No podían ser más distintos. Garmash era grueso, tosco, con el cinturón siempre apretado y la frente sudorosa; y se ponía y quitaba unas gastadas gafas todo el rato. Carlo era alto, prudente, con la cara alargada, un tanto inexpresivo, la ropa normal y discreta, y los zapatos siempre limpios.

—¿Qué sabemos de ese desgraciado? —masculló el alcalde, con la boca llena, cuando la pareja se acercó a él, sin perder el tiempo en superfluos saludos.

—He cotejado los registros. Tiene treinta y cuatro años, aunque su fecha exacta de nacimiento no consta en ningún lado, ya que fue adoptado en un orfanato —relató Garmash—. Vive en el barrio de Hornos. Está soltero y no tiene hijos conocidos. Su padre adoptivo…

—Sí, sí —interrumpió Varone, malhumorado—. Eso ya lo sé, no es lo que quiero. ¿Qué sabemos de él que sí pueda sernos de utilidad?

—Aparte de lo que dice el comisario, poca cosa más —respondió Carlo, con su grave timbre de voz—. Figura como desempleado. Pero, como usted ya sabe, investiga ese tema de la Organización Heptágono.

—Sí, de eso estoy al corriente —afirmó Ricardo. Se arrepentía del momento en que decidió contratar al gafe para lo del "azafrán". Ahora veía que la insidia le había cegado.

—Sí que hay una cosa —añadió Carlo.

Ricardo, que ya iba por la manzana, sonrió con tibieza. Conocía a Carlo desde hacía muchos años. Este nunca le había defraudado. Era eficiente y leal. A su lado, Garmash no era más que un mentecato oxidado al que solo usaba para controlar el cuerpo de Policía. Le hizo un gesto para que continuara.

—Es sobre la llamada que salvó a Alexander Berkel de Alonso Yazpik —dijo Carlo.

Ricardo asintió. Alrededor de un año antes, el comisario Garmash requirió su permiso para pactar con Yazpik. Mediante el trato, este recibía beneficios judiciales a cambio de ayudar a desarticular una red de contrabando. En ese momento, la perspectiva de la victoria policial sedujo a Varone. No obstante, hacía pocas semanas, el comisario comenzó a sospechar que Yazpik se había mezclado en nuevas tramas criminales, por lo que incumplía las exigencias del pacto; algo que Berkel iba a destapar sin pretenderlo y que podría afectar a la campaña electoral. La llamada de la que Carlo hablaba había llevado a la emboscada en la que Garmash decidió detener a Yazpik para guardar las apariencias y ocultar el pacto.

—He rastreado la llamada hasta un móvil de *prepago* —prosiguió Carlo—. Y he dado con el nombre de la persona que lo adquirió.

—¿Quién es?

—Martin Krane.

Ricardo masticó despacio el último mordisco de manzana.

—¿Le busco? —se ofreció Garmash.

—No —determinó Varone—. De esto ya me encargo yo.

Ricardo recogió el café en vaso de plástico, que había depositado en el suelo, y se distanció unos pasos de sus colaboradores. Bebió despacio, pensativo. Se sentía intrigado. Debía tener una charla con Ismael Wagner.

3

Después de comer, Alexander se sentó a reposar. Trece también había almorzado. El colega felino se aproximó con parsimonia al humano y se detuvo al lado de sus piernas. Este intuyó lo que el gato pretendía: subirse y acurrucarse con él. En principio, se negaba a que Trece anduviese encima del sillón y lo llenase todo de pelos. Pero, aparte de que había asumido que el felino hacía lo que le venía en gana cuando él no estaba delante, esa tarde, Alexander necesitaba sentirse acompañado. De modo que se mantuvo impasible, y le indicó que podía echarse una siesta ahí. Puso el televisor sin volumen. Durante unos minutos, se quedó traspuesto. Cuando despertó, casi olvidó todo aquello por lo que se sentía afligido. Mas, enseguida, volvió a acordarse.

Se frotó la cara para despabilarse. Tomó asiento frente a la mesa redonda, la misma en la que había cenado con Lara, Luka e Irene la semana anterior. Ahora, ese era su lugar de trabajo. Sobre ella, tenía su portátil, un barullo de papeles y los dos libros sobre eugenesia de la suerte que Luka había hallado. No iba a cejar en su empeño por resolver el "caso azafrán". No solo deseaba los datos acerca de su familia biológica. También pensaba que, si finiquitaba su vinculación con la Organización Heptágono, podría librarse de todas las sensaciones ambiguas y esquivas que esta le suscitaba. Suponía que, ahora que se había desvelado su relación con Lara Varone, sufriría incomodidades con Selena Myers y la animadversión irrevocable del alcalde Varone.

Había recopilado lo que sabía del caso en un documento de texto. Todo comenzó cuando Selena Myers le habló de lo que sucedía en las zonas pobres de la ciudad, donde diversas personas habían muerto al ingerir una droga de diseño. Se trataba de una droga desconocida hasta el momento, un polvo que dejaba unas manchas rojizas, similares a las de la especia azafrán, en las yemas de los dedos. Él había concentrado sus primeros esfuerzos en la distribución de la sustancia. Esto llevó a su primera incursión en las cercanías de la discoteca *El séptimo cielo*, donde acaeció su traspié con Travis Dixon. Después de indagar por aquel barrio, despertó las suspicacias de un tipo peligroso, un contrabandista llamado Alonso Yazpik. Intentó averiguar más sobre el personaje en el casino de la ciudad, *La rueda de la fortuna*. Y localizó a Yazpik, quien estaba implicado en algún pacto indefinido con la Policía, circunstancia que forzó su detención, lo cual también bloqueó, una vez más, la investigación de Alexander.

Al verse inmerso en dicho bloqueo, y gracias a los consejos de su hermana, optó por dirigir sus pesquisas hacia la producción, y no la distribución, de la sustancia. Siguió la pista de la composición química de la droga. Obtuvo un análisis aproximado que poseía la Organización. Luka, encargado de estudiarlo y compararlo con los informes de las autopsias de las víctimas, le dio una idea: que todo estuviese relacionado con algún objetivo fanático vinculado a la eugenesia de la suerte. La visita a las minas de la ciudad les condujo a un elemento fundamental en el caso: la empresa *Laboratorios Librae*, propiedad a su vez de otra empresa, de nombre *Sawatzki SL*. Esa no solo adquiría la materia prima de uno de los componentes químicos del "azafrán", sino que estaba implicada en los traslados de los cadáveres de las víctimas. Y, a pesar del enorme desastre que había sido la incauta "inspección" de los *Laboratorios Librae*, Alexander había obtenido algún dato interesante, nuevos hilos para tirar de la enrevesada madeja.

Durante la última semana, había tratado de ahondar en dos asuntos. El primero eran las notas que Luka le había pasado, junto a los libros sobre eugenesia de la suerte. Luka no era experto en Química, y confesaba que nunca le atrajeron las asignaturas de Farmacología de su carrera. Pero, aun así, había escrito algunas cosas curiosas. Al cotejar el análisis de la sustancia con las autopsias y los desvaríos de los libros, había llegado a una impresión, una que no podía contrastar pero resultaba convincente: que el "azafrán" alteraba aquellos factores bioquímicos del organismo que esos autores creían que interferían en los grados de suerte. Cuando Luka le explicó su teoría, Alexander no pudo sino reconocer que compartía esa impresión. El contenido del primer dogma volvía a destellar en su mente. La suerte era inviolable. Y se le antojaba que, de algún modo, la clave para esclarecer la cuestión se hallaba en la misteriosa Esther Sawatzki, sobre quien ni Irene ni él habían sido capaces de descubrir nada más.

El segundo asunto en el que había tratado de ahondar era en quiénes se hallaban tras *Laboratorios Librae*. Más de una vez había estado a punto de llamar a Ismael Wagner para pedirle que, dado que este decía conocer a los responsables de esa empresa, le revelase quiénes eran. Pero Ismael había insinuado que no aceptaría acusaciones que no estuviesen probadas. Así que Alexander buscó la manera de desenmascarar a esa gente por su cuenta. En un correo electrónico, hallado en aquella oficina, había visto dos direcciones: "pcallow" y "vk2010". Tras varios días de rastreo por internet, había dado con el perfil en *LinkedIn* de un tal Pete Callow, que figuraba como ayudante de laboratorio en *Laboratorios Librae*. A partir de ahí, había repasado todos los contactos de Pete Callow, y los de estos a su vez, en busca de alguien cuyas iniciales fuesen V y K. De esa manera, había encontrado a una mujer, llamada Vera, que encajaba con esas iniciales. Pero todavía debía esclarecer qué vinculaba a estas personas con la enigmática Esther Sawatzki.

Su repaso de toda la documentación y las anotaciones fue interrumpido por el sonido de su teléfono móvil. Alexander miró la pantalla, suspiró, y contestó:

—¿Dígame?

—Buenas tardes, Alexander. Soy Selena —dijo esta al otro lado de la línea.

—Buenas tardes —saludó él, escueto. Esa llamada era cuestión de tiempo.

—Creo que es hora de que fijemos nuestra reunión semanal —dispuso ella—. Por lo que tengo entendido, tiene que explicarme muchas cosas. Había pensado en esta noche.

—¿Esta noche? —preguntó Alexander, suspicaz. No lograba descifrar el tono de voz de Selena. Sonaba segura, como de costumbre, pero se preguntaba si también estaría irritada.

—Sí. Estoy al tanto de lo que ocurrió la semana pasada. Sé dónde fue, qué sucedió y quién le ayudó. Y creo que no deberíamos reunirnos en la propia Organización.

—¿Entonces?

—Venga a mi casa esta noche. Hablaremos.

Alexander seguía sin saber si Selena estaba enfadada. Lo que sí le quedó claro fue qué pretendía. La proposición, por sugerente que fuese, no le convencía. En cambio, en un abrupto arrebato, se escuchó a sí mismo responder:

—Allí estaré.

En cuanto la conversación acabó, se arrepintió de lo que acababa de hacer. ¿Tan desesperado estaba por olvidar a Lara? Tenía que cancelar esa reunión. Se sintió imbécil. Volver a intimar con Selena Myers no era buena idea, para nada. ¿Cómo iba a ayudarle eso? ¿Cómo podría ayudarle ella?

En ese momento, Alexander rememoró algo que había dejado en un rincón de su frágil memoria. La semana anterior, Selena le había dicho algo raro: que Sawatzki podía ser un apellido de casada. Una idea germinaba en su cerebro cuando el teléfono volvió a sonar. Deseó que fuese Selena para cambiar su cita. Pero escuchó otra voz.

—Alexander, ¿dónde estás? —dijo Luka. Su nerviosismo era evidente.

—Luka, ¿qué pasa?

—¿Dónde estás? —repitió Luka. Respiraba con agitación.

—En mi casa. Pero, Luka, ¿qué pasa?

—Vamos camino del hospital. Clarisa está de parto.

—¡Ah! Pero ¿todo bien?

—Necesito un favor. Ve a mi casa. Hemos dejado sola a mi abuela. Por favor.

—Eh… Bueno, claro. No te preocupes. ¿Va todo bien?

—Sí. Alexander, ve ahora mismo. Es muy importante.

Alexander estaba confuso. Sospechó que Luka le ocultaba algo.

—Vale, iré ahora mismo —dijo—. Tú mantenme informado. Y estate tranquilo.

Alexander se dispuso a colgar, pero escuchó que Luka todavía hablaba.

—¿Qué decías? —preguntó, al llevarse el aparato otra vez a la oreja.

—La llave. Hay una llave debajo de un tiesto, al lado de la puerta. Cógela.

—De acuerdo. Y prométeme que estarás tranquilo.

Alexander colgó. Y, con una confusión indefinida en su interior, corrió a vestirse.

4

Caminó a paso célere hacia la parada más cercana de la línea circular del tranvía. Estaba inquieto. La agitación que había percibido en la voz de Luka le había puesto nervioso. Dudaba que solo fuera el pavor ante la idea de convertirse en padre, algo que cambiaba la vida de manera permanente. El joven le había alterado de un modo extraño. Había cierto miedo en sus palabras.

Estuvo a punto de saltarse la parada de la calle de las Pizarras. Se apeó y echó a andar. Las viviendas del tramo en el que se situaba la de Luka y su familia eran bastante parecidas. Aun así, reconoció enseguida la casa de su amigo. Las zarzas y los rosales que abarrotaban el porche anterior se veían bastante secos. La puerta de la cancela chirrió cuando él la abrió. Entonces, se detuvo unos segundos a contemplar el cielo. La tarde era rara. En mitad de la difusa nubosidad, se había abierto un claro de débil luz vespertina.

En el suelo, a un lado de la puerta, Alexander se fijó en un viejo tiesto de barro, en el que el tallo deslucido de alguna planta, que ya había perdido sus hojas y flores, bailaba al son de la brisa otoñal. Comprobó que nadie le viera, se arrodilló, lo apartó a un lado y halló la sucia llave de la que Luka le había hablado. La cogió, le quitó un poco el polvo y la introdujo en la cerradura. Se adentró en la casa.

Pasado el recibidor, entró en el salón. El lugar estaba vacío y sombrío. Se acercó a la ventana y subió la persiana, que estaba bajada casi por completo, para que la lánguida luz de la tarde iluminase la estancia un poco más. Todo estaba tal como lo recordaba: cuadros y fotografías en las paredes, el sillón, la mesa con las sillas…; y, en una esquina del fondo, el acuario iluminado. Allí, experimentó la misma sensación de familiaridad que había notado en su anterior visita. También se percató del desorden. Imaginó que la salida hacia el hospital habría sido nerviosa y apresurada.

—¿Hola? —dijo, alzando la voz.

Nadie le contestó, pero escuchó un murmullo, el timbre de una voz amortiguada por las paredes, que procedía de la habitación que, junto al salón, la cocina y un cuarto de baño, había en esa misma planta. Pasó al pasillo, se dirigió a la puerta, la tocó con los nudillos y, mientras abría muy despacio, habló:

—¿Hola? Soy Alexander Berkel —anunció.

Se trataba de un pequeño y sencillo dormitorio. Las paredes eran blancas, desprovistas de cuadros u otros adornos. El suelo estaba cubierto de falso parqué. A la izquierda, a ambos lados de la ventana, vio un armario y una mesa, los dos de madera y diseño simple. Una claridad sorprendente entraba por la ventana, la cual daría a algún patio; como si, a un lado de la casa, el cielo estuviese nublado, y, al otro, se encontrase despejado. Frente a él, estaban la cama y la mesilla.

Betina Sikorski se había acostado, sentada con la espalda apoyada en un almohadón, con el resto del cuerpo tapado por una sábana y una manta fina. Su cabello, cano pero fuerte, había sido cepillado. Su piel, cuya textura se presumía frágil y quebradiza como si fuese papel, estaba llena de manchitas claras. Vestía un camisón blanco con bordados de hilo de oro. Respiraba con inspiraciones y espiraciones fatigosas e irregulares. Daba la impresión de que durmiese. Pero la anciana abrió los ojos, le miró, y musitó:

—Alexander Berkel. El tirador de dados.

—¿Perdón? —contestó Alexander. No la había oído bien.

—¿Cuándo has llegado? No siempre lo harás a tiempo.

—¿Qué? Eh… Luka me ha llamado.

—Sí. El siguiente ya viene.

—¿El niño? Sí.

—Los peces.

—¿Qué?

—Los peces —respondió Betina, de repente vigorosa—. Dales de comer. ¡Ve!

Desconcertado por el inconexo diálogo de la mujer, Alexander se dio la vuelta para ir al salón y cumplir con su petición. Según salía, escuchó de refilón cómo Betina murmuraba:

—Son los azules.

Él no entendía nada. Pero fue al salón. Se acercó al acuario, donde un montón de peces nadaba ajeno a las turbaciones del mundo exterior. Recordaba haberles alimentado con Betina la noche que Luka y Clarisa le invitaron a cenar. El bote estaba en un cajón cercano. Lo localizó. Echó comida a los peces. Al mirarles, se dio cuenta de que había unos que no estaban la otra vez. Eran chiquitines y de un llamativo azul eléctrico. Había varios. Los contó: en total, eran siete.

Regresó a la habitación. Betina continuaba recostada en el almohadón. Se tapaba con las sábanas como si tuviese mucho frío. Movía los labios. Parecía susurrar algo. A él se le ocurrió que era una nana. De repente, la anciana prorrumpió en un ataque de tos seca. Alexander se sentó a su lado y le acercó un vaso de agua de la mesilla. La mujer bebió y aplacó la tos. Él observó que, en la mesilla, además del vaso, había una cadenita de oro, unas gafas de montura y cristales gruesos, un bote de vaselina para los labios, y un librito de tapas duras verde claro, con una cinta a su alrededor, que tenía escrito en su portada: "2005 - ".

—¿Es un diario? —preguntó él.

Entonces, se percató de que la mujer respiraba con bastante dificultad. Asustado, posó una mano sobre su brazo, y dijo:

—¿Está bien? —Pero, al sentir la temperatura corporal de la anciana, exclamó—: ¡Betina, está usted helada!

Ella pareció recomponerse.

—Estoy bien —asintió.

—¿Seguro, Betina? Creo que deberíamos pedir ayuda, llevarla al hospital. Está helada.

—Estoy bien —repitió ella.

La mujer metió una mano bajo la sábana. Luego, la sacó y empezó a juntar y desunir las manos de una manera extraña, como si pasara algo de una a otra. A Alexander le pareció ver algo pequeño y oscuro con lo que, en efecto, ella jugueteaba. Iba a preguntarle qué era. Pero, para su sorpresa, ella formuló una pregunta clara y directa:

—¿Tú crees en la suerte?

Al decir aquello, Betina contemplaba el trébol de cuatro hojas, ese amuleto de madera que Alexander llevaba colgado al cuello y reposaba sobre su camisa blanca.

La pregunta pasmó a Alexander. Él mismo la había formulado seis años antes.

Recordó.

5

Era el otoño del año 2007. Las lluvias habían sido abundantes durante toda la semana. Por fin, las nubes dieron una tregua ese domingo. Y llegó el frío.

A su llegada a Ciudad Fortuna, Héctor había alquilado un piso para él y sus dos hijos en la calle de las Tahonas, una perpendicular a Tragaluces, en el barrio de Hornos. A veces, esas veces en las que parecía turbado y taciturno por motivos que nunca confesaba, subía a la azotea del edificio para meditar y estar solo.

Una vecina les había hablado de la actuación del coro escolar que, ese domingo por la tarde, iba a celebrarse en el salón de actos de un colegio público del barrio. Héctor convenció a sus hijos para que le acompañasen. Y, aunque al principio a Alexander e Irene no les motivaba la idea, los tres disfrutaron del bonito recital.

Más tarde, de vuelta a casa, Alexander vio cómo su padre salía del piso. Supuso que, como en otras ocasiones, iría a refugiarse a la azotea. Decidió ir con él. Había pensado mucho durante la actuación, y necesitaba conversar. Tal como imaginaba, encontró a su padre adoptivo en la azotea, donde siete chimeneas humeaban sin descanso.

Charlaron un rato sobre temas banales, hasta que Alexander tomó aire, y preguntó:

—¿Tú crees en la suerte?

Pudo ser la luz del anochecer, pero Alexander notó cómo el rostro de su padre se oscurecía. Pensó que este iba a enojarse. Pero, en cambio, Héctor, contestó con tranquilidad:

—¿Y tú? Dímelo. Sé honesto, sincero.

—¿Yo? —Meditó un instante, y respondió—: No.

—¿No? —inquirió Héctor, y le clavó su mirada—. Alexander, puedes decir eso todas las veces que quieras. Pero siempre que lo hagas, dentro de ti, sabrás que es mentira.

—¿Por qué?

—Porque para todo el mundo, y en especial para ti y para mí, no se trata ni de una opción ni de una decisión. Sencillamente, creer es la única alternativa realista.

—Entonces, crees en la suerte.

—Sí, como tú. Creo en la suerte y en todas las cosas que intento explicarte. Porque no nos queda otra opción, hijo. Es una cuestión de honestidad y sinceridad. Si no creyéramos, no creeríamos en nosotros mismos. Careceríamos de palabra. —El semblante del hombre se oscureció un poco más. Esa vez, Alexander supo que no era efecto de la luz del anochecer ni tampoco del enfado. Lo que había en su padre adoptivo era tristeza—. Somos fruto de la suerte. Ella dirige nuestro porvenir —añadió—. La suerte da, y la suerte quita.

A Alexander se le encogió el corazón al advertir la pena latente en esa última frase. Y deseó que su padre se desahogase alguna vez con él, que le confiase esos pensamientos que le atormentaban, los recuerdos que le herían. Se preguntó cuánto podía perder alguien por la suerte, y cuánto habría perdido su padre a causa de ella.

6

Betina continuaba jugueteando con algo entre sus manos. Las introdujo debajo de las sábanas, y se estremeció debido a un fugaz escalofrío. Sin dejar de mirar el trébol de madera que pendía del cuello de Alexander, declaró:

—De esos hay uno entre diez mil. Es algo raro, especial. Como tú, que eres uno entre tantísimos. Son cuatro. Para la esperanza, para la fe, para el amor. Y para la suerte.

—¿Se refiere a los tréboles de cuatro hojas? —preguntó Alexander, confundido.

—Sí. Pero te he hecho una pregunta. ¿Tú crees en la suerte?

Alexander respiró hondo, pensó en Héctor, y respondió:

—Para mí, creer es la única alternativa realista.

—¿Y si pudieras no creer?

—No lo haría.

Betina asintió con la cabeza, despacio, meditabunda. Rumiaba esas respuestas.

—Curioso, pero normal —añadió— viniendo de un gafe.

Alexander dio un respingo, asombrado por lo que la anciana acababa de decir.

—¿Qué te pasa? —dijo la anciana—. ¿Acaso te asustas de tu propia tara?

—¿Por qué ha dicho eso, Betina? ¿Cómo lo sabe? ¿Se lo ha dicho Luka?

De repente, Alexander se sentía desprotegido, expuesto ante la mujer como si se hallase desnudo. Todavía no había encontrado el momento para explicarle a Luka la maldición con la que había nacido y la razón principal por la que investigaba el "caso azafrán".

—No, no me lo ha dicho él —explicó Betina—. Aunque, por si lo dudas, Luka se ha dado cuenta. Lo que ocurre es que yo ya lo sabía. Lo había visto. Sabía que vendrías.

—¿Sabía que yo vendría? ¿Quiere decir que sabía que yo vendría aquí hoy? —interrogó Alexander, a quien desconcertaba la críptica manera de hablar de la mujer.

—No. Perdóname. Para mí, el tiempo es escaso. El camino se torna oscuro. Me cuesta expresarme con la claridad de la mañana. Llega ya mi noche. Digo que supe que tú llegarías a Luka, a su vida, a la vida de mi nieto. Sabía que lo harías una noche que irías a su hospital detrás de esa incauta chiquilla, la que llevaba las uñas pintadas de rosa. ¿Fue así?

Ahora fue Alexander quien sintió un escalofrío por toda su espalda. Esas palabras no solo alcanzaban sus oídos, sino que entraban en su mente y su corazón. ¿Cómo era posible que la anciana supiese aquellas cosas? Incrédulo, le palpó la frente por si, tal vez, delirase debido a la fiebre. Pero la frente de Betina estaba tan congelada como el resto de su cuerpo. No deliraba. Sin embargo…

—¿Cómo puede saber esas cosas? —inquirió Alexander, casi atemorizado.

—Porque te vi, Alexander Berkel. Como veo muchas cosas. Es mi don.

—¿Intenta contarme que usted puede ver el futuro?

—¿El futuro? No, no tiene por qué. Puede ser futuro, pasado o presente. Lo que yo veo es la suerte.

En condiciones normales, Alexander habría rechazado de plano cualquier afirmación de esa clase. No obstante, esa tarde, en esa casa, en compañía de aquella anciana que le parecía extraordinaria, experimentó una certeza y confianza impropias de él: presintió que Betina decía la verdad; que no debía dudar en ningún momento. Fascinado, conversó con ella.

—¿Cómo se ve la suerte? —quiso saber. Una inusitada curiosidad le había poseído.

—Lo he hecho toda mi vida, antes incluso de entender lo que hacía. Aun así, me resulta difícil de explicar. La suerte… —Betina dudaba—. La suerte, unas veces, se ve; otras, se oye. Pero yo creo que, sobre todo, se toca. Hay una textura alrededor de las personas. No es un aura en sí, porque no se puede conseguir ver, aunque, al mismo tiempo, sí se vea algo. Yo lo hago. Es lo que hago. Es una membrana que nos envuelve. La suerte nos protege, nos lleva allá donde vayamos en este mundo. Hay personas que poseen una suerte más fuerte, más gruesa. Pero otras tienen una suerte débil y fina, que se quiebra con facilidad. Hace que el brillo de las personas se reciba de manera diferente. Hace que sus voces se escuchen con ecos distintos. ¿Sabes? Hay personas que abusan de su suerte. Esas huelen raro, porque se pudren. He besado a gentes de varias suertes. Sí, besaba mucho. Era muy guapa. Y, al besar, he sentido la esencia de la suerte: si eran honradas o deshonrosas, si había cicatrices en ellas o si, aunque fueran fuertes, se resquebrajaban. El remordimiento y la inquina saben fatal. Al final, cuando dos personas se aman, sus suertes se llaman.

Alexander, impresionado por las palabras de Betina, anhelaba conocer más y más.

—¿Cómo se ve la suerte de un gafe? —interrogó.

—Posee poros, aristas y espinas —explicó ella, tras reflexionar—. Hay suerte en un gafe. Todos tenemos suerte. Pero se le escapa por las hendiduras, no puede retenerla. Tiene filos capaces de dañar a los demás. Y las espinas pueden herir la suerte de quienes se aproximan demasiado si no se andan con cuidado. Y a ellos, entonces, se les escapa también la suerte.

Al escuchar eso, Alexander recordó con congoja a Lara, herida por sus espinas.

—Y parece rígida —agregó Betina—, pero, en realidad, no lo es. La suerte de los gafes se ondula, hasta se estremece. Pues ellos mismos temen sus taras. Tiemblan. Y se les ve.

—¿Así soy yo?

Betina no contestó a aquello. En cambio, anotó:

—La suerte es una brizna. Tú las has visto, ¿verdad?

—Sí —afirmó Alexander, en un lamento, sobrecogido al rememorar cuando había mermado la suerte de otras personas, lisiándoles con su mal fario, gafándoles.

—¿Lo has hecho?

—Sí. Sale de ellos, pobres infelices, y se evapora. No es para mí. Se va. Pero deja una huella. Y esa huella nunca se marcha. Permanece indeleble para toda la vida.

Betina respiró hondo. Le costaba hacerlo. Se le notaban silbidos y estertores en el pecho. Se recolocó sobre el almohadón. Buscaba una postura más cómoda. Sus manos seguían debajo de las sábanas. Parecía que tiritaba un poco. ¡Se la veía tan débil!

—Sí es un diario —detalló, sobre el librito que tenía encima de la mesilla, en alusión a una pregunta de Alexander que antes había dejado en el aire—. Los escribo para recordar. Porque hay veces que veo tanto que no soy capaz de contenerlo todo. No sé cuántos habré escrito en tantos años. ¿Sabes qué edad tengo? Ochenta y nueve ya. Y ahí me voy a quedar. ¡Madre mía!, ¡tantas cosas…! —suspiró.

—¿Ha vivido siempre con Luka?

—Casi siempre, sí. Desde que él era muy pequeño. Se quedó huérfano, mi niño.

—¿Luka es huérfano?

—Sí, pero no como tú. Él perdió a sus padres. Tus padres te perdieron a ti.

—Betina… —Alexander percibía el acelerado latido de su corazón—. ¿Sabe usted quiénes eran mis padres?

La mujer le observó. Él sostuvo su mirada. Contuvo la respiración. Advirtió una mueca remisa en sus labios: era pena. Y comprendió algo que le descorazonó:

—No me lo va a decir.

—Es mejor no saber.

—Pero ¿por qué?

—El mío es tres. El tuyo fue la medianoche.

—¿Cómo? No la entiendo, Betina. Por favor.

La mujer sufrió un fuerte ataque de tos. Su pecho convulsionó con violencia. Por unos segundos, pareció que se ahogara. Alarmado, Alexander le acercó otra vez el vaso de agua. Ella bebió un sorbo que aplacó el ataque. Él tocó su brazo y advirtió que, además de tiritar, estaba todavía más fría.

—Betina, ¡ya está bien! Hay que pedir ayuda y llevarla al hospital.

—No, ahora no —rogó ella—. Ya van. Son siete.

—¿Qué?

Betina se recostó en el almohadón con un quejido. Respiró regular y profundamente. Cerró los ojos. Debajo de la manta y la sábana, seguía jugueteando con un objeto desconocido entre sus manos.

De ese modo, pronunció, con una voz dulce, nítida y un tanto monocorde, una serie de frases. Esa tarde, él no se dio cuenta, mas, en muchas ocasiones posteriores, Alexander recordaría aquellas palabras de gran valor.

—Sigue el pergamino. Síguelo hasta las profundidades. Y ella la verdad encontrará.

Betina inspiró y espiró.

—La mujer tiene manchas. Y te llama porque se arrepiente mucho.

Inspiró y espiró.

—Ahora contigo, pero ¡tanto se perderá! Se hundirá en el centro de la oscuridad.

Inspiró y espiró.

—Mas con él, con ella, con ella y con ella, tú te reencontrarás.

Inspiró y espiró.

—Por ti, perderá el amor y la suerte. Pero, ¡oh!, no hay alternativa.

Inspiró y espiró.

—Hay dos mujeres. Hay un vínculo de muerte. Hay una cacera de sangre.

Alexander creyó que se mareaba, incapaz de entender y asimilar el significado profundo de lo que Betina decía. Por un instante, notó un sabor a sangre en la boca. Cerró los ojos y trató de sosegar su respiración. Se asombró al sentir que quería llorar, sin descifrar el porqué. La anciana acababa de hablar de una "cacera de sangre". Y él, en las tinieblas de su memoria, vio a una mujer sangrando.

7

El día es muy luminoso. La brisa hace bailar los visillos de la ventana. El caserío se llena de la luz de esa tarde en la que apenas se oyen ruidos y, por un instante, ya no hay penas. El niño tiene hambre. Se muerde el labio, impaciente.

La cocina es grande. La madera de los muebles es como la de las paredes: dura, oscura, veteada. Casi todo es marrón. Hay botes con conservas. El refrigerador zumba. En la pared, un cuadro enmarcado representa en relieve el esqueleto entero de un pez. El niño está sentado en una silla, en la mesa. Le cuelgan las piernas.

La mujer pelirroja está de espaldas a él. Prepara la merienda al lado de la ventana. Es alta, lozana y hermosa. Su melena es recia, larga y ondulada. La luz del Sol, que es como fuego, se cuela y refleja entre sus rizos. Ella sonríe. Y el niño piensa que si ella le sonríe, si ella sigue allí, todo irá bien. Y, por eso, la quiere.

Se le hace la boca agua. Ella le prepara una rebanada de esponjoso pan blanco en el que unta mermelada de fresa. Esa mermelada es muy roja. No hay nada más rico. Pero, de repente, ella chilla y suelta el cuchillo, con el que se ha cortado en un dedo.

La sangre sale del dedo. Alexander, asustado, empieza a gimotear.

8

La tarde transcurrió de un modo imperceptible. Alexander permaneció casi todo el rato sentado en un rincón de la cama, junto a Betina. Se levantó en un par de ocasiones para rellenar su vaso de agua. La claridad vespertina que entraba por la ventana del cuarto se atenuó y, para cuando pudieron darse cuenta, la noche otoñal ya había caído. Encendieron la

207

lámpara que había sobre la mesita de noche. Él pensó que, aunque debían haber pasado varias horas, una impresión peculiar le hacía sentir que, en ese dormitorio, el tiempo se había detenido.

A lo largo de aquellas horas, durante los ratos en los que Betina estuvo despierta y se mostraba lúcida, Alexander averiguó algunos detalles de la larga vida de la mujer. El diálogo que mantuvieron fue incompleto, inconexo e irregular, pero suficiente para que él vislumbrara la apasionante trayectoria que la anciana había vivido. Ella había sobrevivido a las atrocidades de la Segunda Guerra Mundial. Había conocido a más personas como ella. Había trabajado en una biblioteca infantil de la ciudad. Había enseñado a adultos iletrados. Atesoraba instantes de la niñez de Luka. Y mencionó varias veces un "círculo de amigos".

El estado de Betina empeoró. A Alexander le parecía que la anciana intentaba disimularlo. Pero la dificultad con la que respiraba, el murmullo del estertor que subía y bajaba por su garganta, la temperatura gélida y el constante temblor denotaban la gravedad de su estado. Él insistió varias veces en que debían pedir auxilio y trasladarla al hospital. En cambio, la mujer continuaba empecinada en no abandonar la casa, y aseguraba que pronto estaría mucho mejor. Él solo pudo abrigarla con otra manta, que encontró en el armario, y acercarle el vaso de agua para que paliase la sequedad de su respiración con breves sorbos. Cuando se hizo la noche y encendieron la lámpara, se percató de que no habían tenido noticias de Luka. Supuso que el parto acontecería con normalidad, y deseó que no hubiese complicaciones.

Durante unos segundos, Alexander creyó quedarse traspuesto. Cuando abrió los ojos, vio que Betina también los tenía abiertos. Esta miraba hacia la ventana, aunque era como si atisbase mucho más allá de aquellos visillos.

—¿Tiene hambre? —preguntó él.

—No —respondió ella, cansada.

—¿Seguro? Puedo prepararle algo.

—Un hombre hacendoso, eso es interesante. ¿Estás acostumbrado a estar solo?

—Sí, ya lo creo. Suelo estar solo.

—Pero yo lo que te pregunto es si estás acostumbrado a ello, no si lo estás.

—Sí, estoy acostumbrado a estar solo. Lo estoy.

—Sí, lo estás. Lo sé. Te has habituado. Esa es tu perdición.

—¿Por qué?

—Porque si estás solo, estás perdido. No te acostumbres a ello, Alexander Berkel. No huyas. La vida es soledad y compañía a partes iguales; a veces, sin lógica alguna. Uno puede verse rodeado de gente y creer que está completamente solo. Y puede estar solo, pero saber que cuenta con gente. Esa es la mejor compañía de todas.

Alexander caviló sobre el consejo de la anciana. Poco después, Betina añadió:

—No conoceré a mi bisnieto.

—No diga eso, Betina.

—¿Por qué no, si es verdad? Sé que no le conoceré. Lo sé desde antes de que él fuese concebido. Mi bisnieto y yo somos eslabones contiguos de la misma cadena. Él llega y yo me voy. Es así.

Tranquila, como si lo que acababa de manifestar no le afectase, cerró los ojos de nuevo. Lo que había dicho y la fragilidad que inspiraba emocionaron a Alexander, quien notó cómo se le hacía un nudo en el estómago y subía hasta oprimirle la garganta. Sobrecogido, ocultó el rostro entre sus manos, temeroso de estar a punto de romper a llorar. Pugnó por dominarse. Le faltaba el aire. Comprendió, asombrado, que tenía miedo de que Betina se marcharse, de quedarse solo.

—Betina, por favor… —musitó.

Betina volvió a inspirar y espirar profundamente. Lo hacía con menor dificultad. Sacó las manos de debajo de las sábanas. Seguía jugueteando con algo que pasaba entre ellas. Parecía hallarse en el mismo trance que había experimentado antes. De ese modo, con palabras nítidas, pronunció su séptimo y último vaticinio:

—Y el dos suma siete.

Después, no dijo nada más. Respiraba con lentitud y los ojos cerrados. Movió los labios un par de veces, como si, tal vez, soñase. Mas no produjo sonido alguno. El objeto con el que jugaba se quedó en una de sus manos, la cual movía despacio los dedos. La tiritera remitió En unos minutos, se quedó quieta: sus manos, su pecho, su cara…; todo estático. Efectuó una última espiración acentuada y prolongada, en la que debió expulsar todo el aire residual que permanecía en sus pulmones.

Al morir, los dedos de su mano se relajaron por la pérdida del tono muscular. Así, se abrieron y permitieron que los objetos con los que jugaba resbalasen por la superficie de la cama y cayesen al suelo, al lado de Alexander.

Él los miró. Se trataba de dos dados viejos bastante pequeños. Su superficie estaba pintada de un ajado negro. Sus diminutos puntitos eran blancos. Al caer, habían quedado con las caras del dos y el cinco hacia arriba. El resultado era siete.

Alexander se incorporó. Contempló el plácido rostro de Betina. Una lágrima suya cayó sobre la mejilla de la anciana. Se la limpió con cariño. Le juntó las manos. Alisó la sábana y las mantas. Se acercó a la ventana y observó el cielo. No había nubes. Brillaban las estrellas. No sabía ni qué hora era.

9

Luka Miller lloró. No lo pudo evitar, pero no le dio vergüenza. Era curioso cómo, en un simple instante, se podían descubrir emociones que ni siquiera se habían sospechado en toda la vida previa. Una certeza inusitada le estremeció. Supo, sin lugar a dudas, que nada volvería a ser como antes. Muy pocos hechos lograban revelarse como un hito tan irrompible. El pasado y el futuro se fundían en un presente irrepetible. Él lo sabía.

Clarisa, su esposa, su amor, la única mujer de la que se había enamorado, acababa de dar a luz a su primer hijo. Desde que ella saliese de cuentas, el fin de semana anterior, Luka había vivido con un pavor constante desde que se levantaba hasta que se acostaba, incluso mientras dormía, en sueños. Sabía que era habitual que, en las mujeres primerizas, el alumbramiento se retrasase. De hecho, era consciente de que Clarisa se encontraba en perfecto estado y no existía ningún indicio negativo. No había, por tanto, motivos para la preocupación. No obstante, con todo, se sentía aterrado. Esa sensación de que las cosas iban a cambiar para siempre le daba mucho miedo. La pérdida le mortificaba.

Fueron siete horas de parto. En efecto, no hubo complicaciones. El recién nacido era un varón de peso y talla normales. Tenía una pelusilla oscura, sucia y arremolinada en la cabeza. Se le veían las fontanelas. Su piel, suave, poseía un brillo increíble. Lloró. Abrió los ojos un instante:

sus iris parecían claros, aunque era muy pronto para discernirlo. Los test iniciales indicaron que estaba sano.

Luka, que había ayudado a su esposa, recibió felicitaciones del equipo médico que había asistido el parto, todos ellos compañeros suyos del Hospital Santo Damián. Después de evaluar y limpiar al bebé, se lo entregaron al padre. Este volvió al lado de Clarisa, y le presentó a su hijo. Ella estaba bastante cansada, pero abrió los ojos asombrada:

—¡Es precioso! —exclamó. Con soltura, sin dudas, guiada por el instinto, cogió al niño y lo posó encima de su pecho. Miró a su marido, y dijo—: Te quiero.

—Te quiero —contestó él. Y volvió a llorar.

No solo lloraba por el nacimiento de su hijo. Lloraba por la muerte de su abuela.

Una tarde del verano anterior, en la que Clarisa había salido para hacer unas compras, después de dar de comer a los peces, Betina habló a su nieto del augurio relativo al don que ella y el niño en camino compartirían. En el mismo momento en que la criatura naciese, ella exhalaría su último aliento. A Luka se le partió el corazón, puesto que su abuela nunca erraba.

De modo que, entre lágrimas, esa noche de noviembre, Luka dijo adiós a su abuela materna, la persona que le había querido y criado. Y dio la bienvenida a su hijo, el nuevo eslabón de una larga y pesada cadena.

10

Durante las campañas electorales, Ricardo Varone apenas dormía cuatro o cinco horas diarias. Cada noche, caía rendido en la cama y se quedaba traspuesto enseguida. Sin embargo, aquel miércoles, se levantó cansadísimo. No había logrado conciliar el sueño. Un tema al que no hallaba explicación le impedía relajarse.

Antes de ducharse y bajar a desayunar, comprobó sus mensajes y el plan de la jornada. Esa mañana, asistiría a un acto que ensalzaría las obras de ampliación y mejora efectuadas en el tranvía a lo largo de la legislatura. Entre otras cosas, el tendido del lado oeste de la ciudad se había mimetizado con el entorno, y la catenaria se había eliminado en la línea circular. Por el contrario, todavía no se habían construido las conexiones para Sageco y Majstro. Entretanto, su equipo le había reservado toda la tarde, igual que haría su oponente en los comicios, para la preparación del debate electoral que se celebraría la noche del día siguiente. De todos modos, las encuestas le daban como vencedor de antemano.

Su esposa ya había desayunado y Lara todavía dormía, por lo que no coincidió con ellas. Ambas le habían esquivado toda la semana. Solo había visto a Casandra en los eventos de campaña a los que debían acudir juntos. Se bebió un café rápido y engulló un par de tostadas. Cuando salió al porche, Carlo ya esperaba con el coche listo. Ricardo debía encarar cierto asunto antes de retomar su agenda.

Como siempre que abordaba una campaña, había solicitado dos semanas de permiso vacacional en la Organización Heptágono. Prefería actuar así porque más de uno allí consideraba que su trabajo en la política le impedía dedicarse a su cargo como era debido. Por eso, esa mañana, las personas con las que se topó en la sede de la Organización mostraron una visible sorpresa. Algunos le saludaron con mayor o menor simpatía. Él fue directo al despacho de Ismael Wagner.

La oficina del director general era la única ubicada en el séptimo piso del edificio. La sala era inmensa. Estaba dividida en varios espacios por el mobiliario y la decoración. En el centro, contaba con el espacio para el escritorio. A un lado, se situaba otra mesa, de forma ovalada, para reuniones selectas. Al otro, aparte de una mesa baja y unos sillones, se hallaban varias librerías repletas de muy diversos libros y objetos. Todo allí era suntuoso: una larga cristalera que recorría toda una pared y daba a la avenida Sageco, paredes revestidas de madera, alfombras, pinturas, murales, etc. La oficina poseía su propio cuarto de baño, un cuarto privado para archivos destinados solo al director, y un acceso exclusivo al salón de claustros. A Ricardo le encantaba ese sitio.

Se limitó a tomar asiento en una de las sillas que había frente al escritorio central. Aguardó mientras observaba la confortable butaca de su superior. Este se presentó pocos minutos después. Aunque Wagner siempre era cordial y disimulaba sus reacciones, Ricardo percibió que su inesperada visita le había enervado.

—No te esperaba —saludó Ismael—. Creía que te dedicabas a otras cuestiones.

—¡Qué curioso! Es justo lo que yo venía a decirte.

—¿Disculpa? No te sigo.

—Ismael —dijo Ricardo, muy serio—, tengo prisa. Mi horario está programado al minuto. Así que, por favor, explícame rápidamente por qué Martin Krane vigila y, según parece, protege a Alexander Berkel. No disimules. Sé bien que Krane trabaja para ti.

Ismael clavó su mirada en él. Por un instante, a Ricardo le dio la impresión de que incluso había dejado de respirar.

—¿Vas a compartir tus pensamientos conmigo? —le preguntó.

—No lo descarto —respondió Wagner.

Esa clase de cosas exasperaba a Ricardo. Detestaba el modo de ser y de comandar la Organización de Ismael. No dudaba de que él podría hacerlo todo mucho mejor, con más éxito. Harto, se puso en pie y estuvo a punto de irse, hasta que Ismael debió decidirse y, al fin, habló a su espalda:

—Espera —le pidió—. Si de verdad quieres saberlo, escúchame.

—¿Qué he de escuchar?

—Esto es grave, Ricardo. Sé que no somos precisamente compatibles. Pero somos los dos cargos ejecutivos más altos de Heptágono. Debemos postergar nuestras diferencias y cualquier ambición personal para abordar, con frialdad, seriedad y sin fanatismos, lo que está sucediendo. Este fue el motivo por el cual te seleccioné.

—Pero ¿de qué hablas? —replicó el alcalde—. Ahora soy yo quien no te sigue. Y tengo prisa.

—Ricardo, vigilo y protejo a Alexander Berkel por su valía, su tremenda valía, para aquello que la Organización vigila y protege. Estoy seguro.

—¿Seguro de qué?

—De que, de alguna manera, la Sibila habla de él. El séptimo dogma habla de él.

Atónito por un momento, Ricardo no supo si reír o gritar. Presintió que el desayuno se le iba a indigestar. Su asombro debió advertirse en su cara, pues Ismael añadió:

—Créeme, Ricardo.

Al sentir cómo la furia volvía a correr por sus venas, Ricardo se acercó con talante amenazador a Ismael, y le espetó:

—Lo que creo es que desvarías. Has perdido el norte. Ese tipo no es más que escoria —aseveró, con repugnancia e inquina en su voz—, ¡y nada más!

Supo que si se quedaba allí pegaría al estúpido de Ismael Wagner, así que se marchó con un sonoro portazo, y maldijo una vez más a Alexander Berkel.

11

Lara Varone estaba triste. Pero en absoluto se daba por vencida. Esperaba el momento oportuno para actuar. A pesar de la insoportable lentitud con la que pasaban los días, y la impotencia que le oprimía el pecho cuando se iba a dormir, no le cabía la menor duda de que volvería a ver a Alexander. Solo deseaba que él estuviera bien.

Su día a día consistía en una rutina coartada y desquiciante. Tal como su padre aseguró que sucedería, solo podía salir de casa para ir a los ensayos y representaciones de la compañía. Carlo Ferrara o algún chófer la llevaba y traía. Seguían unas pautas muy estrictas en cuanto a horas y lugares de recogida. Carlo, que solía jugar con ella y le regalaba caramelos a escondidas cuando era una niña, le sonreía con cierta lástima, quizá disgustado por tener que desempeñar esa tarea. Lara se mantenía inexpresiva y callada en todo momento. No culpaba al pobre Carlo, pero estaba muy enfadada.

En casa, trataba de no coincidir con su padre. En las contadas ocasiones en que le había visto, ni siquiera le había dirigido la palabra. No había dejado de quererle. Eso, a pesar de todo, se le antojaba inconcebible. Pero el modo en que él la trataba confirmaba el tipo de persona que su padre era y la vida que quería para su hija. Y ella, harta y afligida, había asimilado que, si aspiraba a ser feliz, debía distanciarse de todos los sentimientos negativos y las malas maneras que Ricardo Varone aglutinaba en su interior.

Tampoco hablaba a su madre. La defraudaba su postura sumisa y conformista ante la dictadura que su padre llevaba a cabo con ella a sus veinticinco años. Así que la única con la que Lara conversaba durante las largas horas que estaba en casa era su querida Nizza. Esta se convertía en su alivio para soportar la situación.

No obstante, ese miércoles por la mañana, Lara tuvo que reconocer que había juzgado a su madre a la ligera. Ella realizaba unos ejercicios sobre la alfombra de su dormitorio cuando la mujer entró con sigilo en la habitación.

Casandra Varone tenía dos años menos que su marido. Era una mujer que, a pesar de no poder ocultar su edad, desbordaba una elegancia y belleza innatas. Poseía el cabello azabache que su hija había heredado, aunque ella lo llevaba cortado a media melena. El iris de sus ojos tenía un singular tono ceniza. Era delgada, de anatomía frágil.

—La *troupe* de tu padre se ha ido —dijo, con su suave voz. Cuando era joven, Casandra había cantado en una coral, en la que destacó. Esa faceta artística era otro de los aspectos positivos que se habían reproducido en su hija.

—¿Cómo? —preguntó Lara.

—Que no hay nadie en casa, así que date prisa.

Estupefacta, Lara no entendía a su madre.

—¿Qué quieres decir?

Entonces, Casandra tomó las manos de su hija entre las suyas. Ese contacto sorprendió a Lara, pues se percató de que hacía tiempo que su madre y ella no compartían aquella intimidad única. Las dos habían sido tácitamente anuladas por su padre.

—Lara —dijo la mujer—, mereces la felicidad. Y, por desgracia, en ocasiones, las cosas que nos hacen felices no son ni seguras ni sencillas. Yo no puedo animarte a que vayas con ese gafe. La idea me aterra. Pero sí debo ayudarte a ser libre y feliz. Sé cuál es la agenda de tu padre y cuándo estará en cada sitio. Tú confía en mí, vuelve siempre a la hora que yo te diga, y me encargaré de que ninguno de sus gregarios se entere de que no estabas aquí. La asistenta ha salido a hacer la compra, así que ahora es el momento perfecto para irte.

—¿Hablas en serio, mamá? —interrogó Lara, tan sorprendida como agradecida.

—Hablo en serio, Lara. Pero júrame algo —añadió Casandra, en tono muy grave.

—¿Qué?

—Que tendrás mucho cuidado. Conoces la verdadera suerte. Tu padre te ha enseñado sus dogmas. Ten mucho cuidado. No quiero arrepentirme de esto toda la vida.

—No lo harás, mamá —aseguró Lara. Abrazó a su madre como hacía demasiado tiempo que no ocurría. Le entristeció comprender cuán infeliz debía ser Casandra.

Así, con la inestimable colaboración de su madre, Lara pudo salir de casa sin que nadie se percatara de su escapada. Tenía el tiempo contado para llegar a la calle de los Tragaluces y reencontrarse con Alexander, antes de tener que regresar a casa y permitir que Carlo o algún chófer la llevase al teatro.

El viaje en tranvía fue complejo y apurado. En el trayecto, se contuvo para no enviar ningún mensaje a Alexander. Temía que este no estuviese en casa y que tanta peripecia por las líneas del tranvía fuese en balde. Pero estaba segura de que su padre era capaz de cumplir su amenaza de controlar sus llamadas y mensajes.

La ventura les reunió en mitad de la calle. Lara andaba apresurada hacia el portal de Alexander cuando reconoció la espalda del hombre, que caminaba pocos metros delante de ella. Llevaba una bolsa en la mano, vendría de comprar algo. Ella gritó su nombre entusiasmada. Él se giró pasmado. Salvaron la distancia que les separaba. Se miraron el uno al otro sin saber qué decir. Lara supuso que ambos pensaban lo mismo: ¿qué iban a hacer? Pero, en ese justo momento, eso les dio igual. Solo se besaron.

12

La ventura quiso que les viera juntos. El devenir habría sido completamente diferente si el taxi se hubiese retrasado, si el conductor hubiese tomado otra ruta o si más semáforos se hubiesen puesto en rojo. Pero llevaba varios días inquieta ante la sensación de que había perdido su influjo y atracción sobre Alexander Berkel.

Selena Myers había tentado mucho a su propia suerte. Y la había gustado. Volver a jugar con el riesgo, años después de cierta relación que la marcó, la había excitado y despertado de un larguísimo letargo. Ahora entendía lo atrevido que era apostar lo más preciado. Cuando Ricardo Varone le ordenó que fuese el enlace entre Berkel y la Organización en la investigación del "caso azafrán", ella receló en un primer momento. La idea le repelía. Además, opinaba que existían hilos de los que ellos aún no habían tirado. Sin embargo, Ricardo la coartó. En cambio, en cuanto conoció a Alexander en persona, no pudo evitar sentir una peligrosa atracción.

Acostarse con él fue un desliz personal y profesional. El juego de seducción escapó de sus manos. Lo había pagado con el período de quebranto. Por ello, después, fue arisca y distante. No obstante, cuando los efectos del devaneo se pasaron, la atracción y la tentación brotaron de nuevo. El rescoldo de esa noche no se había apagado. De hecho, había avivado las cenizas de aquella relación pasada que Selena creía superada, por mucho que tantas huellas continuasen patentes en su existencia. Así, intentó acercase otra vez a Alexander. Pero este no la correspondió.

Selena continuaba convencida de que la contratación de Alexander no era casual. Desconocía las intrigas existentes entre Ismael y Ricardo, pero persistía en ella el presentimiento de que se avecinaba un cambio crucial en la Organización. Intuía que pronto tendría que decantarse por uno de los dos. Por alguna razón que no era capaz de explicar, pensaba que controlar a Berkel y el "caso azafrán" podía ser una gran baza a su favor en ese posible escenario. Con este motivo, dispuesta a medrar en Heptágono, tomó prestado un equipo de rastreo de los centinelas y colocó el minúsculo emisor en un bolsillo interior de la cazadora del gafe.

Observar los movimientos de Alexander se había convertido en su pasatiempo preferido. La visita nocturna del hombre a los *Laboratorios Librae*, que ella descubrió a la mañana siguiente, la escamó bastante. Su intriga aumentó al enterarse también del conflicto con la Policía y la intervención de Ismael. Temía que una alianza entre Berkel y Wagner pudiese fraguarse a sus espaldas. Y aquello no le agradaba.

Creyó que volvía a cautivar a Alexander cuando, el día anterior, este accedió a quedar en su casa. Sin embargo, conforme él se retrasaba más, ella se convenció de que le había dado plantón. Enojada por la situación, encendió la consola de seguimiento del equipo de los centinelas y localizó la posición de Berkel. Este se encontraba en un domicilio de la calle de las Pizarras, en la mitad septentrional del barrio de Hornos. Supuso que el hombre habría preferido cualquier otro plan en lugar del suyo.

Pasó una mala noche. Le costó conciliar el sueño. La cuestión de Alexander Berkel representaba una verdadera dicotomía para ella. Le deseaba y, al mismo tiempo, le temía. Porque el gafe había revelado una capacidad inesperada para resucitar pulsiones reprimidas en ella. Se estaba obsesionando, volvía a hacerlo. Y era consciente.

A la mañana siguiente, cansada, fue al trabajo. Allí, sopesó la posibilidad de telefonear a Alexander para exigirle una explicación y reprobar su falta de respeto. Necesitaba exteriorizar todas las malas vibraciones que sentía dentro. Pero decidió que era mejor mirarle a los ojos y analizar la verdad de sus palabras.

Llamó a un taxi. Más tarde, este circulaba ya por la calle de los Tragaluces, ubicada en un barrio por el que ella no había transitado antes. El taxista paró en doble fila y anunció que habían llegado a la dirección solicitada. Desde el interior del vehículo, Selena miró el portal 91. Se disponía a salir cuando reconoció a Alexander, que caminaba hacia allí. Aunque, en ese momento, algo debió reclamar la atención del hombre, puesto que se dio la vuelta y se reunió con una persona, con quien se fundió en un largo beso.

Hacía años que Selena ya no tenía a su hermana. Desde entonces, se había prometido que ya no añoraría a nadie más. La pérdida era su desgracia prohibida. Por ello, ese día, se enfadó consigo misma por haber pretendido volver a dominar, a poseer. Porque anhelaba a Alexander Berkel. Mas comprendió que otra mujer le había seducido. Descubrió que existía un obstáculo. Los celos surgieron al instante. Si bien mayores incluso que sus celos fueron su asombro, su inquina y su rabia al reconocer el rostro de la hija del alcalde.

CAPÍTULO VIII

Noche de elecciones

1

Alexander Berkel nunca había estado a gusto en compañía o en convivencia. Siempre optaba por estar a solas, por hallarse en la más aislada intimidad. Además, prefería los espacios conocidos a los lugares públicos. Como tantos otros rasgos de su personalidad, esto se debía a su traumática infancia, a su evidente desarraigo y al hecho de ser gafe. Porque, en su opinión, ahí donde solo estaba él no había nada que temer ni era posible hacer daño. Mas la soledad era una espiral que podía llegar a ahogar.

Toda su vida, desde que guardaba recuerdos, había querido vivir solo, donde nadie le molestase. Esto era consecuencia de los años que estuvo en el orfanato. Allí, los otros niños, como si presintiesen que había algo malo e impuro en él, siempre le trataron mal. Fue el blanco de bromas muy pesadas y travesuras que rebasaban los límites de la maldad. Había crecido con temor a las noches, cuando se metía en la cama y se sentía amenazado y desprotegido.

Más tarde, Héctor le adoptó y le llevó a vivir con él y la pequeña Irene. Las cosas cambiaron mucho, aunque con lentitud. A él le costó librarse de ese constante recelo que le llevaba a separarse de cualquiera. Debía reconocer que resultó muy gratificante comprender que ya no tenía por qué dormir en tensión ni mirar atrás cada vez que sentía el más mínimo movimiento a su espalda. A pesar de que cambiaron de domicilio con bastante frecuencia, Héctor e Irene le demostraron lo que era tener un hogar.

Sin embargo, por mucho que quisiese a su familia adoptiva y por muy bien que ellos se hubiesen portado con él, aún subyacía en Alexander un pálpito interior que le empujaba al aislamiento. Durante su adolescencia y juventud, cuando convivió con Héctor e Irene, siempre llegaba algún momento en el que, en secreto, deseaba estar solo. Había desarrollado unas nociones de la privacidad y la intimidad muy estrictas e incluso patológicas. En ocasiones, simplemente, no le apetecía charlar con nadie o tener que acordar la hora y el menú de la cena. Apreciaba su soledad, pese a que no se consideraba a sí mismo una compañía agradable. A veces, imaginaba que en su corazón existía una amorfia que le imposibilitaba encajar con nadie.

Ya en Ciudad Fortuna, meses después de la muerte de Héctor, Alexander e Irene tomaron la decisión de dejar el piso donde los tres habían vivido, e independizarse por separado. Entonces, al fin, él logró la autonomía que tanto requería. Le encantaba su apartamento de habitaciones abuhardilladas. Eso sí, aunque a regañadientes, le había entregado una copia de la llave a su hermana. Se mosqueaba si esta la utilizaba sin su permiso, pero se había acostumbrado a sus desobediencias. En las últimas semanas, la presencia de Trece había relajado su intransigencia.

Con todo, Alexander notó cierto cariz de trascendencia cuando le dio una copia de la llave a Lara. La joven y él se habían reencontrado. Él se sorprendió al saber que la clave para que ella burlase la vigilancia de su padre había sido la colaboración de su madre. Nunca se había visto como el yerno favorito de las madres. No obstante, gracias a la ayuda de Casandra Varone, Lara y él podían verse de nuevo. Hasta el momento, sobrellevaban la situación, pero ambos sabían que no podrían mantenerla por mucho tiempo. Pronto, Lara debería elegir entre su padre y él. No habría más remedio.

El miércoles previo a las elecciones, al mediodía, Lara pudo reunirse con Alexander. Era la jornada de reflexión, y Ricardo Varone estaba fuera de casa, centrado en la preparación de su previsible victoria en las urnas. Esa mañana, tanto Casandra como Lara se habían negado a participar en un hipócrita reportaje fotográfico que pretendía retratarles como una armoniosa familia.

Alexander y Lara se reunieron con Irene en el apartamento del primero. Luego, los tres decidieron salir a comer. A Alexander le apetecía que Lara conociera *La herradura de plata*. Allí, al efectuar las presentaciones entre la chica y Herbert Finch, optó por eludir el apellido de Lara. Aun así, captó cierto brillo suspicaz en los ojos de Herbert, quien debió darse cuenta de a quién pertenecía la mano que estrechaba.

—Alexander, por cierto —comentó Herbert, tras los saludos—, luego, cuando tengas un momento, me gustaría comentarte una cosa en privado, si no te importa. No te preocupes.

—Claro, Herbert —asintió Alexander.

Alexander, Irene y Lara se sentaron en una mesa, ojearon la carta, y cada uno se pidió un plato del día acompañado de una taza de consomé casero. Los hermanos Berkel bebieron cerveza, mientras que Lara prefirió agua.

—¡Marchando! —anotó Herbert, al coger la comanda.

Conversaron sobre varios temas triviales. Evitaron comentar el ambiente electoral que dominaba las charlas en toda la ciudad. Ninguno quería mencionar al padre de Lara. Enseguida, el coloquio se centró en las recientes pesquisas relacionadas con el "caso azafrán".

Después de pensarlo con detenimiento y estudiar todos los aspectos de la investigación, Alexander había llegado a una conclusión en la que todos estaban de acuerdo: la única manera de destapar la verdad que ocultaba *Laboratorios Librae* era hallar la curiosa llave que abría la extraña cerradura cuadrada de la sala denominada "Experimental 1". Allí descubrirían la clave de todo.

—Pero —añadió Lara, en un momento dado—, ¿qué haréis una vez que tengáis la llave?

—Está claro que no podemos repetir el plan de la otra vez —respondió Alexander—. Supongo que hay algún tipo de detector de movimiento o algo parecido en lo que no pensamos, así que la idea de otra inspección nocturna queda descartada.

—¿Pensáis que sería posible infiltrarse durante el día, cuando esos sistemas todavía no funcionan, y esconderse para salir cuando no haya nadie? —preguntó Irene.

—Lo veo difícil —estimó Lara, poco convencida.

—Demasiado arriesgado —agregó Alexander.

—¿Y hacer eso mismo a plena luz del día? —insistió Irene.

—No sé —suspiró Alexander—. Muy complicado.

Incapaces de encontrar una solución, el diálogo se desvió hacia temas menos relevantes. Herbert les ofreció unos licores para reposar la comida, pero los tres se decantaron por unas infusiones calientes.

—¡Qué reloj tan raro! —dijo Lara, al fijarse en el aparato de la muñeca de Irene.

—¿Esto? —replicó ella—. ¿Alexander no te lo ha contado?

—No, ¡qué va! ¿Qué es?

Así, Irene, orgullosa de su invento, explicó en qué consistía el artilugio que su socia, Lena Cascio, y ella desarrollaban para formalizar una patente. A Lara le pareció una gran idea.

Mientras ellas charlaban, Alexander observó abstraído a Lara. Esta hablaba con Irene como si fuesen amigas de toda la vida. De alguna manera, el corazón de la bailarina había logrado encajar con las amorfías del suyo. Se asustó al percatarse de los riesgos que ella volvía a correr por su amor hacia él. Se dio cuenta de que era incoherente pretender proteger a un ser querido si se era gafe. ¿O acaso sí se podía?

Recordó.

2

Era la primavera del año 2008. Siempre se alegrarían al recordar que Héctor celebrara de un modo especial aquel cumpleaños. Porque en menos de tres meses estaría muerto.

El piso de la calle de las Tahonas, el de la azotea a la que Héctor solía huir cuando le apetecía estar a solas con sus penas y turbaciones, era una vivienda bastante deteriorada que el hombre había conseguido convertir en un hogar. Parecía que desease que Ciudad Fortuna fuese un destino definitivo para la familia. Tal vez motivado por ese ánimo, ese año, les dijo a sus hijos que iba a organizar una cena para los tres con motivo de su cumpleaños. Él se encargaría de todo. Solo les pidió que comprasen la tarta. Alexander e Irene decidieron hacerla ellos mismos. El resultado fue mediocre, pero se rieron como nunca.

La velada de la cena, después de brindar, Héctor y sus hijos se quedaron en torno a la mesa hasta altas horas de la madrugada. Charlaron. Recordaron muchísimas anécdotas. A Héctor le apetecía volver a ver *Los siete samuráis*, pero no pudo localizar el DVD.

En cierto momento, Héctor guardó silencio varios minutos. La nostalgia se adivinaba en su semblante. A continuación, tras dar un trago de su licor de endrinas, dijo:

—He celebrado mi cumpleaños muy pocas veces. No solía tener con quién.

—Estamos nosotros —señaló Irene—. Siempre estaremos nosotros.

—Lo sé —afirmó Héctor—. Siempre debe ser así. Os quiero.

—Pues claro. Siempre estaremos juntos —insistió Irene.

Entonces, Alexander intervino. Dubitativo, preguntó:

—¿Siempre juntos? ¿Incluso nosotros?

Tanto Héctor como Irene entendieron lo que quería decir. Con "nosotros" se refería a Héctor y él, ambos gafes.

—Sí, incluso nosotros —respondió Héctor—. Aunque tú y yo seamos gafes, Alexander, nosotros tres somos una familia. Debemos permanecer fieles. Es una lealtad irrenunciable.

—Yo siempre tendré miedo de dañaros —contestó Alexander. Miró de reojo a Irene.

—El amor no daña —replicó Irene, con una sonrisa.

—Sí, sí lo hace, Irene. Sí daña —declaró, en ese momento, Héctor, para sorpresa de ella—. Y habrá momentos en los que tu hermano o yo deseemos que jamás hubieses tenido a dos gafes por única familia. Pero, por incoherente que parezca, entre nosotros existe un lazo que está por encima de cualquier maldición; un lazo que no se puede intentar romper.

—¿Por qué no? —interrogó Alexander.

—Porque si lo rompemos, estamos solos. Y si estamos solos, estamos perdidos.

<u>3</u>

Escuchó las risas, cuyo sonido, tan agradable, empequeñeció el bullicio habitual de la taberna. Se dio cuenta de lo atípico que le resultaba oírlas a su alrededor. Esas risas procedían de Irene y Lara. Las jóvenes ya no parecían hablar sobre el invento de su hermana. Su diálogo había dado paso a temas más fútiles. Pensó en cuánto las apreciaba a ambas y en la incoherencia que su padre adoptivo había intentado explicarles meses antes de fallecer: aunque fuera un gafe, si se separaba de sus seres queridos les sería desleal y les dañaría.

—Irene —dijo Alexander, e interrumpió el parloteo de las chicas—, ¿sería mucha molestia que fabriques otro de esos monitores para Lara?

—¿Para mí? —interrogó Lara, intrigada.

—Sí —afirmó él—. Si vas a involucrarte otra vez en la investigación, como me temo que harás quiera yo o no, tendrás que tomar precauciones.

Lara caviló sus palabras, y asintió despacio con la cabeza.

—¿Te supondría mucho gasto o tiempo? —preguntó a Irene.

—No, no creo. Incluso puede servirme de ayuda —respondió esta.

—De acuerdo —resolvió Lara—. Avísame cuando lo tengas. Y lo llevaré siempre.

—Su señal de alarma irá a mi teléfono —indicó Alexander—, igual que el tuyo.

—Sin problema —accedió Irene—. De todos modos, Lena y yo tenemos algunos monitores a falta de unos ajustes. Puedo tener uno listo en menos de veinticuatro horas.

—Perfecto —anotó Alexander. Acto seguido, apuró su taza de té negro, que ya se había enfriado. Observó los minúsculos posos que quedaban en el fondo. Suspiró abatido. Un pensamiento acababa de desalentarle de repente.

Irene y Lara debieron advertir su súbito desánimo, pues le miraron expectantes y preocupadas.

—¿Qué te sucede? —preguntó su hermana.

—Este caso… —reflexionó él—. Una parte de mí me dice que sería mejor dejarlo.

—¿Por qué? —inquirió Irene—. Estamos cerca.

—Pero ¿a qué precio? Piensa en todos los problemas en los que nos hemos metido ya.

—No puedes dejarlo —intervino Lara—. Solo si lo resuelves conseguirás tu recompensa.

Irene dedicó una mirada cómplice a Alexander. Los ojos de los hermanos se cruzaron un instante. Ella le hizo un guiño con disimulo al comprender que él ya le había hablado a la joven de su infancia truncada.

En efecto, Alexander ya le había contado a Lara cuál era su verdadera motivación para investigar el "caso azafrán" por encargo de la Organización Heptágono. Se lo explicó el mismo día que se reencontraron, tras el desastre de su incursión en el centro de actividades de *Laboratorios Librae*. Lo hizo porque no quería arriesgarse a volver a perderla y arrepentirse de no haberle hablado de la herida más profunda que le atormentaba. Le habló de su infancia olvidada y extraviada, y de la supuesta información que la Organización poseía. También le confesó que sospechaba que su familia biológica se había deshecho de él por su condición de gafe. Y le dijo que, según esclarecía la opacidad de aquel caso, tenía la impresión de que la suerte era una de las razones últimas de la existencia del "azafrán".

—No creo que vuelvas a tener una oportunidad tan buena de descubrir tus orígenes —añadió Lara.

—Tiene razón —convino Irene—. Después de arriesgarte tanto, no te rindas ahora.

Alexander meditó, y sonrió resignado. Su hermana y su novia estaban en lo cierto: abandonar el caso tan cerca de la meta era una bobada. Rendirse era propio de él, ya que acostumbraba a dejar las cosas a medias y doblegarse ante cualquier adversidad.

Cuando se acercó a la barra para pagar la cuenta. Herbert secaba una fila de jarras de cerveza con un paño. El tabernero aprovechó que Alexander estaba a solas y le desveló una cuestión que hacía días que quería comentarle. Le dio cierta información que resultó de gran interés y utilidad.

4

Después del almuerzo, para evitar que el alcalde Varone descubriese su escapada, Lara tuvo que irse. Alexander se quedó en casa. Acompañado de Trece, se echó una cabezada en el sofá del salón. Más tarde, se despertó atontado, y decidió darse una ducha para despejarse. Tenía una cita en su agenda.

La ciudad estaba tranquila. Las temperaturas continuaban en descenso. Él agradeció no toparse con el alboroto de los actos electorales que se habían sucedido por todos los barrios durante los catorce días previos. Solo los carteles propagandísticos, aún adheridos a los muros, recordaban a la gente que la siguiente sería jornada electoral.

Luka salió a abrir la puerta de la cancela. Le estrechó la mano y le invitó a pasar. Al entrar, Alexander percibió la calma que envolvía la vivienda de los Miller. El salón estaba limpio y ordenado. Los peces nadaban en el acuario.

—¡Qué paz se respira aquí! —comentó.

–Sí, ¿verdad? –agregó Luka, con un suspiro.

Alexander se dio cuenta de que, seguramente, esa calma se debía en parte al hecho de que faltaba una presencia en la casa. Faltaba Betina, quien ya no regresaría. Se sintió mal al pensar que su tonto comentario hubiera disgustado a Luka. Ya le había dado el pésame por su pérdida, aunque todavía no habían tenido ocasión de charlar acerca de todo lo acaecido la tarde que la anciana falleció. Aun así, Alexander sintió la necesidad de volver a transmitir sus condolencias al joven. De todos modos, este, en un tono más animado, señaló hacia la escalera, y dijo:

–Ven. Quiero presentarte a alguien.

Subieron al piso de arriba. Despacio, Luka abrió la puerta de su dormitorio. Allí, en la cama matrimonial, sentada con la espalda en el cabecero, estaba Clarisa. Esta vestía un camisón claro, y tenía algo muy pequeñito, abrigado con una mantita, en su regazo. A Alexander le dio corte inmiscuirse de esa manera en la habitación de la pareja, con ella en camisón. Sonrió a la mujer con timidez. Esta le devolvió una breve sonrisa, y susurró:

–Se acaba de dormir.

–No quiero molestar –añadió Alexander.

–No te preocupes –aseguró Luka.

Se acercaron con cautela a la cama. Por un momento, el bebé se estremeció en el regazo de su madre. Parecía soñar, aunque Alexander no sabía si a tan corta edad era posible tener sueños. Clarisa le arrulló con cariño y, de inmediato, la criatura se sosegó. Luka se aproximó a ellos, besó en los labios a su esposa y cogió al niño con mimo. Le dejó en una cuna que había junto a la cama. Alexander se aproximó con recato, casi con miedo. Echó un vistazo al bebé, vestido con un pijamita azul, de piel rosada y párpados casi transparentes. Respiraba de un modo hipnótico.

Mientras Clarisa y su hijo descansaban, Luka condujo a Alexander a una habitación contigua. El lugar se hallaba en plena remodelación, con solo algunos muebles y varias cajas a medio empacar por el suelo. Daba la impresión de haber servido de despacho.

–Todavía dormirá con nosotros varios meses, pero este será su cuarto –aclaró Luka–. Aunque, ¿quién sabe?, cuando sea mayor, quizás quiera ocupar el dormitorio de su bisabuela. Van a tener mucho en común. –El hombre volvió a suspirar. Miró a Alexander con pena en los ojos, y declaró—: Siempre te agradeceré que la acompañaras.

—Tranquilo. Fue muy especial. En cierto sentido, me sentí honrado. Ya te dije que ella no sufrió. —Alexander decidió aprovechar la confianza de la conversación para abordar algo que había rumiado durante días—. Aún no hemos podido hablar de lo que ella me dijo esa noche.

—Sé de lo que hablasteis, aunque yo no estuviera aquí. ¿Cómo te sientes al respecto?

—Confundido y abrumado. Luka, la noche que me conociste, ¿sabías quién era yo?

—No sabía quién eras claramente. Pero mi abuela me había prevenido. Y acertó.

—Pero, entonces, ¿entiendes que soy gafe?

—Sí. Sé que eres gafe. Sé qué significa ser gafe. Y no me importa. Porque, Alexander, aunque yo tenga un grado de suerte cuatro, que es bueno pero del montón, creo en la suerte. Creo, sobre todo, porque creo en mi abuela. Siempre creí. Siempre creeré. Ella me pidió que estuviese contigo y te ayudase. Y te prometo que así será. Te ayudaré a resolver el "caso azafrán" y a lo que necesites.

—Te lo agradezco mucho, aunque todavía me cueste comprenderlo. ¿Sabes? Nunca te he explicado por qué necesito resolver este caso. Y, de verdad, me gustaría hacerlo.

—Pues cuéntamelo.

—La Organización Heptágono me prometió que, aparte de una cantidad nada desdeñable de dinero, me facilitaría información sobre mi familia biológica. Nunca te lo he explicado: crecí en un orfanato. Y puede que no lo sepa a ciencia cierta, pero siempre he presentido que mi familia de origen me abandonó allí debido a mi maldición.

—Pero ¿Irene?

—Es mi hermana adoptiva. Un hombre, Héctor Berkel, un gafe como yo, me adoptó y me dio su apellido, su familia y su amor.

—Me alegro por ello. Y lamento mucho que tuvieses aquella infancia —aseveró Luka—. Yo perdí a mis padres. Tuve a mi abuela, sí. Pero empatizo con tu pérdida. Y esa es una razón más para ayudarte.

Desacostumbrado a la generosidad, Alexander no supo qué decir. En lugar de hablar, se puso a observar la habitación. En un panel de corcho, colgado de una pared, encontró fotografías de Luka con compañeros del trabajo. Las ojeó. Una llamó su atención enseguida. En ella, varios trabajadores del hospital posaban en alguna celebración. Uno de ellos era un tipo calvo y grueso, ataviado con el típico uniforme sanitario. Alexander recordaba haber visto cómo se tomaba una pastilla de H7 en los baños de *El séptimo cielo*. Costaba olvidarle, pues tenía una fea cicatriz en la cara que parecía una grotesca prolongación de su boca.

—Oye, ¿tú conoces a ese? —interrogó Alexander, y apuntó al tipo en la imagen.

Luka se ajustó las gafas para fijarse, y respondió:

—Es un celador del turno de noche, uno que está muy colgado. Por cierto, ¡qué curioso! Me acabo de dar cuenta: es el que ayudaba a trasladar los cadáveres. ¿Por qué?

En efecto, era curioso. Porque, de inmediato, Alexander ideó cierta hipótesis.

5

Ismael Wagner reflexionó durante toda la jornada. Sin embargo, no pensó en las elecciones municipales ni una sola vez. Tenía claro que su voto era para el oponente del alcalde, tanto por ideología y programa como por simpatía personal, aunque estaba resignado a que Varone volvería a ser reelegido. Si bien, para él, otro era el auténtico dilema que requería su concentración; uno acerca del cual había deliberado años, y sobre el que, hoy, al fin, iba a tomar una determinación irrevocable.

Había jugado toda la tarde en el jardín de la finca con Nelson. El perro se lo pasaba en grande recogiendo la pelota de goma que él le lanzaba. Se le veía vigoroso y entusiasmado, poseído por una vitalidad inusual. La excitación del can era tal que Ismael optó por aparcar el juego y dar un pequeño paseo con el que su amigo se relajase. A ninguno de los dos les molestó la fresca brisa vespertina.

Cuando regresaron al interior de la casa, la noche ya había caído y el servicio acababa de marcharse. Nelson continuaba excitado por algo que su amo no se explicaba, de manera que este le llevó a una antigua despensa, ahora reconvertida en almacén de diversos trastos, situada en el lado oeste de la mansión. El cuarto servía de habitación para el perro.

Ismael no quería que se mostrase alterado ante la llegada de la visita. Le llenó el cuenco de agua y el de comida al can, le rascó el cuello, y le dejó allí.

Mientras cruzaba las distintas estancias de la planta baja, en dirección al recibidor, encendió las luces a su paso. Al llegar allí, consultó su lujoso reloj de muñeca. La visita no tardaría en aparecer. A pesar de que lo había pensado toda la semana, y en especial a lo largo de ese día, las dudas le asaltaron de nuevo. Se preguntó si había sospesado correctamente sus opciones y si no estaría a punto de abrir la caja de los truenos.

El ideario y los objetivos de la Organización Heptágono se definían en sus estatutos. En torno a la suerte, como solían explicar a profanos en la materia, existía una filosofía, una genética y una religión. El pilar fundamental era la filosofía, condensada en los siete dogmas. La genética se exploraba con fines empíricos. Se rechazaba y perseguía cualquier fanatismo u obstinación discriminatoria. Sobre la religión, por su parte, también se afirmaba que se estudiaba con la idea de ampliar el conocimiento en cuanto a la historia y las tradiciones relativas a la suerte. Sin embargo, pese a ostentar el máximo cargo ejecutivo de Heptágono y ser responsable de cumplir y hacer cumplir el contenido de sus estatutos, Ismael Wagner, que seguía la enseñanza de los dogmas y abominaba toda eugenesia, poseía una fe secreta.

Él creía fielmente en la religión de la suerte. Había leído al respecto toda su vida. Mantenía la cabeza fría y los pies en la tierra en todo momento. Evitaba perderse en supersticiones absurdas. Anhelaba llegar a leer algún día las verdaderas páginas del Libro de los Días. Estaba convencido de que la suerte no existiría si no hubiese una razón para ello; una razón, superior a todo, encauzada a producir el bien. La disparidad en los grados de suerte debía albergar un motivo profundo. Los relatos y las leyendas no podían ser meras invenciones. Él había buscado, sin escatimar en tiempo y dinero, hasta conseguir encontrar la Palabra de la Sibila, aquella que fundamentaba el séptimo dogma. La había analizado a conciencia, y la creía certera. Incluso había conversado con clarividentes.

Sentía que cierta coyuntura había escapado a la perspicacia de la mayoría. Y había llegado el momento de que, como director de Heptágono, se implicase en el asunto. Pero esto era algo que debía efectuar con sumo cuidado. No podría hacerlo solo. Por eso, años antes, escogió como número dos de la Organización a un hombre que detestaba. Porque sospechaba que este hombre escondía una idéntica pasión personal por la religión. Ahora, estaba a punto de desvelarle su más preciada posesión a ese hombre. Lo haría con el fin de que, juntos, promoviesen que Heptágono ahondase en la cuestión y replantease su visión de la religión. Era una determinación peliaguda. No habría vuelta atrás. Pero, con todo, confiaba en que su visita actuara como debía. Así, la suerte prevalecería, pues, al fin y al cabo, gobernaba el mundo.

Así, Ricardo llegó poco después de la hora acordada. Nunca había estado en la mansión. Admiró la decoración antigua del recibidor. Llevaba un grueso abrigo, que le llegaba hasta las rodillas, y unos guantes oscuros. Se quitó estos y los metió en los bolsillos de su abrigo. Mientras se frotaba las manos, comentó:

—Creía que tenías servicio. Es una casa enorme.

—Tengo servicio, pero no me gusta acomodarme. Solo vienen durante el día. Y tienen dos tardes libres a la semana —contestó Ismael—. En fin, te agradezco que hayas venido.

—Supuse que era importante.

Ismael carraspeó un par de veces. Se dio cuenta de que estaba nervioso. No había ensayado el modo de afrontar aquella situación. Siempre que encabezaba una reunión o debía dirigirse a un público distinguido, se preparaba sus palabras. En cambio, esa última semana, había estado tan absorto en sus cavilaciones que no había pensado cómo exponer el tema a Ricardo. Se quitó las gafas y las limpió con una toallita antes de continuar.

—¿Cómo ha ido tu día? —preguntó—. ¿Has reflexionado?

—Yo ya sé a quién voy a votar, Ismael —respondió Ricardo.

—No me refería a eso. Supongo que, después de dos semanas de intensa campaña, la jornada de hoy habrá sido un respiro; tal vez, una oportunidad para meditar.

—¿En qué se supone que debo meditar, Ismael?

El tono de fingida distracción de Varone sacaba de quicio a Ismael, quien pugnó por dominarse. Estaba claro que Ricardo jugaba a ponerle nervioso. Era del todo inusual que él le citase en su casa para hablar de un asunto que no quería tratar por teléfono. El alcalde se dedicaba a pasearse embelesado por el recibidor. Contemplaba los muebles y las pinturas.

—Sabes a qué me refiero, Ricardo —añadió Ismael, con menor condescendencia. No le apetecía entrar en el juego de Varone—. No he querido perturbarte durante la semana. Noté tu incomodidad después de nuestro último encuentro.

Ricardo suspiró de manera exagerada, dejó de observar el recibidor y miró a Ismael con rectitud. La verdadera conversación empezaba ahora.

—¿Insistes en tu delirio acerca de ese gafe? —espetó Ricardo.

—No son delirios. Por eso te he pedido que vinieses. Tengo intención de demostrarte que mis ideas están fundadas.

—¿Sí? ¿Cómo piensas hacerlo?

—Confiando en ti, Ricardo. Voy a mostrarte algo valioso que muy pocas personas han podido ver. Algo que te convencerá.

Ricardo, inescrutable, clavaba su mirada en Ismael. Este sentía que el hombre pretendía adentrarse en su mente y descubrir todos sus secretos e intenciones.

—Admito que estoy intrigado —comentó el alcalde.

Ismael guardó silencio durante varios segundos. Ese era el momento clave. Si daba el siguiente paso, la decisión ya no podría deshacerse. Sacó su llavero, y dijo:

—Sígueme, por favor.

Condujo a Ricardo al pasillo del ala este, donde había una puerta disimulada con el revestimiento de madera de las paredes. Advirtió un atisbo de sorpresa en la insondable mirada del alcalde cuando introdujo la llave en la cerradura, abrió la puerta y empezó a moverla. Antes, se volvió hacia él, y agregó:

—Espero que comprendas que lo que te voy a mostrar es harto importante.

—Debe serlo para que esté tan bien guardado —convino un pasmado Varone.

Mientras descendían la estrecha escalera de caracol, Ismael relató su historia:

—Hace unos años, poco antes de mi reelección como director general, hallé algo muy valioso y buscado. Hice remodelar este sótano para que fuese mi lugar de trabajo privado. Solo lo conozco yo. Debió ser un refugio de mis antepasados. Mi hijo lo encontró siendo un niño, un día, por casualidad, en mitad de una travesura.

—Y, con tanto espacio, ¿bajas aquí para trabajar? —preguntó Ricardo, a quien se adivinaba un tanto escéptico. Ya habían llegado a la antesala subterránea.

Ismael abrió la puerta de la biblioteca. Su interior provocó un visible asombro en Ricardo, quien, aunque tratara de aparentar tranquilidad, estudiaba el lugar con estupefacción.

—Poseo una afición, personal y privada, que consiste en coleccionar reliquias y obras vinculadas con los misticismos de la suerte —detalló Ismael.

Se paró junto a la mesa central heptagonal. Con un gesto, reclamó la atención de Varone hacia el pergamino contenido en un prisma transparente. Ricardo lo escrutó con creciente fascinación, y abrió los ojos con visible asombro.

—¡La Palabra de la Sibila! —exclamó—. ¿Cómo puede ser tuya?

—De modo que conoces la historia de este pergamino.

—Yo también siento interés por la religión de la suerte, sí. Aunque reconozco que, en mi caso, ese interés siempre ha sido más intelectual que material. He preferido leer y documentarme a comprar y coleccionar.

—Bien. Pues te aseguro que el valiosísimo y antiquísimo pergamino que aquí ves es la auténtica Palabra de la Sibila, substancia del séptimo dogma. Así que léelo, Ricardo. Lee los presagios. Y dime de qué hablan.

Ricardo leyó y releyó las frases de refinada caligrafía, anticuado idioma y polisémico significado, contenidas en uno de los tesoros más ansiados por los seguidores de la religión de la suerte. Lo hizo en silencio, durante varios minutos. Cuando pareció que comenzaba a asimilar su intrincado contenido, Ismael prosiguió:

—El séptimo dogma —narró— es el aspecto de mayor controversia en la literatura de la suerte. Es el punto de confluencia de filosofía, genética y religión. La Palabra de la Sibila es la síntesis de los saberes e indicios, abstractos e incluso ocultistas, referidos a él. Habla de quebrar el enlace entre suerte y destino.

—Ismael —interrumpió Ricardo, con voz grave, incapaz de quitar la mirada del pergamino—, ¿por qué mencionaste a Alexander Berkel?

—Ricardo, piénsalo. Léelo cuantas veces quieras.

Ismael vio cómo Ricardo apretaba los labios. Creyó que le estaba convenciendo.

—¿Por qué contrataste a Alexander Berkel, Ricardo? —interrogó Ismael—. Mi intuición me dice que lo hiciste para ajustar viejas cuentas con personas de las que todavía no habías podido vengarte —declaró. Ricardo le miró, quizá un tanto inquieto. Y él sentenció—: Sé que has perseguido el pronóstico de estas frases desde hace mucho tiempo. Lo sé. Y sé que no es ni Lara ni tampoco la otra chica.

—¿Y qué propones? —inquirió Ricardo. Se le notaba irritado.

—La Organización debe actuar —aseveró Ismael—. No puede desdeñar sin más la religión. Debemos estudiarla con seriedad. Hemos de, al menos, investigar mi hipótesis. Pero no puedo iniciar ni plantear nada si no es con tu complicidad y convencimiento.

Ricardo guardó silencio varios minutos. Releyó el pergamino. Por fin, sacó los guantes de los bolsillos de su abrigo, se los puso, se frotó las manos y caminó hacia la puerta de la biblioteca. Mientras tanto, abstraído, dijo:

—Sin duda, es un tema de capital importancia. No puedo juzgarlo a la ligera. Necesito pensarlo con calma y llegar a una conclusión. Te haré saber mi postura.

Ismael le observó. Deseó poder leerle el pensamiento. Mas tenía la impresión de que había calado hondo en Varone. Su decisión había sido la correcta.

Antes de marcharse, Ricardo se giró hacia él, y anotó:

—Por cierto, prometo no contarle a nadie todo lo que me has confiado.

6

Dragan Tucker madrugó aquel jueves, en contra de su costumbre. No lo hizo porque quisiese votar a primera hora, sino para ir a *El séptimo cielo*. Por la mañana, la cuesta del Serrín era una angosta calleja más del barrio obrero, donde los bloques de viviendas viejas se intercalaban con tiendas, talleres y algún local cerrado. La discoteca pasaba desapercibida a plena luz del día. Bajo el Sol, era como si no existiese.

Dragan debía borrar todo rastro de la sustancia. Una noche del verano pasado, Alonso Yazpik le propuso que, a cambio de una buena comisión, permitiese el tráfico de una nueva droga con la que trabajaba en el local. Era un polvo rojizo que dejaba unas manchas en las yemas de los dedos. Él siguió el consejo de Yazpik y nunca la probó. Aparte de tolerar su distribución, recibía algunas papelinas con las que comerciaba por su cuenta. Eso sí, Yazpik le indicó que nunca se la ofreciese a personas adineradas o influyentes, pues decía que aquella era una droga para los pobres. Asimismo, Dragan debía encargarse, cuando se lo ordenaban, de destruir las remesas antiguas de la sustancia y sustituirlas por versiones mejoradas en el laboratorio.

Travis Dixon, primero secuaz y después sucesor de Yazpik, le había avisado de que, una vez más, debía eliminar la última remesa. También le comentó que su jefa estaba perdiendo el control, razón por la cual buscaba un trabajo mejor. De modo que, esa mañana de jueves, Dragan se arremangó, recolectó todas las papelinas que tenía por el local, e, igual que las otras veces, las tiró por el retrete. Luego, a pesar de las arcadas, limpió con brío el fondo de los inodoros hasta que borró los restos rojizos.

Para redondear la mañana, cuando fue a su despacho, su teléfono móvil sonó. Dragan contestó. Al otro lado de la línea, reconoció la grave voz de Carlo Ferrara, jefe de seguridad del alcalde Varone. Ferrara le solicitó el nombre de alguien de confianza, una persona que pudiese desempeñar tareas con máxima eficacia y confidencialidad. Dragan se sonrió y respondió enseguida que tenía la referencia perfecta para él.

7

Irene Berkel llevaba todo el día en su piso. Lena y ella tenían que trabajar, pero se perdían en placenteras distracciones a la más mínima oportunidad. La jornada de las elecciones había amanecido bastante nubosa y fría. La pareja había puesto en marcha uno de los prototipos de sus artilugios. Irene se encargaría de entregárselo a Alexander para que este se lo diese a Lara.

Por la tarde, tras cumplir con su obligación, las dos se sentaron a ver una película, arropadas bajo una manta. Sam, el hámster dorado, se paseaba por el piso metido en su esfera transparente. Irene había comprado *Los siete magníficos*. Hacía tiempo que quería verla. Pero Lena pronto se percató de que no atendía.

—Déjalo ya, no seas cabezota —protestó, al ver cómo Irene era incapaz de separarse de una pequeña libreta, en la cual había dibujado, a partir de su recuerdo, la curiosa cerradura cuadrangular de la habitación denominada "Experimental 1".

—Perdóname —se disculpó la joven, aunque sin apartar la libreta—. Pero tengo que descifrarlo. Tengo que ayudarle. Alexander necesita cerrar este caso y alejarse de esa gente. Son mala gente, Lena. Van a causarle problemas. Le van a hacer daño. Y él ya tiene suficiente.

Irene estaba segura de que habría sido muy distinta de no tener a Alexander como hermano. Su personalidad se había forjado en contraposición a la suya. Él tenía razón cuando comentaba que, en muchas ocasiones, ella parecía la hermana mayor. Irene había modelado su manera de ser en base a su deseo de protegerle de sí mismo, de su manía de aislarse de cualquier compañía, optimismo y sentimiento. Si no le quisiese, ya se habría cansado de él. De los dos, ella era la que estaba abierta a ayudar, escuchar y dar cariño. Rehuía los miedos que suponía la tara de su hermano. Ella había aprendido a ser fuerte e independiente, tal vez por el hecho de no tener madre. Se avergonzaba mucho de lo perdida que estuvo años antes. Añoraba a Héctor. Solía pensar que a él le hubiese gustado saber que cuidaba de Alexander.

Ahora, Irene, empeñada en contribuir a la resolución del "caso azafrán", se dedicaba a dibujar objetos hipotéticos capaces de accionar la misteriosa cerradura.

—No encaja con ningún sistema industrial común —comentó. Hablaba para sí misma en un obcecado soliloquio—. He buscado entre esas que se usan para abrir cuartos de máquinas o contadores. Pero ninguna me pareció que sirviese. Además, me dio calambre cuando metí el dedo, lo que me lleva a la teoría de que posee un componente eléctrico.

—Si tan importante es lo que pueda haber detrás de esa dichosa puerta —intervino Lena, rendida a participar en la cuestión—, esa gente habrá fabricado su propio sistema, solo para ellos. Por favor, distráete y mira un poco la película.

Irene trató de concentrarse en *Los siete magníficos*. La película llevaba una media hora. La acción se desarrollaba en el típico salón de los filmes del Lejano Oeste. Reconoció al actor que acababa de aparecer en escena: Steve McQueen. Este, un vaquero, apostó todos sus billetes en el juego de los dados. Sin embargo, la apuesta le salió mal.

De repente, al ver esa apuesta fallida, a Irene todo le pareció evidente; tanto que hasta se sintió tonta, muy tonta, por no haberse percatado antes de ello.

—¡Eso es…! —murmuró—. Es algo que solo ellos tienen. Es algo único, que ellos han fabricado. Es algo que encaja a la perfección. Nadie lo sospecharía.

Se puso en pie de un respingo. Su ímpetu sobresaltó a Lena.

—Pero ¿ahora qué te pasa? —interrogó la chica.

—Lo siento, cariño. No voy a ver la película.

—¿Cómo dices?

Irene le expuso su idea. Y los actos de la ventura volvieron a ponerse en marcha.

8

La ventura quiso que no tuviese problemas para cumplir su misión. El devenir habría sido completamente diferente si hubiese tenido complicaciones para abrir la cerradura, si la chica inesperada hubiese llegado unos minutos antes, o si el gato negro hubiese delatado que estaba escondido tras la puerta del dormitorio de Berkel.

Travis Dixon tenía claro que, cuando uno se disponía a hacer algo ilegal, la clave consistía en no mostrarse dubitativo. Daba igual lo que pudiese ocurrir, la única alternativa válida era seguir hacia delante. Por eso, no titubeó ni un instante al colarse en el portal número 91 de la calle Tragaluces. Al bajar de la línea circular del tranvía, telefoneó a la casa para cerciorarse de que no había nadie. Era por la tarde.

La vivienda de Alexander Berkel era la única situada en el último piso, por lo que su labor ilícita resultó más fácil. Se arrodilló frente a la cerradura. La examinó antes de continuar. Debía ser cuidadoso, ya que no podía romperla ni evidenciar que había entrado. Se trataba de una puerta vieja, por lo que no tuvo problemas. Sacó un llavero con distintas llaves. Las probó hasta que una, que tendría los dientes del tamaño adecuado, se introdujo. Después, sacó un pequeño martillo del bolsillo de su cazadora, dio un golpe firme pero contenido a la llave, y accionó el mecanismo de la cerradura.

Con la puerta entreabierta, aguzó el oído unos segundos. Cuando certificó que no había nadie, entró y cerró tras de sí. Se encontraba en un salón simple y humilde. Las puertas de las otras estancias estaban abiertas, de modo que pudo divisar un dormitorio, un cuarto de baño y una cocina. También había una amplia terraza.

Se asustó cuando un sigiloso inquilino con el que no contaba correteó hacia él, procedente de la penumbra del dormitorio. Era un gato de pelaje negro, algo que le pareció muy sarcástico. El minino se quedó plantado a corta distancia y le observó con sus ojos dorados. Él no se inmutó. El felino, lejos de amedrentarse, se paseó por el salón como si su presencia no le importunase. De vez en cuando, se volvía para vigilarle.

Presto, Travis fue al cuarto de baño. Lo inspeccionó, se puso unos guantes y, con suma cautela, se sirvió de unas pinzas para meter diversas cosas en unas finas fundas de plástico: unos pelos cortos y castaños que halló en un peine, una cuchilla de afeitar con un mínimo resto de sangre, así como un trozo de papel higiénico, que había en una papelera, también manchado de sangre.

Justo cuando volvía al salón, escuchó el ruido de la cerradura: ¡venía alguien! Apresurado, corrió hasta el dormitorio. Se quedó agazapado tras la puerta. Alguien entró en el piso: una mujer que hablaba. Él no tardó en comprender que lo hacía por teléfono. Inadvertido desde su posición, la espió: era una veinteañera, delgada, de cabello castaño claro, con un *piercing* en la ceja izquierda.

—Sí, estoy aquí… No, solo te llamaba para que luego no te enfades porque haya usado mi llave… —decía la del *piercing*—. Ya tengo el monitor de Lara. Lo dejo aquí. —La joven depositó un reloj sobre la mesa de café del salón—. ¿Dónde andas…? Bueno, ya me contarás. Te dejo… De nada. Un beso.

Después de colgar, la joven, que Travis supuso que sería una hermana o novia de Berkel, se quedó allí. Miraba en todas direcciones. Buscaba algo. Él contuvo la respiración. Deseó que no se dirigiese al dormitorio. No obstante, la chica del *piercing* se acercó a la repisa que había al lado de la puerta principal de la vivienda. Cogió un pequeño objeto que reposaba delante de una fotografía enmarcada. Él abrió los ojos asombrado: ¡era su dado! Sí, se trataba del dado azul que había perdido la noche que se topó con el gafe. La joven se lo guardó y se marchó.

Travis salió de su escondrijo. Desde un rincón, el gato negro le miró con aire ceñudo. Al menos, no le había delatado. Antes de irse, con todos los hallazgos efectuados bien almacenados, consideró lo que acababa de presenciar y, por si acaso, realizó una llamada.

—Soy yo. Ten cuidado, puede que recibas una visita —alertó a su interlocutora.

2

Hacía años que la planta alta de *La herradura de plata* ya no se utilizaba como posada. Antes, sus habitaciones estaban siempre preparadas para recibir a cualquier visitante. Ahora, en cambio, estaban descuidadas y se destinaban a almacenar productos o al reposo eventual del tabernero. En ese momento, esa tarde de jueves, Alexander estaba oculto en una de ellas. Aguardaba a que Herbert le avisase.

Cuando dicha señal, una llamada perdida a su móvil, se produjo, Alexander salió de la habitación sin demora. Bajó las escaleras que llevaban a la taberna y, sin dudas ni temores, se dirigió a una mesa ubicada junto a una cristalera, en un punto estratégico desde donde se podía avistar su portal. Se sentó frente al hombre que la ocupaba: un tipo de fisonomía un tanto anodina, con la piel negra, unas gafas de montura metálica y una característica gabardina. Este se quedó helado al verle. Alexander, al contrario, sonrió con ambigüedad a quien, durante semanas, le había seguido y, al menos en una ocasión, auxiliado.

—¡Por fin nos encontramos! —exclamó Alexander, con fingida afabilidad—. Mi nombre es Alexander Berkel. Aunque me da que tú ya lo sabes. ¿Y tú?, ¿tienes nombre? Me parece toda una incorrección que yo no conozca el tuyo. ¿Quién eres? —El hombre de la gabardina, el misterioso bienhechor, continuaba petrificado. El ritmo de su respiración delataba su intranquilidad—. Este sitio es agradable, ¿verdad? Conozco desde hace mucho al tabernero. Es ese de allí. —Alexander señaló a Herbert, quien, desde la barra, dedicó una irónica sonrisa al anónimo bienhechor—. Me ha dicho que te gusta sentarte aquí y espiarme.

Tan insospechado encuentro fue interrumpido por el móvil de Alexander. Este vio el nombre de su hermana en la pantalla, se dirigió al de la gabardina, y añadió:

—Tendrás que disculparme un momento. No se te ocurra intentar escapar. —Descolgó y habló con Irene como si nada—: Hola, ¿qué tal…?

¿Estás en casa…? ¿Sucede algo…? Gracias. Cuéntame… Estupendo, me alegro… Verás, estoy en mitad de una reunión… De acuerdo. Muchas gracias… Hasta luego.

Alexander finalizó la comunicación y se guardó el teléfono en el bolsillo del pantalón. A continuación, volvió a sonreír al tipo que, cual pasmarote, le miraba desde el otro lado de la mesa. Pero la suya no era una sonrisa amable: era toda una amenaza.

—¿Por dónde íbamos? ¡Ah, sí! Ibas a contarme cómo te llamas. —El de la gabardina no parecía dispuesto a abrir la boca. Su actitud no era arrogante, ni mucho menos. El miedo se advertía en las gotas de sudor que comenzaban a resbalar por su frente. Pero Alexander no estaba dispuesto a sentir lástima—. Deberías empezar a hablar ahora.

—No quiero problemas —rogó el tipo, bastante apocado.

—Es tarde para eso. Lo lamento. ¿Por qué me espías?

—No le espío. Le protejo. Solo hago un trabajo.

—Yo no he pedido protección. ¿Quién lo ha hecho? ¿Es la Organización Heptágono?

—No trabajo para la Organización Heptágono.

—¿Entonces? —Ya que el tipo se resistía a confesarse, Alexander borró la sonrisa de su cara. Clavó una mirada gélida en su interlocutor, se inclinó hacia delante, y, susurrante, agregó—: ¿Crees en la suerte? ¿Sabes qué es un gafe?

El de la gabardina tragó saliva, y respondió:

—Sí, creo en la suerte. Y sé lo que es un gafe. Lo sé porque mi madre era una. Ya vi lo que un gafe podía hacer. Me llamo Martin Krane. No quiero problemas.

La revelación personal de Martin Krane en relación a su madre afectó por un instante a Alexander, quien, en otras circunstancias, habría formulado un sinfín de preguntas al respecto. Aun así, prosiguió con su interrogatorio:

—¿Para quién trabajas?

—Me ha contratado alguien que únicamente desea su protección.

—Eso lo juzgaré yo. ¿Quién es ese alguien?

—No puedo traicionarle.

Harto de las reticencias del tal Martin Krane, Alexander puso las manos debajo de la mesa y, con suma frialdad, dijo:

—Podría mermarte aquí mismo y ninguno de los presentes se daría cuenta.

Martin, que decía ser hijo de una gafe, se vino abajo y cedió ante esa amenaza:

—Ismael Wagner —desveló.

10

Las jornadas electorales en Ciudad Fortuna eran días raros, que no se asemejaban ni a los de diario ni a los fines de semana. La tradición de celebrar los comicios municipales entre semana incrementaba la participación en las urnas, debido, sobre todo, a que los electores podían disfrutar de un permiso laboral de hasta tres horas de duración con el correspondiente sello que validaba que habían ejercido el sufragio.

Con todo, Alexander apenas habría votado cuatro o cinco veces desde que cumpliera la mayoría de edad. Su habitual apatía se manifestaba también en su desencanto por la vida política. Desconfiaba de todos los poderosos. No creía en las promesas. Y las pocas veces que un candidato sí le atraía pensaba que, al votarle, le daba mala suerte. Héctor le acusaba de aprovechar cualquier excusa para evitar comprometerse.

En las elecciones del 28-N del año 2013, Alexander tampoco votó. La cuarta victoria consecutiva del alcalde Varone estaba más que cantada, muy a su pesar. De todos modos, la revelación de su misterioso bienhechor, Martin Krane, acabó de quitarle el asunto de los comicios de la cabeza.

Así, mientras los colegios electorales cerraban, él entraba con paso firme en el vestíbulo de la sede de la Organización Heptágono. Clavó su mirada, llena de enojo, en la cámara de seguridad. Una vez que esta le detectó, pasaron varios segundos, durante los que su ira fue en aumento, hasta que el ascensor se abrió.

El aparato le condujo a la quinta planta. Al salir del habitáculo, se encontró a un hombre de treinta y pocos años, que habló con cierto nerviosismo, por lo que dedujo que ya sabía quién y qué era él.

—Señor Berkel —saludó el hombre, titubeante—, me temo que la señorita Myers no se encuentra aquí. Permítame que me presente. Soy el subdirector...

—Me da igual quién sea y dónde esté Selena —interrumpió Alexander, con ásperos modales. Echó a caminar hacia donde creía recordar que había unas escaleras—. Vengo a hablar con el director general, con Ismael Wagner.

—Pero, señor Berkel… —vaciló el hombre, que caminó tras él.

Alexander ni siquiera le escuchó. No obstante, en ese momento, probablemente alertado de su intempestiva visita a la sede, Ismael Wagner torció una esquina a pocos metros delante de él, y tranquilizó al azorado hombre:

—No se preocupe. Ya me encargo yo de esto.

Alexander caminó hacia Ismael, y añadió:

—Usted siempre sabe dónde estoy, ¿no?

—Sígame, Alexander, por favor.

Ismael le condujo a la sala de reuniones en la que dialogaron más de un mes antes. Alexander, dispuesto a no dejarse cautivar por la buena labia y el aspecto de venerable sabio de Wagner, no esperó a que este cerrase la puerta, y expresó todo su malestar:

—Exijo saber ahora mismo con qué derecho contrata a alguien para seguirme —demandó.

—Tranquilícese, Alexander, se lo ruego —pidió Ismael, preocupado por su enfado.

—¡No, no me tranquilizaré! —replicó Alexander. Le daba igual levantar la voz.

—Yo no soy el enemigo, Alexander. Estoy de su parte, se lo garantizo.

—¿Quién es usted para garantizar nada? ¿Qué partes hay? ¿Quién es el enemigo?

—Quien le escogió para investigar un asunto con evidentes riesgos. ¿Acaso no se lo ha planteado antes? Debe saber que estoy bastante convencido de que solo le contrataron para utilizarle, para que sirviera a los intereses de otros. Temo por usted.

—¡Basta ya de intrigas! —gritó Alexander. Comprendió, con una claridad meridiana que no acostumbraba a experimentar, que no quería continuar con aquello—. Se ha acabado. Ya está. Lo dejo. Dígame ahora mismo quiénes eran mis padres. Me lo debe.

—Lamento decirle que yo no soy la fuente de esa información.

–¡Dígame quiénes eran mis padres! A la mierda el trato, también el contrato. Lo dejo. Ya no trabajo para ustedes, desde este mismo momento.

–Recapacite, Alexander, por favor. No tome una decisión a la ligera –imploró Ismael, en voz baja–. Yo no le he espiado. Martin Krane le protegía. No tiene ni idea. ¿Sabe que hasta hace muy poco la Organización le vigilaba? Y no por orden mía, no; sino por mandato de Ricardo Varone. Teníamos centinelas encargados de vigilarle, por ser un gafe y quién sabe si por algo más. Créame. Soy su mayor aliado. Está usted en peligro. Intentaba ayudarle. Pero le aseguro que Martin Krane no le volverá a seguir jamás.

–¿A quién creer ya? Vamos, dígame quiénes eran mis padres.

–No lo sé –reconoció Ismael, rendido–. No poseo ningún archivo al respecto. Tengo cierta idea de quién es la fuente, pero no puedo asegurarlo. En la Organización existen maneras de que la información pueda restringirse incluso al director general, lo crea o no.

Alexander percibió cómo la ira incendiaba su rostro. Furibundo, amenazante, dio un paso hacia Ismael. Hubiera podido pegarle. Estaba rabioso. Se sentía estafado y engañado.

–¡No vuelva a acercarse a mí! –vociferó.

En ese momento, alarmado por el griterío, el hombre que había recibido a Alexander irrumpió en el despacho acompañado por dos vigilantes de seguridad. Estos miraron a Ismael con gesto interrogante. Wagner, con aire apenado, les indicó:

–Tranquilos. El señor Berkel ya se marcha.

–Sí –masculló Alexander–. Y no volveré.

Mientras deshacía el camino hacia el ascensor, sintió unas pisadas, tal vez de uno de los vigilantes, a su espalda.

Cuando salió a la calle, la noche era cerrada. Se dio cuenta de que respiraba con mucha fuerza. Una amalgama de sentimientos le atormentaba. La rabia se mezclaba con la impotencia. Mas una honda desilusión le embriagó al entender que ya nunca descubriría la verdad acerca de sus orígenes.

11

Ricardo Varone ya lo podía celebrar. Los resultados definitivos no se conocerían hasta la mañana del día siguiente, momento en que la victoria se festejaría por todo lo alto en un escenario preparado en la plaza de la Cornucopia. Aun así, a las once de la noche del jueves de las elecciones, los datos provisionales confirmaban lo que todas las encuestas ya auguraban: un triunfo arrollador del alcalde, con casi un 62% de los sufragios.

El cuartel general de la campaña del alcalde estaba cerca del Ayuntamiento. En el despacho que le habían reservado, Ricardo brindó con champán en compañía de su jefe de seguridad, Carlo Ferrara.

—Enhorabuena, alcalde —felicitó Carlo—. Cuatro años más. Me pregunto cuántos alcaldes de Ciudad Fortuna llegaron a un cuarto mandato.

—Lo cierto es que no lo sé —dijo Ricardo—. Es una cuestión que deberíamos consultar.

El despacho se ubicaba en la segunda planta. El lugar era un caos: lleno de mesas que, a su vez, estaban hasta arriba de papeles; pancartas apoyadas en las paredes; sillas por doquier; etc. El sonido del júbilo de los empleados y los voluntarios, procedente de las demás estancias del inmueble, llegaba hasta allí amortiguado.

Ricardo pensó que aún no había asimilado la magnitud de su hazaña. A partir de ahora, su poder sería incontestable. Debía administrarlo con astucia y prudencia. Sin duda, el proyecto *eFortuna Global* había sido la razón principal de su victoria. Durante los cuatro años siguientes, lo haría realidad. Pero esos solo eran los planes para la ciudad. Él albergaba otros para sí mismo. Por el momento, debía aprovechar el sosiego de las semanas de transición hasta su investidura del 2 de enero, y centrarse en solventar otros asuntos. Él también había hecho una elección crucial ese día.

La vibración del teléfono de Carlo llegó a los oídos del alcalde. El jefe de seguridad respondió a la llamada con discreción y, luego, se dirigió a él para comunicarle:

—Su visita ya está aquí.

—Que pase, por favor —solicitó Ricardo—. Y, Carlo, de nuevo, gracias por todo.

Ricardo y Carlo entrechocaron sus copas una vez más. Carlo apuró la suya y salió del despacho. Minutos después, alguien llamó a la puerta. Selena Myers entró con paso prudente.

—Tan radiante como siempre —la piropeó el alcalde.

Selena lucía un vestido con un escote seductor. Llevaba el pelo suelto y el maquillaje justo. Calzaba tacones.

—No es nada —contestó ella—. Tú estás tan elegante como de costumbre.

Ricardo correspondió la adulación con una sonrisa, a pesar de que vestía un traje muy corriente, del estilo suntuoso que acostumbraba a llevar.

—Disculpa el desorden —comentó Ricardo—. Se supone que este es mi despacho, pero solo he estado aquí tres veces. ¿Una copa de champán?

—Sí, gracias. —Selena se acercó al alcalde, que cogió otra copa vacía de la bandeja en la que le habían llevado la botella de champán. Una vez que él sirvió la copa, rellenó la suya y brindaron, Selena añadió—: Enhorabuena, señor alcalde.

—Gracias. Aunque prefiero pensar que es la ciudad la que ha ganado hoy.

Selena no pudo evitar una fugaz risita ante su mal disimulada petulancia.

—¿De verdad no te cansas, Ricardo? —preguntó ella—. Son muchos años en lo mismo.

—Mentiría si te dijera que no. Pero presiento que esta legislatura va a ser muy distinta, definitiva de alguna manera. Entre tú y yo, se avecinan tiempos de cambio.

—¿Hablas de dejarlo o de aspirar a otra cosa?

—No conozco el futuro. Lo que digo es que presiento cambios. ¿Tú no?

—¿En la ciudad?

—Y en otras áreas.

—¿En la Organización?

Ricardo aplaudía la soltura con la que Selena siempre se movía en la ambigüedad y la perspicacia. De hecho, estaba seguro de que la mujer llegaría muy alto en su carrera. Había logrado una reputación considerable en Heptágono. Pero, esa noche, no la había citado allí para escuchar rodeos. Así que respondió a su interrogante con otro:

—Dímelo tú —replicó—. ¿Presientes cambios en la Organización? O, mejor, discúlpame, deja que replantee la pregunta: ¿crees que son necesarios cambios en la Organización?

Selena calló durante casi un minuto. Mientras tanto, Ricardo y ella escrutaron sus rostros, como si se leyeran el pensamiento. Al final, ella cuestionó:

—¿Te refieres a Ismael?

Despacio, Ricardo dibujó una sonrisa en su cara. Esa respuesta, aunque volvía a ser una pregunta, dejaba muchas cosas claras. Demostraba que Selena, quien para nada era una ingenua, sabía muy bien de qué quería hablar.

—Me refiero a Ismael, sí —afirmó él—. Pero, en el fondo, pienso en la Organización. Y, para que no me acuses de hipócrita, también pienso en mi porvenir en ella. Y en el tuyo, si me lo permites. Dime si no opinas que Ismael Wagner se ha quedado oxidado.

—¿Sinceramente? No. No opino que Ismael esté oxidado. Creo que lleva el timón de la Organización a la perfección. Lo que sí veo es que su estilo ya está caduco. Ostenta la dirección general desde antes de que yo entrara en Heptágono. Y no le veo apropiado para gestionar los nuevos tiempos. Está estancando a la Organización.

—Me alegra oír eso. Me alegra porque, al fin, siento que hablas libremente.

—¿Qué significa eso? —inquirió Selena, con fingida molestia.

—¿Más champán? —invitó Ricardo. Ella asintió, y él rellenó las copas. Luego, continuó—: Selena, ha llegado el momento de posicionarse. Si vamos a continuar esta conversación, ambos debemos establecer un compromiso secreto.

Ricardo adelantó su copa para brindar de nuevo. Pero Selena debió intuir que no era un mero brindis lo que él deseaba efectuar, sino la firma de un pacto. Su rostro reflejaba posibles dudas. Ese era el momento de la verdad. Tras unos instantes, la bella mujer entrechocó su copa. La alianza se había forjado.

—¿Cómo podemos removerle del cargo? —consultó ella.

—Removerle es muy complicado, su historial como director es asquerosamente impoluto —explicó Ricardo—. La siguiente sesión anual será la del final de su mandato. Por ahora, no tengo la más mínima esperanza de que Ismael se deje convencer para no presentarse a otra reelección, salvo que nos diese una sorpresa.

—Entonces, ¿qué opciones nos quedan?

—Ser pacientes. Prepararnos en la sombra. Solo van a ser unos meses. Promoveremos una candidatura alternativa a la suya de cara a la sesión anual.

—Llegará un momento en que nuestra estratagema quedará al descubierto —agregó Selena—. Nos veremos forzados a abandonar nuestros cargos. Tus detractores cargarán contra ti por pretender compaginar la dirección general con la alcaldía.

Ricardo se percató de las dudas que aún intranquilizaban a Selena. En especial, captó su miedo a disgustar a Ismael Wagner. Lo comprendía, ya que este fue su gran valedor cuando la eligió, a pesar de su juventud, para ser la número tres de la Organización. No le preocupó.

—Tranquila, Selena —dijo—. Confía en mí. Salvaremos cada obstáculo. Tengo todo calculado. Esta noche no es para agobiarse con detalles. Esta noche es para celebrar el triunfo de ambos. Nuestro triunfo es nuestra alianza. Descansa. Ya hablaremos.

Selena apuró su copa y la dejó en la mesa. Se dispuso a marcharse. Sin embargo, para intriga de Ricardo, cuando estaba a punto de abrir la puerta, se detuvo vacilante, y añadió:

—Ricardo, si vamos a ser amigos, hay algo que, en conciencia, debo advertirte. No es mi intención enervarte, pero debes estar prevenido. Es acerca de Lara.

—¿Qué ocurre? —interrogó el alcalde, contrariado porque se mentara a su hija.

—Lara está viéndose con Alexander Berkel. Lo he descubierto por casualidad.

—Ah, eso —contestó él, muy seco—. Te lo agradezco. Pero ya zanjé el asunto.

—¿Estás seguro? Porque les vi juntos la semana pasada.

Ricardo estuvo a punto de romper la copa que sostenía. Sintió que el cuarto se sumía en una repentina penumbra. La ira le poseyó.

Selena se marchó sin más. Él masculló una enojada blasfemia. No lo podía creer. ¿Cómo se las había arreglado Lara para burlar su férrea vigilancia y volver a ver a ese malnacido? Enseguida, su cerebro maquinó una hipótesis. Y su furia fue en aumento.

Salió del despacho. Bajó al salón donde su gente festejaba los resultados de las urnas. Por el camino, todos le felicitaron ebrios de alegría. Él les respondió con su deslumbrante sonrisa. Quienes estaban en el salón se percataron de su presencia y le dedicaron un cálido aplauso. Él les acalló con gestos de las manos, con simulada modestia.

Casandra conversaba con algunas mujeres de la campaña. Él se acercó a ella, la agarró del brazo con disimulo, se inventó una excusa frente a sus trabajadoras y trató de que no se notara cómo tiraba de ella. La condujo a la primera habitación que encontró vacía. Era un cuarto minúsculo, donde solo había una fotocopiadora y unas cuantas cajas.

—Querida —habló, después de cerrar la puerta y aproximarse amenazante a ella. Dejó que la inquina enturbiase su voz—. Me acabo de enterar de que Lara sigue viendo a ese gafe. Y me preguntaba si tú sabías algo de esta mierda.

—Sí —asintió Casandra, sin amedrentarse, y sostuvo su mirada con fiereza.

Lo que más enervó a Ricardo no fue que ella estuviese enterada de la desobediencia de su hija o que pudiese ser cómplice del engaño, sino que lo reconociese de ese modo y se encarase con él como si fuese la que obraba bien. Rabioso, le propinó una fuerte bofetada. Casandra ahogó un chillido.

Acto seguido, imperturbable, Ricardo volvió a la fiesta y se dejó adular por su corte.

12

Alexander dio un largo paseo tras su furiosa visita al despacho de Ismael. Estaba agobiado. Necesitaba despejarse. Había tomado una decisión abrupta, motivado por la rabia del momento. Ahora empezaba a comprender las implicaciones de abandonar el "caso azafrán". Sintió cierto alivio, por lo que se preguntó si, tal vez, dejar el caso había sido solo una huida, una rendición a su perpetuo pesimismo. Aunque, en el fondo, al hablar con Wagner había tenido la impresión de que nunca llegaría a conocer la verdad sobre sus orígenes, de que la Organización solo se burlaba de él.

Mientras caminaba por la avenida Fabriko, escuchó los cláxones de varios coches que circulaban por la calzada y pitaban con una rítmica cadencia. Eran vehículos pertenecientes a la campaña del alcalde Varone. Alexander recordó entonces que ese día habían tenido lugar las elecciones. Supuso que el padre de Lara había sido elegido, por cuarta vez consecutiva, para regir el Ayuntamiento. Rio con amargura, al darse cuenta de que tenía de enemigo a la persona más poderosa de la ciudad.

En vista de que el paseo solo había servido para embotarle más, decidió regresar a casa.

Al abrir la puerta del piso, se asustó un instante al percibir luz y ruidos. Para su alivio y sorpresa, Lara salió a recibirle con una deslumbrante sonrisa.

—¿Qué haces aquí? —preguntó él, igual de sonriente. Se percató de que un solo segundo junto a ella había servido para hacerle olvidar sus turbaciones.

—¡Sorpresa! —exclamó ella. Le abrazó y le dio un beso—. Mi padre va a estar de celebración toda la noche. Tendré que madrugar para irme pronto. Pero la noche es nuestra.

—¿Toda la noche? —interrogó él.

—Toda la noche —asintió ella.

Alexander miró a su alrededor. Lara había puesto la mesa para lo que se presumía una cena romántica. Incluso había encendido dos velas que él no recordaba tener en casa. Inspiró y apreció el aroma de algo que olía muy bien en la cocina. También había música de fondo. En un rincón del salón, Trece se saciaba con su particular festín, ya que tenía su cuenco repleto de comida. El felino miró unos instantes a su colega humano y continuó con su cena tan campante.

Lara pasó la yema de un dedo por la barbilla de Alexander, justo bajo el labio inferior, y le acarició despacio.

—Te has cortado al afeitarte —anotó.

—No importa —dijo él—. No es nada.

Sin prisas, Lara acarició el rostro de Alexander. Recorrió la sombra de su barba rasurada. Después, con enorme delicadeza, comenzó a besarle el corte. A continuación, bajó por su cuello, lo besó, y posó la cabeza sobre su torso. Él cerró los ojos, y se deleitó con el perfume y el tacto de esa chica de cabello azabache, cuerpo frágil y ojos sin fin. Se le ocurrió que no merecía experimentar semejantes maravillas, mas pensó que gozar de esas alegrías compensaba todo lo que la vida, por otro lado, le había negado.

Una canción llegó a sus oídos. La conocía. Parecía proceder de un lugar muy remoto, como si Lara y él ya no estuviesen en el salón de su casa. Recordó el título. Era *Teardrop*, de Massive Attack. Lara se abrazó con fuerza a él. Alexander abrió los ojos y la miró fijamente. No dijeron ni una palabra. Ambos pensaron que la cena podía esperar. Él supo que iban a consumar algo que había rehuido durante semanas, si bien, en el fondo, hacía tiempo que lo habían decidido. Someterían sus porvenires al dictamen del tercer dogma.

El dormitorio del apartamento tenía el techo abuhardillado, en menor medida que la cocina y el baño, ubicados al otro lado de la vivienda. La decoración era escueta. El espacio era el justo para una cama de matrimonio, una mesita de noche a cada lado, un armario empotrado en la parte alta de la habitación, y una cajonera larga y baja colocada en la zona donde el techo caía. Había una ventana inclinada encima de la cama.

El resplandor de la noche de Ciudad Fortuna fue toda la iluminación que Alexander y Lara requirieron. Sin prisas, se libraron de la ropa. Se recrearon en su desnudez. Se palparon. Él solo se dejó el amuleto. Ella lo tocó. Se fusionaron. Revelaron placeres y sensaciones que ninguno había vivido antes. Y, durante esa hechizante noche, Alexander creyó que, de verdad, la vida le había deparado la ilusión de gratas sorpresas.

13

Irene también tomó una decisión esa noche. Era consciente de los peligros que conllevaba su determinación. Y tenía claro que, ocurriera lo que ocurriese, su hermano se pondría hecho una furia cuando supiese lo que había hecho. Pero lo hacía por él. Alexander debía finalizar su relación con la Organización Heptágono.

No avisó a nadie de sus intenciones. Así, al día siguiente, con el primer resplandor del alba, se levantó sin despertar a Lena, quien dormía a su lado. Fue al cuarto de baño, se dio una ducha y se vistió, peinó y maquilló de una manera nada habitual en ella. Hasta se quitó el *piercing*. Cuando acabó, se observó en el espejo. Este le devolvió la imagen de una mujer de negocios de apariencia elegante y pija. Se había puesto la blusa, la falda y la chaqueta más serias y anodinas que guardaba en su armario. Llevaba el pelo recogido en un moño. Y, aparte de cubrir todo su rostro con una base de maquillaje y pintar la línea de sus ojos, había resaltado sus labios con un carmín rojo muy vistoso.

Camuflada, convertida en otra persona para no ser identificada, salió de su piso a primerísima hora de la mañana. Era viernes, una jornada de celebración para el ganador de las elecciones, pero un día laborable para el resto de los mortales. Irene pidió un taxi para ir al pabellón octavo del área industrial y empresarial. Allí, traspasó la entrada principal de la edificación con aire decidido. Contuvo la respiración al cruzarse con un vigilante de seguridad. Pero vio, con gran alivio, que no era ninguno de los que les habían sorprendido semanas antes. Estuvo a punto de tropezar en una ocasión, pues no acostumbraba a calzar tacones. Asía con fuerza un maletín negro, cuyo interior, en realidad, estaba vacío.

Subió a la segunda planta. Junto a la puerta principal de los *Laboratorios Librae*, había un interfono similar al portero automático de la mayoría de las viviendas. Irene respiró hondo, se alisó la chaqueta, y llamó al telefonillo.

Cuando ya creía que no había nadie, la puerta se abrió con un chasquido. Salió a recibirla, con gesto confuso e incluso intranquilo, un veinteañero alto y delgado, de cabello rubio y rizado, y piel lampiña, que llevaba unas gafas de monturas redondeadas. Debajo de una bata blanca, que le quedaba holgada, vestía ropa juvenil.

—¿Puedo ayudarla? —preguntó. Casi tartamudeaba.

—Buenos días. Mi nombre es Erica Bergen —respondió Irene, con una dicción perfecta, mientras tendía una mano al desconcertado veinteañero—. Soy de la Agencia de Control de Riesgos Medioambientales. Deseo hablar con el responsable de la instalación.

El joven estrechó su mano sin salir de su desconcierto.

—Adelante —dijo. Irene entró tras él, quien cerró la puerta. El recibidor, desierto, estaba tal como lo recordaba de su anterior visita al lugar, excepto por el hecho de que ahora había luz—. Espere aquí, por favor —indicó el chico, y señaló el tresillo.

Irene tomó asiento, mientras el joven pasaba a la zona de despachos. Creyó oír el sonido amortiguado de una conversación. Apresurada, se puso en pie y accedió al pasillo de la izquierda. Allí, entró en un aseo de mujeres y, sin encender la luz, se ocultó tras la puerta.

Muy poco tiempo después, aunque a ella le pareció mucho, advirtió el ruido de unas pisadas en el recibidor. Escuchó una voz:

—¿Hola? —decía. Era una voz de mujer. Sonaba lánguida, nasal y un tanto confundida—. ¿Hola? —repitió.

Las pisadas se desplazaron: primero, las notó más lejanas; después, acongojantemente cercanas; luego, lejanas otra vez; y, por último, más alejadas, hasta desaparecer.

Irene se palpó el pecho. Temió que el retumbar de los latidos de su corazón la delatase. Respiró hondo hasta relajarse. Aguardó un par de minutos, durante los cuales no oyó nada. Cuando estimó que era el momento, salió de su escondrijo.

El vestíbulo donde se hallaba la puerta con el letrero "Experimental 1" estaba silente y vacío. Con sigilo, mirando atrás cada dos por tres, Irene se aproximó a ella y, de un bolsillo de su chaqueta, extrajo cierto objeto: el brillante dado azul que su hermano le había quitado al tal Travis Dixon, casi dos meses antes.

Esperando que esa puerta no volviese a darle calambre, Irene introdujo el dado en la abertura cuadrada de la cerradura. El objeto no solo encajó a la perfección, sino que activó los engranajes de la puerta. El núcleo más denso y opaco que se intuía en el interior del dado debía contener el mecanismo de apertura. Así, con el ritmo cardiaco desbocado, ella empujó la puerta, muy pesada. Y, al fin, entró en "Experimental 1".

Se trataba de un laboratorio de grandes dimensiones, que tendría anexionado el espacio de estancias contiguas. Había multitud de cosas: mesas, encimeras, fregaderos, ordenadores, aparatos cuya función desconocía, balanzas, frascos, botes...

Entonces, lo que seguramente aconteció en pocos segundos, Irene lo percibió con una espesa lentitud. Vislumbró un polvo rojizo en una placa de Petri. Alguien se movió a su espalda. Ella se giró. Halló a una mujer, que tenía una mácula en el pómulo derecho. Notó un agresivo pinchazo en un brazo. Gimió. Y un denso sueño se apoderó de ella...

Capítulo IX

Portador del infortunio

1

Alexander Berkel había querido a muy pocas personas a lo largo de su vida. Suponía que, antes de ser abandonado en un orfanato, habría tenido a su padre y su madre, quienesquiera que fuesen, e incluso, tal vez, hermanos o hermanas. Pero procuraba no preguntarse si ellos le habrían querido a él. Más tarde, tras los años en el orfanato, Héctor e Irene, su auténtica familia, le enseñaron el significado de sentimientos como el cariño, el cuidado o la estima. Después de la muerte de su padre adoptivo, su hermana se convirtió en la única razón por la que su dañado corazón todavía latía. Pero estos eran amores paternales o fraternales. El verdadero amor no llegó a él hasta una tarde del otoño del año trece, en la esquina de Fabriko con Tragaluces. Pues, hasta que conoció a Lara Varone, Alexander Berkel no se había enamorado nunca.

Si echaba la vista atrás, al menos hasta donde su perjudicada memoria le permitía vislumbrar, podía recordar, con mayor o menor nitidez, los rostros de algunas chicas hacia las que había sentido cierto encanto o encaprichamiento. Se acordaba de una niña con gafas y trenza que vivía en el orfanato, una de las pocas personas allí que no era mala con él. También pensaba en una chica de uno de los institutos donde estudió, una que llegó a besarle y, de la noche a la mañana, dejó de hablarle. Ya adulto, había conocido a un par de chicas cuya imagen le había cautivado de algún modo. Eran vecinas de los barrios donde vivían; la última, en la calle de las Tahonas, en Ciudad Fortuna. Pero con ellas ni siquiera habló. Luego, en su edad adulta, cuando se adentró en el mundo de las relaciones íntimas con las mujeres, no toleró que lo corporal trascendiese a lo emocional en ningún momento.

Hasta que Lara lo cambió todo. Esa noche, la noche de las elecciones, ajenos a todo cuanto pudiese acontecer más allá de las paredes del piso, hicieron el amor por primera vez. Alexander tuvo la sensación de vivir algo que no había experimentado antes. Hasta llegó a sentirse torpe. Estaba acostumbrado a desfogar una pasión solo carnal con las mujeres con las que se acostaba. Se centraba en los atributos externos y las señales físicas. Perseguía la satisfacción sexual de ambos. En cambio, esa noche, al estar con la joven de cabello azabache que le había enamorado, descubrió una pasión que solo era posible cuando una persona anhelaba alcanzar el verdadero interior del otro. Tuvo la impresión de que Lara también gozó de algo que, quizás, no había compartido con otro hombre antes que con él.

Se quedaron dormidos, aunque no sabía a qué hora. Alexander se desperezó al percibir que ella salía de la cama. Adormilado, entreabrió los ojos y, en el claroscuro del alba, poco antes de que amaneciera, vio cómo la figura de Lara entraba en el cuarto de baño. Recordó que ella tenía que irse muy temprano para evitar que su padre la pillara. Se sentó en la cama, se restregó los ojos, se estiró, y se dio cuenta de que el hechizo había concluido.

Mientras Lara se duchaba, Alexander preparó el desayuno. Hacía frío. El temporizador de la calefacción aún no se había puesto en marcha. Él cogió una camiseta y el pantalón de un raído pijama. Ella salió del baño lista para marcharse, y sonrió al hallar el desayuno en la mesa: zumo, café y tostadas. La pareja tomó asiento.

—No tengo mucha hambre —admitió ella.

Alexander la observó. Lara tenía las mejillas más apagadas que de costumbre. Debajo de sus ojos asomaba la sombra de unas ojeras. Parecía moverse con lentitud y un poco de torpeza. Aunque todo esto podía deberse a la falta de sueño, él sabía que era consecuencia de otro factor. Quiso besarla, pero se contuvo.

—¿Cómo te encuentras? —preguntó él.

—Bien. Pero he dormido poco —respondió ella, que removía el café sin cesar.

—Venga, no me mientas. ¿Cómo estás?

—No te preocupes. Pero no tengo apetito —explicó ella, y dejó de remover el café—. Me siento rara. Puede que haya cogido frío.

—No, Lara. No es frío. —Alexander tuvo que frenarse para no acariciarla. De repente, su fragilidad le atemorizaba—. Lara, ya hablamos sobre el tercer dogma. Esta noche, tú y yo hemos corrido un riesgo; tú, sobre todo. En las próximas horas o días, vas a notar lo que te expliqué que era el período de quebranto. Perdóname. Soy portador del infortunio.

—No me pidas perdón —replicó Lara, consciente de su angustia. Tomó su mano entre las suyas y la besó en el dorso. Alexander se estremeció ante el contacto, casi temeroso de poder herirla—. Tendré cuidado —anotó.

—Por cierto —añadió él. Se incorporó, se dirigió a la mesa de café y cogió el aparato que Irene había dejado allí la tarde anterior. Se lo entregó a Lara, y dijo—: Irene lo trajo ayer. Este es para ti. Póntelo siempre. Ten cuidado.

—Lo prometo, Alexander. No me pasará nada. Evitaré los deportes de riesgo y jugar a la lotería —agregó, con una sonrisa, en un intento de quitarle trascendencia al asunto.

—Si fuera tan fácil… —suspiró Alexander, y sonrió para corresponderla—. Mucho me temo que no es así. Héctor me contó que la suerte enhebra toda nuestra vida. Actúa más en el largo plazo que en el corto. Puede haber anécdotas específicas. La ventura es caprichosa. Pero es más un cómputo global. A veces, piensas que no te falta nada y, en solo un segundo, lo pierdes todo. La suerte da, y la suerte quita. Y más en esta ciudad.

Lara reflexionó unos instantes. Después, se puso en pie, y comentó:

—Siento hacerte el feo del desayuno, pero prefiero no comer. Debería irme.

Alexander se levantó. Acompañó a Lara hasta el umbral. Allí, asió su brazo con delicadeza y la trajo hacia él.

—Lara —dijo—, he abandonado el caso. Es largo de contar. Pero he llegado a la conclusión de que lo mejor es renunciar a la supuesta información sobre mis padres.

—Vaya… Bueno, ya me lo contarás.

Alexander se permitió tomar su rostro entre las manos. Se miraron a los ojos. La magnética oscuridad que siempre brillaba en los de ella se veía mate esa mañana. Él cerró los suyos, contuvo la respiración y posó sus labios sobre la frente de Lara. Fue un momento irrepetible, durante el que deseó que esa mirada volviese a brillar pronto.

Alexander le abrió la puerta y se quedó en el umbral. Ella caminó hasta las escaleras y se giró una última vez para sonreírle. Él empujó la puerta, mas, antes de que esta se cerrase del todo, le pareció oír la voz de ella. Nunca supo si realmente le habló.

Se quedó solo. Pensó en comerse el desayuno que Lara no había probado. En algún rincón del dormitorio, Trece maulló. Él se preguntó cuánto podría durar el período de quebranto de la joven. Y, ensimismado, vio a otra mujer de largo cabello moreno.

2

El día es muy luminoso. A pesar de ello, por la mañana, todavía se pueden ver algunos charcos de la tormenta estival que arreció la noche anterior. Pronto se secarán. Después de desayunar, el niño juega a saltar entre ellos sin mojarse las sandalias.

Luego, entra a hurtadillas en la casa. No quiere que le regañen. Últimamente, en la casa hay personas que le miran mal, personas que le dan miedo. Él sube a la planta de arriba y abre una puerta despacio. Al hacerlo, menea un "atrapasueños".

Para él, la habitación es grande, como todo en el caserío. La brisa matinal mueve las cortinas. La cama es enorme. No le dejan dormir ahí. La mujer está sola, recostada. Escucha su vinilo favorito, una melodía que él conoce: sobre la contenida presencia de la orquesta, la guitarra expresa una honda añoranza con sobrecogedora belleza.

La mujer sonríe al verle. Parece enferma, está pálida. Le molesta al incorporarse. Es muy guapa, joven, de piel límpida y largo cabello moreno. Viste un camisón.

Alexander corre hacia ella y reposa la cabeza en su regazo. La mujer le acaricia el pelo. Y, con voz débil, le dice: "Mamá está enferma. Mamá te quiere mucho".

3

Alexander se quedó absorto, de pie en mitad del piso, largo rato. Se preguntó si lo que acababa de rememorar era un auténtico recuerdo o el producto de una ilusión. ¿Esa mujer joven, de largo cabello moreno y tez anémica, era su madre? Se dio cuenta de que, de un modo que no podía explicar, sentía que ya la había recordado antes. Pero, al mismo tiempo, no conseguía recapitular más momentos a su lado. Abrumado, pasó al cuarto de baño y se mojó la cara con agua fría, a pesar de la temperatura de la mañana. Pensó en volver a la cama. Si lo hiciera, ¿podría soñar de nuevo con la mujer que acababa de vislumbrar?

Decidió comerse el desayuno que Lara había dejado intacto e intentar aprovechar la mañana. Después, se sentó frente al viejo portátil. Se planteó qué hacer con el material que había acumulado en torno a la investigación. Devolvería los libros que Luka le había prestado. Pero no sabía si quedarse o deshacerse del resto de cosas. Lo que más le frustraba era que todavía le obstinasen algunos de los cabos sueltos. Estaba seguro de que, de alguna manera, la intención de los productores del "azafrán" consistía en la manipulación artificial de la suerte. El enigma de E. Sawatzki, o Esther Sawatzki, era el que más le intrigaba. Y, en ese instante, recordó algo que, unos días antes, había olvidado por completo: el comentario que Selena Myers realizó acerca de la posibilidad de que Sawatzki fuese un apellido de casada.

Retomó cierta idea que empezaba a considerar la tarde que, la semana anterior, Luka le telefoneó para que hiciese compañía a su abuela. Ahora se acordaba. Usando el portátil, repasó los contactos de Pete Callow en *LinkedIn*. Recordaba haber visto el perfil de alguien cuyas iniciales sí cuadraban con la V y la K de la dirección de correo que había hallado en los laboratorios. Se trataba de una mujer llamada Vera y apellidada Klausmann. A partir de ahí, efectuó diversas búsquedas en *Google*. Así, descubrió información muy clarificadora. Se dio cuenta de que había desvelado una clave fundamental para resolver el caso. Y se percató con amargura de que lo había logrado justo después de abandonar con estrépito la investigación.

Sin embargo, de repente, una alarma le sobresaltó. Su teléfono móvil emitía un pitido que no había oído antes. Azorado, miró la pantalla. Vio la interfaz de un programa que no reconocía. Enseguida, cayó en la cuenta de que era la aplicación que Irene había instalado en su teléfono, vinculada al monitor de constantes vitales que su hermana llevaba en la muñeca. El mecanismo del sistema acababa de activarse. Entonces, horripilado, Alexander comprendió lo que sucedía: ella se encontraba en peligro y, según el plano del sistema GPS, su señal procedía de los *Laboratorios Librae*.

Sobrecogido por un miedo que muy pocas veces había experimentado, cortó la alarma y llamó al móvil de su hermana.

—¿Qué has hecho, Irene? ¿Qué has hecho? —murmuraba para sí, terriblemente intranquilo, mientras aguardaba.

Irene no contestaba. Tenso, él optó por llamar al piso de la calle Turing. Así, tras varios tonos, cuando creía que tampoco obtendría respuesta, escuchó una voz femenina. No tardó en reconocer el timbre de Lena Cascio.

—¿Eres tú, Lena? —preguntó, sin notar que gritaba—. ¿Estás ahí?

—¿Hola? ¿Quién es? —contestó Lena, adormecida.

—Lena, soy Alexander, el hermano de Irene. Escúchame, por favor. ¿Está Irene ahí?

—No, Alexander. Me he despertado ahora mismo. Estoy mirando por aquí. Se ha ido.

—¿Sabes dónde ha ido?

—No. Pero ¿qué pasa?

—Lena, no te asustes. Acabo de recibir la alarma de su monitor en mi teléfono móvil.

—¡Oh, no!

—Lena, necesito saber por qué ha…

—Espera —interrumpió Lena—. ¡Habrá ido a comprobar lo de ese dado!

—¿Qué? —replicó Alexander, confundido.

—El dado azul que tenías en tu casa. Ayer fue a por él. ¿No te lo dijo? Lo estudió toda la noche. Decía que podía servir para abrir la puerta del laboratorio.

Alexander miró la repisa donde, entre otras cosas, tenía una fotografía enmarcada con su padre y su hermana. El dado azul que le quitó a Travis Dixon ya no estaba allí. Su cerebro ató los cabos a toda prisa, y dedujo lo que había sucedido.

Irene había entrado con ese dado azul en la sala "Experimental 1" de los *Laboratorios Librae*. Ahora, para salvarla de la locura que había cometido, él necesitaba hacer lo mismo. Y recordó dónde había visto otro dado similar, aunque este estuviera esmaltado en rojo.

4

Lara Varone llamó a un taxi que, a primera hora de la mañana, la llevó hasta la calle del General Tauber, en la zona oeste del Arco Clásico, en la margen norte del río Tyche. Se trataba de una calle larga y curvada, donde se edificaban viviendas acomodadas, rodeadas de parcelas ajardinadas y cercadas para aislarlas del resto del mundo. A esas horas, los solitarios pasos de la joven, que caminaba aterida por el frío, eran lo único que se podía escuchar.

La vivienda de los Varone era una casa de amplia planta, con dos alturas y un estilo moderno tendente al *art deco*, de formas geométricas, muros blancos y techos oscuros. Se erigía en la parte delantera de la parcela. El resto era un jardín de verdísimo césped artificial, con mobiliario de madera, sobre todo en la enorme parte trasera. Además, contaba con un pequeño invernadero. La parcela estaba rodeada de una ornamentada verja y un tupido perímetro de arbustos. Sigilosa, Lara franqueó la puerta peatonal.

La entrada de la casa constaba de un pequeño recibidor rectangular, que, tras un arco, daba paso al vestíbulo central, donde arrancaba la escalinata y desde donde se accedía a las demás estancias: salón, comedor, despacho, cocina... Siempre había alguna luz encendida. Por eso, Lara no desconfió al ver lámparas que todavía lucían. Pero, cuando pisaba cautelosa la alfombra circular, en mitad del vestíbulo, bajo la suntuosa luminaria del techo, casi le dio un infarto al escuchar la voz de su padre, procedente de algún rincón:

—No te molestes —dijo el hombre, con grave seriedad—. No he podido pegar ojo.

Alterada, Lara, tras llevarse una mano al pecho como si el corazón se le fuera a salir por el susto, miró rauda en todas direcciones. Pronto vio a su padre, de pie en el umbral de su despacho, bajo la curvada escalinata. Todavía llevaba su traje, aunque ya sin la corbata. Se le percibía cansado. Su faz poseía una oscuridad que ella no había advertido jamás.

Lara podría haber dicho muchas cosas. Podría haber intentado excusarse, haber ideado cualquier mentira, o haberse enfrentado sin ambages a su padre. En cambio, comprendió que nada de eso merecía la pena. No deseaba mostrarse asustada, aunque no pudo evitar tragar saliva. Ricardo, como si hubiese adivinado sus intenciones, añadió:

—Lara, hija mía, nunca sabrás cuán dolorosa resulta tu insolente ingratitud.

Ella, en lugar de amilanarse, por primera vez en su vida, contestó a su padre:

–Es mi vida. Son mis decisiones. No hay nada que tú puedas hacer. Asúmelo.

–No –replicó Ricardo, *ipso facto*–. Eso es algo que no pienso asumir. –Con paso lento y pesado, el hombre se acercó a ella hasta que ambos estuvieron cara a cara. Así, sentenció–: Si te vas con él, no podrás volver a esta casa. Es tu vida. Es tu elección.

Lara sintió ganas de llorar durante un segundo. Respiró hondo y se mantuvo firme, si bien, por un instante, notó que su labio inferior temblaba. Tenía clara su elección.

Subió la escalinata con paso sosegado, como tantísimas veces había hecho a lo largo de su vida. Entró un momento en su cuarto. Cogió una mochila de su armario y, de manera improvisada, guardó unas cuantas cosas en su interior. Luego, se la echó a la espalda y salió de nuevo al pasillo. Escuchó el correteo de Nizza, que apareció de repente y se dirigió a ella con ánimo impaciente. Lara supo que la perra, su mejor amiga, presentía lo que ocurría. La acarició para tranquilizarla. Nizza, aun poco convencida, se hizo a un lado resignada.

Lara reparó entonces en la presencia de su madre. Casandra, enfundada en una bata, con tez desmaquillada y gesto apesadumbrado, había salido de su dormitorio y miraba a su hija con cierta súplica en sus ojos. Lara caminó hasta ella. Madre e hija se abrazaron durante largos segundos. La hija sintió cómo su madre se aferraba a ella, y no logró reprimir las lágrimas. Intentó dominar el llanto, besó a su madre con sumo cariño, y le susurró:

–Te quiero mucho.

–Y yo a ti –sollozó Casandra.

–Cuídate, mamá.

Cuando Lara bajó al vestíbulo, no se molestó en mirar a su padre. Pasó a su lado como si este no existiera. Salió a la calle. Echó a andar.

La mañana era gélida. Aunque ella tardó bastante en darse cuenta.

5

Alexander localizó la tarjeta de visita de Manuel Sócrates, dueño y gerente de *La rueda de la fortuna*. Marcó su número y, al quinto tono de espera, escuchó su voz al otro lado de la línea. Presa de la tensión, pronunció un enrevesado y desatinado resumen sobre qué le sucedía y necesitaba. Pese al atropello, Sócrates no solo no formuló ninguna pregunta relativa a la increíble historia que él acababa de relatar, sino que se mostró muy colaborativo.

Tan solo media hora después, se encontraron en *La donna sognante*, una refinada cafetería ubicada en la avenida Deziro. Sócrates, sentado en una mesa frente a una humeante taza, leía el periódico. Parecía estar solo, aunque Alexander supuso que el tipo trajeado que desayunaba en la barra era uno de sus guardaespaldas. El aspecto del empresario era el mismo de la noche que ellos se conocieron: traje caro, figura esbelta, rostro atractivo, pelo y barba morenos, y ojos muy oscuros. Inquieto, Alexander ocupó la silla que había frente a él, y no pudo evitar preguntar:

—¿Esta es otra entrada a *La rueda de la fortuna*?

Lentamente, Sócrates levantó la mirada del periódico, sonrió al gafe, y respondió:

—No. Esta cafetería existe desde hace décadas.

Alexander se frotó las manos y se percató de que le sudaban. No podía demorarse.

—Le agradezco que haya accedido a quedar tan rápido —dijo—. No pretendo ser maleducado, pero no dispongo de tiempo. Lo siento, es una situación de emergencia.

Pensativo, Sócrates bebió un sorbo de su café. Luego, metió la mano en un bolsillo de su caro traje y sacó el dado rojo que, meses atrás, le confiscó a Alonso Yazpik. Lo dejó sobre la mesa y evitó el contacto con Alexander. Este lo cogió y se lo guardó.

—Se lo agradezco mucho —anotó Alexander, mientras se ponía en pie, apresurado.

—¿Para qué necesita ese dado, señor Berkel?

—Creo que abre una puerta.

—¿Y qué hay tras esa puerta? ¿Más peligros?

—Sí, creo —asintió Alexander.

—Pues espero que sepa lo que hace. Y no tire mi tarjeta. Acuda a mí si lo necesita.

—Muchas gracias. Así lo haré.

Alexander dedicó una sucinta sonrisa a Manuel Sócrates y, muy nervioso, se marchó.

6

El sistema GPS de la aplicación instalada en su móvil indicaba que Irene o, al menos, su monitor de pulsera, continuaba en el centro de actividades de *Laboratorios Librae*. Y, a pesar de la celeridad con la que había resuelto su acceso a "Experimental 1", cuando Alexander entró en el pabellón número ocho del área industrial y empresarial, le asaltó la impresión de que había transcurrido demasiado tiempo. Temió que fuese tarde para evitar que el mal fario se ensañase con el porvenir de su hermana.

A diferencia del ambiente nocturno y desierto que se respiraba durante su anterior estancia en la zona, a plena luz del día, el área industrial y empresarial era bien diferente. Los coches circulaban por sus calzadas. Se veían vehículos que entraban y salían de los garajes. Las personas caminaban por las calles y pasaban a los pabellones y comercios. Se adivinaba actividad y movimiento en las oficinas y naves industriales.

Cabizbajo, quizá demasiado indeciso, Alexander pasó al pabellón octavo. Este debía ser un edificio poco concurrido, pues no se cruzó con nadie. Tan solo vio a un vigilante de seguridad, cuyo rostro no recordaba de su intromisión allí. Este no se mostró receloso cuando él franqueó la puerta. Presto, dispuesto a no desaprovechar tan insospechada buena racha, Alexander subió a la segunda planta.

La entrada principal de *Laboratorios Librae* estaba entreabierta. Podía ser un pensamiento absurdo, pero daba la sensación de que alguien hubiese abandonado el lugar con precipitación. Alexander aguzó sus sentidos y entró con precaución en el vestíbulo recibidor. Todo estaba silente y vacío. Tomó el pasillo de la izquierda y llegó donde se encontraba la puerta con la placa "Experimental 1".

El dado rojo encajó a la perfección en la oquedad cuadrangular de la extraña cerradura. Debía poseer alguna clase de sistema instalado en su núcleo, puesto que la puerta negra, de considerable grosor, se abrió despacio. Él la empujó. Y se adentró en el sitio que tanto le había obsesionado durante las semanas previas.

La escena que descubrió se le presentó como una pintura llena de detalles, cuyo exceso de información abrumaba e impedía procesarlo todo a la vez. Se trataba de una sala bastante más grande de lo que, desde fuera, podía imaginarse. Supuso que comunicaba con estancias adyacentes. El fondo, aquello en lo que su cerebro todavía no podía explayarse, se veía repleto de estanterías con todo tipo de carpetas, probetas y frascos, así como largas mesas con computadoras, maquinaria y demás. Llamó su atención una placa con un polvo rojizo que reconoció al instante. Pero en lo que se centró fue en la camilla colocada en medio de tres mesas rectangulares. Inconsciente, encima de ella, halló a Irene, vestida con una inusitada formalidad; tenía un esparadrapo en la flexura del codo izquierdo. En la mesa más próxima, contenida en un tubo, vislumbró una muestra de sangre.

—¿Qué hace aquí? —interrogó, entonces, una congestionada voz femenina.

Sorprendentemente templado, impávido, Alexander, sin moverse del sitio, se giró hacia su derecha. En el umbral de lo que se intuía como el acceso a una sala aneja, se topó con una mujer. Esta aparentaba unos treinta años. Vestía una bata blanca hasta la rodilla y, bajo ella, un jersey y vaqueros. Era delgada, aunque se le notaban algunos michelines en la barriga. Su cabello poseía un deslucido tono cobrizo. Llevaba unas gafas de pasta roja, más brillantes que su pelo. Aunque debía intentar disimularlo por medio del maquillaje, se observaba una mácula en la parte baja de su pómulo derecho. Tenía la nariz irritada, los labios resecos y la mirada ojerosa. Su susto era manifiesto.

—¿Qué le ha hecho a mi hermana? —inquirió Alexander, gélido y fiero.

La mujer de la mácula le repasó con la mirada. Parecía un poco ida, incluso enajenada. Reparó en el dado rojo que él sostenía entre sus dedos. Como si hablase para sí misma, comentó:

—¿De dónde lo ha sacado? Ella también tenía uno. —Alexander miró de reojo hacia las mesas que rodeaban la camilla de Irene. No tardó en percibir el brillo del dado azul de Travis Dixon, el cual reposaba junto a un cuaderno abierto y un bolígrafo sin capucha. La mujer prosiguió su soliloquio—: Debí suponer que vendría tras ella. Tengo que dormir más.

Alexander concluyó que la mujer de la mácula estaba bajo los efectos de alguna sustancia. También sospechó algo más. Adrede, dio un pequeño paso adelante. Ella reaccionó con temor y retrocedió un poco. Así, él comprendió que esa mujer sabía quién era y, sobre todo, qué era. Y supo que le temía.

—¿Qué le ha hecho a mi hermana? —repitió Alexander, amenazante.

—Me asustó, no pensé —dijo ella. Despacio, empezó a acercarse a la camilla y la mesa donde estaban la muestra de sangre, el cuaderno, el bolígrafo y el dado azul. Como si de un duelo de wéstern se tratase, Alexander se desplazaba al mismo ritmo, siempre frente a ella—. Solo está sedada. Le he calculado el grado de suerte. Es cuatro, ¿lo sabía? Es una buena candidata. Yo puedo ayudarla. Es la versión definitiva. Yo la curaré.

—No está enferma —replicó Alexander, tajante. En un bolsillo delantero de la bata de la mujer de la mácula, podía leerse rotulado "V. Klausmann"—. Pero usted sí, ¿verdad? Usted es Vera Klausmann, ¿me equivoco?

—¿Conoce mi nombre?

—Sí, lo conozco. He investigado. Localicé el nombre de Pete Callow, o "pcallow", que, según un perfil de internet, trabaja aquí. Entre sus contactos, busqué el nombre de alguien cuyas iniciales cuadrasen con una V y una K. Estas identidades las saqué de unas direcciones de correo que hallé aquí. Así di con usted, Vera Klausmann. Pero eso fue lo fácil. La conexión difícil, la realmente importante, la realicé hoy mismo. Es curioso.

—¿Qué es curioso?

—Cómo usted y su madre, ambas, han pretendido despistar con sus apellidos. Partí de los datos oficiales. Esta empresa pertenece a *Sawatzki SL*, propiedad, a su vez, de una tal E. Sawatzki. Esta supuse que sería una científica llamada Esther Sawatzki. Hasta ahí no hubo problema. Pero me faltaba el auténtico vínculo entre Esther Sawatzki y *Laboratorios Librae*. Alguien me dijo que Sawatzki podía ser un apellido de casada. Y, efectivamente, era el apellido de casada de Esther Klausmann, es decir, de su madre, Vera. Hoy he encontrado unos primeros artículos de Esther firmados de esa manera, financiados por una fundación o asociación. En algún momento, su madre debió adoptar el apellido de su marido. Pero, luego, usted sustituyó el apellido de su padre, Sawatzki, por el de soltera de su madre, Klausmann. ¿Lo hizo para que no la acusasen de fanática como a ella?

—¡Mi madre no era una fanática! —exclamó Vera, como un resorte.

—¿No? ¿Dónde está su madre?

—Está muerta —respondió Vera, con la voz quebrada.

—Entiendo. Usted debió heredar la empresa y sus ideas.

—Heredé su legado, su pasión inconclusa —contestó Vera, que recalcaba las palabras, fuera de sus casillas. Alexander y ella se movían uno frente al otro, con cautela. Ella ya estaba al lado de Irene.

—Usted cree poder modificar la suerte de las personas con esa sustancia tan maligna. He leído libros de dementes como usted, Vera. Sé cuáles son los componentes bioquímicos del organismo a los que vinculan el grado de suerte. Sé cómo creen que pueden alterarse. Sé que usted emplea una de las materias primas que, supuestamente, puede lograrlo. Sé que ha probado esta sustancia vendiéndosela como una droga a gente desafortunada, desgraciados a quienes nadie echaría de menos. Y, dígame, ¿para qué?

—Para llegar donde estoy ahora —aseveró Vera. En sus ojos se veía la loca convicción de quien pensaba que sus actos malignos eran acertados—. Porque ahora ya tengo la versión definitiva. Estoy segura. He descifrado lo que mi madre siempre persiguió, lo que hubiese hecho que se sintiese orgullosa de mí. Sé cómo reparar la suerte de los desafortunados.

Con su narcótica parsimonia, Vera metió una mano en un bolsillo de su bata. Sacó una jeringa, la cual contenía una disolución con el color rojizo del "azafrán".

—He disuelto la sustancia en agua y suero —agregó—. Si es inyectada directamente en el torrente sanguíneo, su efecto será más rápido y eficaz.

Vera miró de reojo a la inconsciente Irene.

—¡Vera! —llamó Alexander, para captar su atención. Cuando la atontada mujer le miró, él preguntó—: ¿Cuál es su grado de suerte?

—¿El mío? —musitó ella. Y, con evidente vergüenza, reconoció—: Cuatro. Solo cuatro.

—Entiendo. Fue eso, ¿verdad? ¿Tanto la despreció su madre? ¿No se da cuenta? Usted solo trata de conseguir el cariño que ella nunca le profesó. Sé de lo que hablo, créame.

—No, no… —negó Vera. Se la notaba cansada—. Yo solo busco un bien supremo.

Despacio, sin dejar de mirar a Alexander, Vera le quitó la tapa a la aguja de la jeringa.

—Vera… —volvió a llamarla él, para tratar de despistarla—. ¡Vera! ¡No!

De pronto, la mujer se giró hacia Irene. Clavó la aguja hipodérmica en su antebrazo izquierdo, cerca de donde ya la había pinchado para extraerle sangre. Alexander se abalanzó sobre ella. Furioso, la agarró y la arrojó al suelo. Esta se golpeó con una banqueta y rodó por la sala. La jeringa clavada colgaba oscilante del brazo de Irene. Un hilillo de sangre corría del orificio de entrada. La sustancia permanecía dentro del tubo. Pero no se sabía si Vera había llegado a inyectarle la disolución.

Enloquecida, aunque lastimada, la científica trató de ponerse en pie. Alexander, frenético, la empujó otra vez. Ella, de rodillas, sollozó. Se le cayeron las gafas.

—Créame, se lo ruego —pidió, abatida.

—¡No! ¡Basta! —gritó Alexander, harto de aquello—. ¡Ha muerto gente! ¡Esas personas no merecían ser víctimas de sus locuras! ¡Están muertas!

Estaba fuera de sí. Recordaba a la chica de las uñas fucsia, inerte encima de la camilla de urgencias. Recordaba al yonqui adolescente, que entró en el callejón cercano a la discoteca. Recordaba todos los detalles de los informes forenses, que Luka le había relatado. Colérico, extendió su brazo izquierdo. Abrió y cerró la mano, con ritmo pausado, delante del pecho de Vera. Esta le observó.

—¿Sabes lo que voy a hacer? —dijo él.

—Por favor… No… —rogó ella, aterrada.

Alexander deseaba fervientemente hacerlo. Mas, como otras veces, su mente dudaba.

Recordó.

7

Era la primavera del año 2008. Las temperaturas habían subido. Se avecinaba un verano tan largo como caluroso. En menos de un mes, Héctor estaría muerto.

El puente del Concejo era el más esplendoroso de los que salvaban el cauce del río Tyche en su recorrido por Ciudad Fortuna. Se trataba del largo y ancho puente atirantado construido en la avenida Abundo. Su holgura albergaba una calzada de cuatro carriles y dos aceras. Su estructura actual estaba hecha de acero. Poseía embellecimientos blancos y plateados. Era un lugar típico para pasear por el Arco Clásico.

Era sábado por la noche. Alexander y Héctor habían cenado con Irene. Después, esta se había ido con el grupo de amigas que había hecho en los meses previos. La familia se había integrado en la ciudad. De hecho, en ocasiones, todos tenían la sensación de que sus vidas anteriores quedaban relegadas a un rincón de sus memorias que rara vez rememoraban, como si su llegada allí hubiese marcado un hito tácito en sus destinos.

Padre e hijo paseaban por el puente del Concejo. La noche era agradable. La calle estaba concurrida. Pararon en un punto de la acera, bajo los gruesos tirantes que soportaban la brillante e iluminada construcción. Desde la barandilla, contemplaron embelesados el discurrir del agua. Allí, Alexander recordó una conversación que Héctor y él habían mantenido en una situación similar, cuando el verano tocaba a su fin, en el puente del Pobre.

—¿Te acuerdas de la noche que me dijiste que, aunque no tuviéramos suerte, sí teníamos alma? —preguntó. Héctor meditó unos segundos. Enseguida, asintió con la cabeza—. Me contaste que habías mermado la suerte a más gente de la que hubieras preferido. Pero casi nunca me has hablado de esas historias. ¿Por qué te las guardas?

—Alexander, tú has mermado a algunas personas. Dime, ¿acaso no te avergüenza?

Él reflexionó un momento y, en efecto, asintió igual que su padre.

—A un gafe no le gusta alardear de ello. No somos carroñeros —adujo Héctor—. Tenemos honor. Porque cuando mermas a alguien, una huella de ellos queda, para siempre, en tu memoria y tu conciencia. Por eso, solo has de hacérselo a quienes lo merecen de verdad. Busca siempre el bien superior. Nunca olvides esto. Por encima de todo, debe estar el honor. Tu honor es tu juez y tu espejo. Y solo él te permitirá perdonarte a ti mismo.

Alexander caviló acerca de los consejos de su padre mientras admiraba el río.

—Pero, Alexander —agregó Héctor—, si te ves en una situación en la que estés convencido de que alguien se lo merece, en esos casos, jamás vaciles. Hazlo. El mal nunca merece la compasión; ni siquiera la de alguien maldito, como nosotros.

8

Alexander, con el brazo extendido y la palma de la mano abierta delante de ella, contempló a Vera. La mujer, arrodillada frente a él, lloriqueaba a causa del pánico, incapaz de sostenerle la mirada. Era la personificación de la miseria y el patetismo. En un momento de flaqueza, hubiese resultado sencillo apiadarse de ella.

—Tú no mereces compasión —declaró Alexander, en voz alta—; ni siquiera la mía.

—Por favor… No… —repitió Vera, pusilánime.

—¡Calla! —ordenó él. Y, al fin, el dogma vino a su mente—: "La suerte ni se crea ni se destruye". Es así, nada más. Te has creído superior. Pero tus objetivos son imposibles.

Así, Alexander entendió que sí creía en la suerte, por mucho que, a veces, se hubiese resistido a ello.

—No lo hagas… —suplicó Vera, una última vez—. No puedes hacerlo…

—Sí puedo —sentenció él.

Entonces, sucedió. Lo hizo. Alexander puso su mano izquierda en el pecho de Vera. Ella exhaló una abrupta porción de aire. Se puso en tensión, como si la hubiese recorrido una corriente eléctrica. Parecía quedarse sin respiración. Por un instante, debió intentar zafarse del contacto del gafe, pues movió las manos. Mas pronto debió comprender que las fuerzas la habían abandonado. Ya no lo podía evitar: iba a ocurrir, estaba perdida. Desesperada, impotente, no dejaba de mirar a Alexander.

Él también pasaba su particular trance. Atravesaba a Vera con la mirada, si bien, más que verla, lo que escrutaba era su interior. Su rostro se tensó en muecas indefinidas; tal vez, de dolor; tal vez, de repulsa. Porque la inmundicia y las tinieblas moraban dentro de esa mujer de suerte putrefacta. Alexander tenía todos sus músculos contraídos. El acto que realizaba requería todas sus fuerzas. Movió los labios despacio, como si rememorase, sin pronunciarlo, un rezo o conjuro que había aprendido en otra vida. Reclamaba esa esencia que, entre fangos y lobreguez, existía dentro de Vera Klausmann.

Alexander y ella se hallaban en una porción invisible del mundo, dentro de una burbuja de poder, miedo e irrealidad a la que nadie más podía acceder. A su alrededor, las bombillas del laboratorio titilaron, como tiritaría un animalillo presa del frío en una noche helada. A su lado, aunque, al mismo tiempo, muy lejos, una inconsciente Irene tembló debido a un escalofrío que recorrió todos sus nervios.

Alexander empleó toda su energía en la merma que estaba a punto de consumar. Y, segundos antes de que Vera se ahogase por la falta de aire, con la tez blanca y mortecina, él, muy despacio, despegó su mano izquierda del pecho en tensión de la mujer. Al hacerlo, extrajo una etérea brizna de luz, la cual enseguida se volatilizó. El brillo de las pupilas de Vera se mitigó. Entretanto, las bombillas volvieron a lucir con total normalidad.

Vera tragó una honda bocanada de aire, a punto de la asfixia.

—Se va… —murmuró, rendida.

Con esas palabras, cayó desmayada a los pies de Alexander. Al derrumbarse, un objeto, que debía guardar en un bolsillo de su bata, rodó por el suelo. Se trataba de su propio dado de cristal, fabricado en un color amarillo.

Alexander, a su vez extenuado, se arrastró hasta una banqueta, donde se sentó y pugnó por recuperar el aliento. Era consciente de la peliaguda situación en la que se veía a continuación. La merma también le afectaba a él. Pasaría algunas horas malas hasta que su organismo superase las consecuencias de haber arrebatado esa parte de suerte ajena. Debía apresurarse y poner a Irene a salvo.

Sin embargo, en ese momento, dos personas más llegaron a "Experimental 1". Al oír el sonido de la puerta, Alexander, intranquilo, hizo un esfuerzo por incorporarse. No podía permitir que su vulnerabilidad resultase manifiesta.

Dos hombres, uno mayor y otro joven, entraron en el laboratorio. El primero, que tendría unos sesenta años, vestía traje. Poseía un cabello fuerte de color castaño oscuro, la piel algo tostada, y una anatomía corpulenta. El segundo, quien tendría veintitantos años, vestía ropa juvenil. Era alto y flaco, de cabello rubio y rizado, y piel lampiña. Llevaba gafas de monturas redondeadas. Ambos se quedaron en el umbral, pasmados.

El hombre mayor tenía un objeto que llamó la atención de Alexander: otro dado, este de un cristal añil brillante. Cuando vio a Vera en el suelo, la observó con cierto atisbo de pavor en su semblante. Alexander intuyó que el hombre entendía lo que allí acababa de acontecer. Este le miró, y preguntó:

—¿No quedaba otro remedio?

—No —respondió Alexander. Trató de disimular su agotamiento.

—Es Alexander Berkel, ¿verdad?

—¿Cómo sabe quién soy?

—Permítame explicárselo. Mi nombre es Joseph Klausmann. Soy el tío materno de esa mujer, de Vera. Vi la fotografía de su ficha policial y la de su hermana la noche que entraron aquí. Ismael Wagner, a quien conozco por la Organización Heptágono, nos convenció para que no le denunciáramos. Dijo que usted trabajaba para él. Y me dijo lo que era usted.

—¿Esta empresa también es suya? —inquirió Alexander, desconfiado.

—Soy propietario de una parte, sí. Digamos que es una empresa familiar. En realidad, la fundadora y socia mayoritaria era mi difunta hermana Esther. Ahora es mi sobrina Vera, como heredera de Esther. Pero yo no trabajo en estos laboratorios.

—¿Está usted implicado en las muertes causadas por su sobrina? Porque, de ser así, le juro que, sea como sea, antes o después, sufrirá la misma condena que ella.

—No, Alexander, no. Por favor, permítame que se lo cuente. Este joven —dijo Joseph, refiriéndose al otro hombre, que, asustado, permanecía a su lado— se llama Pete Callow. Es el ayudante de mi sobrina. Hace algunas semanas, descubrió horrorizado cuál era la verdad del trabajo que Vera hacía en este laboratorio, y acudió a mí. Me lo contó todo. Desde entonces, he vigilado a mi sobrina. Cuando, hoy, Vera agredió a esa otra joven, a su hermana, Pete corrió a alertarme. Y aquí estamos.

—¿Por qué no denunció a su sobrina a la Policía? —reprochó Alexander.

Joseph calló. Alexander adivinó una lucha de emociones contrapuestas en su interior.

—Porque estaba avergonzado —admitió el hombre—. Hace años, mi familia ya sufrió el bochorno al evidenciarse el fanatismo de mi hermana Esther con la eugenesia de la suerte. La comunidad científica nos rechazó. Después, desde que Esther falleció, me he esforzado por proteger a Vera. Pero he fracasado. Vera ha preferido seguir el demencial camino de su madre. Además… Hay otra cosa. Vera está trastornada. Es adicta a una droga, al H7.

Al oír aquello, Alexander observó a su hermana, quien permanecía inconsciente en la camilla del laboratorio. Recordó los años en los que Irene perdió el rumbo y se dejó llevar por el sendero de la adicción a esa misma droga de diseño. En cualquier caso, eso no excusaba de ninguna manera los crímenes que Vera Klausmann había cometido.

—Alexander —prosiguió Joseph—, reconozco que no he actuado como hubiera debido. Pero, por favor, créame cuando le digo que nunca tuve nada que ver con las intenciones de mi sobrina. Ella y mi hermana han sido la perdición de toda mi familia. Y también le aseguro que este joven, Pete, tampoco ha estado implicado. Yo mismo llamaré a la Policía. Tendré que asumir mis propias culpas por haber reaccionado tarde. Pero mi sobrina ya ha recibido la peor condena que podía imaginarse para ella. Ha perdido su suerte.

—Ha debido sedar a mi hermana. Ha intentado inyectarle una solución que contenía la sustancia —informó Alexander, y volvió a sentarse en la banqueta.

—Deje que Pete mire cómo está —propuso Joseph.

Alexander asintió con la cabeza. El hombre joven, Pete Callow, se acercó a Irene. Se notaba que tenía miedo de Alexander.

Pete examinó a Irene. Le tomó el pulso. Comprobó que la herida del pinchazo donde le habían sacado sangre estaba bien. Cogió material de una bandeja que había en una mesa. Retiró la jeringa con el "azafrán" del antebrazo de Irene, limpió la zona con alcohol, e hizo presión sobre el orificio para que no sangrase. Echó un vistazo a la jeringa, y concluyó:

—No ha llegado a inyectarle nada. Seguro que se pondrá bien muy pronto.

—Aun así, quiero que pidamos una ambulancia —exigió Alexander—. Voy a llamar a un contacto en el Hospital Santo Damián.

—Por supuesto —convino Joseph.

En ese momento, Irene volvió en sí durante unos segundos, desorientada. Alexander se acercó a ella, cogió su mano, y susurró:

—Tranquila. Todo irá bien.

—El dado azul… —musitó una grogui Irene, antes de volver a dormirse.

Joseph caminó hasta donde estaba su sobrina. La examinó, la colocó en una posición segura y recogió el dado amarillo que había salido de su bolsillo. Lo colocó en una de las encimeras, al lado del azul con el que Irene había entrado allí y del añil con el que él mismo había accedido al laboratorio.

—Debí sospechar que tramaba algo ilícito cuando se enfrascó tanto en su trabajo —comentó Joseph—. Aunque, si he de ser sincero, debí prever todo esto hace ya tiempo. De pequeña, Vera me recordaba mucho a su madre. Era vivaz e inteligente, como ella. Pero en Vera había algo más; algo triste, una herida. La culpa fue de Esther. Nunca la quiso.

Alexander consideró que la pena que se escuchaba en las frases de Joseph era sincera. No obstante, no le dio ninguna lástima.

—Avisaremos a la Policía, tal como usted ha dicho —apuntó, sin ablandar su rectitud.

—Sí, lo haremos ahora mismo —afirmó Joseph—. Hablaré con quien sea preciso para que usted no tenga problemas. Le prometo que quedará claro que lo único que ha hecho ha sido rescatar a su hermana. Vera deberá ser juzgada por sus delitos. Responderé de todo aquello que se me pueda reprochar. También protegeré al pobre Pete.

Alexander respiró hondo. Comenzaba a percibir ya los efectos del período de castigo. Debía descansar. Sacó su teléfono para llamar a Luka. Entonces, se percató de que Joseph, de pie junto a él, le tendía la mano. La miró y, aun confundido, se la estrechó.

—Me alegra haberle conocido, Alexander Berkel —declaró Joseph—, a pesar de todo.

Alexander cabeceó sin decir nada. Luego, llamó a Luka Miller y le narró lo ocurrido.

2

Luka llegó a los *Laboratorios Librae* con los integrantes de una ambulancia del Hospital Santo Damián. Primero, comprobó que Irene no corría peligro y solo padecía los efectos del sedante que Vera Klausmann debía haberle inyectado, por lo que le administraron líquidos para evitar que se deshidratara y prepararon su traslado al hospital. A continuación, asistió a Alexander, quien le explicó que, durante unas horas o días, se sentiría enfermo como consecuencia de haber mermado la suerte de otra persona.

—Yo estaré bien —le insistió a Luka—. Tú prométeme que te encargarás de Irene.

—Irene estará bien. Iré con ella —contestó el enfermero—. Pero, ahora, deja que te ayude.

Así, el joven le dio algo de comer y beber para intentar paliar su malestar.

—¿Qué va a pasar ahora? —preguntó, mirando de reojo a sus compañeros. Estos examinaban a Vera, mientras un pensativo Joseph Klausmann deambulaba por allí.

—La Policía no tardará en venir. El señor Klausmann les ha llamado —explicó Alexander—. Habrá que dar muchas explicaciones. Al menos, ha prometido que me protegerá.

—Tendremos que esperarles para que nos autoricen a trasladar a Irene y a la otra.

—No sé si debería avisar a alguien de la Organización Heptágono.

—¿Por qué no? Has resuelto el caso. Has cumplido tu cometido.

—Sí. Lo malo es que lo he hecho sin pretenderlo y justo cuando lo había dejado.

—¿Dejado? ¿Qué quieres decir?

—Es complicado.

Alexander suspiró y cerró los ojos. Le faltaban las fuerzas para hablar. Y sospechaba que, en cuanto la Policía se personase en el lugar, iba a tener que hablar mucho. Caviló que, a pesar de los peligros, los recientes acontecimientos se habían desarrollado con relativa facilidad. No estaba acostumbrado a que las cosas le saliesen bien. Podría haber recelado. En condiciones normales, quizá lo habría hecho, como si se avecinara un escarmiento. Pero el período de castigo pudo desorientarle.

No acudió nadie de la Organización Heptágono. Horas más tarde, Alexander recibió un mensaje de texto, enviado desde un número oculto. Ismael Wagner le pedía que fuera esa noche a su casa para darle "las recompensas pactadas" por resolver el caso.

Esa tarde, ya en su casa, Alexander despertaría de un angustioso sueño en el que descubría la verdad sobre su familia biológica. Pero jamás lograría recordar quiénes eran.

10

Ricardo Varone enfundó sus manos en unos cómodos guantes de cuero oscuro y las frotó despacio. Se deleitó en el grato calor que ello le causaba. Le sorprendió no estar somnoliento. Apenas había dormido en las treinta y seis horas anteriores. Había dado algunas cabezadas, pero no había descansado. Ahora estaba sentado en el banco de madera que tenían en el porche delantero de la casa. El cielo vespertino se nublaba. Decían que las lluvias volverían el fin de semana. El chico nuevo había sacado el coche del garaje y esperaba en el asiento del conductor, delante de la vivienda.

Ricardo vio cómo la puerta peatonal de la verja se abría. La delgada figura de Carlo Ferrara hizo su aparición en el jardín delantero. Llevaba su ropa habitual, seria y anodina. Tenía los zapatos un poco gastados, aunque, como siempre, los lucía muy limpios. El hombre anduvo por el camino de piedras que trazaba el sendero hacia la casa. Al llegar a su lado, echó una mirada al coche negro, y preguntó:

—¿Qué tal se porta el chico nuevo?

—Bien, bien —respondió él.

—¿Algo más antes de irnos?

Ricardo observó a Ferrara. Este era la persona en quien más confiaba, pues nunca le había defraudado ni abandonado. Se le ocurrió que no merecía tanta fidelidad por su parte. Carlo siempre había aceptado todas sus misiones sin pestañear siquiera.

—Sí —dijo. Aparte del asunto de esa tarde, planeaban lo que, con toda seguridad, sería el encargo más directo y peliagudo que le había hecho a su jefe de seguridad—. ¿Has pensado en el otro tema? Tienes derecho a negarte.

—No. Estoy seguro —afirmó Carlo.

—Entonces, ¿cuándo lo harás?

—En dos o tres días. Aún no he terminado de planearlo.

—Bien. —Ricardo se incorporó. Volvió a frotarse las manos dentro de los guantes. Bajó las escaleras del porche. Carlo le seguía—. La hermana del gafe seguirá en el hospital un par de días. Quiero que él sufra, que se maldiga perennemente, que desee morir y no vuelva a atreverse a amar. Debe comprender que su amor es dañino y venenoso.

Carlo se limitó a afirmar con la cabeza y ocupar el lugar del copiloto en el coche. Por su parte, Ricardo montó detrás y ordenó al chico nuevo que arrancara.

Durante el trayecto, el nuevamente reelegido alcalde Varone recordó con satisfacción el baño de masas que, esa misma mañana, tras la proclamación definitiva de su cuarta victoria electoral consecutiva, había disfrutado en la plaza de la Cornucopia. A lo largo del mes siguiente, habría de centrarse en las tareas de transición al próximo mandato. Estaba cansado, pero también eufórico. Porque sentía que estaba en racha.

No tardaron en llegar a la mansión Wagner. La puerta del muro que circundaba la extensa parcela se abrió por control remoto desde la vivienda. El coche recorrió la senda abovedada por los árboles hasta la construcción principal. Una vez allí, Ricardo bajó del vehículo, se acercó a la ventanilla del copiloto y le entregó un teléfono móvil a Carlo.

—Envíale el mensaje a Berkel desde este teléfono —indicó. Luego, miró también al chico nuevo, Travis Dixon, y añadió—: Esperad aquí.

—Sí, señor alcalde —anotó Travis. A Ricardo le convencía su porte seguro y confiado.

Ismael Wagner abrió la puerta principal de la mansión. Ricardo pasó al recibidor. Al oír a lo lejos los ladridos de un perro, comentó:

—¿Tienes perro? ¿De qué raza es?

—Es un *golden retriever*. Lleva unos días bastante intranquilo. Creo que se hace mayor.

—Como todos. Yo también tengo perro. Es una hembra. Y es de mi hija, en realidad.

Ricardo se quitó el abrigo, lo dobló y lo dejó en una desgastada silla que vio apoyada en una pared.

—¿Y los guantes? —inquirió Ismael, al ver que no se los había quitado.

—No puedo. El calor es lo único que me alivia. Llevo semanas estrechándole la mano a miles de personas conocidas y desconocidas. Tengo las mías destrozadas.

Ismael cabeceó despacio al escuchar su respuesta. Ricardo supuso que la explicación le habría resultado bastante rara. Para despistarle, formuló una pregunta:

—¿Dónde podremos charlar tranquilamente? No he dejado de pensar en el pergamino. Me impresionó. Pero he tenido una idea que creo que es acertada.

—Por supuesto —convino Ismael—. Acompáñame.

Ismael condujo a Ricardo a un salón ubicado en la parte posterior de la planta, desde donde se admiraba la boscosa parte trasera de la finca, a la cual se accedía a través de una puerta acristalada. El lugar era tan grande que se había estructurado en varios espacios: una zona con la larga mesa de comedor y algunas vitrinas; un espacio, en el medio, con sofás desde donde contemplar el exterior; y una esquina, más recogida, con sillones en torno a una chimenea. La decoración, como se presumía en toda la mansión, era antigua y recargada: gruesas alfombras, techos elevados con escayolas, paredes cubiertas de cuadros y tapices, muebles de madera maciza y oscura, sillones con terciopelo, piezas del más fino cristal y porcelana en las vitrinas, etc. Al menos, la abundante luz que entraba por los ventanales desahogaba la composición.

Ismael se sentó en uno de los sofás. En cambio, Ricardo permaneció de pie y se paseó por la estancia, sin dejar de frotarse las manos. Se acercó a un ventanal. Escudriñó el desierto jardín trasero. La calma era absoluta. Los ladridos del perro todavía se percibían. Concluyó que, aparte del can, estaban solos.

Tras más de un minuto de mutismo, Ismael se aclaró la garganta y, al fin, le interrogó:

—¿Y bien?

—¿Y bien qué? —replicó Ricardo, que se dio la vuelta para mirarle.

—Esa idea que has dicho que tenías. ¿A qué conclusión has llegado?

—Sí, es cierto. He llegado a la conclusión de que merece la pena.

—Pero que merece la pena ¿qué?

Ricardo reprimió sus ganas de sonreír. Su actitud y palabras desconcertaban a Ismael. Y eso le gustaba. Repasó con la mirada los objetos que veía en los muebles y vitrinas del salón. Allí no había ninguna reliquia vinculada a la suerte.

—Ismael, ¿cuándo empezaste a reunir la colección que me enseñaste el otro día?

—Bueno, inconscientemente, siempre he atesorado todo lo que tuviese alguna vinculación con la suerte, en cualquiera de sus facetas. Como sabes, mi familia se ha implicado en la Organización Heptágono durante generaciones, así que es un tema sobre el que me han hablado y enseñado mucho. No todo lo que poseo lo adquirí yo. Varias cosas son heredadas.

—Ya veo. Y esa biblioteca del sótano, ¿cuándo la construiste?

—Ya te lo conté. Esa sala habrá estado siempre ahí. Sería alguna clase de refugio de mis antepasados. Había quedado totalmente olvidada. Un día, siendo un niño, mi hijo se la encontró jugando. La escalera se hallaba en mal estado. Preferí que nadie bajase. Pero, cuando encontré la Palabra, hace unos cuatro o cinco años, la hice reconstruir.

—Es decir, cuando tu esposa ya no estaba y tu hijo ya no vivía aquí, ¿cierto? ¿A que es curioso como nuestras pasiones más profundas, nuestros anhelos, pueden hacernos recelar incluso de quienes más nos aman? Pues, por lo que cuentas, entiendo que nadie sabe de la existencia de ese lugar —agregó

Ricardo, y dedicó una ambigua sonrisa al hombre. Notó que la desconfianza se acentuaba en el semblante de este—. Mi historia es bastante parecida. Pero siempre me he preguntado algo: ¿en base a qué te crees mejor?

—¿Disculpa? —contestó Ismael, confundido.

—Sí. Digo que tu historia y la mía son bastante similares. De un modo u otro, los dos hemos dedicado una parte importante de nuestra vida a perseguir lo mismo. Puede que lo hayamos hecho de modos diferentes, por vías dispares. Pero ambos nos hemos esforzado en ese afán con un fervor similar y un secretismo equiparable. Y, al final, a pesar de todo, siempre me surge esa duda: ¿por qué te crees mejor que yo?

—¿Piensas que me creo mejor que tú? —indagó Ismael. Su seriedad manifestaba que el curso de la conversación no le agradaba.

—Estoy convencido de ello. Sé que siempre ha sido así. Cada vez que nuestros caminos se han topado, cada vez que hemos coincidido, lo he presentido. Sin embargo, lo curioso es que me elegiste para ser tu número dos. Aunque, por lo que parece, solo lo hiciste para que apoye que la Organización adopte tus creencias.

—Sí, así es —reconoció Ismael, con evidente enojo—. Y, por lo visto, me equivoqué.

—Mucho, Ismael. Y en muchas cosas.

El anfitrión se incorporó. Airado, anduvo hasta el ventanal contiguo. Callado, miró el jardín. Ricardo temió haberse pasado, haber tensado demasiado la situación. No podía permitirse perder el control.

Ismael se giró, le miró, y retomó la conversación:

—¿Por qué contrataste a Alexander Berkel? Sé claro —dijo.

—Pensé que era ideal, si se consideraba cuál era la pretensión de los Klausmann.

—¿Los Klausmann? ¿Acaso sabías que ellos estaban detrás de todo?

—Ismael, por favor… —suspiró Ricardo, harto de la actitud del hombre. Le sacaba de quicio su simplicidad. Dio unos lentos pasos hacia él. Advirtió que este retrocedía un poco, se apartaba del ventanal y regresaba a los sofás. Continuó—: No lo sabía. No podía saberlo con certeza. Pero admite que no había que ser muy listo, conociendo el historial de esa familia, para adivinar su implicación en esa droga.

—Tú te relacionaste con ellos —apuntó Ismael, irritado—. Pero te arrepentiste.

—Sí —ratificó Ricardo, áspero. No le gustaba adentrarse en esa parte del pasado.

—Y ¿por qué Alexander Berkel? ¿Le conocías? Sé que le tuviste vigilado durante años.

—Pues claro. Es un gafe. Y los gafes son peligrosos. Hay que cuidarse de ellos.

—Sí, ¿verdad? Pueden provocar mucho dolor y separarnos de aquellos que amamos.

Esas palabras asombraron a Ricardo, que no se esperaba un golpe tan bajo por parte de Ismael, pues entrevió que este se había referido a Lara, aunque de manera velada.

—Su padre, Héctor Berkel, también era un gafe. ¿Le conociste? —preguntó Ismael.

—Su padre adoptivo —corrigió Ricardo— era gafe. Y le conocí. Pero ya zanjé aquello.

—Y si, al final, por lo que deduzco, no vas a apoyar mi postura, ¿a qué has venido?

—He venido, Ismael, a comprobar que mi idea es acertada, que merece la pena.

Entonces, Ricardo volvió a aproximarse, a un ritmo corto y pausado. Se fijó en que Wagner le evitaba y volvía hacia los ventanales. Supuso que este empezaba a sentirse amenazado. La animadversión era ostensible. No debía demorarse.

—¿Imaginas un mundo sin suerte? —filosofó Ricardo—. Yo no puedo. La suerte da, y la suerte quita. Y la ventura es caprichosa. A nosotros nos ha cruzado de un modo sutil y tangencial, explícita o implícitamente, durante décadas. Y, al final, nos ha reunido aquí.

Ricardo caminó una vez más hasta situarse delante de Ismael. De hecho, este intentó alejarse y se halló atrapado entre el alcalde y una pared, bajo un cuadro barroco.

—Ismael, ¿recuerdas una pregunta que te hice hace algunas semanas? —añadió Ricardo, y le miró con firmeza. Todavía podía escuchar los ladridos del perro.

—No lo sé. ¿Cuál? —interrogó Ismael. Le temblaba la voz.

—Te pregunté que qué ocurría si chocaban dos grados de suerte idénticos, como la colisión de dos fuerzas iguales. ¿Te acuerdas?

—Sí. Me dijiste que tenías tu teoría. ¿Vas a contármela?

—Sí. Voy a contártela y demostrártela.

—¿Cómo?

—Verás, mi teoría es que, al colisionar dos suertes iguales, siempre hay una que está en racha. Y hoy, aquí, estamos nosotros dos, poseedores del mismo grado de suerte. Pero yo, Ismael, estoy en racha.

De repente, con una determinación incontestable y una fuerza tremenda, Ricardo rodeó el cuello de Ismael con sus manos enguantadas y le empujó. Desprevenido, este se golpeó la nuca contra el marco del cuadro que tenía detrás. Contrajo la cara en una mueca lastimosa e intentó gritar, pero la opresión que Ricardo ejercía en su garganta le imposibilitó emitir sonido alguno. Ricardo intentó mantenerle contra la pared para que no se moviera. Pero Ismael, cuyo rostro se enrojecía por momentos, puso las manos en su pecho y le propinó un empellón, liberándose por unos escasos segundos del ataque. Ricardo, no obstante, reaccionó con celeridad, le agarró y le arrojó hacia los sofás donde, pocos minutos antes, habían parlamentado. Ismael tropezó y cayó con torpeza en el respaldo de uno de ellos. Fue incapaz de incorporarse, puesto que Ricardo posó todo su peso encima de él y, de nuevo, procedió a asfixiarle. Gotas de sangre caían de su nuca; serían de la herida que se había hecho al darse contra el marco del cuadro barroco. El sofá se manchaba, al mismo tiempo que Ismael se congestionaba y pugnaba por defenderse, se retorcía, golpeaba e intentaba quitarse de encima a su agresor. Pese a su afán, pronto la energía del ahogamiento le cortó la respiración, pues dejó de pegar a Varone para concentrarse en despegar las manos que este mantenía en torno a su cuello. La contienda coloreó el rostro de los dos hombres del mismo rojo mortal: el de Ricardo, a causa del esfuerzo; el de Ismael, por culpa de la asfixia. Cuando, a juzgar por los estertores que emergían de la faringe de Ismael, Ricardo creyó que este ya estaba derrotado, su víctima le sorprendió al meter un pie entre sus piernas y provocar que trastabillara. Ambos perdieron el equilibrio y rodaron por el suelo, junto a los sofás. A Ismael se le cayeron las gafas. Ricardo, que poseía la ventaja de no estar abatido por la carencia de oxígeno, se levantó con mayor rapidez. Se dirigió furioso hacia Ismael, quien trataba de ponerse en pie obtusamente, y le asestó una impía patada en el pecho, con lo que el hombre profirió un alarido ahogado y horripilante. Se sentó a horcajadas encima de él, vio que le lloraban los ojos inyectados en sangre, y le inmovilizó los brazos con sus rodillas. Le estranguló otra vez. Sin parar. Sin cejar. Siguió. En su cabeza, retumbaban los ladridos del perro, cada vez más bravos y enloquecidos.

Minutos después, olió una peste procedente de los pantalones de Ismael. Este todavía intentó defenderse dándole rodillazos en la espalda. Mas él, con sus últimas fuerzas, gruñendo incluso, incrementó su brío. Hasta que el aliento de Ismael Wagner se extinguió; convulsionó varias veces; sus músculos se relajaron; emitió un ronquido horrendo y mortuorio; sangró por la nariz; sus ojos se pusieron en blanco... Y murió.

Ricardo se apartó. Se sentó en el suelo. Recuperó el aliento. Jadeaba extenuado. Notó que tenía las manos muy sudadas dentro de los guantes. El perro ya no ladraba. Se acercó una última vez al cuerpo inerte de Wagner. Buscó en uno de los bolsillos del finado, de donde extrajo un objeto que había visto por primera vez solo cuarenta y ocho horas antes: una vieja y larga llave.

11

Selena Myers dudaba de su alianza secreta para derrocar a Ismael. No obstante, el pacto con Ricardo, por poco que le gustase confraternizar con él, le parecía la única alternativa al encasillamiento de su carrera. Debía darle la razón a Varone en algo: los ortodoxos modos del actual director general anquilosaban la Organización. Aun así, temía arrepentirse de su elección en el futuro.

En el extremo más oriental del barrio de Hornos, allá donde la avenida Fabriko perdía su nombre y nadie viviría jamás, se hallaba el Centro Penitenciario Este-II. Se trataba de una prisión de capacidad reducida, para menos de quinientos reclusos, antigua y umbría, puesto que su edificación principal tenía más de sesenta años y sus remozamientos no habían sido más que parciales remiendos. Traspasar sus diversas puertas, muros insondables y rejas electrificadas siempre le daba escalofríos. Para Selena, la prisión era un mundo irreal que no conseguía concebir. Había estado en ese centro más de una vez para interrogar a implicados en asuntos investigados por Heptágono. Accedía con un permiso especial. Y, ese día, se preguntó cómo sería entrar para no salir.

En las horas previas, se habían sucedido varios hechos inesperados en el "caso azafrán". Para empezar, esa misma mañana, Selena se quedó pasmada al descubrir, por un correo de Wagner, que Alexander había abandonado la investigación. Más tarde, todavía sin creérselo, recibió las increíbles noticias sobre la resolución del caso por parte de Berkel. Por último, Varone contactó con ella para decirle que dejara en sus manos lo referente al cierre del caso y las recompensas del gafe. Aquello le fastidió, pues significaba que su vínculo con Alexander se esfumaba, y le hizo pensar en exceso.

Eso fue lo que, esa tarde, la llevó a usar sus contactos en la cárcel para concertar, con precipitación y saltándose los procedimientos habituales, un encuentro con cierto preso. Su dicotomía respecto a Alexander se había desatado. Estaba a punto de perderle y debía hacer lo que fuera por evitarlo. Lo que fuera. Y lo sabía; sabía que, otra vez, se estaba obsesionando. Mas no lo reconocía. El gafe que, para ella, había despertado el recuerdo de un hombre y un arrebato que nunca había olvidado ni superado, amaba a otra mujer, a una chiquilla. Ese era su obstáculo. Porque la pasión renacida había deshecho la coraza en la que Selena se había protegido durante años.

Al preso con el que se iba a reunir lo conoció alrededor de un año antes, cuando este fue incriminado en el transcurso de otro tema investigado por la Organización. Ella le interrogó y, al advertir la debilidad momentánea del tipo, dolido por la reciente muerte de su pareja, le convenció para que se convirtiese en informante de la Policía.

Así, esa tarde nubosa, Selena pasó a la fría sala, de paredes asépticas y ventanas inexistentes, en la que se produciría el encuentro. Se sentó a un lado de una mesa rectangular, único mueble de la estancia. Poco después, el hombre al que aguardaba, Alonso Yazpik, vestido con uniforme gris y con una apariencia lamentable, hizo su aparición. Mudo y escéptico, se sentó frente a ella. Tenía una A tatuada a la derecha del cuello. Selena sabía que era la inicial de su amada fallecida.

—¿No esperaba volver a verme? —preguntó Selena, irritada por el silencio de Yazpik.

—Supuse que no merecía volver a hacerlo.

—Supuso bien. Desde luego, después de lo estúpido que fue, no merecía verme más.

—¿Estúpido?

—Sí, estúpido. Hace un año, le salvé el cuello al inventarme ese pacto con la Policía. Y usted va y se pone a traficar con una sustancia nociva para volver a terminar aquí.

—¿Es de eso de lo que ha venido a hablarme?, ¿de esa sustancia nociva?

—No. De ese tema creo que no quiero saber nada más.

—Entonces, ¿solo ha venido a insultarme?

—Podría hacerlo, pero no. —Selena miró hacia el ventanuco de la puerta y se aseguró de que nadie fisgaba. Bajó el tono de voz, se inclinó hacia delante, y prosiguió—: Vengo a ofrecerle su libertad.

Yazpik clavó una mirada severa en ella. Muy serio, inquirió:

—¿De qué va esto? Sea clara. ¿Cómo puede ofrecerme mi libertad?

—Pagando su fianza para que salga en libertad provisional. Lo haría sin que conste mi nombre real, igual que hoy. Sé hacerlo. En mi trabajo se aprenden cosas que una no debería saber. Una vez fuera, usted haga con su vida lo que quiera. Yo solo le pido algo a cambio.

Yazpik no dijo nada. Meditó y se limitó a asentir con la cabeza. Selena le pasó un trozo de papel doblado. Él lo desdobló y leyó cierto nombre que ella había escrito en su interior. Acto seguido, lo rompió en pedazos. Luego, Selena añadió:

—Ella solo es el medio. Ella, en realidad, no importa. Es prescindible. No pido sangre. Lo que quiero es temor. Porque mi verdadero objetivo es otro, un gafe. Quiero que ese hombre se arrepienta de sus decisiones y recapacite. Quiero dominarle.

Yazpik volvió a asentir. Selena creyó advertir un destello fugaz e indefinido en sus ojos, pero no le dio importancia en ese momento. Estaba ofuscada en su fin, en su obsesión. Solo pensaba en su pavor a revivir la pérdida; a las heridas reabiertas; a una aflicción que, antaño, ya la había arrojado a la espiral en la que ahora, de nuevo, oscilaba.

12

Todo fue muy sencillo. Él relató su versión de los hechos a los agentes. Después, Joseph Klausmann habló con ellos y le libró de cualquier culpa. Por último, para su asombro, un reticente comisario Garmash, después de hacer algunas llamadas, le comunicó que podía marcharse.

Entretanto, Alexander apenas receló del fácil rumbo de los aconteci-mientos. Cuando, al volver a casa, recibió un mensaje en el que Ismael Wagner le citaba para darle "las recompensas pactadas", la perspectiva de, al fin, estar a punto de conocer la verdad de su familia eclipsó cual-quier otro sentimiento.

Se quedó traspuesto en el sofá. Pasaron varias horas. Se despertó an-gustiado, con la sensación de haber escapado de un sueño pesado y es-cabroso. Tenía la impresión de que el ensueño había estado relacionado con la identidad de sus padres. Pero no conseguía concretar qué había vivido.

Se duchó y vistió. Intercambió un par de mensajes con Luka. Este le comentó que Irene había ingresado en el hospital y se recuperaba sin problemas. Alexander pensó que, a la salida de su visita a Ismael, podría ir a verla y contactar con Lara. Lo que en breve se disponía a descubrir podía perturbarle sobremanera. Y se alegró de haber hallado ese círculo de personas con las que compartir sus sentimientos.

Empecinado en su inaudito optimismo, descuidó incluso la debilidad habitual del período de castigo. Se puso su cazadora de cuero, consciente de que podía llover. Abrió la puerta del piso. Sin embargo, en ese instan-te, algo llamó su atención. Fue un sonido que, unos meses antes, habría resultado impensable, pero que, en pocas semanas, había aceptado como algo normal: el maullido de Trece, su colega felino.

Se giró. Encontró al gato plantado en mitad del salón. Este le miró fi-jamente y maulló una vez más, con una insistencia impropia de él. Hom-bre y felino se observaron durante segundos, sin articular palabras o maullidos. Extrañado, Alexander se cercioró de que dejaba comida y be-bida suficiente. Luego, se aproximó al gato y le rascó el cuello. Por fin, no sin cierta confusión, se fue. Desde el rellano, oyó otro maullido. Mas, él, incauto, ni siquiera entonces desconfió.

13

En todos los años que Alexander llevaba en Ciudad Fortuna, solo ha-bía paseado por allí un par de veces. Por eso, necesitó el GPS de su mó-vil para hallar el número correcto de la calle del Alcalde Sidor. Al llegar allí, se dio cuenta de que sí se había fijado en la finca alguna vez. La mansión Wagner y su muralla exterior llamaban la atención. Era uno de los sitios más pintorescos de la ciudad.

El mensaje que había recibido le citaba en ese sitio justo a esa hora. La puerta peatonal y la de vehículos se encontraban abiertas, de modo que Alexander traspasó el pétreo muro que circundaba la propiedad del director general de la Organización Heptágono. Recorrió el camino de arbolada bóveda hasta la fachada frontal de la enorme vivienda. Abrumado por la grandiosidad del lugar, la cual contrastaba con el vacío y el silencio de esa tarde nubosa, subió la escalinata hacia la entrada.

La puerta principal estaba entreabierta. Eso fue lo que le hizo desconfiar por primera vez. Desconcertado, llamó al timbre. Nadie acudió. Pensó que entrar solo sería inoportuno. Llamó otra vez, sin éxito. Por un instante, pensó en telefonear a Ismael. Pero, en ese momento, percibió unos ladridos y un correteo que se encaminaba hacia allí. Así, la puerta se entreabrió más y un perro, un bonito *golden retriever*, apareció. Alexander retrocedió, si bien el can se mostró muy pacífico. El perro, ahí parado, le miró y volvió a ladrar. Jadeaba. Parecía intranquilo. Le recordó el raro gesto con el que Trece se había quedado en casa. El perro ladró una vez más y pasó al interior. Antes de hacerlo, se giró y le observó. Alexander decidió acompañarle.

El interior de la mansión era rococó y señorial. La quietud asustaba. Alexander llamó en voz alta a Ismael, pero no obtuvo respuesta. El perro, mediante sus ladridos y constantes miradas atrás para asegurarse de que le seguía, le condujo a un salón ubicado en la parte posterior de la planta. Allí, la luz del anochecer silueteaba los objetos. Y, a pesar de que el cuerpo tirado en el suelo fue lo primero en lo que reparó, Alexander tardó varios segundos en actuar. Cuando lo hizo, le impulsó un pasmo inverosímil. Caminó hasta el cadáver. Se arrodilló. Una flema sanguinolenta colgaba de la boca del finado. Y, sin pensar en el asco, tuvo que tocar aquel rostro gélido. Porque solo así asimiló que Ismael Wagner había muerto. Solo así entendió el desconsuelo que moraba en los ojos del can.

El repentino estruendo de una alarma le sobresaltó. Retornó a la realidad. Contempló el cadáver que acababa de tocar. Observó a su alrededor, e imaginó las huellas que había dejado por doquier. Miró al perro. Y este le ladró, advirtiéndole, azuzándole: "¡Corre!".

Capítulo X

El tercer dogma

1

Un lento, puntual y sempiterno goteo despertó a Alexander, que abrió los ojos sobresaltado y, en un reflejo asustado, miró en todas direcciones. Por un momento, no sabía dónde estaba. Y desconocía el origen de tal goteo.

Pero enseguida lo recordó. Se encontraba en un callejón, sentado detrás de un contenedor de basura. El goteo procedía de un canalón del edificio en cuya tapia estaba recostado. Se había dormido. Había vuelto a tener la misma pesadilla.

En ella, desoía los maullidos de un gato que trataba de advertirle, y se adentraba en el anochecer de la mansión Wagner. Sus puertas se abrían ante su llegada. Poco a poco, aunque sin que él se percatase, la atmósfera se viciaba y la luz se enturbiaba. Un perro dorado le guiaba hasta un salón desolado. Allí, se topaba con el cadáver de Ismael Wagner. Lo tocaba. Un estruendo le alarmaba. El perro ladraba. Él echaba a correr. En la entrada de la finca, divisaba una patrulla policial. Echaba a correr en dirección contraria. Saltaba un muro. Corría sin cesar por una ciudad que resultaba ser un laberinto magnético e hipnótico del cual no se podía escapar. Pero, al final, le atrapaban. Y se asfixiaba.

Entonces, como cada vez que había soñado lo mismo en las últimas cuarenta y ocho horas, despertaba sobresaltado. Ahora, era domingo por la noche. Solo habían transcurrido dos días desde el suceso, si bien a él le parecían una eternidad. Estaba en el fondo de un callejón, al sureste del barrio de Hornos, escondido detrás de un contenedor. Extenuado, se había quedado traspuesto. El goteo se debía a la lluvia de esa tarde. Alexander tenía mucho frío. Había vagado por toda la ciudad durante dos jornadas enteras.

No podía volver a casa. De hecho, no sabía dónde ir. Cuando, el viernes, después de descubrir el cuerpo de Wagner, eludió por los pelos a la Policía, su primera opción, la más básica e instintiva, fue recogerse en su propia casa. Con el corazón desbocado, incapaz todavía de entender lo que acababa de acontecer, subió al primer tranvía que vio. Después de efectuar dos trasbordos erráticos e impensados y un trayecto larguísimo, se bajó en la avenida Fabriko. Caminó a toda prisa. Chispeaba. Confundido, se le ocurrió que, una vez en casa, todo podría solucionarse. Pero no fue así. No llegó a entrar en su portal. Ya en Tragaluces, avistó dos coches de policía estacionados delante del portal número 91. Le buscaban. Sabían quién era. Y él no entendía nada. Solo supo que necesitaba huir.

Se refugió en un antro, un bar sucio y húmedo de la periferia decadente de la ciudad. Procuró no mirar a nadie a la cara. Se sentó en una mesa, en un rincón sombrío, y pidió un café bien cargado y un plato de algo caliente. Escuchó los boletines televisivos de última hora. La noticia del asesinato de Ismael Wagner no tardó en saltar a los medios. Se hablaba de un posible sospechoso. Él deseó que todo fuese un error, un malentendido o incluso una exageración por su parte. ¿Tal vez huir había sido una equivocación? Pero no, no lo había sido. Pues, al día siguiente, todas las noticias acerca del sobrecogedor fallecimiento le apuntaban a él, Alexander Berkel, como principal sospechoso. Además de haberse hallado huellas suyas en la casa y el cuerpo de la víctima, al parecer, se habían descubierto algunas fibras con su ADN en el mismo escenario del crimen.

De esta manera, desconcertado y desamparado, Alexander erraba y se escondía por la ciudad. Esta, Ciudad Fortuna, lloraba a Ismael Wagner, el patriarca de una arraigada familia de la urbe, un conocido filántropo y estudioso de diversas materias. El asesinato de alguien de su clase había conmocionado a todas las gentes por igual. El alcalde había dictado tres días de luto en su memoria. La Policía había prometido cazar al principal sospechoso de tan atroz crimen, un hombre de baja calaña que había tenido un desencuentro laboral con la víctima y hasta le había amenazado en público pocos días antes.

Pero Alexander Berkel, el hombre de baja calaña que, de la noche a la mañana, era la persona más odiada y buscada de Ciudad Fortuna, no había matado a Ismael Wagner. Solo era la víctima de una cadena de desgracias, fruto quizá de su propio mal fario o, tal vez, de una encerrona premeditada. En cualquier caso, Alexander se ocultaba de todos, aunque no podría hacerlo mucho tiempo más. Pero, para escapar, necesitaba ayuda. Mas ¿a quién acudir? No sabía nada de su hermana, que continuaría hospitalizada y, para colmo, ahora podía tener problemas en base a su parentesco. Tampoco tenía noticias de Luka o de Lara. Temía por esta, quien aún debía sufrir el período de quebranto. Su móvil había recibido dos llamadas desde números desconocidos. Asustado, él no contestó y, al final, apagó el aparato y lo guardó.

Esa noche de domingo, dos días después de la calamidad, aterido de frío, atemorizado de su propia sombra y con síntomas de estar enfermo, Alexander deambuló hasta volver a la calle de los Tragaluces. Cuando se percató de dónde se hallaba, inquieto, temió meterse en la boca del lobo. Pronto sería medianoche. La vía estaba bastante tranquila. A pesar del riesgo, no pudo reprimir el deseo de acercarse a su portal. Desde una esquina próxima, divisó el edificio. Observó el apartamento abuhardillado en el que había vivido cinco años. Pensó en Trece, ese gato callejero de tierno maullido, duro pelaje negro, ojos dorados y campechanía adorable que llevaba dos meses con él. Al hacerlo, el gafe taciturno se vio arrollado por una emoción que fue incapaz de contener.

Así, Alexander rompió a llorar, solitario y afligido, en medio de la ciudad.

Lloró al pensar en lo solo y triste que se había sentido toda su vida; al comprender que todas las desgracias pretéritas podrían no ser sino el preludio del auténtico calvario que ahora iba a comenzar; al añorar el cariño de Irene, la amistad de Luka y el amor de Lara; al acordarse de su padre, quien había muerto y ya no podía ayudarle; y al temer no volver a acariciar a su colega felino, un ser que, de algún modo, le había cautivado.

Avergonzado de sus propios sentimientos, se secó las lágrimas. Cabizbajo, se alejó de la calle que había sido su hogar. Anduvo durante la noche, de oscuridad en oscuridad, encerrado en una burbuja donde ni pensaba ni sentía. Aun así, con creciente insistencia, un recuerdo inédito le atosigaba y le deslumbraba cada vez más.

Un día luminoso. Un niño jugaba. Una madre suplicaba.

2

Caminaba por una calle del barrio de Saberes, en cuyo nombre no se había fijado, entre las avenidas Deziro y Majstro, cuando advirtió la lentitud a la que circulaba un vehículo, y dedujo que le vigilaba. Pasaban las doce y media de la noche. No sabía dónde iba a dormir. Tal vez, pudiera colarse en el Hospital Santo Damián. Sabía que el sitio carecía de buena vigilancia, por lo que no resultaría complicado hallar un lugar donde echar una cabezada. Entretanto, Luka todavía disfrutaría del permiso por paternidad.

Entonces, al pasar junto a una tienda de materiales artísticos, en aquella calle arbolada de edificios de colorido diverso e inspiración modernista, se fijó en que hacía rato que oía el mismo sonido: el rumor del motor de un coche que circulaba en paralelo a él, a muy escasa velocidad, pocos metros por detrás. La vía apenas se hallaba transitada. Apresurado, nervioso, torció una esquina poco iluminada. Sin embargo, se adentró en un callejón sin salida, que solo llevaba a las cocheras de las casas ubicadas en esa manzana. Masculló una palabrota.

Regresó a la esquina. Agazapado en la penumbra, escuchó. Para horror suyo, notó cómo el ruido de ese motor cesaba. El vehículo se había detenido. Acto seguido, captó el sonido de una puerta al cerrarse y el retumbar de unos tacones que se acercaban adonde él estaba. Su ritmo cardíaco se aceleró. Dio unos pasos hacia atrás. Mas no tenía dónde guarecerse.

La silueta de una persona apareció y se encaminó hacia él. Petrificado, Alexander se quedó quieto. Observó esa silueta a medida que esta se aproximaba. Y reconoció sus rasgos: piel mulata, cabello azabache, fisonomía felina y curvas seductoras y femeninas; llevaba un abrigo largo gris.

—¿Selena? —susurró.

En efecto, Selena Myers llegó ante él. La mujer le examinó. Su rostro no mostró reacción alguna, aunque sin duda reparó en el terrible estado en el que se encontraba: tenía los pantalones mojados y sucios, las botas embarradas, la cazadora arrugada, la cara desaliñada y barbuda y los ojos ojerosos, y su nariz connotaba un resfriado.

—Te escondes bien —dijo Selena, tan tranquila—. Llevo dos días detrás de tu señal.

—¿Detrás de qué?

—Han sido dos días de locura. No he tenido muchas ocasiones de salir a buscarte. Te conseguía localizar pero, cada vez que intentaba seguirte la pista, te volvías a desplazar.

—Pero ¿de qué me estás hablando?

—De que te he estado buscando.

—¿Cómo me has encontrado?

Selena se le acercó tanto que, por un instante, él creyó que iba a besarle. Al contrario, la mujer bajó la cremallera de su cazadora, metió la mano dentro, hurgó en un bolsillo interior y extrajo una cosa que mostró en la palma de su mano. Alexander se quedó anonadado al verlo. Se trataba de un objeto diminuto, muy parecido a una pila de botón. En un extremo, poseía una luz minúscula que parpadeaba.

—¿Qué es esto? —interrogó, enojado y asombrado.

—Cogí prestado un equipo de la Organización para seguir a gente. Te coloqué esto en tu cazadora cuando estuviste en mi piso. Así, he sabido siempre dónde estabas.

El semblante de Alexander reflejó su enfado.

—Pero ¿cuál es vuestro problema? ¿Tú también? —espetó, alzando el tono de voz.

—Alexander, escúchame —pidió ella. Mantenía, como siempre, la compostura. Eso era lo que a él le exasperaba. Alexander cogió aquel objeto, lo arrojó al suelo y lo pisoteó con rabia. Imperturbable, Selena prosiguió—: Hice eso para protegerte. Te advertí que no confiaras ni en Ismael Wagner ni en Ricardo Varone; solo en mí. Mañana habrá una reunión importante. Muchas cosas van a cambiar. Es probable que, además de la Policía, a partir de mañana, también los centinelas de la Organización vayan tras de ti.

—No sé qué son los centinelas. Pero puedes irte a la mierda. No sé si debí confiar en Ismael Wagner. Nunca confíe en Ricardo Varone. Y, créeme, paso de confiar en ti.

—¿Ah, sí? —contestó Selena, con su talante más fiero—. Pues deberías saber que soy la única que realmente quiere ayudarte. La prueba de ello es que, gracias a ese aparato que has roto, sé muy bien que el viernes fuiste a casa del pobre Ismael. Pero, como creo en ti y estoy convencida de que eres inocente y esto tiene alguna explicación, no he ido a la Policía. Por eso, he venido a ofrecerte mi ayuda.

—¿Y qué ayuda ofreces tú? Eres una mentirosa, como toda la gente que te rodea.

—Sí, lo cual te incluye a ti. Porque tú también me has mentido. Pero no importa. Alexander, por favor —añadió la mujer, en un tono más sosegado—, hazme caso. Conmigo estarás a salvo hasta que pensemos cómo sacarte de este lío. Yo te cubriré. Tengo los recursos y la capacidad para hacerlo. Ven conmigo.

Alexander escrutó los ojos de Selena. La oferta era inmejorable a la vista de sus circunstancias. No obstante, pocos segundos después, negó con la cabeza. Ella le mostró una mirada en la que se advertía un atisbo de odio. Él le dio la espalda y caminó de regreso a la calle. Cuando ya estaba en la esquina, ella agregó:

—Le harás daño. Es una niña. —Alexander se detuvo y se volvió hacia Selena. Esta continuó—: Te conozco de verdad. Te he tenido en mí. Sé que buscas una mujer, no una niña. ¿Piensas que la amas? Pues déjala en paz. O serás causante de su infortunio. ¿Conoces el tercer dogma?, ¿el que versa sobre la inestabilidad de la suerte? Seguro que sí. —Alexander apretaba los labios con ira. No respondió. Y ella recitó—: "Los actos más puros del cuerpo y el corazón funden la suerte de las personas".

Alexander estaba furioso. No toleraba que Selena hablase de Lara. Pero no quiso empeorar las cosas. Volvió a darle la espalda. Antes de que se alejara, ella anotó:

—Te esperaré. Lo prometo.

Aquella noche, Alexander se escondió en un almacén de uniformes del hospital, donde pudo acomodarse y dormir. A la mañana siguiente, aunque se arriesgaba a morir de frío, dejó allí su cazadora a sabiendas. Después de lo acontecido en su inesperado encuentro con Selena, por algún motivo impreciso, ya no la quería vestir más.

3

Selena Myers paseaba por su despacho. Repasaba las palabras que tenía pensado pronunciar, mientras observaba el aspecto de la nubosa mañana por la ventana. La reunión se había programado para las diez en punto. Prometía ser breve, pero intensa.

Se alisó la ropa y se atusó el cabello. Vestía de negro, formal, elegante y respetuosa. Había ponderado la posibilidad de hacerse un moño, pero le pareció excesivo. Releyó una vez más las frases que había preparado; debían sonar improvisadas. Pero no conseguía concentrarse. Otras cuestiones la inquietaban.

Después de todo un fin de semana para localizar a Alexander, cuando al fin lo logró, este rechazó su generoso ofrecimiento. En cierto sentido, no la sorprendió. Había llegado a ahondar en la psique del gafe, e intuía sus obstinaciones. Pero se sentía crispada, fracasada, despreciada. Le disgustaba que él no hubiese confiado en ella. Admitía que, en parte, merecía su desconfianza. Selena había errado en la manera de relacionarse con él, de mostrarle la persona que deseaba que él viese en ella. Y, aparte de su atracción por Berkel, quería ayudarle. En su fuero más interno, sabía que él no había matado a Ismael Wagner. Aunque, al mismo tiempo, evitaba pensar en ello. No quería saber ni quién había cometido el asesinato ni por qué lo había hecho. Pues la verdad la incomodaba.

Echó un vistazo a su reloj de pulsera. Quedaba un cuarto de hora para que dieran las diez. Tras echar el pestillo del despacho, se sentó en su mesa y, del último cajón del escritorio, sacó un teléfono móvil de *prepago*. Llamó a uno de los números de la memoria rápida. Aguardó hasta obtener respuesta.

—¿Hola? —escuchó decir a Alonso Yazpik, con la voz un poco tomada.

—Buenos días —saludó Selena—. Deduzco, puesto que ha contestado a la llamada, que todo ha marchado sin problemas y le han hecho llegar mi paquete.

—Sí, sin problemas. Libre.

—¿Libre y preparado?

—Sí.

—¿Está todo claro?

—Sí.

—¿Seguro? Recuerde que no pido sangre. Ella solo es el medio.

—Descuide. Le quedará bien claro qué compañías no le conviene frecuentar.

—Bien. Entonces, no hay nada más que hablar. Deshágase de ese teléfono. Adiós.

Sin más, Selena finalizó la llamada. Luego, desmontó el aparato, le quitó la batería y la tarjeta SIM, y partió esta en dos. Guardó los restos en el mismo cajón del escritorio.

Dejó el despacho y fue a un ascensor. Subió a la sexta planta. Era la hora indicada. Ya se advertía movimiento en la sala de juntas. La reunión se celebraría allí, en vez de en el salón de claustros, debido a que este se limitaba a las ocasiones en las que el Consejo de la Organización se juntaba en su totalidad. Ese lunes solo parlamentarían con los veintiún miembros de la Permanente.

La sala de juntas era el lugar indicado para las reuniones relevantes del director general o el director de operaciones con demás cargos ejecutivos de la Organización, miembros selectos del Consejo u otras personas notables. Se trataba de una estancia amplia, de grandes ventanales, con una mesa alargada y mobiliario auxiliar; todo bastante ostentoso. En las paredes, además de pinturas y documentos enmarcados, había retratos de los altos mandatarios de la Organización; lo que incluía, por supuesto, a Ismael Wagner.

Selena entró en la sala y tomó asiento a un lado de la mesa, hacia la ventana, enfrente de Ricardo Varone, con quien cruzó una mirada fugaz. A su derecha, el sitio de Ismael, que presidía la mesa, se hallaba vacío. Procuró no mirarlo. En unos minutos, llegaron los otros cuatro altos cargos ejecutivos de la Organización. Asimismo, dos letrados de Heptágono se encontraban presentes.

Los técnicos informáticos habían preparado el despliegue tecnológico que permitía la conexión mediante videoconferencia con las veintiuna personas que formaban la Delegación Permanente, el órgano que, en situaciones de emergencia como aquella, representaba a todo el Consejo de la Organización y tomaba decisiones urgentes. Así, a un lado de la sala, a la izquierda de Selena, habían montado seis grandes pantallas, donde aparecieron las imágenes de todos ellos.

Desde una de esas pantallas, la que estaba en el centro de todas, ubicada frente a la silla vacía de Ismael, Yan Lien, presidenta del Consejo de la Organización y, por tanto, de la Delegación Permanente, una sexagenaria de carrera intachable y actitud rigurosa, dio inicio a la reunión extraordinaria y pidió un minuto de silencio por el fallecido director general.

Selena asistió a los primeros minutos de la selecta reunión desde una posición distante y silente. Otras cuestiones todavía la inquietaban. Había arreglado su dilema profesional al aliarse con Ricardo Varone. Y, si bien había pensamientos en los que era mejor no adentrarse, confiaba en no arrepentirse demasiado pronto de la determinación tomada.

Luego estaba su dicotomía personal, la relacionada con Alexander Berkel. Porque este lo había reavivado todo.

Años atrás, la única hermana de Selena falleció. Y con ella se marchó la persona que Selena jamás volvería a ser. Emergió otra mujer: la que se había enganchado a transgredir los límites de una pasión excitante, arriesgada y dominante con un hombre que la hirió y marcó; la que no controló la espiral de adicción en la que oscilaba desenfrenada para no asumir la pérdida; la que se fabricó una coraza, en la cual no quería y, por tanto, no añoraba. Hasta que el gafe apareció y la obsesión resurgió. Ahora, Selena acababa de concebir e iniciar algo que podía volverse contra sí misma.

No obstante, zanjó tales tribulaciones. Se dijo que algo así no sucedería, que sus planes tendrían resultados excelentes y nada saldría mal.

De esa manera, atendió a la reunión. Y, llegado el momento oportuno, solicitó permiso para tomar la palabra.

4

Ricardo Varone fue el primero en llegar a la sala de juntas. Los técnicos informáticos ya habían instalado las pantallas para las conexiones por videoconferencia. Por un instante, consideró la posibilidad de ocupar el asiento que le correspondía a Ismael, pues le parecía absurdo que nadie presidiese la mesa. Pero se percató de que algunos, aquellos a quienes no caía bien, lo tomarían como una falta de tacto.

Uno a uno, los altos cargos ejecutivos de la Organización y dos letrados de la plantilla ocuparon sus posiciones. Los monitores reprodujeron las imágenes de los miembros de la Delegación Permanente. Yan Lien, recta y precisa como siempre, carraspeó, comenzó la reunión y pidió que se guardara un minuto de silencio. Luego, pasaron a la discusión del asunto que había propiciado la cita.

El único punto en el orden del día de aquella convocatoria extraordinaria era el nombramiento de un director general interino. El debate fue claro y sucinto. La candidatura de Varone era la más evidente y la única que se propuso. La principal objeción fue expresada por Mario Alberto Castillo, secretario del Consejo y de la Permanente, un hombre de cuarenta y pocos que era la mano derecha de Yan Lien. Castillo adujo que la ocupación como alcalde de una ciudad grande impedía a Ricardo dedicarse lo suficiente al cargo. Este prefirió no discutir. Sospechaba que la opinión manifestada por Castillo no era sino la de la propia presidenta, quien siempre optaba por no implicarse en las polémicas.

En ese momento, según Ricardo y ella habían previsto, Selena Myers tomó la palabra y solicitó permiso para intervenir en la discusión. Yan Lien se lo concedió.

–Gracias, señora presidenta –dijo Selena–. Simplemente quiero anotar, con todos mis respetos hacia el señor secretario y hacia quienes puedan compartir su posición, que el señor Varone no ha mostrado nunca complicación alguna para compaginar su trabajo en la política con sus deberes como director de operaciones. Es frecuente tener otra ocupación. Y Varone no es el primer alcalde de Ciudad Fortuna que posee un cargo en esta Organización. Además, no descuiden que fue el propio Ismael Wagner quien le eligió para el equipo de su segundo mandato. También opino que otra alteración brusca del organigrama actual no haría sino más traumática la compleja situación en la que ya nos hallamos.

–Gracias por su aportación, señorita Myers –contestó una pensativa Yan Lien.

Tras el discurso de Selena, se procedió a votar la candidatura de Ricardo. De este modo, el alcalde fue elegido, sin apenas rechazo, como nuevo director general interino de la Organización Heptágono. El secretario Castillo explicó los detalles de su interinidad:

–No habrá otros nombramientos provisionales. El puesto de director de operaciones seguirá ostentándolo el propio señor Varone. Sus funciones serán repartidas como él mismo estime oportuno. El siguiente director general será elegido por la totalidad del Consejo de la Organización, según nuestros estatutos, en la próxima sesión anual.

Al término de la reunión, Ricardo se limitó a convocar a los demás cargos ejecutivos a una reunión al mediodía. Adelantó que había graves y urgentes temas que abordar.

Entretanto, decidió regalarse la satisfacción de pasar por primera vez al que, desde esa mañana, era su despacho: el perteneciente al director general. El carácter interino de su nombramiento no le preocupaba. Tenía varios meses por delante para conseguir que dicha designación resultase definitiva. Y estaba en racha.

Todo había salido bien. En primer lugar, sus aspiraciones en el Ayuntamiento no podían haber obtenido un éxito mayor. Su cuarta victoria consecutiva le otorgaba un poder que pocos políticos de la ciudad, tal vez ninguno, habían logrado nunca. El proceso de transición se desarrollaba con evidente facilidad. Una vez celebrada su investidura, a primeros del año próximo, gestionaría el proyecto *eFortuna Global*.

En segundo lugar, su carrera en la Organización era igual de exitosa. No tenía pensado conquistar la dirección general tan pronto, pero había sabido hilar los dos frentes abiertos con los que se había encontrado: la revelación de las valiosas posesiones de Ismael y la necesidad de neutralizar al malnacido Berkel. Con Ismael fuera, se había desenvuelto sin problemas en la confusión reinante.

En tercer lugar, la carambola que estaba a punto de acabar con Alexander Berkel era el fruto de una ingeniosa maquinación por su parte. Aparte de quitarse de en medio a Wagner para siempre, había implicado al gafe en su asesinato. Gracias a Travis Dixon, se habían hallado fibras del hombre en toda la escena del crimen. Y la alarma de la finca se había activado en el momento oportuno para alertar de su presencia a la Policía.

Minutos antes de la reunión, Ricardo había recibido un mensaje de Carlo Ferrara. Su hombre de confianza le confirmaba que la última fase del plan contra Alexander Berkel iba a ejecutarse ese mismo día. La desgracia de la hermana del gafe haría que Lara comprendiese que estar con alguien así solo traía el infortunio. Así, su hija regresaría a casa, a su familia; algo que, en el fondo, era lo más importante.

Todo saldría bien. Al fin y al cabo, Ismael Wagner siempre había tenido razón. Como al difunto le gustaba aseverar: la suerte dominaba el mundo.

En su nuevo despacho, en la séptima planta de la sede, Ricardo contempló una de las puertas de la estancia. Esta era un acceso exclusivo al salón de claustros, el corazón de la Organización Heptágono y escenario donde confluían todos sus organismos. Pletórico, triunfal, abrió dicha puerta y comenzó a recorrer el pasillo ascendente que había al otro lado.

5

La mañana del lunes se presentó encapotada. Se adivinaba la proximidad de la lluvia. Sin embargo, en su mente, el furioso brillo de un recuerdo desconocido hasta el momento le deslumbraba cada vez más.

Un día luminoso. Un niño sin suerte. Unos hombres sin escrúpulos.

Alexander había pasado la noche escondido en el Hospital Santo Damián. Al salir a la calle, una vez más, evitó las grandes avenidas y esquivó a la Policía. Desprovisto del abrigo de su cazadora, acabó en la calle de las Pizarras. Se detuvo delante de la casa de Luka. No sabía qué hacer. Aunque estuviera desesperado, no deseaba perjudicarle.

Decidido a no implicar a Luka y su familia en sus problemas, se dispuso a alejarse del lugar. No obstante, entonces, un sonido reclamó su atención. Era un timbre. Confundido, tardó unos segundos en darse cuenta de que el timbre procedía de una cabina que tenía a pocos pasos. Quedaban muy pocas de esas por la ciudad y, de hecho, él pensaba que ya ni siquiera funcionaban. No había nadie más por allí, así que, intrigado, Alexander se introdujo en la cabina y descolgó el auricular. Antes de que pudiera decir nada, escuchó:

—Ve a la parte de atrás de la manzana. Entra por la puerta del patio. Está abierta.

Con esas frases, pronunciadas a toda prisa, su interlocutora dio la comunicación por finalizada. Había escuchado la voz de una mujer. Acababa de hablarle Clarisa Miller.

Desapercibido, Alexander siguió las instrucciones de la mujer. Cruzó la calle, caminó unos metros, y halló un callejón. Este, similar a aquel donde se había topado con Selena la noche anterior, conducía a la parte trasera de las casas de la manzana. Buscó la vivienda de los Miller. En efecto, la puerta del patio estaba abierta. Pasó con sigilo. En aquel patio, se mezclaba la vegetación desatendida y el desorden de múltiples trastos. Una puerta, que llevaba al interior de la casa, se abrió. Clarisa

Miller, con su bebé dormido en brazos, le hizo señas para que se diera prisa y entrara.

Se hallaban en la cocina. Era una estancia bastante grande, repleta de electrodomésticos y utensilios por doquier, aunque ordenada y cuidada. Luka llegó de inmediato. Tanto él como su esposa vestían ropa de abrigo, adecuada para la temperatura de esos primeros días de diciembre. Alexander les envidió. Él estaba enfermo, congelado. Ellos se percataron del mal aspecto que mostraba, cosa que le avergonzó.

—Yo... —titubeó, sin saber qué decir. Se sentía humillado. Temió romper a llorar.

Para su asombro y enorme emoción, Luka se apresuró a darle un sincero abrazo.

—¡Temía no volver a verte jamás! —exclamó—. ¡No sabía qué hacer! Pero ¿dónde te has metido? ¿Qué ha pasado? Espera, estás hecho una pena. Venga, ven al salón.

Fueron al salón. Allí, Alexander se acomodó en el tresillo. Luka le prestó una manta, tomó asiento en otro sillón y le miró con expectación. Clarisa, entretanto, permaneció de pie con el bebé, en un segundo plano, y atendió en silencio.

—Me quedé de piedra cuando escuché las noticias sobre el asesinato de aquel hombre y que tú le habías matado —comentó Luka—. ¡Es increíble! ¿Por qué dicen eso?

Mientras procuraba calentarse, consciente de lo febril que se sentía, Alexander trató de explicarse. Sus palabras sonaron débiles y distantes.

—No sé qué pudo ocurrir —reconoció—. Llevo dos días pensando en ello. Tuvo que ser una trampa o mi mala suerte. No lo sé. ¿Recuerdas que el "caso azafrán" se había resuelto?

—Sí. De hecho, ¿te acuerdas de aquel celador por quien me preguntaste?, ¿ese del turno de noche con pinta de colgado? —Alexander asintió—. Bien, pues, anteayer, la Policía vino al hospital a detenerle. Vera Klausmann ha debido incriminarle. Por lo que parece, era quien sacaba los cuerpos de las víctimas para que ella los estudiase. Lo hacía a cambio de una droga de diseño, de H7.

—Vale —continuó Alexander—, pues el viernes, después de todo lo que pasó, al llegar a casa, recibí un mensaje. En ese mensaje, Ismael

Wagner me citaba en su casa para darme mi recompensa por haber resuelto el caso.

—¿Tu recompensa? ¡Claro! Te refieres a la información sobre tu familia.

—Sí, exacto. ¡Fue en lo único que pensé! Ese era mi gran deseo. Por eso, no reparé en nada más, en ningún detalle extraño. Solo fui allí. Pero él estaba muerto. Y, cuando intenté escapar, la Policía apareció por todas partes. Yo hui. Al principio, pensé que hacerlo había sido un error. Pero, visto lo visto, no creo que fuesen a escuchar mi versión.

—Ya... —suspiró Luka, y apoyó la barbilla sobre sus manos entrelazadas, con semblante circunspecto y pensativo—. Tenemos que hacer algo.

Alexander comprendió que el joven creía sinceramente en su inocencia. Aquello le emocionó. Era la prueba de que era un amigo, el primer amigo verdadero de toda su vida.

—¿Sabes algo de Irene o de Lara? —preguntó.

—Irene está perfectamente, preocupada por ti y buscándote. Le dieron el alta ayer. La Policía la interrogó, pero ella te defiende. De Lara no sé nada. Lo siento.

Luka se puso en pie, se acercó a él y le palpó la frente.

—Estás fatal —anotó. Se dirigió a su mujer, y rogó—: Clarisa, por favor, prepara el cuarto de baño para que se duche. Vamos a darle ropa seca y limpia, y un buen cóctel de pastillas. Debe descansar.

Clarisa dejó al bebé en un moisés con patas que tenían junto al acuario, donde los peces de colores de Betina nadaban sin cesar. Alexander se percató de cómo ella no le miraba en ningún momento. Supuso que su presencia quizá no le agradase. Incómodo, agregó:

—Luka, no quiero causarte problemas, ni a ti ni a tu familia. Me iré enseguida.

—No, no pienses ahora en ello. Tienes que reponerte. —Entonces, el enfermero respiró hondo, se ajustó las gafas encima de la nariz, y habló—: ¿Sabes? La última vez que estuviste aquí no te lo expliqué todo sobre mi abuela.

—¿No? Cuéntame.

—Verás, ¿qué sabes de la religión de la suerte?

—¿La religión de la suerte? Bueno, no sé nada, la verdad. Solo la he oído mentar un par de veces.

—Ya veo. ¿Y conoces los dogmas de la suerte?

—Sí —contestó Alexander, escueto, al rememorar su último diálogo con Selena.

—Mi abuela —dijo Luka— te contó que era capaz de ver, de percibir, la suerte. ¿Sabes lo que eso significa?, ¿en qué la convierte? Mi abuela era una clarividente: una persona con un don especial para sentir la suerte en el mundo y las personas. No hay muchos clarividentes. Sus dones suelen transmitirse en la misma familia. Cuando uno muere, otro nace. Así ocurrió con Betina.

Alexander tardó en entender lo que Luka quería decir. Sorprendido, observó el moisés en el que se encontraba el hijo de su amigo, un bebé de apenas dos semanas.

—Así es —afirmó Luka—. Mi abuela vaticinó que, al fallecer, su bisnieto nacería con su don. Pero mi hijo aún es muy pequeño. Tardará en mostrar sus capacidades. Lo que intento explicarte ahora es que, aparte de los clarividentes, en esa religión existe otra figura, incluso más importante. Y, por supersticioso que pueda parecer, igual que creí en mi abuela, por todas las cosas que ella me demostró, debo creer en esa otra figura.

—¿Qué figura? —interrogó Alexander, confundido.

—La figura de la que habla el séptimo dogma, el mayor misterio de la suerte. Es difícil. Se dice que es el Hijo del Siete; alguien capaz de quebrar el enlace entre suerte y destino; alguien que puede dominar la suerte a su voluntad. Es muy complejo. Se cree que hay una obra legendaria, el Libro de los Días, donde se ha escrito todo. Y solo sé que mi abuela me dio a entender que tú, sea como sea, estás relacionado con esa figura. Por eso, le prometí que te ayudaría.

—Espera —replicó Alexander, superado por el grave cariz de esas palabras. Tenía la impresión de que su fiebre iba en aumento—. ¿Tú crees que yo soy esa persona?

—No. No, Alexander. No es así. Eso no puedo saberlo. Es lo único que nunca fui capaz de entender. Solo sé que ella me hizo ver que, de un modo u otro, tú estás vinculado al Hijo del Siete. Te llamaba "el tirador de dados". —Ante la evidente angustia de Alexander, Luka se puso en pie, posó una mano en su hombro, y concluyó—: Es muy complicado. Voy a ver si está el baño. Ya pensaremos qué hacer contigo. Vigila al niño, por favor.

Luka subió al piso de arriba. Alexander se quedó a solas, asombrado por las creencias de su amigo. Él las consideraba absurdas, mas no podía negar que la tarde que estuvo con Betina se sorprendió al aceptar ideas semejantes. Revivió la familiaridad y autenticidad que experimentó la primera vez que fue a esa casa.

Exhausto, incapaz de pensar más, se puso en pie. Se acercó al acuario, cuya luminosidad atraía. Echó una ojeada al bebé. Este yacía despierto y tranquilo en el moisés. Entonces, aconteció algo singular. Fue como si el bebé reparase en él, ya que le contempló con una fijeza impropia para tan cortísima edad. Alexander, por su parte, le observó admirado y embelesado por la profundidad de sus ojos azules.

Supo que nunca olvidaría aquel instante único.

6

Pete Callow sospechaba que los riesgos y los secretos no terminarían nunca. Algunos podrían resolverse, pero otros llegarían tras ellos. Eso no le agradaba, aunque empezaba a darse cuenta de que sabía desenvolverse en situaciones críticas. Si el viernes anterior no hubiese pensado con celeridad y actuado con pericia, habría terminado tan enfangado como su jefa. Pero había salido airoso del asunto. Y hoy se podía premiar con pasar toda una mañana de lunes bajo las mantas.

El cielo estaba nublado. Apenas entraba luz por la ventana. Se encontraba en su casa, situada en el barrio de Saberes. Era un piso pequeño, pensado para una persona sola. No obstante, ahora que los dos vivían bajo el mismo techo, no les había costado ajustar la convivencia. Las lluvias habían provocado una gotera en una esquina del techo, así que habían puesto un barreño debajo. El radiador hacía ruidos; habría que purgarlo.

A Pete le gustaba imaginar que el interior de la cama era una burbuja donde el frío y la humedad no se colaban. Comprobaba todo el rato que las mantas estuviesen bien colocadas para que el aire de fuera no entrase bajo la sábana. Ahora, estaba tapado hasta la nariz. Lo único que llevaba puesto eran sus gafas.

Oyó el sonido de la cisterna al vaciarse. Luego, la puerta del cuarto de baño se abrió. Desnudo, Travis pasó al dormitorio encogido de frío. Helado, se metió debajo de las mantas y se abrazó a él. Tiritaba.

—¡Joder! —exclamó Pete—. ¿Cómo puedes tener los pies tan fríos?

—Es el suelo de tu casa —replicó Travis, abrazado a él cual koala.

—No. Es el suelo de nuestra casa —corrigió Pete.

Un escalofrío le recorrió al percibir el gélido contacto de los pies de Travis. Pese a ello, le abrazó y le frotó la espalda y los brazos para transmitirle su calor.

Pete le debía su cordura a Travis. Este había sido su particular brújula en las últimas semanas. De no ser por él, la tensión que le producía la situación de engaños y mentiras que vivía entre los Klausmann le habría vencido.

—¿Qué hora es? —preguntó, adormilado.

—No hay hora. El tiempo se ha parado.

—¿Cómo? —replicó, divertido.

—Que no pienses, que no hagas nada. No hay hora. Tú estás de vacaciones. Y yo tengo toda la mañana libre. Olvida las horas.

—¿Estás seguro?

—Estoy seguro.

—¿No te reclama tu jefe? ¿No va a llamarte a ese móvil tan caro que te ha regalado?

—¡Ja, ja! —rio Travis, con sorna—. Ese móvil no es ningún regalo. Es un contrato. Pero no, hoy dudo mucho que suene hasta esta tarde. El alcalde tenía asuntos fuera del Ayuntamiento, unos a los que no quería que yo le llevase.

Pete pensó en el nuevo jefe de Travis. Después, pensó en el suyo. En efecto, ambos tenían nuevas ocupaciones y obligaciones. Y se habían librado de mancharse con la sustancia que les reunió en un callejón, semanas antes.

Un amigo de Travis, que trabajaba en una discoteca, le había puesto en contacto con su nuevo jefe: Carlo Ferrara, el hombre de confianza del alcalde Varone. Travis procuraba no hablar de sus nuevas labores. Pete imaginaba que serían una síntesis de chófer, guardaespaldas y encargado de cuestiones delicadas. Gracias a los contactos de Ferrara y el propio alcalde, el nombre de Travis no figuraría en ningún testimonio relacionado con el entramado de Vera Klausmann.

En ese sentido, a Pete tampoco le había ido mal. Acertó al aliarse con el tío de su ex jefa, Joseph Klausmann, otro de los socios de la empresa, para vigilar los actos y delirios de Vera. Esta hacía tiempo que había perdido el dominio de sí misma, cada vez más dependiente del H7. El propio Pete había tenido que conseguirle las pastillas en alguna ocasión. Pero, por fin, *Laboratorios Librae* y todo ese caos pertenecían al pasado. Vera, encarcelada, iba a cargar con todas las culpas. Y Joseph, que sabía moverse en condiciones complicadas y era bastante más listo que ella, había logrado que no se acusara de nada a Pete, quien, ahora, trabajaría para él.

—Así que —anotó Travis, que estrechó su abrazo en torno a Pete—, hasta nuevo mandato, mientras no haya horas, yo soy todo tuyo y tú eres todo mío.

Los dos se taparon por completo. Pete sacó una mano para dejar sus gafas en la mesita de noche, junto a los dos dados: el verde de Travis y el violeta suyo.

7

Joseph Klausmann estaba deseando finiquitar aquel compromiso para buscar un aseo y lavarse bien las manos. No quería ni imaginar cómo sería el pabellón principal del Centro Penitenciario Este-II, el destinado a los hombres, si el de las mujeres, más moderno, le daba tanto asco. Una fina capa de polvo cubría el suelo, las paredes y las ventanas. La mesa estaba pintarrajeada y las sillas no eran nada cómodas. Había tratado de no tocar nada mientras atravesaba aquel sitio, guiado por una oficial de la prisión, hasta la sala de reuniones. Consultó la hora en su reloj de pulsera. No quería perder la mañana entera allí.

Por fin, Vera llegó a la sala. La mujer, que en realidad era más joven de lo que aparentaba, esquivó su mirada con evidente vergüenza y se limitó a sentarse al otro lado de la mesa. Se frotaba los brazos, mientras golpeaba la pata de la silla con el pie en un clamoroso tic nervioso. El uniforme de la cárcel le sentaba mal. Aunque eso era lo de menos. Porque si Joseph se hubiese cruzado por la calle con la persona que ahora tenía delante, ni siquiera habría reconocido a su sobrina. Vera estaba fatal. Daba la impresión de que hubiese adelgazado varios kilos ese fin de semana. Su cara, ojerosa y demacrada, tenía los pómulos marcados y los labios resecos. Ya no poseía maquillaje para disimular la mácula de su pómulo derecho. Su cabello se mostraba enredado y sucio. Se le habían roto las gafas. Y lucía señales de haberse rascado los brazos y las manos con compulsión. En resumen, atravesaba un doble trance: la merma de su suerte y el mono por el H7.

—¿Cómo lo llevas? —preguntó Joseph. Intentó resultar afectuoso, a pesar de que la pregunta se le antojó estúpida nada más pronunciarla.

—¿Has hablado con el abogado? ¿Cuánto tengo que seguir aquí? —inquirió Vera. Hablaba con apremio, y su tembleque aumentaba.

—Vera… —suspiró Joseph—. Tu situación es bastante complicada. No es algo que vaya a resolverse de la noche a la mañana. Te queda mucho para conseguir un permiso.

Era cierto. Vera no quería asumirlo, pero el abogado le había contado a Joseph que la mujer se enfrentaba a un largo tiempo en prisión. Y era evidente que, en el estado en el que se encontraba, no soportaría una reclusión prolongada. Las perspectivas eran dramáticas.

—Yo vendré a verte todas las semanas —añadió Joseph—. Te he traído algo. —Con gran disimulo, por debajo de la mesa, le dio a su sobrina una caja de caramelos, en cuyo interior, en realidad, había escondido algunas pastillas de H7—. Es todo lo que he podido conseguir. Tendrás que racionarlo. Eres científica y sabes cuál es el modo de dejar de depender.

—Gracias —contestó Vera. Tosió un par de veces. Luego, dijo—: Pero tengo que recuperarme. De todo. Tenemos que pensar alguna manera.

Joseph sabía a qué se refería. Hablaba de recuperar algo más valioso que la salud, la estabilidad o incluso la libertad: su suerte. El gafe, Alexander Berkel, la había mermado. Y, si bien existían algunos métodos, basados en el quinto dogma, mediante los cuales un individuo podía recobrar su suerte, las posibilidades de lograrlo en la cárcel eran inexistentes.

—Vera —suspiró Joseph, otra vez—, estás en prisión, rodeada de desgraciados. Aquí no hay suerte. Vas a tener que aguantar.

—No podré, no podré… —replicó Vera, enajenada. Miraba hacia otra parte, como si no estuviese allí.

—Yo cuidaré de ti.

El encuentro no se prolongó mucho más. Vera apenas intervenía en la conversación, desesperada por encerrarse en algún sitio para tomarse una pastilla de H7. Joseph se despidió de ella y le reiteró que se encargaría de su salud y su seguridad.

Las nubes se tornaban cada vez más grises y espesas sobre la ciudad. Joseph supuso que el comienzo de las lluvias sería cuestión de horas. Fue a un restaurante cercano a la avenida Komerci, en el barrio de Confiterías, un sitio llamado *El Imperial*. Solicitó que le dieran una mesa apartada, en un rincón discreto del local, tal como era su costumbre. Un camarero le sirvió una copa de vino tinto y le llevó un panecillo y un aperitivo. Él pidió un plato de la carta y, cuando el camarero se alejó, probó el vino. Tenía muy buen sabor.

Mientras esperaba, abrió su viejo portafolios de cuero. Hojeó unos papeles que la Policía no había confiscado por desconocer su existencia. Eran las fotocopias que Pete Callow había hecho de las notas de Vera. Según las estudiaba, Joseph descubría que su sobrina era una científica mediocre y caótica. La mujer solo había obtenido un punto de partida pasable. Quedaba mucho trabajo por hacer. Y él pensaba hacerlo desde su propia empresa, ya que *Laboratorios Librae* y *Sawatzki SL* estaban contaminadas y debían ser liquidadas.

En un bolsillo interior del portafolio, Joseph guardaba un frasquito con unos gramos de la sustancia rojiza, correspondientes a la última versión de Vera, la mejor del proceso. También conservaba dos dados, el amarillo de Vera y el añil suyo.

Joseph confiaba en perfeccionar los resultados de su sobrina. Le motivaba un inesperado objetivo, pues aquel empeño se había convertido en una cuestión de legado, de familia.

8

Irene Berkel vigiló a la pareja de mascotas. Amparado por su esfera transparente, Sam correteaba a una velocidad más moderada de lo habitual. El gato y él habían establecido una especie de "política de no agresión" que beneficiaba al hámster. A veces, cuando se topaban en la misma habitación, se miraban unos segundos para, luego, sin perderse de vista, fingir que se ignoraban. En un par de ocasiones, el gato se había acercado a la esfera y le había arreado un golpe para hacerla rodar. Aquello no le había gustado nada a Sam.

Irene limpió a fondo el piso de la calle Turing. No acostumbraba a entretenerse con las tareas del hogar, pero, en esos momentos, la limpieza era la vía de escape para toda su tensión. Lena llegaría pronto. La chica se había empeñado en acompañarla al supermercado. Desde que, el día anterior, recibiese el alta, la trataba como si se recuperase de una gravísima agresión, cuando, en realidad, Irene no sentía ninguna molestia. Asimismo, mientras pasaba el aspirador, vigilaba que no hubiese altercados entre Sam y Trece. Había decidido acoger al gato de su hermano para que no se quedase solo.

Estaba rabiosa. La impotencia la enervaba. Ella siempre había sentido que, de alguna manera, quisiese él o no, protegía a su hermano. Mas ahora no se le ocurría qué hacer. Montó en cólera cuando, el sábado por la mañana, unos policías se presentaron en el Hospital Santo Damián para interrogarla en relación a Alexander. Formularon unas acusaciones indignantes contra él, ante lo que ella le defendió con vehemencia. Las opiniones y suposiciones relatadas en los medios acerca del asesinato de Ismael Wagner la desanimaron muchísimo. Pero solo Lena y Luka la creían: Alexander era inocente.

Para colmo, estaba aterrada, pues no conseguía localizarle. Desde que descubriese las barbaridades de las que acusaban a su hermano, había intentado encontrarle. Imaginaba que este se escondería en alguna parte, quizá lejos de la ciudad, pero no imaginaba dónde. Sospesó la posibilidad de que estuviese con Lara, por lo que llamó a la joven. Sin embargo, el móvil de la chica estaba desconectado, lo cual acrecentó su inquietud. ¿Acaso se habrían fugado juntos? No, eso era demasiado alocado. Aunque, de hecho, todo lo sucedido era surrealista. Irene solo esperaba que, fuera donde fuese, Alexander se encontrase bien y hallase la manera de hacérselo saber.

Entonces, recibió un mensaje de Luka. En el texto, un poco raro, el joven le pedía que fuese a verles lo antes posible. Intrigada, se preguntó si habría ocurrido lo que ella pensaba. Decidió dejar la limpieza y el supermercado para más tarde. Confiaba en que Sam y Trece supiesen comportarse en su ausencia.

Se abrigó antes de salir. Creía haberse resfriado durante su estancia en el hospital. Cogió su mochila y el casco de la moto.

En el portal, vio a un hombre. Este tendría cincuenta y algún años. Era de cuerpo espigado, manos grandes y cara alargada. Vestía ropa corriente y unos zapatos viejos que llevaba bastante limpios. Tenía algo en la mano, quizá un pañuelo. Miraba los buzones del rellano. Ella pasó junto a él, y el tipo le habló:

—Disculpe —dijo, con voz grave—, ¿Irene Berkel?

9

Lara Varone caminaba dubitativa por la calle de las Pizarras, en la mitad norte del barrio de Hornos. Alexander le había contado que Luka vivía por allí. Hablar con este era su última esperanza de averiguar el paradero de su chico, máxime después de haber intentado contactar con Irene en vano. No obstante, aquello era difícil, porque no sabía en qué número vivía Luka. En un momento dado, oyó una sirena a su espalda. Desconfiada, se ocultó tras una esquina y aguardó a que pasase. Luego, vio que no era más que un camión de bomberos.

Desanimada, se dio por vencida y decidió buscar la parada de tranvía más cercana. Lamentaba no haber cogido ropa más apropiada para la lluvia cuando se marchó de casa. El suelo de la calle estaba resbaladizo. Se había puesto a chispear durante unos minutos y, aunque hubiese escampado enseguida, el tono del cielo indicaba que, en breve, caería una buena tromba de agua. Debía volver a su refugio cuanto antes.

Tenía que localizar a Alexander. Le buscaba desde el viernes anterior. Ya no sabía qué pensar. Estaba aterrada. Las cosas que había leído y escuchado acerca de la muerte de Ismael Wagner eran terribles. Lara conocía a Ismael. Este era una buena persona y ella sentía muchísimo su asesinato, pero se negaba a creer que Alexander estuviese implicado de ninguna manera. Solo encontrarle podría resolver sus dudas y mitigar sus miedos.

Sin embargo, esa misión no era nada fácil. Lara experimentaba los efectos del período de quebranto, no solo a nivel físico y anímico, sino también en los más sencillos hechos cotidianos. Ahora veía que la suerte podía ser muy maliciosa con las chicas que habían consumado su amor hacia un gafe.

Su móvil no tenía batería. Y ella, al preparar su mochila con precipitación, después de enfrentarse a su padre, se había confundido al guardar el cargador de un teléfono antiguo. Privada de móvil e incapaz de saberse de memoria los números que necesitaba, había buscado a Alexander sin éxito. Había ido a su casa y a todos los sitios que él frecuentaba. Incluso había consultado por internet el sitio web de Irene, donde esta no había contestado. También, llamó desde una cabina al número que le parecía recordar de Alexander, aunque dudaba en algunos dígitos, pero nadie respondió.

Tras la fallida búsqueda de la casa de Luka, ya no sabía qué más probar. Desanimada, cogió la línea circular del tranvía. Al rato, se apeó en la parada de la avenida Deziro. Estaba durmiendo en su camerino del Gran Teatro Fortuna, donde las representaciones se habían suspendido a causa del luto de tres días. No tardarían mucho en pillarla y decirle que se marchara. De momento, eso sí, necesitaba echarse una cabezada. A pesar de que tenía la impresión de estar mejor, sentía una debilidad que achacaba al período de quebranto.

Enfiló el callejón donde se situaba la entrada del personal. Vio a un hombre junto a la puerta, lo cual la extrañó. Se acercó con cautela. El tipo se giró al sentir su presencia. Tenía la tez morena, las facciones angulosas y el cabello moreno y espeso. Mostraba una A tatuada a la derecha del cuello.

—Señorita —dijo, con voz ronca—, ¿podría ayudarme?

10

Alexander recordaba pocas sensaciones tan confortantes como la que experimentó al quitarse su ropa, mugrienta tras haberla vestido durante tres días enteros, y darse una ducha de agua caliente. Se frotó con brío todo el cuerpo hasta quitarse el sudor, el hedor y la roña que se habían adherido a su piel. Aunque, en el fondo, intuía que cierta impresión de inmundicia ya no le abandonaría nunca. Se permitió deleitarse unos segundos más debajo del chorro. Luego, se puso ropa limpia que Luka le prestó; se comió un buen tazón de sopa caliente y una empanada de carne; ingirió las pastillas que su amigo le indicó que se tomara; y se quedó dormido en el tresillo del salón.

En un momento dado, despertó al escuchar una sirena que, desde la lejanía, se acercaba hasta introducirse incluso en su sueño. Abrió los ojos de repente. Tardó un segundo en acordarse de que estaba en el hogar de los Miller. Tumbado en el sofá, la ventana quedaba encima de él, a su derecha. El sonido de esa sirena no pertenecía a su sueño, procedía de la realidad. Se preguntó si sería la Policía, si su huida ya habría terminado. Inquieto, se incorporó y, agazapado, oteó la calle de las Pizarras. Pero se trataba de una ambulancia. Justo en ese instante, el vehículo pasaba por delante de la esquina que había frente a la casa. Alexander respiró aliviado y volvió a dormirse.

Soñó algo. Vio cómo un mirlo, del color de la ceniza, se colaba en el salón de su piso. Alterado, Trece le perseguía sin descanso. Y Alexander presintió que lo que su colega felino pretendía no era cazar al pájaro, que revoloteaba alborotado por la estancia, sino echarlo.

Cuando despertó, más tarde, continuó tumbado. Estaba cómodo. La tranquilidad reinaba en la casa. Luka y Clarisa descansaban también, ya que el bebé dormía. Comprendió que debía decidir qué hacer con su vida. Lo más probable era que tuviese que escapar de la ciudad. No obstante, por algún motivo que le costaba entender, esa posibilidad le disgustaba. En cualquier caso, si huía, antes necesitaba despedirse de Irene y Lara. ¿Qué ocurriría entre esta y él? Todas las perspectivas le daban miedo. Todo se había estropeado.

O eso pensaba él entonces. Pues estaba a punto de descubrir que, para un gafe, por muy hondo que fuese el hoyo, las cosas aún podían ir a peor, a mucho peor. Fue poco después. Acababa de ponerse a llover otra vez. No chispeaba, como lo había hecho al mediodía. Era una lluvia fina y constante. La gran tromba de agua se acercaba. Y, de improviso, un sonido desagradable perturbó la calma de la casa.

Era algo que Alexander ya había oído pocos días antes: la alarma de su teléfono, que, conectado al monitor de constantes vitales de Irene, indicaba que esta volvía a encontrarse en peligro. Se levantó de un brinco para mirar la pantalla. Y algo más sucedió: una segunda alarma, de la misma aplicación, reveló que, en otro punto de la ciudad, Lara, quien también portaba un monitor, se hallaba también en peligro.

Alertado por el ruido, Luka entró en el salón justo cuando Alexander, estremecido, asimilaba el espantoso significado de aquellas estridentes alarmas.

—Son Lara e Irene... —acertó a decir, casi sin aire, espeluznado—. Ellas, las dos... Algo les pasa, pero... ¡están en dos sitios distintos! ¡No puede ser! —exclamó, abrumado.

—¿Cómo...? —preguntó Luka, que no podía creer lo que escuchaba.

—Las dos están en peligro —respondió Alexander—. Pero… No puedo… ¿Qué hago?

¿Qué podía hacer? El GPS de su móvil, conectado a ambos monitores, mostraba que Irene y Lara se hallaban en dos puntos distantes de la ciudad. Él no podía ir a dos sitios a la vez. Y la opción de avisar a la Policía parecía desacertada: ¿qué iba a decirles? Tenía que elegir. Solo podía rescatar a una primero. Mas ¿a cuál escoger?

Esa, sin embargo, era una pregunta para la que, en el fondo, ya conocía la respuesta. Pues Héctor se la dio cinco años antes. De hecho, fue lo último que le dijo.

Recordó.

11

Era el verano del año 2008. Hacía menos de un año desde que se mudaran a Ciudad Fortuna. Y ese fue todo el tiempo que Héctor vivió allí. Porque, aquella noche, murió.

Alexander corría sin cesar. Su número era el contacto para emergencias en el teléfono de su padre adoptivo. Le habían llamado para avisarle de que Héctor había sido atracado y se encontraba bastante grave. Espantado por la noticia, echó a correr desde la avenida Fabriko, donde se encontraba, hasta el puente del Barquillero, sin detenerse siquiera a pensar que si pedía un taxi y esperaba podría llegar mucho antes.

El puente del Barquillero salvaba el cauce del río Tyche en la zona norte del barrio de Serenidad, cerca del Parque de los Frutales. Era un puente en arco, de piedra y refuerzo de hormigón, cuya sencilla belleza se había respetado en sus remozamientos posteriores. Sobre sus tres ojos de medio punto, circulaban los vehículos y transitaban los peatones. Se caracterizaba por sus balaustradas y farolas, lacadas en blanco con adornos antaño dorados.

Junto a uno de los extremos del puente, en la acera de la calle paralela al río, el tumulto asistía a la escena entre la consternación, la impotencia, la lástima y el morbo. Era un día de diario. Vivificada por la agradable temperatura de aquel verano recién estrenado, la gente había salido a pasear. En cambio, más tarde, nadie diría haber presenciado el ataque. Con el corazón al borde del colapso, sudoroso y casi asfixiado, Alexander llegó al lugar. Se abrió paso entre las personas congregadas alrededor de la tragedia. Y halló a su padre.

Héctor estaba tirado en el suelo. Alguien había puesto una chaqueta enrollada bajo su cabeza. Miraba al cielo. Observaba las estrellas con gesto contraído y tez cadavérica, asaltado por frecuentes espasmos. Tenía un enorme rodal rojo en la camisa, en mitad del abdomen. El reguero de sangre mojaba ya el suelo. Una fina y brillante capa de sudor le cubría la frente y empapaba su cabello. Parecía llorar. Sus labios estaban amoratados. No tenía fuerzas. Sus ojos marrones se apagaban. Se moría.

Alexander se arrodilló a su lado, sobrecogido. Un joven, un viandante que pasaba por allí, le contó que era auxiliar de enfermería y había tratado de atenderle. La ambulancia se retrasaba. Sin embargo, en ese momento, Alexander no distinguía ni escuchaba a nadie. Solo veía a su padre moribundo y escuchaba su agonizante respiración.

—Estoy aquí, estoy aquí… —susurró, y cogió la mano del hombre.

Héctor tardó un poco en reaccionar. Su rostro mostró un conato de sonrisa. Habló a su hijo sin dejar de mirar el firmamento, tal vez porque ya ni siquiera pudiese verle.

—Alexander… Oh, Alexander, ha durado mucho… —dijo, con exiguo aliento.

—¿El qué? ¿Qué ha pasado? —interrogó Alexander, incapaz de contener el pánico.

—Mi suerte, Alexander… Mi suerte, hijo… Ha durado mucho. Al final, me ha cazado.

—Pero ¿quién? ¿Por qué? —replicó Alexander—. Resiste, te vas a poner bien. Tranquilo.

—No, hijo… Ya no puede ser. Termina la partida. Ha sido buena… Malas cartas.

—No, no, no —repitió Alexander, aterrado—. Respira, ¡lucha! La ayuda ya viene. No, por favor, no… —sollozó. Se volvió hacia el corro de gente y, sin reconocer ningún rostro ni dirigirse a nadie en particular, gritó—: ¡Vuelvan a llamar! ¡Pidan más ayuda!

—Habrán… —Héctor tosió con tanta violencia que escupió gotas de sangre—. Habrán pinchado una rueda —añadió, como si nada, y prorrumpió en un ataque de tos, con estertores espeluznantes, que más bien parecía un ataque de risa—. Ha estado bien.

—Basta, ¡basta! Tú respira. Van a venir. Van a ayudarte.

—No… Ya no me queda nada. Se lo llevó todo. —Al oír aquello, Alexander se percató de que el amuleto de Héctor, aquella herradura de latón, ya no pendía de su cuello—. ¡Ay!, tan poco…, pero tanto… Ha sido precioso. ¡Qué dicha teneros…! Y… ¡Oh…! Alexander, Alexander. Perdóname. Lo siento. Perdóname.

—Pero ¿qué? ¿Por qué? ¡No hay nada que perdonar! —contestó Alexander, que notó el sabor salado de las lágrimas en su boca.

—Oh, sí… Alexander. Perdóname. Perdóname. Por no haberlo… Ella… Irene…

Para horror suyo, Alexander se dio cuenta de que no había alertado a su hermana, algo por lo que no se perdonaría nunca.

—Alexander —dijo Héctor. Él creyó advertir que asía su mano con más fuerza—. Irene, lealtad… No la abandones nunca. Promételo. ¡Oh!, perdóname… Ella… Es tu hermana.

—Nunca, papá. Nunca la abandonaré —prometió Alexander—. ¡Papá…!

Alexander se abrazó al cuerpo casi inerte de su padre. Rompió a llorar sin consuelo. No soltó su mano hasta que la última pizca de vida le dejó. Y, para cuando la ambulancia se presentó en el puente del Barquillero, Héctor Berkel ya había fallecido.

12

Les costó arrancar el coche. Los Miller no solían usarlo. El motor tal vez se hubiese gripado. Lo tenían aparcado en frente de la casa. Alexander salió a la calle con la ropa que Luka le había prestado: pantalones oscuros, camiseta de manga larga y un abrigo. En aquel momento, le dio igual que alguien pudiese reconocerle. Lo único que quería era partir cuanto antes. Rescatarían a Irene en primer lugar. Se lo debía a su difunto padre.

Luka conducía mientras Alexander le indicaba la supuesta ubicación de Irene, en función de lo que decía el GPS. Al parecer, la señal enviada por el monitor de su hermana procedía del sur de la ciudad, en algún lugar muy próximo a la avenida Deziro, tal vez ya en el área industrial y empresarial. La lluvia arreciaba. Alexander no hablaba, pero su gesto estaba en completa tensión. Tenía miedo.

—¿Por aquí? —preguntó Luka, cuando, tras superar las complejas rotondas de la plaza de la Cornucopia, desembocó en la avenida Deziro. Él también estaba asustado.

—Más al sur. Mantente a la derecha —respondió Alexander, escueto, sin dejar de mirar la pantalla de su teléfono. Acababan de dejar atrás el Gran Teatro Fortuna.

Alexander se sentía atrapado en una auténtica pesadilla. Temía llegar tarde para salvar a Irene de lo que pudiera sucederle. Y temía llegar aún más tarde para rescatar a Lara, a quien se había visto forzado a postergar. Se dio cuenta de que estaba tan tenso que apenas podía respirar. Le temblaba el cuerpo entero. Una voz cruel, dentro de su cabeza, le decía que toco cuanto ocurría era por su culpa: por el tercer dogma.

Luka torció a la derecha, por una bocacalle al sur de Deziro. Después, efectuó otro giro a la derecha y enfiló una vía paralela, bautizada con el nombre de Galileo Galilei. La aplicación instalada en el móvil de Alexander les informó de que se hallaban a pocos metros de su destino, por lo que aparcaron en el primer hueco que vieron, pese a que estaba prohibido por un letrero, y salieron apresurados.

La calle de Galileo Galilei era larga y estrecha, con edificios elevados en ambas aceras. Se trataba de bloques de viviendas, en cuyos locales se ubicaban oficinas y comercios. El área industrial y empresarial no debía estar nada lejos. Los pocos transeúntes que habían salido con la lluvia, protegidos bajo sus paraguas, caminaban ajenos a la angustia que acongojaba a Alexander. Nadie le miró. Para él, de hecho, era como si todas aquellas personas perteneciesen a otro mundo; como si fuesen imágenes fantasmagóricas que podía atravesar. Lo único que deseaba era hallar a su hermana, rescatarla del peligro que la amenazase, y encargarse de Lara.

La señal del monitor de Irene procedía del interior de un local en el que, otrora, hubo una oficina municipal para recaudación de tributos, tal como rezaba un deslucido cartel. Pero, ahora, el sitio estaba desocupado, con los muros de su fachada pintados de blanco y cubiertos de pósteres publicitarios. Aun así, Luka se fijó en algo:

—Mira —anotó. Señalaba con el dedo la cerradura—. Parece que la han forzado.

—Sí —susurró Alexander—. Y creo que lo han hecho hace poco.

Alexander puso una mano en la puerta, hizo un poco de fuerza, y esta se entreabrió. Miró a Luka y, con el dedo índice delante de la boca, le advirtió:

—Silencio. Cuidado.

Abrió la puerta despacio. Seguido de Luka, entró en aquella antigua oficina. Se encontraron en un amplio espacio diáfano, con un mostrador de recepción a la entrada, unas cuantas hileras de sillas y, al fondo, varios cubículos con mesas y sillas. Todo estaba vacío, desierto. Habían recogido todos los materiales. Alerta ante cualquier movimiento o sonido, se adentraron en la zona posterior de la instalación. Seguían las indicaciones del teléfono de Alexander. Recorrieron un pasillo con forma de ele que estaba en penumbra. Al final, abrieron una puerta.

Detrás de ella, hallaron un patio interior, techado con unas planchas translúcidas. La lluvia repiqueteaba sobre estas y producía un ruido cacofónico y ensordecedor. La difusa y tenue luz de la lluviosa tarde, filtrada todavía más difuminada por las planchas, dotaba al lugar de una atmósfera gélida y lóbrega. A pesar de ello, podía verse. Los muros se adivinaban agrietados y mohosos. El suelo poseía una capa de suciedad tan gruesa que casi resbalaba. Había unas estanterías metálicas, oxidadas y vacías. Al fondo, se apreciaba una silla y una mesa. Allí estaban Irene y el hombre.

Irene, sentada en esa silla, estaba atada con las manos a la espalda. Por la posición gacha de su cabeza, no se sabía si estaba inconsciente o miraba al suelo. Con tan poca luz, tampoco podía apreciarse si estaba herida. A su lado, junto a la mesa, de espaldas a los recién llegados, el hombre parecía preparar algo. Era un tipo larguirucho, espigado, de cabello castaño con una creciente calva en la coronilla. Vestía ropa normal, anodina. Calzaba unos zapatos que, aunque viejos, parecían haber sido abrillantados. El ruido que la lluvia provocaba sobre el techado de planchas era tal que no había oído cómo abrían la puerta.

El agua se colaba por alguna junta del techo y generaba charcos en el suelo. Alexander, al acercarse con cautela al atacante de su hermana, pisó uno de ellos. El rumor del chapoteó llamó la atención del hombre. Este se dio la vuelta. Poseía un semblante alargado cuya fisonomía era corriente. Antes de que el tipo pudiese reaccionar, Alexander dio rienda suelta a su ira. Se abalanzó contra él, le tiró al suelo y se puso encima con todo su peso. Lleno de furia, se puso a arrearle puñetazos y le impidió la más mínima posibilidad de contraatacar. De reojo, se percató de que Luka auxiliaba a Irene.

—¿Quién eres? —interrogó Alexander, a voces, sin dejar de pegar al atacante.

Paró de golpearle un segundo para darle la oportunidad de responder. Sin embargo, el asaltante desconocido, que respiraba agitado y sangraba bastante por la nariz, amén de otras contusiones, le sostuvo la mirada y no habló.

—¿Quién eres? —repitió, agresivo y desbocado. Le propinó un puñetazo más.

El tipo se mantenía en silencio. Alexander echó un vistazo a la mesa. Creyó divisar un frasco con un líquido dentro, algo parecido a una jeringa, cinta aislante, unas tijeras, una navaja y un trapo. Volvió a pegarle. Miró hacia la silla, donde Luka desataba a Irene, quien, para su gran alivio, estaba consciente.

—¡Está bien! Ella está bien —exclamó Luka—, solo algo aturdida.

—¿Por qué has hecho esto? —preguntó Alexander al hombre.

Este tenía la cara llena de sangre y magulladuras. Respiraba con dificultad. Pero conservaba cierto talante tranquilo. Miró a Alexander, tomó aire, y le espetó:

—Por ti.

Aquello fue lo que hizo que Alexander perdiera el control. Más tarde, se dio cuenta de que esa fue la primera vez que mostró su reverso maldito delante de otras personas; en concreto, en presencia de su hermana y Luka. Pero no le importó.

Sentado a horcajadas encima del hombre, desterró cualquier posibilidad de cordura o piedad, e hizo lo peor que podía hacerle a un ser humano; algo más oscuro y temible que la propia muerte. Posó una mano sobre el pecho del tipo. Y le mermó. Le gafó.

Tardaría mucho en hablar con Irene y Luka sobre lo que hizo delante de ellos, de superar la vergüenza que le suscitaba haberles revelado la más tenebrosa de sus facetas. Ellos, por su parte, también le hablarían de la tremenda impresión que les supuso contemplar aquel hecho, mágico y umbrío a la par, con el que le arrebató un hálito de la esencia más etérea e íntima, en forma de brizna ínfima de suerte, a aquel desgraciado. Los escalofríos y el pavor que experimentaron durante el trance nunca se les olvidarían.

Cuando acabó, abatido como siempre por el esfuerzo, Alexander se apartó y se sentó en el suelo. Recuperó el aliento. Dejó al hombre allí tirado, hecho polvo tras la paliza y el mal fario. Miró a Irene y Luka. Estos le observaban anonadados. Se habían cogido de la mano.

—¿Estás bien? —dijo a su hermana.

Irene, enmudecida, asintió con la cabeza. Él se dirigió por última vez al hombre gafado y, aun agotado, volvió a inquirir:

—¿Por qué has hecho esto?

Lo único que recibió por respuesta fueron suspiros y lloriqueos derrotados. Y, aunque las dudas le azoraban, optó por actuar con la sangre fría que no había tenido minutos antes. Consciente de que, en un plazo escaso, padecería el período de castigo, y de que el tiempo de Lara se agotaba, volvió a pedir ayuda a Luka.

—¿Podrás cuidar de Irene? Necesito tu coche —solicitó.

A partir de ahí, los acontecimientos se mezclarían con el recuerdo que, con cada vez mayor nitidez y certeza, se le manifestaba de manera deslumbrante.

Un día luminoso. Un hogar asaltado. Una infancia interrumpida. Unos lazos rotos.

13

Un día luminoso. Un niño. Una madre. Unos hombres. Muchos gritos. Y un final.

El recuerdo era cada vez más sólido, más íntegro. Se formaba ante él como un vórtice que plegaba la realidad y le atraía sin remedio hacia su interior. Era el destino.

Era lunes, el día de la Luna, y esta ya mostraba su cuarto menguante. La noche había caído. El cielo era negro, insondable. Centellas remotas refulgían a lo lejos, a una distancia que bien podía aludir a otro universo; aquel que, quizá, existiese más allá de Ciudad Fortuna. El mundo parecía haberse vaciado. No se veían personas, se habían volatilizado. Estaba a solas con la lluvia, que se había acrecentado y mojaba hasta su amuleto, palpitante al compás de su corazón. El tercer dogma comenzaba a materializarse en el horizonte de su aventura, con una certidumbre que aterraba y abatía. Se disponía a tocarle con su dedo atroz, a punto de herirle para el resto de su vida. Su pesadilla se iba a transformar en la peor de todas, aquella de la que no sería posible despertar.

La ventura era la cadena que les había llevado a tal desenlace. Mas ¿acaso no eran los actos de cada uno los eslabones que la forjaban? Una dolorosa paradoja, sí. Toda su vida, se arrepentiría de cada paso, cada gesto, cada palabra, cada decisión, cada empeño y cada beso. La urdimbre ya no se podía deshacer. Solo restaba una alternativa, la única y más ardua: continuar hacia delante. El dogma desembocó en aquella noche, al lado de aquella cacera, cuando los grados de suerte operaron sus cálculos fatales. No existió creencia o misticismo suficiente para evitar el fin. Los dados fueron funestos.

La señal le condujo al oeste. La ronda del Forastero circundaba toda la parte occidental de la ciudad, a lo largo de un conjunto de calles que rodeaban, por sus zonas más externas, el Arco Clásico y el barrio de Serenidad, en un trazado que asemejaba el cauce del río. En algunos tramos, dicha ronda era peatonal; en otros, se permitía la circulación de vehículos. En unas zonas, discurría entre largas hileras de casas vistosas; en otras, atravesaba jardines y paseos o contenía monumentos históricos. Hasta podía ser estrecha y misteriosa. Se caracterizaba por el empedrado de sus calzadas, así como por el perenne rumor del agua que corría por una larguísima cacera, que, antiguamente, transportaba el agua para el riego y, en la actualidad, servía de recuerdo precioso y nostálgico de tiempos pasados. Poseía vegetación, árboles y arbustos, y escasa luz, lo cual, no obstante, le confería un encanto singular. Si bien, en una noche lluviosa como aquella, se hallaba desierta.

La batería del móvil no tardaría en descargarse. El depósito de gasolina del coche iba a agotarse en breve. Y las fuerzas de Alexander amenazaban con evaporarse de un momento a otro. Si no hubiese mermado al atacante de su hermana, habría guardado más energías. Si no hubiese ido a casa de Ismael, no habría tenido que separarse ni de ella ni de Lara. Si no hubiese aceptado el caso, no se habría granjeado tantos enemigos. Si no hubiese amado a la chica, no le habría inducido el período de quebranto. Si no la hubiese conocido, aquello no habría sucedido. Pero... ¿a quién intentaba engañar? Eso no era nada. Todo era porque Alexander Berkel era un gafe. Estaba maldito. Y se odiaría perpetuamente por ello.

Primero, vio el monitor. Después de aparcar en una calle estrecha, ubicada entre dos edificios altos y viejos, donde sospechó que no se podía estacionar, Alexander echó a correr en busca del punto parpadeante en el plano de la pantalla de su móvil. Llegó a la ronda del Forastero. Estuvo en un tris de escurrirse con el empedrado, empapado por la lluvia. Él mismo estaba calado, aunque, en sus circunstancias, no percibía sensación corporal alguna. Miró a un lado y a otro. No vio a nadie. Apenas veía nada. Las farolas alumbraban la vía de modo tenue. Al fondo, ante él, se extendía la larga cacera. A pesar de la lluvia, podía distinguirse el rumor del agua, además de cómo las gotas golpeaban su superficie. Más allá, aparecía la vegetación, un bosquecillo.

El monitor estaba en el suelo, junto a la cacera. A Lara se le había caído. Él se acercó, se arrodilló para cogerlo y comprobó que se trataba del artilugio. Impotente y desesperado, Alexander volvió a mirar en rededor, y voceó:

—¡Lara!

Ojalá ella le hubiese respondido. Alexander deseó tantas cosas. Quiso oírla decir que no había sucedido nada, que ya podía despertar. Quiso verla de nuevo, estrecharla entre sus brazos para aspirar el aroma de su cuerpo y enterrar los dedos en su cabello azabache. Quiso hundirse en la profundidad de sus ojos. Quiso disculparse por haberla amado, por haberla puesto en peligro. Quiso perdonarse por anhelar uno más de sus besos. Quiso preguntarle si huiría de esa ciudad magnética con él. Quiso decirle que la quería, que la quería mucho, que la quería como jamás había querido a nadie, y que, tal vez, nunca pudiese querer a nadie de la misma manera. Quiso que la vida no hubiese terminado.

Se le ocurrió subirse a la cacera y otear el panorama desde allí. Ante él, al otro lado de la misma, el terreno de hierba descendía en pendiente y se contemplaba la espesura de los árboles, los cuales impedían ver mucho más allá. Ahí no había farolas, solo llegaba el resplandor distante de las luminarias de la ronda. Las gotas de lluvia caían desde las hojas de los árboles y salpicaban el cuerpo, encogido en posición fetal.

En un impulso, Alexander dio un salto, superó la cacera y cayó sobre la hierba. Fue un brinco tan impetuoso que, al aterrizar, tropezó y echó a rodar por la pendiente embarrada. Cuando logró frenarse, se sintió tan extenuado que pensó que no conseguiría ponerse en pie. El período de castigo había empezado. Sin embargo, sí se incorporó y, con torpeza, dolorido, caminó hasta Lara.

Lara Varone tenía veinticinco años. Amaba a su madre y conocía a su padre. Reía sin pudor. Sonreía con sinceridad. Bailaba agraciada con un virtuosismo envidiable. Se movía al son de cualquier melodía. Se abrazaba a la almohada cuando dormía. Recordaba sus miedos cuando estaba sola. Preparaba una salsa de pimienta verde deliciosa. Miraba a los ojos antes de besar. Gemía con suavidad cuando hacía el amor.

Solo un mes de amor. Solo una noche de pasión.

Lara Varone estaba muerta. Todo había salido mal. Muy mal.

Sin respiración, tembloroso, Alexander se arrodilló y la acunó entre sus brazos. La chica estaba gélida. Su piel había palidecido. Sus labios se veían azulados. Tenía los ojos cerrados, con las cuencas levemente amoratadas. Un hilillo de sangre salía de su nariz. Se palpaba una brecha, una amorfia espantosa en su cráneo, bajo su preciosa cabellera. Soñaba para siempre. ¡Su cuerpo parecía tan flaco y frágil! Las gotas de lluvia resbalaban por su faz, igual que las lágrimas de Alexander caían encima de su frente helada. Él la besó.

A pocos pasos de allí, vislumbró un objeto que reconoció al instante: hundido entre la hierba, había un dado de cristal de una brillante tonalidad anaranjada.

Solo al final, Alexander Berkel comprendió que el futuro nunca le depararía la ilusión de gratas sorpresas. Esas no serían para él, no. Nunca debió creer semejante falacia. De hecho, tendría que haberlo previsto. Su lastimada memoria había tratado de prevenírselo. La huella de la ruptura, la separación y la distancia subyacía en su pasado. Y este pasado volvía a él. El recuerdo se completaba. La claridad le sobrecogería en el ardor de la pérdida. Y ya nada sería como antes.

Abrazado a Lara, Alexander lloró, rogó, gritó y anheló. Deseó volver atrás. Deseó no haber nacido. Deseó morir en su lugar.

Y recordó.

14

El día era muy luminoso. Alexander tendría cinco años.

La finca era inmensa a los ojos del crío. Sus límites se extendían más allá de donde alcanzaba su vista. Era agreste y bucólica. El verano la había coloreado con tonalidades amarillentas y tostadas. Los campos de cereales ocupaban más de la mitad de su extensión. El cielo tenía un tamaño inconmensurable, completamente despejado. Un Sol perfecto e intenso lo coronaba. Desde algún lugar cercano, podía oírse el rumor de un arroyo. El caserío era grande, de dos plantas, construido con madera, con un amplio porche, un tejado de cubierta inclinada con diversos gabletes y lucernarios, balcones y una terraza. Asimismo, había un granero, un establo y un huerto.

Alexander era un niño alto y flaco, que solía correr descalzo y, durante los meses de estío, vestía una fina camiseta de tirantes blanca y un pantaloncito corto oscuro. Tenía el pelo fuerte, castaño y alborotado. Sus ojos marrones brillaban. Jugaba a solas en la parte delantera del caserío, en un columpio oxidado. No le incomodaba el calor. Su madre, que salió al porche de la casa en ese momento, era joven, guapa, de sonrisa maravillosa, piel delicada y abundante cabello moreno. Llevaba un vestido claro y fresco. Contempló el paisaje y saludó a su hijo con la mano. El niño le devolvió el saludo. Ese día, madre e hijo estaban solos. Y ese día era el día.

Entonces, oyeron el ruido del motor. Una furgoneta de carrocería negra llegó por el camino. Se detuvo junto a la entrada de la cerca, donde comenzaba el sendero hacia el caserío. El niño interrumpió su juego. Del vehículo, cuyo motor aún sonaba, salieron cuatro hombres. Estos iban vestidos de blanco, con camisas de manga larga y pantalones largos. La madre les observó con suspicacia. Uno de esos hombres de blanco señaló al niño y dijo algo al resto. De inmediato, la madre se dirigió a su hijo, y gritó con todas sus fuerzas: "¡Corre!". Él echó a correr hacia los maizales.

Los hombres se dividieron. Dos de ellos fueron adonde estaba la madre. La retuvieron, a pesar de su frenética resistencia, para que no ayudara a su hijo. Los otros dos dieron caza al niño antes de que se escabullera entre los frondosos cultivos. Él también trató de rebelarse, gritó y pataleó. Las súplicas de madre e hijo trastornaron el sosiego de aquella finca que había sido su hogar. Ambos se miraron, impotentes ante lo que sucedía. Extendieron sus manos. Anhelaron poder entrelazarlas e impedir que les separaran. Lloraron ante la certeza de que jamás volverían a verse.

Aquellos hombres metieron a Alexander en la parte trasera de su furgoneta. Y se lo llevaron de allí para siempre, separándole de su madre.

15

Ciudad Fortuna vive el crepúsculo nublado de los verdaderos comienzos venideros.

El frío se extiende por caminos perpetuos. Un gato negro añora a su colega humano. Un bebé descansa plácidamente, ajeno a un sino de profunda trascendencia. Las manecillas de un reloj dejan de marcar las horas. El corazón de un gafe se extravía. Y, lejos, en el horizonte, asoman atisbos de un resplandor encarnado.

Bajo la lluvia y las lágrimas, acaece la muerte, hacia el final del otoño del año trece, en Ciudad Fortuna.

Nota del autor

Estimado lector:

Aquí finaliza *Dados de cristal*, el primer volumen de *Ciudad Fortuna*.

Espero que puedas perdonarme por el desenlace que acabas de descubrir. Te aseguro que escribirlo fue tan amargo como habrá sido leerlo. Cuando un autor crea sus personajes, fantasea con sus incontables posibilidades, igual que el lector. Pero eludir la tragedia no era posible. Porque, en un mundo gobernado por la suerte, un gafe no puede deleitarse con la ilusión de gratas sorpresas; al menos, ahora no. Todavía queda mucha historia. Y, algún día, rememoraremos este final, este punto y aparte, y comprenderemos que era inevitable.

Como podrás ver más abajo, firmo el volumen con dos fechas. Esto tiene un porqué. *Ciudad Fortuna* fue, al principio, un proyecto audiovisual. Entre 2009 y 2010, desarrollé una idea que, repentinamente, había arraigado con vigor en mi mente: una ciudad misteriosa, un mundo dominado por la suerte, un influjo del cual la mayoría no es consciente, un hombre maldito con la tara de ser gafe... Por varias causas, el proyecto se quedó ahí. Hasta que, en 2013 y 2014, lo retomé con una visión más nítida y amplia, en forma de novelas.

Escribir es una labor obsesiva y absorbente. Yo, sinceramente, soy incapaz de dejarla. Aunque sea una tarea solitaria e individual, debo dar las gracias a las personas que sí entienden esta dedicación con la que mi vida comparte las horas: a Ángel, que siempre está dispuesto a leerme y comentarme; a Pilar, que me obsequia con su compañía y sus consejos en multitud de materias; a mis padres, quienes tantas veces han hecho posible que pueda tener algo tan preciado como tiempo para imaginar; y a demás familia y amigos, en especial a los que me preguntan que qué estoy escribiendo. Estas líneas se me quedan cortas.

Quiero retomar *Ciudad Fortuna* muy pronto. En el segundo volumen, titulado provisionalmente *Trébol de madera*, que se inicia unos meses después de este, Alexander prosigue la búsqueda de la identidad de su familia e indaga sobre los enigmas de su niñez, mientras intenta escapar de las consecuencias de las dos muertes que han sucedido. Y la ciudad seguirá pareciéndonos infinita, carente de límites. Aunque, tal vez, haya una vía de tren que empiece a resquebrar ese hechizo y nos insinúe todo lo que aguarda más allá.

¿Continuarás conmigo este viaje?

David F. Cañaveral
Aranjuez, 2009-2010, 2013-2014

ÍNDICE